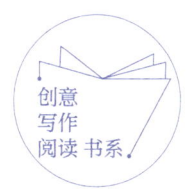

张莉 主编

短篇小说的光晕

上海译文出版社

目录

001 / 为什么要在"脱口秀时代"读短篇小说
——《创意写作阅读书系·短篇小说的光晕》序言　张莉 作

人物

003 / 祝福　鲁迅 作

019 / 孕妇和牛　铁凝 作

026 / 亲亲土豆　迟子建 作

046 / 警察和圣歌　[美]欧·亨利 作　黄源深 译

053 / 乡村医生　[奥]卡夫卡 作　张荣昌 译

情感

061 / 白狗秋千架　莫言 作

080 / 姊妹行　王安忆 作

107 / 相爱的日子　毕飞宇 作

124 / 带小狗的女人　[俄]契诃夫 作　郑文樾、朱逸森 译

144 / 暑期工作　　[爱尔兰]科尔姆·托宾 作　柏栎 译

场景

157 / 十八岁出门远行　　余华 作

165 / 西瓜船　　苏童 作

193 / 轻轻的呼吸　　[俄]蒲宁 作　冯玉律 译

200 / 一个干净明亮的地方
　　　　　[美]欧内斯特·海明威 作　曹庸 译

206 / 母亲的初恋　　[日]川端康成 作　谭晶华 译

季节

231 / 春风沉醉的晚上　　郁达夫 作

245 / 小城三月　　萧红 作

269 / 冷也好热也好活着就好　　池莉 作

286 / 初雪　　[法]莫泊桑 作　王振孙 译

297 / 菲雅尔塔的春天　　弗拉基米尔·纳博科夫 作　逢珍 译

为什么要在"脱口秀时代"读短篇小说
——《创意写作阅读书系·短篇小说的光晕》序言

张莉 作

一

这个时代,越来越多的人开始喜欢看脱口秀了。当然,也包括我。看脱口秀的时候,我不止一次想到,这是一种与我们时代紧密互动的艺术形式,它幽默、辛辣、带有微微的冒犯和嘲讽,一个个有趣、好笑而又荒诞的故事里,呈现的是我们时代人的生活和生存。我以为,脱口秀之所以广受关注,是因为它的叙事节奏与我们时代人的话语方式相匹配,换言之,脱口秀的兴起意味着它找到了一种独属于我们时代的叙事方式。

看脱口秀,我常常想到它与短篇小说之间的异同。脱口秀和短篇小说都是小体量叙事作品,都有篇幅限制——脱口秀需要在五到十分钟左右完成,短篇小说一般在五千至两万字之间——无论是脱口秀还是短篇小说,都追求在有限度的篇幅里完成足够带给我们心灵震撼的讲述。

今天,我们为什么越来越喜欢小体量的叙事作品?原因在于这些作品自身所携带的"有限性"——因为有限制,所以便要凝炼、简洁,于是,作品本身的密度便显得尤为重要。这里所说的密度,首先是指故事本身不能稀薄寡淡,要在极窄的条件里凝聚起受众的情感共同体。密度不是一个情节连着一个情节,不是情节的堆积,它指的是故事的内核,以及内核所提供的视角,好作品需要提供新视角,它要召唤并刷新读者/观众的感受力——原来世界是这样的,原来我们还可以这样想、还可以这样看、还可以这样说、还可以这样做。

密度是所有小体量叙事作品的"硬通货"。哪些是有密度、能给人新的感受力的脱口秀作品?比如李雪琴关于"老板与我"的故事讲述,五分钟一千字的体量里,包含了层层推进的情节/包袱,高潮迭起,在起承转合中极具才华地完成了故事从幻想到现实、从劳资关系到性别关系的讲述,让人大笑的同时,也为我们提供了看待世界的新窗口。

短篇小说也讲故事,但讲故事并不是短篇小说唯一的任务。有时候它会为我们刻画一个人物,有时候它为我们重建一个情境,有时候,它只是带给我们一种感喟……好小说的情节不一定紧凑,但却震动人心、意味深长。这也意味着这些作品的密度,既包含有时间的长度和宽度,也包含历史的来路和事件的复杂性,以及,讲述本身所携带的力度和冲击感,或者韵味。正如《短篇小说之所以短》一书所说:"无论是用过去时还是现在时讲述,风格无论是含蓄还是前卫深沉,你所感受到的风险和不确定性都被催化成紧张、专注及恍然大悟,这是一部优秀短篇小说提供给读者的鲜活品质。"换言之,经典小说的魅力在于,带给我们的不仅仅是故事,更是看事物、打量事物的新眼光。

二

在漫长的文学史上,口头文学从来都是文学的一部分,事实上,话本小说和评书体都是当年口头文学的文字版。看脱口秀大会,尤其是在线下看脱口秀演员表演时，我多次想到古代生活中勾栏瓦肆里讲书的场景。如果生活在古代，这些脱口秀演员也将是拥有诸多听众的说书人或讲故事人吧？今天的每一位写作者，其实说到底也是说书人或者讲故事人，只不过前者以声音讲述，后者借文字表达。

脱口秀和短篇小说都是语言的艺术。脱口秀节目需要动作、表情、声音，以及现场的掌控力，而小说呢，则更依赖的是文字、语词以及文学的想象力，更依赖语词和语词之间的搭配，在短篇小说这一文体中，语词和语词搭配当然会形成有声的美学，但更多时候形成的是留白或沉默的美学。

脱口秀让人发笑，但发笑不只是它的目的，好的脱口秀应该启迪观众对世界的理解力，让我们瞬间从笑声或者弹幕里辨认出谁是我们的同类。而作为短篇小说读者，马上看到自己的同类并不容易。多数时候，短篇小说适合一个人安静地阅读，它是否同时被别人喜欢你不能马上确认。另外，读一部短篇小说所耗费的心神远大于脱口秀，它需要想象力，需要在白纸黑字中自我建设想象的世界。

脱口秀的故事是可以公开讲述的，讲究"即时"和"秀"，它依赖演员的讲述，好的脱口秀也会像风一样瞬间将观众的情绪裹挟。短篇小说不然，它不追求即时反应。短篇小说读者的反应可能是即时的、迅速的，但更多时候可能是延迟的，它有如一种钝器，慢慢地浸入人的内心深处。其实，优秀的短篇小说的魅力在于阅读之后给人带来的那种"延宕感"。一如小说家奥康纳所说："好故事就是，当它逃离你后，你还能不断地在其中看到越来越多的东西。"

短篇小说中的某一类故事是可以转成声音传达的，它可以公开讲述，但也可以不公开讲述。也就是说，与脱口秀相比，短篇小说有一种内在的隐秘性，好的短篇小说要写出我们难以言说、难以言喻的部分。——世界上并不是所有事物都能公开讨论或公开分享，那些不能以声音讲述的部分，只能借助文字的力量，这便是属于短篇小说的优长。

好的短篇小说可以写当下、写现实，记录我们此刻所经历的一切，但同时，短篇小说也可讲述荒诞和离奇，讲述魔幻现实主义。它不会主动寻找它的读者，它需要等待读者慢慢靠近它。开怀大笑并不是判断短篇小说是否优秀的标尺。有些短篇小说会让人笑。但更多时候它带来思索，让人沉默，让人坐立不安。好的短篇小说让人笑中带泪，让人在孤独中感到温煦与满足，也可能会让人在熙熙攘攘的人群中感到孤独或寂寞，以及心头一软。那种温暖与和煦，那种难以言传的心头一软，那种忽然间来不及掩面的泪流满面，如此猝不及防，但又如此动人心魄，这是属于短篇小说读者的"福利"。

是的，将脱口秀和短篇小说并置一起讨论，我们会深刻意识到一种新的叙事形式正在兴起，同时，也会看到作为叙事作品的短篇小说之于今天视听时代的"格格不入"。然而，正是这种"格格不入"构成了短篇小说的魅力。"在优秀小说中，生活的本质被揭示——通过悲剧的、滑稽的或荒诞的方式——为了让人物自己，更准确地说，为了让读者，看到。"（《短篇小说之所以短》）好的短篇小说的美妙在于一切刀光剑影、一切心灵激荡、一切喧嚣和悲凉之感都在虚空里完成，在我们脑海和内心中完成。很多年后，我们以为忘记这篇小说了，可是在不经意的时间和地点，我们会突然想到某个小说场景，百感交集。看起来什么都没有发生，但一切又都真真切切地在虚空中发生了。

三

在北京师范大学文学院，每个秋季学期，我都会给"文学创作与批评专业"研究生一年级学生上"文学创作理论与实践"课。怎样调动同学们的写作热情并使他们享受文学创作呢，我逐渐摸索出一种教学方法。每学期第一堂课下课，我通常留创作作业，请同学们以主题词的方式进行创作。关键词通常包括那个人、那个场景、那种情感或者某个细节，其实，是从四个方面——人物、情感、场景和季节——启发同学们去调动自己的记忆。第二周则会请同学们讲自己作品的开头或结构，要求他们在四周左右时间完成一部作品，一个学期下来，写作强度可想而知。但是，多年的教学实践证明，这样的启发与督促是有效的，几乎每位同学都会根据这样的主题词交来他们的创作作业，遇到成熟的期末作业，我也会鼓励他们去向期刊投稿。所以，无论是文学创作与批评专业的研究生还是鲁院-北师大合办的作家研究生班同学，都会在秋季学期末完成他们较为满意的作品，而来年便是他们集中发表的时间。

当然，尽管创作实践课鼓励了同学们的"动手"，但是，在教学实践中我也注意到，年轻一代对经典文学作品阅读量的缺失，大部分同学只是懵懂地靠热情和直觉进行写作，并未有意识地广泛和系统阅读，缺少经典文学的参照，对自我的创作方向也没有足够的认知。因此，我会和同学们一起有意识地细读一些经典作品，思索不同时代作家处理同一问题的不同方法，通过反复品读其中几篇的方式有针对性地向某位作家学习。日积月累，我便在教学过程中形成了完整的师生共读的阅读书目。

这套"创意写作阅读书系"，便是基于我在北师大课堂教学经验所进行的编纂,是主要针对中文创意写作专业的学生及有志于文学创作的青年写作者进行的编纂。正如读者所看到的,此书中我从世界文学史上的经典短篇小说中选择了十一篇中国小说、九篇外国小说,以人物、情感、场景、季节等关键词,将二十部短篇小说分为四辑,以便于学习和阅读。短篇小说只是这套"创意写作阅读书系"第一本,接下来我们还将出版中篇小说阅读、散文阅读、非虚构作品阅读及不同的主题阅读写作书系。在我的设想里,中文创意写作专业学生将从这套经典作品集中获得他们的写作传统、写作资源、写作方法。我的编纂原则是,立足中国文学,同时有世界文学的观照,整部书的艺术追求是风格多样、兼容并包。

第一辑"人物"收录了中国小说《祝福》(鲁迅)、《孕妇和牛》(铁凝)、《亲亲土豆》(迟子建),及外国小说《警察和圣歌》(欧·亨利)和《乡村医生》(卡夫卡),将这些不同时代、不同风格的作品合成一辑,以人物为主题进行整体观照,会意识到,好的短篇小说要有人物,但短篇篇幅意味着小说不可能完整讲述一个人的一生过往,所以,它只能截取人生片断,这便是通常人们所说的"横截面"。如何在短的篇幅里写出一个人的真正光泽,是对小说家的考验。读这辑小说读者会认识到,优秀短篇小说里的人物要有一种"弧光"。我们虽然看到的是此刻,但小说家有能力在此刻使读者看到人的历史、人的过往,有能力使人意识到,"此刻"和"横截面"其实是人的内心和精神世界的反射。好的小说,有能力将对世界的理解浓缩进一个人物和一个人物的某个时刻。好的人物,也有能力脱离他/她的时代语境,成为一种典型形象。

如何在有限的篇幅里讲述或复杂或澄明的情感际遇?每个小说家都有他们的处理方法。在第二辑"情感"中,我选择了三部中国小说《白狗秋千架》(莫言)、《姊妹行》(王安忆)、《相爱的日子》(毕飞宇)和两部外国作品《带小狗的女人》(契诃夫)、《暑期工作》(托宾)。阅读这些作品,读者会发现,它们的内部都有颗"安静的炸弹",都有它的"意料之外",当小说情节"出乎意表"地发展时,那是属于短篇小说里的"脱轨"与"华彩",也是短篇小说的美妙,有如突然在寂寂黑夜中看到满天焰火。事实上,那正是优秀小说家的创造性所在,也唯有如此,才有读者阅读时的"灵魂出窍"。

如果我们去书写那些难忘的情境或场景,应该如何结构、如何谋篇?在第三辑"场景"部分,我选择了两部中国小说《十八岁出门远行》(余华)、《西瓜船》(苏童)和三部外国小说《轻轻的呼吸》(蒲宁)、《一个干净明亮的地方》(海明威)、《母亲的初恋》(川端康成)。在我看来,这些小说构建了一种场景,其实也是人间景象,这个景象的魅力在于跨越时间,这让人意识到,好的短篇小说是人生片断,是永恒瞬间,也是人间启悟、世界箴言。

假如我们的故事从一个季节开始说起,我们要如何构建它的内部?"季节"部分,我选择的是三部中国作品《春风沉醉的晚上》(郁达夫)、《小城三月》(萧红)、《冷也好热也好活着就好》(池莉)和两部外国作品《初雪》(莫泊桑)和《菲雅尔塔的春天》(纳博科夫)。这些作品的主题都与季节有关,会将我们带到那个季节,甚至刷新或唤起我们对季节的新感受。好的短篇小说,有时候像冬日的暖阳,让我们在寒夜中看到微光;有时候是酷热里的清泉,让人感受到清爽;有时候也像酒,辛辣、刺激,给人以清凛之感。当然,它是雾霭、流岚,或是毛玻璃上的模糊之影,或是春天里泛起的粼粼波光。我常常觉得,好的小说有一种氛围感,也许我们一时不理解这个故事,不理解这个人,但是,会被某种氛围感紧紧抓住,念念难忘。

坦率说，在反复阅读并最终选定作品篇目的工作过程中，我多次想到一位作家如何在有限空间里写出足够有力、足够复杂的人类经验这一问题。这也是我挑选这些作品的原因。我以为，这些经典短篇小说的魅力在于它们充分发挥了短篇小说的"有限性"，充分使用"短"而不是被这一有限性束缚。从"有限"出发，去构建生动鲜活的情境；从"有限"出发，去抵达余音绕梁、意味无穷；从"有限"出发，去激发每一位读者的无限想象力。这是高度，也是难度，正是这种"高"和"难"，才生成了经典短篇小说的魅力。

当然，在编纂工作中，我也想到一句诗："窗含西岭千秋雪，门泊东吴万里船。"这句诗里藏着我所理解的短篇小说作品的"密度"，也藏着我所理解的短篇小说应该提供的新鲜视角。那不仅是理想短篇小说的境界，也是一切小体量叙事作品的境界。我以为，那正是我们为何要在脱口秀时代阅读短篇小说的重要缘由。

要特别说明的是，本书中，我按"人物""情感""场景"以及"季节"来将这些优秀短篇小说分成四辑，是希望读者有意识地从阅读中向作家们学习人物的构建、情感的书写、场景的描摹以及如何书写四季。但是，一部真正优秀的短篇作品之光在于整体，人物离不开情感、场景和季节，情感也离不开人物、场景和时间。作家们如何通过不同的表现方式构建独具风格的人物形象、情感方式，如何描摹独具标识的场景与四季风物，需要读者反复辨认、揣摩、领悟。

四

想到很多年前的下雨天，在北京郊外的一家咖啡馆里，我和一群爱好文学的小伙伴聊天。不知怎么说起各自喜欢的短篇小说。一位坐在角落里的朋友说起那篇小说，他说，这小说不能用一句话来概括，你得品，然后又说，"真是好，说不出来的好"。他的陶醉式评价引发了朋友们的哄笑，那句"说不出来的好"，与外面的雨声、房间里的咖啡香糅杂成了奇异的气息，以至于二十多年后想起，我都历历在目。他提到的是蒲宁的《轻轻的呼吸》。那天我在心底里不断应和着他的感叹，是的，那的确是短篇小说里的经典，一个复杂的小说，关于一个年轻女孩子的不幸遭遇。后来，那位男士消失在茫茫人海，但他对小说的评价和推荐一直让我记忆犹新。

一晃二十多年过去了。直到今天我也依然认为，《轻轻的呼吸》是教科书级别的短篇，有奇妙的光泽感，有属于短篇的"意犹未尽"。虽然以"轻轻的"为题，但小说的美在于"以轻写重"，"以有限写无限"。一个女孩子离开了，美被永远地践踏了，但是，在小说里，她永远鲜活，如同那轻轻的呼吸。美好早已脱离了沉重的肉身而飘在空中。这小说到底讲的是什么？读者很难说清楚。它像一团模糊的光晕闪在眼前，小说中的每个片断都有光，这些光隐隐绰绰，最后形成了短篇小说的整体光晕。

是的，"光晕"与"光泽"是我读短篇小说时常常想到的词。这也是我最终决定将"短篇小说的光晕"定为书名的原因。我以为，这些经典短篇小说都有属于它们独特的光感，而正是因为这种光感的存在，这些小说才有了内在的荡漾、内在的波纹。优秀的短篇小说是有光的，这光意味着文学的魅力，意味着比时间更长久、是不会被时间摧毁的某种物质。正是这种光，使它们穿越时光，常读常新。——在一个不确定的世界里，文学作品也许可以为我们提供某种"坚固""确定"和"正信"。

特别感谢各位作家,正是因为有了他们的慷慨授权,本书才能以最齐整的方式呈现。

感谢上海译文出版社李玉瑶、赵婧女士的辛勤工作,感谢黄昱宁副总编的支持,感谢我的研究生刘溁德同学协助搜集作品。没有各位的帮助,便没有本书的如期出版。

2024 年 12 月 25 日,北京

人物

祝　福

鲁迅　作

　　旧历的年底毕竟最像年底，村镇上不必说，就在天空中也显出将到新年的气象来。灰白色的沉重的晚云中间时时发出闪光，接着一声钝响，是送灶[1]的爆竹；近处燃放的可就更强烈了，震耳的大音还没有息，空气里已经散满了幽微的火药香。我是正在这一夜回到我的故乡鲁镇的。虽说故乡，然而已没有家，所以只得暂寓在鲁四老爷的宅子里。他是我的本家，比我长一辈，应该称之曰"四叔"，是一个讲理学的老监生[2]。他比先前并没有什么大改变，单是老了些，但也还未留胡子，一见面是寒暄，寒暄之后说我"胖了"，说我"胖了"之后即大骂其新党[3]。但我知道，这并非借题在骂我：因为他所骂的还是康有为。但是，谈话是总不投机的了，于是不多久，我便一个人剩在书房里。

　　第二天我起得很迟，午饭之后，出去看了几个本家和朋友；第三天也照样。他们也都没有什么大改变，单是老了些；家中却一律忙，都在准备着"祝福"[4]。这是鲁镇年终的大典，致敬尽礼，迎接福神，拜求来年一年中的好运气的。杀鸡，宰鹅，买猪肉，用心细细的[5]洗，女人的臂膊都在水里浸得通红，有的还带着绞丝银镯子。煮熟之后，横七竖八地插些筷子在这类东西上，可就称为"福礼"了，五更天陈列起来，并且点上香烛，恭请福神们来享用；拜的却只限于男人，拜完自然仍然是放爆竹。年年如此，家家如此，——只要买得起福礼和爆竹之类的——今年自然也如此。天色愈阴暗了，下午竟下起雪来，雪花大的有梅花那么大，满天飞舞，夹着烟霭和忙碌的气色，将鲁镇乱成一团糟。我回到四叔的书房里时，瓦楞上已经雪白，房里也映得较光明，极分明的显出壁上挂着的朱拓[6]的大"寿"字，陈抟[7]老祖写的；一边的对联已经脱落，松松的卷了放在长桌上，一边的还在，道是"事理通达心气和平"[8]。我又无聊赖的到窗下的案头去一翻，只见一堆似乎未必完全的《康熙字典》，一部《近思录集注》和一部《四书衬》[9]。无论如何，我明天决计要走了。

---

1 送灶，旧俗以夏历十二月二十四日灶神升天的日子，在这一天或前一天祭送灶神，称为送灶。
2 理学，又称道学，是宋代周敦颐、程颢、程颐、朱熹等人阐释儒家学说而形成的思想体系。它认为"理"是宇宙的本体，把"三纲五常"等封建伦理道德说成是"天理"，提出"存天理，灭人欲"的主张。监生，国子监生员的简称。国子监原是封建时代中央最高学府，清代乾隆以后可以通过援例捐资取得监生名义，不一定在监读书。
3 新党，清末对主张或倾向维新的人的称呼；辛亥革命前后，也用来称呼革命党人及拥护革命的人。
4 "祝福"，旧时江南一带每年年终的一种习俗。清代范寅《越谚·风俗》载："祝福，岁暮谢年，谢神祖，名此。"
5 二十世纪初期的白话文，"的""得""地"、"那""哪"、顿号逗号等的用法未作区分，为呈现原作的风貌，本书相应篇目将保留旧时用法。下同。
6 朱拓，用银朱等红颜料从碑刻上拓下的文字或图形。
7 陈抟（？—989），五代时亳州真源（今河南鹿邑）人。后唐长庆年间举进士不第，先后隐居武当山和华山修道。后人把他附会为"神仙"。
8 "事理通达心气和平"，语出朱熹《论语集注》。朱熹在《季氏》篇中"不学诗无以言"和"不学礼无以立"语下分别注云："事理通达而心气和平，故能言"；"品节详明而德性坚定，故能立"。
9 《康熙字典》，清代康熙年间张玉书、陈廷敬等奉旨编纂的一部大型字典，康熙五十五年（1716）刊行。《近思录》，是一部所谓理学入门书，宋代朱熹、吕祖谦选录周敦颐、程颢、程颐以及张载四人的文字编成，共十四卷，清初茅星来和江永分别为它作过集注。《四书衬》，清代骆培著，是一部解说"四书"（《论语》《孟子》《大学》《中庸》）的书。

况且，一想到昨天遇见祥林嫂的事，也就使我不能安住。那是下午，我到镇的东头访过一个朋友，走出来，就在河边遇见她；而且见她瞪着的眼睛的视线，就知道明明是向我走来的。我这回在鲁镇所见的人们中，改变之大，可以说无过于她的了：五年前的花白的头发，即今已经全白，全不像四十上下的人；脸上瘦削不堪，黄中带黑，而且消尽了先前悲哀的神色，仿佛是木刻似的；只有那眼珠间或一轮，还可以表示她是一个活物。她一手提着竹篮。内中一个破碗，空的；一手拄着一支比她更长的竹竿，下端开了裂：她分明已经纯乎是一个乞丐了。

我就站住，豫备她来讨钱。

"你回来了？"她先这样问。

"是的。"

"这正好。你是识字的，又是出门人，见识得多。我正要问你一件事——"她那没有精采的眼睛忽然发光了。

我万料不到她却说出这样的话来，诧异的站着。

"就是——"她走近两步，放低了声音，极秘密似的切切的说，"一个人死了之后，究竟有没有魂灵的？"

我很悚然，一见她的眼盯着我的，背上也就遭了芒刺一般，比在学校里遇到不及豫防的临时考，教师又偏是站在身旁的时候，惶急得多了。对于魂灵的有无，我自己是向来毫不介意的；但在此刻，怎样回答她好呢？我在极短期的踌蹰中，想，这里的人照例相信鬼，然而她，却疑惑了，——或者不如说希望：希望其有，又希望其无……。人何必增添末路的人的苦恼，为她起见，不如说有罢。

"也许有罢，——我想。"我于是吞吞吐吐的说。

"那么，也就有地狱了？"

"啊！地狱？"我很吃惊，只得支吾着，"地狱？——论理，就该也有。——然而也未必，……谁来管这等事……。"

"那么，死掉的一家的人，都能见面的？"

"唉唉，见面不见面呢？……"这时我已知道自己也还是完全一个愚人，什么踌躇，什么计画，都挡不住三句问，我即刻胆怯起来了，便想全翻过先前的话来，"那是，……实在，我说不清……。其实，究竟有没有魂灵，我也说不清。"

我乘她不再紧接的问，迈开步便走，匆匆的逃回四叔的家中，心里很觉得不安逸。自己想，我这答话怕于她有些危险。她大约因为在别人的祝福时候，感到自身的寂寞了，然而会不会含有别的什么意思的呢？——或者是有了什么豫感了？倘有别的意思，又因此发生别的事，则我的答话委实该负若干的责任……。但随后也就自笑，觉得偶尔的事，本没有什么深意义，而我偏要细细推敲，正无怪教育家要说是生着神经病；而况明明说过"说不清"，已经推翻了答话的全局，即使发生什么事，于我也毫无关系了。

"说不清"是一句极有用的话。不更事的勇敢的少年，往往敢于给人解决疑问，选定医生，万一结果不佳，大抵反成了怨府，然而一用这说不清来作结束，便事事逍遥自在了。我在这时，更感到这一句话的必要，即使和讨饭的女人说话，也是万不可省的。

但是我总觉得不安，过了一夜，也仍然时时记忆起来，仿佛怀着什么不祥的豫感，在阴沉的雪天里，在无聊的书房里，这不安愈加强烈了。不如走罢，明天进城去。福兴楼的清燉鱼翅，一元一大盘，价廉物美，现在不知增价了否？往日同游的朋友，虽然已经云散，然而鱼翅是不可不吃的，即使只有我一个……。无论如何，我明天决计要走了。

我因为常见些但愿不如所料，以为未必竟如所料的事，却每每恰如所料的起来,所以很恐怕这事也一律。果然,特别的情形开始了。傍晚,我竟听到有些人聚在内室里谈话,仿佛议论什么事似的,但不一会,说话声也就止了,只有四叔且走且高声的说:

"不早不迟,偏偏要在这时候——这就可见是一个谬种!"

我先是诧异,接着是很不安,似乎这话于我有关系。试望门外,谁也没有。好容易待到晚饭前他们的短工来冲茶,我才得了打听消息的机会。

"刚才,四老爷和谁生气呢?"我问。

"还不是和祥林嫂?"那短工简捷的说。

"祥林嫂?怎么了?"我又赶紧的问。

"老了。"

"死了?"我的心突然紧缩,几乎跳起来,脸上大约也变了色,但他始终没有抬头,所以全不觉。我也就镇定了自己,接着问:

"什么时候死的?"

"什么时候?——昨天夜里,或者就是今天罢。——我说不清。"

"怎么死的?"

"怎么死的?——还不是穷死的?"他淡然的回答,仍然没有抬头向我看,出去了。

然而我的惊惶却不过暂时的事,随着就觉得要来的事,已经过去,并不必仰仗我自己的"说不清"和他之所谓"穷死的"的宽慰,心地已经渐渐轻松;不过偶然之间,还似乎有些负疚。晚饭摆出来了,四叔俨然的陪着。我也还想打听些关于祥林嫂的消息,但知道他虽然读过"鬼神者二气之良能也"[1],而忌讳仍然极多,当临近祝福时候,是万不可提起死亡疾

---

1 "鬼神者二气之良能也",语出宋代张载的《张子全书·正蒙》,也见《近思录》。意思是:鬼神是阴阳二气自然变化而成的。

病之类的话的；倘不得已，就该用一种替代的隐语，可惜我又不知道，因此屡次想问，而终于中止了。我从他俨然的脸色上，又忽而疑他正以为我不早不迟，偏要在这时候来打搅他，也是一个谬种，便立刻告诉他明天要离开鲁镇，进城去，趁早放宽了他的心。他也不很留。这样闷闷的吃完了一餐饭。

冬季日短，又是雪天，夜色早已笼罩了全市镇。人们都在灯下匆忙，但窗外很寂静。雪花落在积得厚厚的雪褥上面，听去似乎瑟瑟有声，使人更加感到沉寂。我独坐在发出黄光的菜油灯下，想，这百无聊赖的祥林嫂，被人们弃在尘芥堆中的，看得厌倦了的陈旧的玩物，先前还将形骸露在尘芥里，从活得有趣的人们看来，恐怕要怪讶她何以还要存在，现在总算被无常[1]打扫得干干净净了。魂灵的有无，我不知道；然而在现世，则无聊生者不生，即使厌见者不见，为人为己，也还都不错。我静听着窗外似乎瑟瑟作响的雪花声，一面想，反而渐渐的舒畅起来。

然而先前所见所闻的她的半生事迹的断片，至此也联成一片了。

她不是鲁镇人。有一年的冬初，四叔家里要换女工，做中人的卫老婆子带她进来了，头上扎着白头绳，乌裙，蓝夹袄，月白背心，年纪大约二十六七，脸色青黄，但两颊却还是红的。卫老婆子叫她祥林嫂，说是自己母家的邻舍，死了当家人，所以出来做工了。四叔皱了皱眉，四婶已经知道了他的意思，是在讨厌她是一个寡妇。但看她模样还周正，手脚都壮大，又只是顺着眼，不开一句口，很像一个安分耐劳的人，便不管四叔的皱眉，将她留下了。试工期内，她整天的做，似乎闲着就无聊，又有力，

---

[1] 无常，佛家语，原指世间一切事物都在变异灭坏的过程中；后引申为死的意思，也用作迷信传说中"勾魂使者"的名称。

简直抵得过一个男子,所以第三天就定局,每月工钱五百文。

大家都叫她祥林嫂;没问她姓什么,但中人是卫家山人,既说是邻居,那大概也就姓卫了。她不很爱说话,别人问了才回答,答的也不多。直到十几天之后,这才陆续的知道她家里还有严厉的婆婆;一个小叔子,十多岁,能打柴了;她是春天没了丈夫的;他本来也打柴为生,比她小十岁:大家所知道的就只是这一点。

日子很快的过去了,她的做工却毫没有懈,食物不论,力气是不惜的。人们都说鲁四老爷家里雇着了女工,实在比勤快的男人还勤快。到年底,扫尘,洗地,杀鸡,宰鹅,彻夜的煮福礼,全是一人担当,竟没有添短工。然而她反满足,口角边渐渐的有了笑影,脸上也白胖了。

新年才过,她从河边淘米回来时,忽而失了色,说刚才远远地看见一个男人在对岸徘徊,很像夫家的堂伯,恐怕是正在寻她而来的。四婶很惊疑,打听底细,她又不说。四叔一知道,就皱一皱眉,道:

"这不好。恐怕她是逃出来的。"

她诚然是逃出来的,不多久,这推想就证实了。

此后大约十几天,大家正已渐渐忘却了先前的事,卫老婆子忽而带了一个三十多岁的女人进来了,说那是祥林嫂的婆婆。那女人虽是山里人模样,然而应酬很从容,说话也能干,寒暄之后,就赔罪,说她特来叫她的儿媳回家去,因为开春事务忙,而家中只有老的和小的,人手不够了。

"既是她的婆婆要她回去,那有什么话可说呢。"四叔说。

于是算清了工钱,一共一千七百五十文,她全存在主人家,一文也还没有用,便都交给她的婆婆。那女人又取了衣服,道过谢,出去了。其时已经是正午。

"阿呀,米呢?祥林嫂不是去淘米的么?……"好一会,四婶这才惊叫起来。她大约有些饿,记得午饭了。

于是大家分头寻淘箩。她先到厨下,次到堂前,后到卧房,全不见淘箩的影子。四叔踱出门外,也不见,一直到河边,才见平平正正的放在岸上,旁边还有一株菜。

看见的人报告说,河里面上午就泊了一只白篷船,篷是全盖起来的,不知道什么人在里面,但事前也没有人去理会他。待到祥林嫂出来淘米,刚刚要跪下去,那船里便突然跳出两个男人来,像是山里人,一个抱住她,一个帮着,拖进船去了。祥林嫂还哭喊了几声,此后便再没有什么声息,大约给用什么堵住了罢。接着就走上两个女人来,一个不认识,一个就是卫婆子。窥探舱里,不很分明,她像是捆了躺在船板上。

"可恶!然而……。"四叔说。

这一天是四婶自己煮午饭;他们的儿子阿牛烧火。

午饭之后,卫老婆子又来了。

"可恶!"四叔说。

"你是什么意思?亏你还会再来见我们。"四婶洗着碗,一见面就愤愤的说,"你自己荐她来,又合伙劫她去,闹得沸反盈天的,大家看了成个什么样子?你拿我们家里开玩笑么?"

"阿呀阿呀,我真上当。我这回,就是为此特地来说说清楚的。她来求我荐地方,我那里料得到是瞒着她的婆婆的呢。对不起,四老爷,四太太。总是我老发昏不小心,对不起主顾。幸而府上是向来宽洪大量,不肯和小人计较的。这回我一定荐一个好的来折罪……"

"然而……"四叔说。

于是祥林嫂事件便告终结,不久也就忘却了。

只有四婶,因为后来雇用的女工,大抵非懒即馋,或者馋而且懒,左右不如意,所以也还提起祥林嫂。每当这些时候,她往往自言自语的说,"她现在不知道怎么样了?"意思是希望她再来。但到第二年的新正,她也就绝了望。

新正将尽,卫老婆子来拜年了,已经喝得醉醺醺的,自说因为回了一趟卫家山的娘家,住下几天,所以来得迟了。她们问答之间,自然就谈到祥林嫂。

"她么?"卫老婆子高兴的说,"现在是交了好运了。她婆婆来抓她回去的时候,是早已许给了贺家墺的贺老六的,所以回家之后不几天,也就装在花轿里抬去了。"

"阿呀,这样的婆婆!……"四婶惊奇的说。

"阿呀,我的太太!你真是大户人家的太太的话。我们山里人,小户人家,这算得什么?她有小叔子,也得娶老婆。不嫁了她,那有这一注钱来做聘礼?她的婆婆倒是精明强干的女人呵,很有打算,所以就将她嫁到里山去。倘许给本村人,财礼就不多;惟独肯嫁进深山野墺里去的女人少,所以她就到手了八十千[1]。现在第二个儿子的媳妇也娶进了,财礼只花了五十,除去办喜事的费用,还剩十多千。吓,你看,这多么好打算?……"

"祥林嫂竟肯依?……"

"这有什么依不依。——闹是谁也总要闹一闹的,只要用绳子一捆,塞在花轿里,抬到男家,捺上花冠,拜堂,关上房门,就完事了。可是祥林嫂真出格,听说那时实在闹得利害,大家还都说大约因为在念书人家做

---

[1] 八十千,旧时以一千文钱为一贯或一吊,所以几千文钱也称为几贯或几吊,但也有些地方直称为多少千。八十千即八十吊。

过事,所以与众不同呢。太太,我们见得多了:回头人出嫁,哭喊的也有,说要寻死觅活的也有,抬到男家闹得拜不成天地的也有,连花烛都砸了的也有。祥林嫂可是异乎寻常,他们说她一路只是嚎,骂,抬到贺家墺,喉咙已经全哑了。拉出轿来,两个男人和她的小叔子使劲的擒住她也还拜不成天地。他们一不小心,一松手,阿呀,阿弥陀佛,她就一头撞在香案角上,头上碰了一个大窟窿,鲜血直流,用了两把香灰,包上两块红布还止不住血呢。直到七手八脚的将她和男人反关在新房里,还是骂,阿呀呀,这真是……。"她摇一摇头,顺下眼睛,不说了。

"后来怎么样呢?"四婶还问。

"听说第二天也没有起来。"她抬起眼来说。

"后来呢?"

"后来?——起来了。她到年底就生了一个孩子,男的,新年就两岁了。我在娘家这几天,就有人到贺家墺去,回来说看见他们娘儿俩,母亲也胖,儿子也胖;上头又没有婆婆;男人所有的是力气,会做活;房子是自家的。——唉唉,她真是交了好运了。"

从此之后,四婶也就不再提起祥林嫂。

但有一年的秋季,大约是得到祥林嫂好运的消息之后的又过了两个新年,她竟又站在四叔家的堂前了。桌上放着一个荸荠式的圆篮,檐下一个小铺盖。她仍然头上扎着白头绳,乌裙,蓝夹袄,月白背心,脸色青黄,只是两颊上已经消失了血色,顺着眼,眼角上带些泪痕,眼光也没有先前那样精神了。而且仍然是卫老婆子领着,显出慈悲模样,絮絮的对四婶说:

"……这实在是叫作'天有不测风云',她的男人是坚实人,谁知道年纪青青,就会断送在伤寒上?本来已经好了的,吃了一碗冷饭,复发了。幸亏有儿子;她又能做,打柴摘茶养蚕都来得,本来还可以守着,谁知道那孩子又会给狼衔去的呢?春天快完了,村上倒反来了狼,谁料到?现在她只剩了一个光身了。大伯来收屋,又赶她。她真是走投无路了,只好来求老主人。好在她现在已经再没有什么牵挂,太太家里又凑巧要换人,所以我就领她来。——我想,熟门熟路,比生手实在好得多……。"

"我真傻,真的,"祥林嫂抬起她没有神采的眼睛来,接着说。"我单知道下雪的时候野兽在山墺里没有食吃,会到村里来;我不知道春天也会有。我一清早起来就开了门,拿小篮盛了一篮豆,叫我们的阿毛坐在门槛上剥豆去。他是很听话的,我的话句句听;他出去了。就在屋后劈柴,淘米,米下了锅,要蒸豆。我叫阿毛,没有应,出去一看,只见豆撒得一地,没有我们的阿毛了。他是不到别家去玩的;各处去一问,果然没有。我急了,央人出去寻。直到下半天,寻来寻去寻到山墺里,看见刺柴上挂着一只他的小鞋。大家都说,糟了,怕是遭了狼了。再进去;他果然躺在草窠里,肚里的五脏已经都给吃空了,手上还紧紧地捏着那只小篮呢。……"她接着但是呜咽,说不出成句的话来。

四婶起刻还踌蹰,待到听完她自己的话,眼圈就有些红了。她想了一想,便教拿圆篮和铺盖到下房去。卫老婆子仿佛卸了一肩重担似的嘘一口气;祥林嫂比初来时候神气舒畅些,不待指引,自己驯熟的安放了铺盖。她从此又在鲁镇做女工了。

大家仍然叫她祥林嫂。

然而这一回,她的境遇却改变得非常大。上工之后的两三天,主人们就觉得她手脚已没有先前一样灵活,记性也坏得多,死尸似的脸上又整日没有笑影,四婶的口气上,已颇有些不满了。当她初到的时候,四叔虽然照例皱过眉，但鉴于向来雇用女工之难，也就并不大反对，只是暗暗地告诫四婶说，这种人虽然似乎很可怜，但是败坏风俗的，用她帮忙还可以，祭祀时候可用不着她沾手，一切饭菜，只好自己做，否则，不干不净，祖宗是不吃的。

四叔家里最重大的事件是祭祀，祥林嫂先前最忙的时候也就是祭祀，这回她却清闲了。桌子放在堂中央，系上桌帏，她还记得照旧的去分配酒杯和筷子。

"祥林嫂，你放着罢！我来摆。"四婶慌忙的说。

她讪讪的缩了手，又去取烛台。

"祥林嫂，你放着罢！我来拿。"四婶又慌忙的说。

她转了几个圆圈，终于没有事情做，只得疑惑的走开。她在这一天可做的事是不过坐在灶下烧火。

镇上的人们也仍然叫她祥林嫂，但音调和先前很不同；也还和她讲话，但笑容却冷冷的了。她全不理会那些事，只是直着眼睛，和大家讲她自己日夜不忘的故事：

"我真傻，真的，"她说，"我单知道雪天是野兽在深山里没有食吃，会到村里来；我不知道春天也会有。我一大早起来就开了门，拿小篮盛了一篮豆，叫我们的阿毛坐在门槛上剥豆去。他是很听话的孩子，我的话句句听；他就出去了。我就在屋后劈柴，淘米，米下了锅，打算蒸豆。我叫，'阿毛！'没有应。出去一看，只见豆撒得满地，没有我们的阿毛了。各处去一问，都没有。我急了，央人去寻去。直到下半天，几个人寻到山墺里，看见刺柴上挂着一只他的小鞋。大家都说，完了，怕是遭了狼了；再进去；果然，他躺在草窠里，肚里的五脏已经都给吃空了，可怜他手里还紧紧的捏着那只小篮呢。……"她于是淌下眼泪来，声音也呜咽了。

这故事倒颇有效，男人听到这里，往往敛起笑容，没趣的走了开去；女人们却不独宽恕了她似的，脸上立刻改换了鄙薄的神气，还要陪出许多眼泪来。有些老女人没有在街头听到她的话，便特意寻来，要听她这一段悲惨的故事。直到她说到呜咽，她们也就一齐流下那停在眼角上的眼泪，叹息一番，满足的去了，一面还纷纷的评论着。

她就只是反复的向人说她悲惨的故事，常常引住了三五个人来听她。但不久，大家也都听得纯熟了，便是最慈悲的念佛的老太太们，眼里也再不见有一点泪的痕迹。后来全镇的人们几乎都能背诵她的话，一听到就烦厌得头痛。

"我真傻，真的。"她开首说。

"是的，你是单知道雪天野兽在深山里没有食吃，才会到村里来的。"他们立即打断她的话，走开去了。

她张着口怔怔的站着，直着眼睛看他们，接着也就走了，似乎自己也觉得没趣。但她还妄想，希图从别的事，如小篮，豆，别人的孩子上，引出她的阿毛的故事来。倘一看见两三岁的小孩子，她就说：

"唉唉，我们的阿毛如果还在，也就有这么大了……"

孩子看见她的眼光就吃惊，牵着母亲的衣襟催她走。于是又只剩下她一个，终于没趣的也走了。后来大家又都知道了她的脾气，只要有孩子在眼前，便似笑非笑的先问她，道：

"祥林嫂，你们的阿毛如果还在，不是也就有这么大了么？"

她未必知道她的悲哀经大家咀嚼赏鉴了许多天，早已成为渣滓，只值得烦厌和唾弃；但从人们的笑影上，也仿佛觉得这又冷又尖，自己再没有开口的必要了。她单是一瞥他们，并不回答一句话。

鲁镇永远是过新年，腊月二十以后就忙起来了。四叔家里这回须雇男短工，还是忙不过来，另叫柳妈做帮手，杀鸡，宰鹅；然而柳妈是善女人[1]，吃素，不杀生的，只肯洗器皿。祥林嫂除烧火之外，没有别的事，却闲着了，坐着只看柳妈洗器皿。微雪点点的下来了。

"唉唉，我真傻。"祥林嫂看了天空，叹息着，独语似的说。

"祥林嫂，你又来了。"柳妈不耐烦的看着她的脸，说，"我问你：你额角上的伤疤，不就是那时撞坏的么？"

"唔唔。"她含胡的回答。

"我问你：你那时怎么后来竟依了呢？"

"我么？……"

"你呀。我想：这总是你自己愿意了，不然……。"

"阿阿，你不知道他力气多么大呀。"

"我不信。我不信你这么大的力气，真会拗他不过。你后来一定是自己肯了，倒推说他力气大。"

"阿阿，你……你倒自己试试看。"她笑了。

柳妈的打皱的脸也笑起来，使她蹙缩得像一个核桃；干枯的小眼睛一看祥林嫂的额角，又钉住她的眼。祥林嫂似乎很局促了，立刻敛了笑容，旋转眼光，自去看雪花。

"祥林嫂，你实在不合算。"柳妈诡秘的说，"再一强，或者索性撞一个死，就好了。现在呢，你和你的第二个男人过活不到两年，倒落了一件大罪名。你想，你将来到阴司去，那两个死鬼的男人还要争，你给了谁好呢？阎罗大王只好把你锯开来，分给他们。我想，这真是……"

她脸上就显出恐怖的神色来，这是在山村里所未曾知道的。

---

[1] 善女人，佛家语，指信佛的女人。

"我想,你不如及早抵当。你到土地庙里去捐一条门槛,当作你的替身,给千人踏,万人跨,赎了这一世的罪名,免得死了去受苦。"

她当时并不回答什么话,但大约非常苦闷了,第二天早上起来的时候,两眼上便都围着大黑圈。早饭之后,她便到镇的西头的土地庙里去求捐门槛。庙祝[1]起初执意不允许,直到她急得流泪,才勉强答应了。价目是大钱十二千。

她久已不和人们交口,因为阿毛的故事是早被大家厌弃了的;但自从和柳妈谈了天,似乎又即传扬开去,许多人都发生了新趣味,又来逗她说话了。至于题目,那自然是换了一个新样,专在她额上的伤疤。

"祥林嫂,我问你:你那时怎么竟肯了?"一个说。

"唉,可惜,白撞了这一下。"一个看着她的疤,应和道。

她大约从他们的笑容和声调上,也知道是在嘲笑她,所以总是瞪着眼睛,不说一句话,后来连头也不回了。她整日紧闭了嘴唇,头上带着大家以为耻辱的记号的那伤痕,默默的跑街,扫地,洗菜,淘米。快够一年,她才从四婶手里支取了历来积存的工钱,换算了十二元鹰洋[2],请假到镇的西头去。但不到一顿饭时候,她便回来,神气很舒畅,眼光也分外有神,高兴似的对四婶说,自己已经在土地庙捐了门槛了。

冬至的祭祖时节,她做得更出力,看四婶装好祭品,和阿牛将桌子抬到堂屋中央,她便坦然的去拿酒杯和筷子。

"你放着罢,祥林嫂!"四婶慌忙大声说。

她像是受了炮烙[3]似的缩手,脸色同时变作灰黑,也不再去取烛台,

---

1 庙祝,旧时庙宇中管理香火的人。
2 鹰洋,指墨西哥银元,币面铸有鹰的图案。鸦片战争后曾大量流入我国。
3 炮烙,亦作炮格,相传为殷纣王时的一种酷刑。据《史记·殷本纪》裴骃集解引《列女传》:"膏铜柱,下加之炭,令有罪者行焉,辄堕炭中,妲己笑,名曰炮格之刑。"

只是失神的站着。直到四叔上香的时候,教她走开,她才走开。这一回她的变化非常大,第二天,不但眼睛窈陷下去,连精神也更不济了。而且很胆怯,不独怕暗夜,怕黑影,即使看见人,虽是自己的主人,也总惴惴的,有如在白天出穴游行的小鼠;否则呆坐着,直是一个木偶人。不半年,头发也花白起来了,记性尤其坏,甚而至于常常忘却了去淘米。

"祥林嫂怎么这样了?倒不如那时不留她。"四婶有时当面就这样说,似乎是警告她。

然而她总如此,全不见有伶俐起来的希望。他们于是想打发她走了,教她回到卫老婆子那里去。但当我还在鲁镇的时候,不过单是这样说;看现在的情状,可见后来终于实行了。然而她是从四叔家出去就成了乞丐的呢,还是先到卫老婆子家然后再成乞丐的呢?那我可不知道。

我给那些因为在近旁而极响的爆竹声惊醒,看见豆一般大的黄色的灯火光,接着又听得毕毕剥剥的鞭炮,是四叔家正在"祝福"了;知道已是五更将近时候。我在朦胧中,又隐约听到远处的爆竹声联绵不断,似乎合成一天音响的浓云,夹着团团飞舞的雪花,拥抱了全市镇。我在这繁响的拥抱中,也懒散而且舒适,从白天以至初夜的疑虑,全给祝福的空气一扫而空了,只觉得天地圣众歆享了牲醴和香烟,都醉醺醺的在空中蹒跚,豫备给鲁镇的人们以无限的幸福。

孕妇和牛

铁凝 作

孕妇牵着牛从集上回来,在通向村子的土路上走。

节气已过霜降,午后的太阳照耀着平坦的原野,干净又暖和。孕妇信手撒开缰绳,好让牛自在。缰绳一撒,孕妇也自在起来,无牵挂地摆动着两条健壮的胳膊。她的肚子已经很明显地隆起,把碎花薄棉袄的前襟支起来老高。这使她的行走带出了一种气势,像个雄赳赳的将军。

牛与孕妇若即若离,当它拐进麦地歪起脖子啃麦苗时,孕妇才唤一声:"黑,出来。"

黑是牛的名字,牛却是黄色的。

黑迟迟不肯离开麦地,孕妇就恼了:"黑!"她喝道。她的吆喝在寂静的旷野显得悠长,传得很远,好似正和远处的熟人打着亲热的招呼:"嘿!"

远处没有别人,黑只好独自响应孕妇这恼,它忙着又啃两口,才溜出麦地,拐上了正道。

远处已经出现了那座白色的牌楼。穿过牌楼,家就不远了。四下里是如此的旷达,那气派、堂皇的汉白玉牌楼宛若从天而降,突然矗立在大地上,让人毫无准备。即使对这牌楼望了一辈子的老人,每逢看见蓝天下这耀眼的存在，仍不免有种突然的感觉。

孕妇遥望着牌楼，心想多亏我嫁到了这儿啊。每回见到牌楼，孕妇都不免感叹她的出嫁。

孕妇的娘家在山里，山里的日子不如山前的平原。可孕妇长得俊。俊就是财富，俊就叫人觉得日子有奔头儿。孕妇的爹娘供不起闺女上学，却也不叫她做粗活儿，什么好吃的都尽着她，仿佛在武装一个能献得出手的宝贝。他们一心一意要送这宝贝出山，到富裕的平原去见他们终生也见不着的世面。

孕妇终于嫁到了山前。她的婆婆自豪地给她讲解这里的好风水：这地盘本是清朝一个王爷的坟茔，王爷的陵墓就在村北，那白花花的大牌楼就属于那个王爷。孕妇并不知王爷是多大的官，也不知道清朝距离今天有多么远，可她见过了坟墓和牌楼。墓早已被盗，只剩了一个盆样的大坑，坑里是疯长的荒草和碎砖烂瓦。孕妇站在坑边，望着坑底那些阴沉的青砖想着，多亏我嫁到了这儿啊。这大坑原本也是富贵的象征，里边的宝贝虽已被盗贼劫空，可它毕竟盛过宝贝。这坑、这牌楼保佑了这地方的富庶，这就是风水。

孕妇在这风水宝地过着舒心的日子，人更俊了。没有村人敢耻笑她那生硬的山里口音。公婆和丈夫待她很好，丈夫常说，为了媳妇，什么钱多他就干什么。如今的城市需要各式各样的高楼大厦，农闲时丈夫就随建筑队进城做工。婆婆搬过来与孕妇就伴儿，净给她沏红糖水喝。红糖水把孕妇的嘴唇弄得湿漉漉地红，人就异常地新鲜。婆婆逢人便夸儿媳："俊得少有！"

孕妇怀孕了，越发显得娇贵，越发任性地愿意出去走走。她爱赶集，不是为了买什么，而是为了什么都看看。婆婆总是牵出黑来让孕妇骑，怕孕妇累着身子。

　　黑也怀了孕啊,孕妇想。但她接过了缰绳,她愿意在空荡的路上有黑做伴。她和它各自怀着一个小生命仿佛有点儿同病相怜,又有点儿共同的自豪感。于是,她们一块儿腆着骄傲的肚子上了路。

　　孕妇从不骑黑,走快走慢也由着黑的性儿。初到平原,孕妇眼前十分地开阔,住久了平原,孕妇眼里又多了些寂寞。住在山里望不出山去,眼光就短;可平原的尽头又是些什么呢?孕妇走着想着,只觉得她是一辈子也走不到平原的尽头了。当她走得实在沉闷才冷不丁叫一声:"黑——呀!"她夸张地拖着长声,把专心走路的黑弄得挺惊愕。黑停下来,拿无比温顺的大眼瞪着孕妇,而孕妇早已走到它前头去了,四周空无一人。黑直着脖子笨拙而又急忙地往前赶,却发现孕妇又落在了它的身后。于是孕妇无声地乐了,"黑——呀!"她轻轻地叹着,平原顿时热闹起来。孕妇给自己造出来一点儿热闹,觉得太阳底下就不仅是她和黑闲散地走,还有她的叫嚷,她的肚子响亮的蠕动,还有黑的笨手笨脚。

　　像往常一样,孕妇从集上空手而归,伙同着黑慢慢走近了那牌楼,太阳的光芒渐渐柔和下来,涂抹着孕妇有些浮肿的脸,涂抹着她那蒙着一层小汗珠的鼻尖,她的鼻子看上去很晶莹。远处依稀出现了三三两两的黑点,是那些放学归来的孩子。孕妇累了。每当她看见在地上跑跳着的孩子,就觉出身上累。这累源于她那沉重的肚子,她觉得实在是这肚子跟她一起受了累,或者,干脆就是肚里的孩子在受累,她双手托住肚子直奔躺在路边的那块石碑,好让这肚子歇歇。孕妇在石碑上坐下,黑又信步走去了麦地闲逛。

　　这巨大的石碑也属于那个王爷,从前被同样巨大的石龟驮在背上,与那白色的牌楼遥相呼应。后来这石碑让一些城里来的粗暴的年轻人给推倒了。孕妇听婆婆说过,那些年轻人也曾经想推倒那堂皇的牌楼,推不动,就合计着用炸药。婆婆的爹率领着村人给那些青年下了跪,牌楼保住了。那石碑却再也没有立起来。

石碑躺在路边,成了过路人歇脚的坐物。边边沿沿让屁股们磨得很光滑。碑上刻着一些文字,字很大,个个如同海碗。孕妇不识字,她曾经问过丈夫那是些什么字。丈夫也不知道,丈夫只念了三年小学。于是丈夫说:"知道了有什么用?一个老辈子的东西。"

孕妇坐在石碑上,又看见了这些海碗大的字,她的屁股压住了其中一个。这次她挪开了,小心地坐住碑的边沿。她弄不明白为什么她要挪这一挪,从前她歇脚,总是一屁股就坐上去,没想过是否坐在了字上。那么,缘故还是出自胸膛下面的这个肚子吧。孕妇对这肚子充满着希冀,这希冀又因为远处那些越来越清楚的小黑点而变得更加具体——那些放学的孩子。那些孩子是与字有关联的,孕妇莫名地不敢小视他们。小视了他们,仿佛就小视了她现时的肚子。

孕妇相信,她的孩子将来无疑要加入这上学、放学的队伍,她的孩子无疑要识很多字,她的孩子无疑要问她许多问题,就像她从小老是在她的母亲跟前问这问那。若是她领着孩子赶集(孕妇对领着孩子赶集有着近乎狂热的向往),她的孩子无疑也要看见这石碑的,她的孩子也会问起这碑上的字,就像从前她问她的丈夫。她不能够对孩子说不知道,她不愿意对不起她的孩子。可她实在不认识这碑上的字啊。这时的孕妇,心中惴惴的,仿佛肚里的孩子已经跳出来逼她了。

放学的孩子们走近了孕妇和石碑,各自按照辈分和她打着招呼。她叫住了其中一个本家侄子,向他要了一张白纸和一杆铅笔。

孕妇一手握着铅笔,一手拿着白纸,等待着孩子们远去,她觉得这等待持续了很久,她就仿佛要背着众人去做一件鬼祟的事。

当原野重又变得寂静如初,孕妇将白纸平铺在石碑上,开始了她的劳作:她要把这些海碗样的大字抄录在纸上带回村里,请教识字的先生那字的名称,请教那些名称的含义。当她打算落笔,才发现这劳作于她是多么不易。孕妇的手很巧,描龙绣凤、扎花纳底子都不怵,却支配不了手中这杆笔。她努力端详着那于她来说十分陌生的大字。越看那些字就越不像字,好比一团叫不出名称的东西。于是她把眼睛挪开,去看远处的天空和大山,去看辽阔的平原上偶尔的一棵小树,去看奔腾在空中的云彩,去看围绕着牌楼盘旋的寒鸦。它们分散着她的注意,又集中着她的精力,使她终于收回眼光,定住了神。她再次端详碑上的大字,然后胆怯而又坚决地在白纸上落下了第一笔。

有了这第一笔,就什么都不能阻挡孕妇的书写和描画了。她描画着它们,心中揣测它们代表着什么意思。虽然她不知道它们是什么意思,她却懂得那一定是些很好的意思。因为字们个个都很俊——她想到了通常人们对她的形容。这想法似乎把她自己和那些字联得更紧了一点儿,使她心中充满着羞涩的欣喜。她愿意用俊来形容慢慢出现在她笔下的这些字,这些字又叫她不由得感叹:字是一种多么好的东西呵。

夕阳西下,孕妇伏在石碑上已经很久。她那过于努力的描画使她出了很多的汗,汗浸湿了她的袄领,汗珠又顺着袄领跌进她的胸脯。她的脸红彤彤的,茁壮的手腕不时地发着抖。可她不能停笔,她的心不叫她停笔。她长到这么大,还从来没有遇见过一桩这么累人,又这么不愿停手的活儿。这活儿好像使尽了她毕生的聪慧、毕生的力。

不知什么时候,黑已从麦地返了回来,卧在了孕妇的身边。它静静地凝视着孕妇,它那憔悴的脸上满是安然的驯顺,像是守候,像是助威,像是鼓励。

孕妇终于完成了她的劳作。在朦胧的暮色中她认真地数了又数,那碑上的大字是十七个:

忠敬诚直勤慎廉明和硕怡贤亲王神道碑

孕妇认真地数了又数,她的白纸上也落着十七个字:

忠敬诚直勤慎廉明和硕怡贤亲王神道碑

纸上的字歪扭而又奇特,像盘错的长虫,像混乱的麻绳。可它们毕竟不是鞋底子不是花绷子,它们毕竟是字。有了它们,她似乎才获得一种资格,她似乎才真的俊秀起来,她似乎才敢与她未来的婴儿谋面。那是她提前的准备,她要给她的孩子一个满意的回答。她的孩子必将在与俊秀的字们打交道中成长,她的孩子对她也必有许多的愿望,她也要像孩子愿望的那样,美好地成长。孩子终归要离开孕妇的肚子,而那块写字的碑却永远地立在了孕妇的心中。每个人的心中,多少都立着点什么吧。为了她的孩子,她找到了一块石碑,那才是心中的好风水。

孕妇将她劳作的果实揣进袄兜,捶着酸麻的腰,呼唤身边的黑启程。在碑楼的那一边,她那村庄的上空已经升起了炊烟。

黑却执意不肯起身,它换了跪的姿势,要它的主人骑上去。

"黑——呀!"孕妇怜悯地叫着,强令黑站起来。她的手禁不住去抚摸黑那沉笨的肚子。想到黑的临产期也快到了,黑的孩子说不定会和她的孩子同一天出生。黑站了起来。

孕妇和黑在平原上结伴而行,像两个相依为命的女人。黑身上释放出的气息使孕妇觉得温暖而可靠,她不住地抚摸它,它就拿脸蹭着她的手作为回报。孕妇和黑在平原上结伴而行,互相检阅着,又好比两位检阅着平原的将军。天黑下去,牌楼固执地泛着模糊的白光,孕妇和黑已将它丢在了身后。她检阅着平原、星空,她检阅着远处的山近处的树,树上黑帽子样的鸟窝,还有嘈杂的集市,怀孕的母牛,陌生而俊秀的大字,她未来的婴儿,那婴儿的未来……她觉得样样都不可缺少,或者,她一生需要的不过是这几样了。

一股热乎乎的东西在孕妇的心里涌现,弥漫着她的心房。她很想把这突然的热乎乎说给什么人听,她很想对人形容一下她心中这突然的发热,她永远也形容不出,心中的这一股情绪就叫作感动。

"黑——呀!"孕妇只在黑暗中小声儿地嘟囔着,声音有点儿颤,宛若幸福的呓语。

亲亲土豆

迟子建 作

如果你在银河遥望七月的礼镇，会看到一片盛开着的花园。那花朵呈穗状，金钟般垂吊着，在星月下泛出迷幻的银灰色。当你敛声屏气倾听风儿吹拂它的温存之声时，你的灵魂却首先闻到了来自大地的一股经久不衰的芳菲之气，一缕凡俗的土豆花的香气。你不由在灿烂的天庭中落泪了，泪珠敲打着金钟般的花朵，发出错落有致的悦耳的回响，你为自己的前世曾悉心培育过这种花朵而感到欣慰。

那永远离开了礼镇的人不止一次通过梦境将这样的乡愁捎给他的亲人们、捎给热爱土豆的人们。于是，晨曦中两个刚刚脱离梦境到晨露摇曳的土豆地劳作的人的对话就司空见惯了：

"昨夜孩子他爷说在那边只想吃新土豆，你说花才开他急什么？"

"我们家老邢还不是一样？他嫌我今年土豆种得少，他闻不出我家土豆地的花香气。你说他的鼻子还那么灵啊？"

土豆花张开圆圆的耳朵，听着这天上人间的对话。

礼镇的家家户户都种着土豆。秦山夫妇是礼镇种土豆的大户，他们在南坡足足种了三亩。春天播种时要用许多袋土豆栽子，夏季土豆开花时，独有他家地里的花色最全面，要紫有紫，要粉有粉，要白有白的。到了秋天,也自然是他们收获最多了。他们在秋末时就进城卖土豆,卖出去的自然成了钱存起来,余下的除了再做种子外,就由人畜共同享用了。

秦山又黑又瘦,夏天时爱打赤脚。他媳妇比他高出半头,不漂亮,但很白净,叫李爱杰,温柔而贤惠。他们去土豆地干活时总是并着肩走,他们九岁的女儿粉萍跟在身后,一会去采花了,一会又去捉蚂蚱了,一会又用柳条棍去戏弄老实的牛了。秦山嗜烟如命,人们见他总是叼着烟眯缝着眼自在地吸着。他家的园子就种了很多烟叶,秋天时烟叶长成了,一把把蒲扇似的拴成捆吊在房檐下,像是古色古香的编钟,由着秋风来吹打。到了冬天,秦山天天坐在炕头吸烟,有时还招来一群烟友。他的牙齿和手指都被烟熏得焦黄焦黄的,嘴唇是猪肝色,秦山媳妇为此常常和他拌几句嘴。

秦山因为吸烟过量常常咳嗽,春秋尤甚,而春秋又尤以晚上为甚。李爱杰常常跟其他女人抱怨说她两三天就得洗一回头,不然那头发里的烟味就熏得好反胃。女人们就打趣她,秦山天天搂着你吸烟不成?李爱杰便红了脸,说着去你们的,秦山才没么多的纠缠呢。

可是纠不纠缠谁能知道呢?

秦山和妻子爱吃土豆,女儿粉萍也爱吃。吃土豆的名堂在秦家大得很,蒸、煮、烤、炸、炒、调汤等等,花样繁杂得像新娘子袖口上的流苏。冬天时候粉萍常用火炉的二层格烤囫囵土豆,一家人把它当成饭后点心来吃。

礼镇的人一到七月末便开始摸新土豆来吃了。小孩子们窜到南坡的土豆地里,见到垄台有拇指宽的裂缝了,便将手指顺着裂缝伸进去,保准能掏到一个圆鼓鼓的土豆,放到小篮里,回家用它炖架豆角吃真是妙不可言。当然,当自家地的裂缝被一一企及、再无土豆露出早熟的迹象时,他们便猫着腰窜入秦山家的土豆地，像小狐狸一样灵敏地摸着土豆，生怕被下田的秦山看见。其实秦山是不在乎那点土豆的，所以这个时节来土豆地干活，他就先在地头大声咳嗽一番，给小孩子们一个逃脱的信号，以免吓着他们。偷了土豆的孩子还以为自己做贼做得高明，回去跟家长说："秦山抽烟落下的咳嗽真不小，都咳嗽到土豆地去了。"

初秋的时令，秦山有一天吃着吃着土豆就咳嗽得受不住了，双肩抖得像被狂风拍打着的一只衣架，只觉得五脏六腑都错了位，没有一处舒服的地方。李爱杰一边给他捶背一边嗔怪："抽吧，让你抽，明天我把你那些烟叶一把火都点着了。"

秦山本想反驳妻子几句，可他无论如何都没有那力气了。当天夜里，秦山又剧烈咳嗽起来，而且觉得恶心，他的咳嗽声把粉萍都惊醒了，粉萍隔着门童声童气地说："爸，我给你拔个青萝卜压压咳吧？"

秦山捶着胸说："不用了，粉萍，你睡吧。"

秦山咳嗽累了便迷迷糊糊睡着了。李爱杰担心秦山，第二天早早就醒了。她将头侧向秦山，便发现了秦山枕头上的一摊血。她吓了一跳，想推醒秦山让他看，又一想吐血不是好事，让秦山知道了，不是糟上加糟吗？所以她轻轻拈起秦山的头，将他的枕头撤下，将自己的枕头垫上去。秦山被扰得睁了一下眼睛，但捺不住咳嗽之后带给他的巨大疲乏，又睡去了。

李爱杰忧心忡忡地早早起来，洗了那个枕套，待秦山起来，她便一边给他盛粥一边说："咳嗽得这么厉害，咱今天进城看看去。"

"少抽两天烟就好了。"秦山面如土灰地说，"不看了。"

李爱杰说："不看怎么行，不能硬挺着。"

"咳嗽又死不了人。"秦山说，"谁要是进城给我捎回两斤梨来吃就好了。"

李爱杰心想:"咳嗽死不了人,可人一吐血离死就近了。"这种不祥的想法使她在将粥碗递给秦山时哆嗦了一下,她甚至不敢看他的眼睛,只是无话找话地说:"今天天真好,连个云彩丝儿都没有。"

秦山边喝粥边"唔"了一声。

"老周家的猪这几天不爱吃食,老周媳妇愁得到处找人给猪打针。你说都入秋了,猪怎么还会得病?"

"猪还不是跟人一样,得病哪分时辰。"秦山推开了粥碗。

"怎么就喝了半碗?"李爱杰颇为绝望地说,"这小米子我筛了三遍,一个谷皮都没有,多香啊。"

"不想吃。"秦山又咳嗽一声。秦山的咳嗽像余震一样使李爱杰战战兢兢。

早饭后李爱杰左劝右劝,秦山这才答应进城看病去。他们搭着费喜利家进城卖菜的马车。秦山夫妇坐在车尾。由于落过一场雨,路面的坑坑洼洼还残着水,所以车轱辘辘过后就溅起来一串串泥浆,打在秦山夫妇的裤脚上。李爱杰便说:"今年秋天可别像前年,天天下雨,起土豆时弄得跟个泥猴似的。"

费喜利甩了一下鞭子回过头说:"就你们家怕秋天下连绵雨,谁让你们家种那么大的一片土豆了?你们家挣的钱够买五十匹马的了吧?"

秦山笑了一声:"现在可是一匹不匹呢。"

费喜利"咦嗬"了一声,说:"我又不上你家的马房牵马,你怕啥?说个实话。"

李爱杰插言道:"您别逗引我们家秦山了,卖土豆那些钱要是能买回五十匹马来,他早就领回一个大姑娘填房了。"

费喜利嘀嘀地笑起来,马也愉快地小跑起来。马车颠簸着,马颈下的铃铛发出银子落在瓷盘中的那种脆响。

秦山气喘吁吁地说:"咱可没有填房纳妾的念头,咱又不是地主。"

李爱杰追问道:"真要是地主呢?"

"那也要娶你一个,咱喜欢正宫娘娘。"秦山吐了一口痰说,"等我哪天死了,你用卖土豆的钱招一个漂亮小伙入赘,保你享福。"李爱杰便因为这无端的玩笑灰了脸,差点落泪了。

医生给秦山拍了片子,告诉三天后再来。三天后秦山夫妇又搭着费喜利家进城卖菜的马车去了医院。医生悄悄对李爱杰说:"你爱人的肺叶上有三个肿瘤,有一个已经相当大了,你们应该到哈尔滨做进一步检查。"

李爱杰小声而紧张地问:"他这不会是癌吧?"

医生说:"这只是怀疑,没准是良性肿瘤呢。咱这医疗条件有限,无法确诊,我看还是尽早走吧,他这么年轻。"

"他才三十七虚岁。"李爱杰落寞地说,"今年是他本命年。"

"本命年总不太顺利。"医生同情地安抚说。

夫妻俩回到礼镇时买了几斤梨,粉萍见父母回来都和颜悦色的,以为父亲的病已经好了,就和秦山抢梨吃。也许梨的清凉起到了很好的祛痰镇咳作用,当夜秦山不再咳了,还蛮有心情地向李爱杰求温存。李爱杰心里的滋味真比调味店的气味还复杂,答应他又怕耗他的气血使他情况恶化,可不答应又担心以后是否还有这样的机会,整个的人就像被马蜂给蜇了,没有一处自在的地方,所以就一副尴尬的应付相,弄得秦山直埋怨她:"你今晚是怎么了?"

第二天李爱杰早早就醒来,借着一缕柔和的晨光去看秦山的枕头,枕头干干净净的,没有一丝血迹,这使她的心稍稍宽慰了一些,心想也许医生的话不必全都放在心上,医生也不可能万无一失吧。两口子该做啥还做啥,拔土豆地里的稗草、给秋白菜喷农药、将大蒜刨出来编成辫子挂在山墙上。然而好景不长,过了不到一周,秦山又开始剧烈咳嗽,这次他自己见到咯出的血了,他那表情麻木得像蜡像人。

"咱们到哈尔滨看看去吧。"李爱杰悲凉地说。

"人一吐血还有个好吗?"秦山说,"早晚都是个死,我可不想把那点钱花在治病上。"

"可有病总得治呀。"李爱杰说,"大城市没有治不好的病,况且咱又没去过哈尔滨,逛逛世面吧。"

秦山不语了。夫妻二人商量了半宿,这才决定去哈尔滨。李爱杰将家里的五千元积蓄全部带上,又关照邻居帮她照顾粉萍、猪和几只鸡。邻居问他们秋收时能回来么?秦山咧嘴一笑说,"我就是有一口气,也要活着回来收最后一季土豆。"

李爱杰拍了一下秦山的肩膀,骂他:"胡说!"

两人又搭了费喜利家进城卖菜的马车。费喜利见秦山缩着头没精打采,就说:"你要信我的,就别看什么病去。你少抽两袋烟,多活动活动就好了。"

"我见天长在土豆地里干活,活动还算少吗?"秦山干涩地笑了一声,说,"看什么病,陪咱媳妇逛逛大城市去,买双牛皮鞋,再买个开长衩的旗袍。"

"我可不穿那东西给你丢人。"李爱杰低声说。

两个人在城里买了一斤烙饼和两袋咸菜,就直奔火车站了。火车票没有他们想象的那么贵,而且他们上车后又找到了挨在一起的座位,这使他们很愉快。所以火车开了一路李爱杰就发出一路的惊诧:

"秦山,你快看那片紫马莲花,茸嘟嘟的!"

"这十好几头牛都这么壮,这是谁家的?"

"这人家可真趁,瞧他家连大门都刷了蓝漆!"

"那个戴破草帽的人像不像咱礼镇的王富?王富好像比他瓷实点。"

秦山听着妻子恍若回到少女时代的声音,心里有种比晚霞还要浓烈的伤感。如果自己病得不重还可以继续听她的声音;如果病入膏肓,这声音将像闪电一样消失。谁会再来拥抱她温润光滑的身体?谁来帮她照看粉萍?谁来帮她伺候那一大片土豆地?

秦山不敢继续往下想了。

两人辗转到哈尔滨后并没心思浏览市容,先就近在站前的小吃部吃了豆腐脑和油条,然后打听如何去医院看病。一个扎白围裙的胖厨子一下子向他们推荐了好几家大医院,并告诉他们如何乘车。

"你说这么多医院,哪家医院最便宜?"秦山问。

李爱杰瞪了秦山一眼,说:"我们要找看病最好的医院,贵不贵都不怕。"

厨子是个热心人,又不厌其烦地向他们介绍各个医院的条件,最后帮助他们敲定了一家。

他们费尽周折赶到这家医院,秦山当天就被收入院。李爱杰先缴了八百元的住院押金,然后上街买了饭盒、勺、水杯、毛巾、拖鞋等住院物品。秦山住的病房共有八人,有两个人在打氧气。在垂危者那长一声短一声的呼吸声中有其他病人的咳嗽声、吐痰声和喝水声。李爱杰听主治医生讲要给秦山做CT检查,这又是一笔不小的开销。但李爱杰豁出去了。

秦山住院后脸色便开始发灰,尤其看着其他病人也是一副愁容惨淡的样子,他便觉得人生埋伏着的巨大陷阱被他踩中了。晚饭时李爱杰上街买回两个茶蛋和一个大面包。与秦山邻床的病人也是中年人,很胖,头枕着冰袋,他的妻子正给他喂饭。他得的好像是中风,嘴歪了,说话含混不清,吃东西也就格外费力。喂他吃东西的女人三十来岁,齐耳短发,满面憔悴。有一刻她不慎将一勺热汤撒在了他的脖子上,病人急躁地一把打掉那勺,吃力地骂:"婊子、妖精、破鞋——"女人撇下碗,跑到走廊伤心去了。

李爱杰和秦山吃喝完毕,便问其他病人家属如何订第二天的饭,又打听茶炉房该怎么走。大家很热心地一一告诉她。李爱杰提着暖水瓶走出病室的门时天已经黑了,昏暗的走廊里有一股阴冷而难闻的气味。李爱杰在茶炉房的煤堆旁碰到那个挨了丈夫骂的中年妇女,她正在吸烟。看见李爱杰,她便问:

"你男人得了什么病?"

"还没确诊呢。"李爱杰说,"明天做 CT。"

"他哪里有毛病?"

"说是肺。"李爱杰拧开茶炉的开关,听着水咕噜噜进入水瓶的声音。"他都咯血了。"

"哦。"那女人沉重地叹息一声。

"你爱人得了中风?"李爱杰关切地问。

"就是那个病吧,叫脑溢血,差点没死了。抢救过来后半边身子不能动,脾气也暴躁了,稍不如意就拿我撒气,你也看见了。"

"有病的人都心焦。"李爱杰打完水,盖严壶盖,直起身子劝慰道,"骂两句就骂两句吧。"

"唉,摊上个有病的男人,算咱们命苦。"女人将烟掐死,问,"你们从哪里来?"

"礼镇。"李爱杰说,"坐两天两夜的火车呢。"

"这么远。"女人说,"我们家在明水。"她看着李爱杰说,"你男人住的那张床,昨晚刚抬走一位。才四十二岁,是肝癌,留下两个孩子和一个快八十的老母亲,他老婆哭得抽过去了。"

李爱杰提水壶的胳膊就软了,她低声问:"你说真要得了肺癌还有救吗?"

"不是我嘴损,癌是没个治的。"那女人说,"有那治病的钱,还不如逛逛风景呢。不过,你也别担心,说不定他不是癌呢,又没确诊。"

李爱杰愈发觉得前程灰暗了,不但手没了力气,腿也有些飘,看东西有点眼花缭乱。

"你家在哈尔滨有亲戚吗?"

"没有。"李爱杰说。

"那你晚间住哪儿?"

"我就坐在俺男人身边陪着他。"

"你还不知道吧,家属夜间是不能呆在病房的,除非是重病号夜间才允许有陪护。看你的样子,家里也不是特别有钱的,旅店住不起,不如跟我去住,一个月一百块钱就够了。"

"那是什么地方?"李爱杰问。

"离医院不远,走二十分钟就到了。是一片要动迁的老房子,矮矮趴趴的,房东是老两口,闲着间十米的屋子,原先我和那个得肝癌病的人的老婆一起住,她丈夫一死,她就收拾东西回乡下了。"

"太过意不去。"李爱杰说,"你真是好心人。"

"我叫王秋萍。"女人说,"你叫我萍姐好了。"

"萍姐。"李爱杰说,"我女儿也叫萍,是粉萍。"

两个女人出了茶炉房,通过一段煤渣遍地的甬道回到住院处的走廊。

她们一前一后走着,步履都很沉重。一些病人家属来来往往地打水和倒剩饭,卫生间的垃圾桶传出一股刺鼻的馊味儿。

秦山在李爱杰要离开他跟王秋萍去住的时候忽然拉住她的手说:"爱杰,要是确诊是癌,咱可不在这遭这份洋罪,我宁愿死在礼镇咱家的土豆地里。"

"瞎说。"李爱杰见王秋萍在看他们,连忙抽回手,并且有些脸红了。

"你别心疼钱,要吃好住好。"秦山嘱咐道。

"知道了。"李爱杰说。

房东见王秋萍又拉来新房客,当然喜不自禁。老太太麻利地烧了壶开水,还洗了两条嫩黄瓜让她们当水果吃。那间屋子很矮,两张床都是由砖和木板搭起来的,两床中央放着个油漆斑驳的条形矮桌,上面堆着牙具、镜子、茶杯、手纸等东西。墙壁上挂着几件旧衣裳,门后的旮旯里有个木盖马桶。这所有的景致都因为那个低照度的灯泡而显得更加灰暗。

王秋萍和李爱杰洗过脚后便拉灭了灯,两人躺在黑暗中说着话。

"刚才看你男人拉你手的那股劲,真让我眼热。"王秋萍羡慕地说,"你们的感情真深呐。"

"所以他一病我比自己病还难受。"李爱杰轻声说。

"唉,我男人没病前我俩就没那么好的感情,两天不吵,三天早早的。他病了我还得尽义务,谁想这人脾气越来越随驴了,我伺候了他三个月了,他的病老是反复,家里的钱折腾空了,借了一屁股的债,愁得我都不想活了。两个孩子又都不立事,婆婆还好吃懒做,常对我指桑骂槐的。"

"你家也靠种地过日子?"李爱杰问。

"可不，咱也是农民嘛。前年他没病时跟人合开了一个榨油坊，挣了几千块钱，全给赌了。"

"那你的饥荒怎么还呢？"

"我现在就开始干两份活了。"王秋萍说，"每天早晨三点多钟我就到火车站的票房子排队买卧铺票，然后票贩子给我十五块钱，中午我给一家养猪厂到几家饭店去收剩饭剩菜，也能收入个十块八块的。一天下来，能有二十几块呢。"

"你男人知道你这么辛苦吗？"

"他不骂我就烧高香了，哪还敢指望他疼我。"王秋萍长长叹口气，"他将来恢复不好，真是偏瘫了，我后半辈子就全完了。有时候真巴不得他——"

李爱杰知道她想说什么，她在黑暗中吃惊地"啊"了一声。

"你要是摊上了就知道了。"王秋萍乏力地说，"要是你男人真得了癌，得需要一大笔钱，还治不出个好来。到时我帮你联系点活干，卖盒饭、给人看孩子、送牛奶……"

王秋萍的声音越来越细，沉重的疲惫终于遏止了她的声音，将她推入梦乡。李爱杰辗转反侧，一会想秦山在医院里能否休息好、夜里可否咳嗽，一会又想粉萍在邻居家住得习惯吗，一会又想礼镇南坡她家那片土豆地，想得又乏又累才昏昏沉沉睡去。等到醒来后天已经大亮了，房东正在扫地，有几只灰鸽子在窗台前咕咕叫，王秋萍的铺已经空了。

"夜里睡得踏实吗？"房东热情地问。

"挺香的。"李爱杰说，"一路折腾来的乏算是解了。"

房东一边忙活一边絮絮叨叨问李爱杰一些事。男人得的什么病呀，家里几口人呀，住几间房呀。她告诉李爱杰，王秋萍一大早就上火车站排队买卧铺票去了，让她早起后到街角买个煎饼馃子吃。

李爱杰洗过脸，就沿着昨夜来时的路线去医院。街上无论是汽车还是行人都多得让她数不过来，她想城里的马路才真正是苦命的路。天有些阴，但大多数的女人都穿着裙子，她们露着腿，背着精致考究的皮包，高跟鞋将人行道踩得咯噔咯噔响。她本想在街角买个煎饼馃子吃，但因为惦记秦山，还是空着肚子先到医院去了。一进走廊，就见秦山住的病室的门被推开了，一下子涌出来五六个手忙脚乱的人，有医生，也有神色慌乱的陌生人。跟着推出了一个病人，吓得李爱杰腿都软了。直到看到那病人不是秦山，这才缓口气来，看着他们朝抢救室急急而去。

秦山帮助妻子订了一份小米粥，怕粥凉了，用饭盒扣得严严实实的，搁在自己的肚子上，半仰着身子用手捂着。李爱杰一来，他就笑着从被窝里拿出饭盒，说："还温着呢，快吃吧。"

李爱杰鼻子一酸，轻声问："夜里没咳嗽吧？"

秦山眨眨眼睛，摇摇头，轻声说："你不在身边就是睡不踏实。"

李爱杰眼睛湿湿地看了眼秦山，然后垂头去吃那盒粥。病室窗外的树叶被风吹得飒飒响，像秦山年轻时用麦秸拨弄她耳朵逗她发痒的那股声音。李爱杰看了一眼王秋萍的丈夫，他四肢僵硬地躺在床上，歪着头，贪馋地看着邻床的病人吃烙饼。那表情完全是个不谙世事的小孩子。

秦山的检查结果很快出来了。当李爱杰被医生叫到办公室后她知道一切都完了。

医生说："他已经是晚期肺癌了，已经扩散了。"

李爱杰没有吱声，她只觉得一下子掉进一口黑咕隆咚的井里，她感觉不出阳光的存在了。

"如果做手术，效果也不会太理想。"医生说，"你考虑吧，要么就先用药物维持。不过最好不要让病人知道真实情况,那样会增加他的心理负担。"

李爱杰慢吞吞地出了医生办公室,她在走廊碰到很多人,可她感觉这世界只有她一个人。她来到住院处大门前的花坛旁,很想对着那些无忧无虑的娇花倩草哭上一场,可她的眼泪已经被巨大的悲哀征服了,她这才明白绝望者是没有泪水的。

李爱杰去看秦山的时候为了掩饰自己内心的慌乱,特意从花坛上偷偷摘了一朵花掖在袖筒里。秦山正在喝水,雪亮的阳光投在他青黄瘦削的脸颊上,他的嘴唇干裂了。李爱杰趁他不备将花从袖筒掏出来:"闻闻,香不香?"她将花拈在他的鼻子下。

秦山深深闻了一下,说:"还没有土豆花香呢。"

"土豆花才没有香味呢。"李爱杰纠正说。

"谁说土豆花没香味?它那股香味才特别呢,一般时候闻不到,一经闻到就让人忘不掉。"秦山左顾右盼见其他病人和家属都没有注意听他们说话,才放心大胆地打趣道:"就像你身上的味儿一样。"

李爱杰凄楚地笑了。就着这股笑劲,她装做兴高采烈地说:"你知道我为什么偷花给你吗?咱得高兴一下了,你的病确诊了,就是普通的肺病,打几个月的点滴就能好。"

"医生跟你说了?"秦山心凉地问。

"医生刚才告诉我,不信你问问去。"李爱杰说。

"没有大病当然好,我还去问什么呢。"秦山说,"咱都来了一个多礼拜了,该是收土豆的时候了。"

"你放心,咱礼镇有那么多的好心人,不能让咱家的土豆烂到地里。"李爱杰说。

"自己种的地自己收才有意思。"秦山忽然说,"钱都让你把着,你就不能给我几百让我花花?"

"我才没那么抠门呢。"李爱杰抿嘴一乐,"你现在躺在医院里又不能出去逛,你要钱有什么用?"

"订点好饭呀,托人买点水果呀什么的。"秦山端起水杯喝了几口水,然后说:"身上有钱踏实。"

李爱杰就从腰包数出三百块钱给了秦山。

当天下午,护士便来给秦山输液了,是一种没贴药品标签的液体,李爱杰一边陪他输液一边和他说着温暖话。到了黄昏,输完液,送饭的来了,他们又一起吃了米饭和豆角。秦山吃得虽然少,但他看上去情绪不错,因为他一直在说话。

黄昏了。王秋萍来给丈夫送饭,她黑着眼圈,手上缠着绷带。她这两天特别倒霉,铁路打击票贩子,票贩子都不敢出现了。她想自己买票暗中高价卖掉,不料这一段天天起得迟,到了售票处只能排到队尾,自然毫无所获,而且手又不巧被铁栅栏给划破了。她丈夫虽然脾气不好,但食欲却比旭日还要旺盛,整天指着名鸡要鱼的,王秋萍只能硬撑着。

"秦山,你也喝点鸡汤吧。"王秋萍说。

"我和爱杰刚吃过。"秦山和悦地笑笑,"谢谢了。"

王秋萍的丈夫恨恨地瞪了王秋萍一眼,说:"你看他比我年轻,让他喝我的鸡汤,你勾引人——"

王秋萍摇头叹口气,无可奈何地给丈夫一勺一勺地喂鸡汤。喂完丈夫,她和李爱杰一起上厕所,突然说:"那么多不该进太平房的人都进了那里,他这该进的却天天活着磨人。有时候真想毒死他。"

李爱杰怔怔地看着王秋萍,失神地说:"秦山确诊了。"她突然扑到王秋萍怀里哭起来:"我还不如你,想让他磨我也没这个日子了!"

两个中年女人相抱在一起哭成了泪人,将一些上厕所的人吓得大惊失色。

那一夜王秋萍和李爱杰几乎彻夜未眠。两个人买了瓶白酒,喝得酩酊大醉,将在厕所没有哭完的泪水又哭了出来。刚开始时两人都觉头部昏沉,奇怪的是哭得透彻了倒把酒给醒了,毫无睡意,两人便讲起各自的家世,说得天有晓色,才觉得眼睛发涩,便都酣然沉睡于蓓蕾般的黎明中。

李爱杰梦见自己和秦山去土豆地铲草,路过草甸子,秦山为她采一枝花,掉进了沼泽中,眼看着人越陷越深,急得李爱杰大喊起来,一个激灵从睡梦中坐了起来,揉揉太阳穴,看着矮桌上的空酒瓶和吃剩的香肠、豆腐干、花生米,她才忆起昨夜和王秋萍喝酒的事。王秋萍裹条薄绒毯子,睡得头发披散,鼻翼微微翕动,面色也比白日里看上去好多了。李爱杰抓过手表,一看已经是正午时分了,吓得非同小可,连忙推醒王秋萍:"萍姐,中午了,咱们还没去医院呢。"

王秋萍也"吭唷"一声坐起来,用手背使劲揉了下眼睛,懊恼地自责:"唉,排不成车票,连猪食也收不成了。"她直了直腰,忽然又四仰八叉躺倒在床,一副听天由命的样子:"反正已经中午了,不如睡到晚上,还能省顿饭。"

李爱杰知道她在说气话。待她梳洗完毕回到小屋,王秋萍果然已经起床了,她对李爱杰说,过两天她要回明水一趟,夜里她梦见两个孩子让狗给咬了:"一个咬在胳膊上,一个咬在腿上,扑在我面前哭得起不来,孩子托生在我家真是可怜。"

"梦都是反着来解的。"李爱杰安慰她,"你梦见他们哭说明他们笑。"

"咳，我想孩子了。"王秋萍又是一声长长的叹息，"也该秋收了，总不能老指着我娘家人帮忙吧？"

"是该秋收了，我们家有好大一片土豆地呢。"李爱杰说这话的感觉就像没过足秋天双脚却踩在了初冻的薄冰上，有一种说不出的失落和凄楚。

两个人说着话来到街上，各自买了一个煎饼馃子，倚在浮灰重重的栅栏前吃起来。阳光很灿烂，她们眯缝着眼睛，百无聊赖地看着行人、车辆、广告牌，听着汽车喇叭声、磁带销售摊前录音机播放的流行歌曲声以及此起彼伏的叫卖声。

她们赶到医院时午饭已经过了。李爱杰一进病房就傻了眼，秦山不见了，病服堆在床上，床头柜上的饭盒等东西也不见了。

护士正在给患者扎针，见了李爱杰便态度生硬地说："五号床的家属，你们家的病人怎么不见了？"

"昨晚我离开时他还好好地呆在这里，他怎么会出了医院？"李爱杰气急地说，"该问你们医院吧？"

"医院又不是托儿所。"护士没有好气地说，"还住不住了？不住还有其他病人等着床呢。"

李爱杰掀开了秦山的床单，见床下的拖鞋也不见了，她便害怕地坐在床头哭起来。邻床的一位患者说，晚上秦山还睡得好好的，凌晨四点左右，天才放亮，秦山就下床了，他以为他去解手了。

秦山会不会去死呢？昨天她和王秋萍在厕所哭了一场，尽管回病房前洗了好几遍脸，又站在院子的风中平静了一番，可她红肿的眼睛也许让他抓到蛛丝马迹了，他没有告别就走了，看来是不想活了。

王秋萍顾不上自己的丈夫了，连忙陪同李爱杰去找秦山。她们去了松花江边、霓虹桥的铁路交叉口以及公园幽深的树林,一切可以自杀的场景几乎都让她们跑遍了。然而没有什么人投江、卧轨或是吊在公园的树下。天黑的时候,她们仍不见秦山的影子,有的只是源源不断的、形形色色的陌生的归家人。李爱杰趴在霓虹桥的绿铁栏前痛哭起来。

她们绞尽脑汁想秦山会去哪里,最后王秋萍说也许他去极乐寺出家了。李爱杰也觉得有些道理,也许秦山以为遁入佛门会使他的病和灵魂都得到拯救。于是她们又捱过一个不眠之夜后,一大早就去极乐寺了。她们找到住持,问昨天是否有人要来出家。住持双手合十念了声"阿弥陀佛",然后微微摇头。她们便又去了大直街上的天主堂和一处基督堂。她们为什么去教堂?也许她们认为那是收留人灵魂的地方。转到下午,仍不见秦山的影子。她们又跑回住处看房东家的电视,看本市午间新闻是否有寻人启事或者是意外事故的发生,结果她们毫无所获。

一直到了下午两点,处于极度焦虑状态的李爱杰才突然意识到秦山一定是回礼镇了。一个要自杀的人怎么会带走饭盒、毛巾、拖鞋等东西呢?她又联想起秦山那天朝她要钱的事,就更加坚定地认为秦山回了家乡了。李爱杰开始打点回家的行装。

"萍姐,一会跟我去办退院手续。"李爱杰头也不抬地说,"秦山一定是回了家了。"

"他不想治病了?"王秋萍大声叫道。

"他一定明白他的病是绝症了。治不好的病他是不会治的。"李爱杰哽咽地说,"他是想把钱留下来给我和粉萍过日子,我知道他。"

"这么善良的人怎么让你摊上了?"王秋萍抽咽了一下,"他回家怎么不叫上你?"

"叫上我,我能让他走吗?"李爱杰说,"今天的火车已经赶不上了,明天我就往回返。"

一旦想明白了秦山的去处，李爱杰就沉静下来了。下午王秋萍陪她去办退院手续，院方开始不退住院押金，说病人已经住了一周多了，而且又用了不少药，李爱杰说不过他们，便去求助于秦山的主治医生。医生听明情况后，帮助她找回了应退还的钱。

晚间，李爱杰打开旅行袋，取出一条很新的银灰色毛料裤子，递给王秋萍："萍姐，这是我三年前的裤子，就上过两回身。城里人爱以貌取人，你去哪办事时就穿上它。你比我高一点，你可以把裤脚放一放。"

王秋萍捧着那条裤子，将它哭湿了好大一片。

李爱杰赶回礼镇时正是秋收的日子，家家户户都在南坡地里起土豆。是午后的时光，天空极端晴朗，没有一丝云，只有凉爽的风在巷子里东游西逛。李爱杰没有回家，她径直朝南坡的土豆地走去。一路上她看见许多人家的地头都放着手推车，人们刨的刨、拣的拣、装袋的装袋。邻家的狗也跟着主人来到地里，见到李爱杰，便摇着尾巴上来叼她的裤脚，仿佛在殷勤地问候她：你回来了？

李爱杰远远就看见秦山猫腰在自家的地里起土豆，粉萍跟在他身后正用一只土篮拣土豆。秦山穿着蓝布衣，午后的阳光沉甸甸地照耀着他，使他在浏亮的阳光中闪闪发光，李爱杰从心底深深地呼唤了一声："秦山——"双颊便被自己的泪水给烫着了。

秦山一家人收完土豆后便安闲地过冬天。秦山消瘦得越来越快，几乎不能进食了。他常常痴迷地望着李爱杰一言不发。李爱杰仍然平静地为他做饭、洗衣、铺床、同枕共眠。有一天傍晚，天落了雪，粉萍在灶间的火炉上烤土豆片，秦山忽然对李爱杰说："我从哈尔滨回来给你买了件东西，你猜是啥？"

"我怎么猜得出来。"李爱杰的心咚咚地跳起来。

秦山下了炕，到柜子里拿出一个红纸包，一层层轻轻地打开，抖搂出一条宝石蓝色的软缎旗袍，那旗袍被灯光映得泛出一股动人的幽光。

"哦！"李爱杰吃惊地叫了一声。

"多亮堂啊。"秦山说，"明年夏天你穿上吧。"

"明年夏天——"李爱杰伤感地说，"到时我穿给你看。"

"穿给别人看也是一样的。"秦山说。

"这么长的衩，我才不穿给别人看呢。"李爱杰终于抑制不住地哭着扑倒在秦山怀里，"我不愿意让别人看我的腿……"

秦山在下雪的日子里挣扎了两天两夜终于停止了呼吸。礼镇的人都来帮助李爱杰料理后事。但守灵的事只有她一人承当。李爱杰在屋里穿着那条宝石蓝色的软缎旗袍，守着温暖的炉火和丈夫，由晨至昏，由夜半至黎明。直到了出殡的那一天，她才换下了那件旗袍。

由于天寒地冻，在这个季节死去的人的墓穴都不可能挖得太深，所以覆盖棺材光靠那点冻土是无济于事的。人们一般都去拉一马车煤渣来盖坟，待到春暖花开了再培新土。当葬礼主持差人去拉煤渣的时候，李爱杰突然阻拦道："秦山不喜欢煤渣。"

葬礼主持以为她哀思深重，正要好言劝导，她忽然从仓房里拎出几条麻袋走向菜窖口，打开窖门，吩咐几个年轻力壮的人："往麻袋里装土豆吧。"

大家都明白李爱杰的意图，于是就一齐动手拣土豆。不出一小时，五麻袋土豆就装满了。

礼镇人看到一个不同寻常的葬礼，秦山的棺材旁边坐着五麻袋墩墩实实的土豆，李爱杰头裹孝布跟在车后。虽然葬礼主持不让她跟到墓地，她还是坚持随着去了。秦山的棺材落入坑穴，人们用铁铲将微薄的冻土扬完后，棺材还露出星星点点的红色。李爱杰上前将土豆一袋袋倒在坟上，只见那些土豆咕噜噜地在坟堆上旋转，最后众志成城地挤靠在一起，使秦山的坟豁然丰满充盈起来。雪后疲惫的阳光挣扎着将触角伸向土豆的间隙，使整座坟洋溢着一股温馨的丰收气息。李爱杰欣慰地看着那座坟，想着银河灿烂的时分，秦山在那里会一眼认出他家的土豆地吗？他还会闻到那股土豆花的特殊香气吗？

李爱杰最后一个离开秦山的坟。她刚走了两三步，忽然听见背后一阵簌簌的响动，原来坟顶上的一只又圆又胖的土豆从上面坠了下来，一直滚到李爱杰脚边，停在她的鞋前，仿佛一个受惯了宠的小孩子在乞求母亲那至爱的亲昵。李爱杰怜爱地看着那个土豆，轻轻嗔怪道："还跟我的脚呀？"

警察和圣歌

[美] 欧·亨利 作 黄源深 译

索比躺在麦迪逊广场的长凳上,不安地蠕动着。当大雁在夜空中发出尖叫,当缺少海豹皮大衣的女人对丈夫更加体贴,当索比在公园的长凳上不安地翻来覆去时,你可以知道冬天已经逼近了。

一片枯叶落在索比的膝头。那是严寒递上的名片。严寒对麦迪逊广场的常客十分关照,每年到来之前都会及时预告,在十字街头把名片交给北风,那位露天大厦的男仆,好让那里的居民做好准备。

索比心里明白,为了抵御来临的寒冬,已经到了由他组成单人事务委员会的时候,所以他在长凳上睡不安宁了。

索比过冬的雄心,并不算很大。他没有考虑去地中海航游,没有想到令人昏昏欲睡的南方天空,也没有想去维苏威海湾游弋。他一心向往的,是在岛上[1]度过三个月。三个月里,吃饭、住宿和投合的伙伴,都有保证,又可免受北风和警察之苦。对于索比,这似乎是最值得神往的。

几年来,好客的布莱克韦尔岛一直是他冬季的寓所。那些比他更为幸运的纽约人,每年冬天都买好去棕榈滩[2]和里维埃拉[3]度假的票子。像他们一样,索比寒酸地准备着一年一度去岛上的避难。现在,时候到了。前一天晚上,他睡在古老的广场靠近喷泉的长凳上,把三份星期日报纸,分别垫在外衣底下、裹住脚踝、盖在膝盖上，但仍无法抵御寒冷。于是，去岛上的念头适时地变得强烈起来了。他鄙视以慈善名义为城里无依无靠的人提供的施舍。在他看来，法律比慈善机构更加仁慈。他自己有数不清的去处，市政府办的和慈善机构办的，都可以获得符合俭朴生活的食宿。但对心高气傲的索比来说，慈善布施是一种负担。从慈善家手中得到的任何恩惠，都必须偿还，不是用金钱，是用心灵的屈辱。就像有恺撒就有布鲁图一样，施舍你一张床，你就得付出先沐浴的代价；给你一条面包，你得以个人隐私备受追查来偿还。因此倒还不如去做法律的常客，按规章办事，君子私事不受非法干预。

索比一决定去岛上，就当即着手来实现这一愿望。办法很多，也很简单。最舒心的办法，是在一家昂贵的饭店美美地饱餐一顿，然后说无钱埋单，不声不响地被交给警察。其余的事，一个好说话的地方法官自会去办理。

索比离开长凳，步出广场，穿过平坦开阔的柏油马路，百老汇大街和第五大街交汇的地方，转入百老汇大街，在一家灯火闪亮的饭店前停了下来。这里夜夜都聚集着有钱有势的人，穿绫戴罗，觥筹交错。

索比对自己从背心最底下的一个纽扣往上部分，很有信心。他的脸刚刮过，外衣怪体面的，配有一条简易活结领带，黑颜色，很整洁，是感恩节一位女传教士送的。要是能靠近饭桌，不引起怀疑，胜利就属于他了。他露在桌面上的半身，不会招来侍者的怀疑。索比想，一只烤野鸭差不多，再来一瓶夏布利酒，然后是一块卡门贝干酪、一小杯清咖和一根雪

---

1 即位于纽约和布鲁克林之间的布莱克韦尔岛，岛上有监狱。
2 美国佛罗里达州度假胜地。
3 法国东南部和意大利西北部地区的度假胜地。

茄。雪茄一元一根就可以了。全部费用不会过高，不致引起管理层穷凶极恶的报复，而野鸭肉足以让他填饱肚皮，高高兴兴上路，去他的冬季避难所。

然而，一进饭店门，领班的目光就落在了他磨损的裤子和破烂的鞋子上。一双强壮的手，利索地把他扭过身来，不声不响急忙将他推到人行道上，使那只险遭不测的野鸭，逃脱了不体面的命运。

索比离开了百老汇大街。看来，美食并不是一条路，可以通向他所垂涎的海岛。他必须考虑另找门路进入监狱。

在第六大街街角，一家商店的橱窗十分引人注目。只见灯光闪耀，窗玻璃后面的货物摆放得精巧有致。索比捡起一块大鹅卵石，扔向橱窗，打碎了玻璃。人们纷纷奔向街角，带头的是一个警察。索比一动不动站着，双手插在口袋里，笑容可掬地面对着铜纽扣。

"作案的人呢？"警官激动地问道。

"你难道不认为我可能跟这有关系吗？"索比说，口气里不无讥嘲，但很友好，仿佛在跟好运打招呼。

在警察的脑子里，索比根本不可能是线索。打碎玻璃窗的人是不会待着不走，跟法律的忠仆聊天的。他早就该逃之夭夭了。警察看到，半个街区开外有个人奔跑着去赶车子。他取出警棍，开始追赶。索比继续游荡着，心里很懊丧，居然两回都没有成功。

街对面有一家不很招摇的饭馆，供应那些胃口大而钱包小的顾客。店里器皿粗，气氛浓，但汤很稀，餐巾薄。索比走了进去，没有引起怀疑，脚上还是那双易遭非议的鞋子，身上穿的是那条会泄密的裤子。他坐在餐桌旁，吃了牛排、煎饼、炸面圈和馅儿饼。然后，他向侍者透露了实情，自己没有财运，身无分文。

"好吧，准备叫警察吧，"索比说，"别让老子等着。"

"你甭想要警察伺候你。"侍者说，嗓音糯糯的像奶油蛋糕，眼睛红红的像曼哈顿鸡尾酒会上的樱桃。"嗨，骗子！"

两个侍者干净利落地将索比扔了出去，他的左耳碰在了粗糙的人行道上。他像木匠打开曲尺一样，一个关节继一个关节爬了起来，掸去衣服上的灰尘。让警察拘捕仿佛只是一场玫瑰梦，海岛似乎非常遥远。一个警察站在相隔两个门面的药店前，哈哈大笑，朝街的一头走去。

索比穿过了五个街区，才鼓起勇气再去求人逮捕他。这次他碰上了一个机会，傻乎乎地自以为是"十拿九稳"了。一个外貌端庄悦目的少妇，站在橱窗前，悠闲地瞧着刮须用的杯子，以及墨水台。在橱窗两码以外的地方，一个神情严肃的大个子警察，斜靠在一个消防水栓上。

索比打算扮演一个卑鄙讨厌的调戏者角色。他的猎物长相那么典雅脱俗，近旁的警察又那么认真，他不由得相信，自己的手腕很快就能感受到警方舒适的镣铐了，保证他在那个整洁宜人的小岛上找到冬季的栖身地。

索比整了整女教士赠送的简易领带，把缩进的袖口拉到外面，将帽子斜戴到迷人的角度，侧身挨近少妇。他向她做了个媚眼，突然咳嗽了几下，清了清嗓子，又是傻笑，又是假笑，厚颜无耻地使出调戏者一连串可恶伎俩。索比侧眼看见那个警察紧盯着他。少妇向一旁移动了几步，继续全神贯注地看着刮须用的杯子。索比紧随着，大胆地走到她身旁，抬起帽子说：

"啊哈，小妞儿！不想到我院子里去玩玩吗？"

那个警察仍旧看着他们。被骚扰的少妇只要伸手一招，索比差不多就得上路，去他与世隔绝的天堂了。他已在想象，自己能感受到警察局舒适的暖意了。少妇面对着他,伸出一只手,拽住索比的衣袖。

"当然,小兄弟,"她高兴地说,"要是你能请我喝啤酒。要不是警察看着,我早就同你说话了。"

少妇玩起了常春藤攀附橡木的花招,黏住了索比。索比沮丧地从警察身旁走过,似乎注定要与自由结缘。

到了下一个街角,索比甩掉伙伴逃跑了。他在一个街区停下了脚步,那里有最轻松的街道、最轻快的心情、最轻巧的誓言和最轻灵的歌剧。穿裘皮的女人和着厚大衣的男子,冒着冬寒快活地走动着。索比突然担心,一种可怕的魔力在发威,使他无缘受到拘捕。这一念头让他感到有点惊慌。这时,他看到另一个警察在一家华丽的剧院前神气活现地闲荡,便立刻抓住了"扰乱治安行为"这根救命稻草。

在人行道上,索比拔直喉咙大嚷,嗓音沙哑,一派酒后胡话。他又是跳,又是叫,又是骂,闹得天翻地覆。

警察转动着手里的警棍,回过身去,背对索比,同一个公民说了一通。

"是耶鲁的小伙子们,庆祝他们给哈特福德学院吃了个零蛋。有些吵闹,但并不碍事。我们接到指示,随他们闹去。"

索比闷闷不乐,停止了劳而无功的叫嚷。难道没有一个警察会逮捕他?在他的想象中,海岛似乎成了不可企及的阿卡狄亚[1]。迎着寒风,他扣好了单薄的外衣纽扣。

一家雪茄店里,他看到一个穿着讲究的男子,对着摇曳的火种在点雪茄,进门时把丝绸伞放在了门边。索比走进去拿了伞,慢悠悠地走掉了。

---

[1] 古希腊的一个高原地区,喻指有田园牧歌式淳朴生活的地方。

点雪茄的男子急忙跟了上来。

"是我的伞。"他厉声说。

"啊,是吗?"索比带着讥讽的口吻说,小偷小摸之外又加了羞辱的罪名。"好吧,干吗不叫警察?是我拿的。是你的伞呀!为什么不把警察叫来呢?角落上就站着一个。"

伞主放慢了脚步。索比随之也慢了下来,预感到命运又要跟他作对了。警察好奇地看着两人。

"当然,"那位伞主说,"事情——是呀,你知道,这些误会是怎么产生的——我——假如这是你的伞,我希望你原谅我——今天早上,我是在一家饭馆里捡到的——要是你认出来是你的伞,那么——我希望你——"

"当然是我的。"索比恶狠狠地说。

原来那位伞主退却了。警察匆匆朝一个戴夜礼服斗篷的高挑金发女郎跑去,扶她穿过街道,因为两条马路之外,一辆市内有轨电车正在逼近。

索比朝东走去,穿过一条正在改建、掘得坑坑洼洼的街道。他怒悻悻地把伞扔进土坑,咕哝着骂起那些戴头盔拿警棍的人来,自己一心想要落入他们手掌,却被他们看作是一个永远正确的国王。

最后,索比来到东边一条街,那里灯光昏暗,不大喧闹。他朝着麦迪逊广场走去,回家的念头还在,尽管这个家不过是公园的长凳。

但是,在一个异常静谧的角落,索比停下了脚步。这里有一个古怪的老教堂,结构散漫,建有山墙。一扇紫色的窗户,射出柔和的光来。不用说,一个风琴师在拨弄琴键,保证下一个安息日弹好圣歌。美妙的音乐从那里传来,飘进索比的耳朵,打动了他,把他牢牢地黏在了铁栏杆的卷曲形图案上。

月亮高悬，皎洁宁静。车辆稀少，行人寥寥。麻雀带着睡意在屋檐下叽叽喳喳。这一刻完全是乡村教堂墓园的景色。风琴师弹奏的圣歌，把索比胶在了铁栏杆上，因为他曾经很熟悉圣歌。在那些日子里，他生活中拥有母亲、玫瑰、雄心、朋友、一尘不染的想法和衣领。

索比灵敏的头脑，老教堂的感染力，两者相结合，使他的心灵突然产生了奇妙的变化。他立刻惊慌地审察起自己落入的火坑、堕落的日子、可耻的欲望、无望的企盼、受损的才智和卑劣的动机，这一切构成了他的全部生活。

刹那间，他内心也激动地和新的感受共鸣了。他被瞬间的强烈冲动所驱使，决计跟绝望的命运抗争。他要把自己从泥坑中拔出来，重新成为一个男子汉，征服附身的恶魔。时间还来得及，自己还算年轻。他要重树雄心，毫不畏缩地去实施。那些庄严而甜蜜的风琴音符，在他内心燃起了一场革命。明天，他将去喧闹的市中心找工作。一个毛皮进口商曾答应给他一个赶车人的职位。明天他要去找他，把那个工作要下来。他要在世上活出个名堂来。他会——

索比感觉到一只手搭在他胳膊上。他急忙转过头来，凝视着警察的一张阔脸。

"你在这儿干什么？"警官问。

"没有干什么。"索比说。

"那就跟我走吧。"警察说。

"在岛上关三个月。"第二天早上法官在警庭说。

乡村医生

[奥]卡夫卡 作　张荣昌 译

我十分窘迫：我必须赶紧上路去看急诊；一个患重病的人在一个十英里外的村子里等我；在我和他之间是广阔的原野，现在正狂风呼啸，大雪纷飞；马车我有一辆，轻便，大轮子，完全就是适合在我们乡村大道上行驶的那类；裹着皮大衣，手里拿着医疗用具包，我已经站在院子里整装待发；但是马，马却没有。我自己的马在头天夜晚，因在这寒风刺骨的冬季劳累过度而死了；我的女用人现在正在村子里四处奔走，想借一匹马来；但这是没有什么指望的，我知道。而这时雪越积越厚，越来越动弹不得了，我漫无目的地站立着。这时女用人在门口出现，独自一人，摇晃着提灯；当然啦，现在谁会把马借给我出诊用呢？我再次大步跨过庭院；我想不出辙儿；我心不在焉，心烦意乱，便朝多年来一直弃之不用的猪圈破门踢了一脚。门应声开启，门板在门铰链上啪嗒啪嗒来回摆动，像是马身上的热气和气味扑面而来。一盏昏暗的圈灯在圈里的一根绳子上晃动。一个男人，蹲在低矮的木板棚里，露出他那张蓝眼睛的脸。"要我套马吗？"他边问边爬了出来。我不知说什么好，只是弯下腰，想看看，圈里还有什么。女用人站在我身旁，"一个人往往不知道自己家里还有什么存货。"她说，我们俩都笑了。

"嗨，老兄，嗨，大妹子！"马夫喊道，两匹马，强壮、膘肥的大马，腿紧贴着身躯，像骆驼那样低垂着样子好看的头，仅仅是靠着转动躯干的力量依次从和它们的身体一般大小的门洞里闪出来。但是它们马上都站直，高高的腿，身上冒着浓重的热气。"去帮帮他。"我说，听话的女用人赶紧跑过去把套车用的马具递给马夫。可是她刚一挨近他，那马夫便抱住她并把自己的脸紧紧贴住她的脸。她尖叫一声，逃回到我的身边；女用人的脸颊上红红地印着两排牙齿印。"你这个畜生，"我愤怒地喊道，"你想挨鞭子？"但是我马上就想到，这是个陌生人；我不知道，他从哪儿来，在别人全都一口回绝的时候他却自动前来帮我摆脱困境。仿佛他知道我的心思似的，他对我的恫吓并不生气，而是一直忙着套马，只向我转过身来一次。"您上车吧。"随后他就说，果不其然；一切准备就绪。我发觉，这样漂亮的马车我还从来没有乘坐过，我高高兴兴地上了车。"不过驾车还是我来驾吧，你不认识路。"我说。"那是当然，"他说，"我根本就不跟您去，我留在罗莎身边。""不。"罗莎大喊一声，怀着对自己的命运不可避免的正确预感奔跑进屋；我听见门链当啷一声，她挂上了门链；我听见锁碰上的声音；我看到，她先是在过道里，后来又急忙跑过一个个房间关了所有的灯，好让别人发现不了她。"你跟我一起走，"我对马夫说，"要不我就不出诊了，尽管这趟出诊十分紧急。我决不会为了这趟出诊把姑娘当代价给了你。""驾！"他说，一拍巴掌，马车向前疾驰，就像木头被洪水冲走那样；我还听见我的房屋的门在马车夫冲击下爆裂成碎片的声音，接着我的眼睛和耳朵便被一阵均匀渗入一切感官中的呼啸声所充满。但是连这也只是一刹那间的事，因为，仿佛我的病人的院子就在我的家门口开启似的，我转眼就已经到了那儿了。马匹安安静静站住，雪停了，四周一片月光，病人的父母急忙从屋里奔出来，病人的姐姐紧随其后，人们几乎把我从车里抬下，他们七嘴八舌地嚷嚷，我一句也没听明白。病人房间里的空气简直没法呼吸，没人照管的炉子冒着烟。我会推开窗户的，不过我先要看看病人。瘦弱，不发烧，不冷，不热，木呆呆的眼睛，男孩没穿衬衫就从羽绒被子里坐了起来，搂住我的脖子，对我轻声低语说："大夫，让我死吧。"我朝四下里看了看，没有人听见这句话；父母默不作声向前弓着腰站着，静候我的诊断；姐姐搬来一把椅子让我放手提包。我打开手提包，寻找医疗用具；男孩不停地从床上向我摸索过来，想提醒我记住他的请求；我拿起一把小镊子，在烛光下检查了一下又把它放下。"是呀，"我渎神地想，"在这种情况下神明相助，送来短缺的马，因为事情紧急还给添上了一匹，甚至还锦上添花搭上这个马夫——"这时我才又想起罗莎；我怎么办，我怎么救她，我怎么把她从这个马夫身子下面拽出来，跟她隔着十英里远，车前套着的是两匹无法驾驭的马？这两匹马，它们现在已经不知用什么方法松开了缰绳；窗户，我也不知道怎么从外面被顶开的；每一匹马都从一扇窗户探进头来，并且不为这一家人的叫喊声所动，注视着病人。"我马上就回去。"我想，好像马在催我上路似的，但是我却听任姐姐替我脱下皮大衣，她以为我热得头昏脑涨了。为我准备好了一杯朗姆酒，老人拍拍我的肩膀，献出他的珍藏美酒表明了这种表示亲近的心意。我摇摇头；老人思维狭隘会让我感到不舒服；仅仅是由于这个原因我拒绝饮酒。母亲站在床边，要我过去；我走过去并在一匹马向天花板高声嘶叫时把头贴在男孩的胸口上，他在我的潮湿胡子下面打战。这就证实了我的看法：孩子是健康的，血脉有点儿不流畅，让悉心照料的母亲灌了太多的咖啡，但身体健康，最好推他一把让他下床。我不是一个要立志改革世界的人，便让他躺着。我受本区聘用，尽心尽职，简直已经超出能力所及。虽然收入很少，我对穷人还是慷慨解囊，乐于相助。

我还得为罗莎操心,而且那男孩也许说得对,我也想死。我在这漫长的冬日里在这儿干些什么呀!我的马过劳死了,村子里谁也不把马借给我。我不得不把我的马车从猪圈里拉出来;要不是猪圈里意外有马,那我只好用母猪来拉车了。事情就是这样。我向这一家人点点头。他们一点儿也不知道这些事,即使他们知道,他们也不会相信。开药方是容易的,但是另外与人沟通,这就难了。好了,我的出诊就此结束,人们又一次让我白跑了一趟,对此我已习以为常,全区的人都用黉夜铃声折磨我,但是这一回我也还得搭上罗莎,这个漂亮的姑娘,她在我家呆了好几年,我几乎一直都没注意她——这个牺牲太大,而我就得在我的头脑里用什么应急的法子挖空心思把事情想好,不去责骂这一家人,他们无论如何也没法把罗莎还给我了呀。但是当我关上手提包并示意要穿我的皮大衣时,当这一家人站在一起,父亲嗅着他手里的那杯朗姆酒,母亲,可能对我大失所望——是呀,普通老百姓期望什么呀?——含着泪咬着嘴唇,而姐姐则挥动着一块满是血污的手帕的时候,我不知怎么的竟做好准备,心想也许就承认这男孩有病吧。我向他走去,他朝我微笑,仿佛我在给他送去最滋补的汤似的——啊,现在两匹马嘶叫了;这嘈杂声一定是老天爷安排来帮助我检查病人的——这会儿我发现:是呀,这男孩是有病。在他的右侧,在腰部,有一个巴掌大的溃烂伤口。玫瑰红色,各处颜色深浅不一,深处色深,向外沿颜色渐浅,呈微小颗粒状,有不均匀凝聚的血,敞开着像一座露天矿。从远处看是这样。从近处看情况更严重。谁看了这种情形会不惊讶地发出唏嘘之声呢?蛆虫,和我的小手指一样粗一样长,自身呈玫瑰红色,此外还沾上了血污,正蠕动着带着许多白色小头和许多小脚从伤口深处爬向光亮处。可怜的孩子,你已无可救药啦。我已经发现了你那个大伤口;你腰上的这朵花会要了你的命的。一家人都高高兴兴,他们看到我在忙活着；姐姐把这告诉母亲，母亲告诉父亲，父亲告诉几个客人，这些人踮着脚尖，伸出胳臂平衡着自己的身体正在从开着的屋门的月光中走进来。"你会救我吗？"男孩抽噎着小声问，完全被他伤口里的蠕动的生命弄得失魂落魄了。我这个地区的人都是这样，总是要求医生做不可能做到的事。旧有的信仰他们已经丢失；牧师坐在家里扯碎弥撒法衣，扯碎了一件又一件；可是却要医生用他那只柔弱的手做一切外科手术。唔，随他们的便吧：我不是自告奋勇来的，如果你们为了神圣的目的使用我，我也只好听之任之；我这个老乡村医生，我的女用人已被抢走，我还有什么更好的辙呀！这一家人和村里的长者们，他们都来了，他们给我脱衣服；一个由老师带领的学校合唱队，用极其简单的曲调唱着这样的歌词：

> 脱掉他的衣服，他就会治好病，
> 他治不好病，就把他杀死！
> 他只是个医生，他只是个医生。

然后我被脱光衣服，我把手指放在胡须里，低着头冷静地注视着这些人。我镇定自若，强过所有的人，即使这无助于我，我依然是强者，现在他们抓住我的头和双脚并把我抬到床上。他们把我放到朝墙的一面，放到伤口的一侧。然后大家走出房间；房门被关上；歌唱停止；云层遮住月亮；我暖暖和和躺在被窝儿里；马头在窗窟窿里忽隐忽现地晃动。"你知道吗，"我听见有人在我耳边说，"我对你的信任微乎其微。你也只不过是在什么地方被人甩掉的，你不是个独立自主的人。你不帮助我，反倒到垂危病人卧榻上来挤占我的位置。我恨不得挖掉你的眼睛。""对，"我说，"这是一种耻辱。可我是医生。我该怎么办？相信我吧，我也为难呀。""要我满足于这句道歉的话吗?啊,我必须如此,我总是必须满足。我带着一个美妙的伤口来到这世上;这是我的全部装备。""年轻的朋友,"我说,"你的错误是:你不能通观全局。我,我已经到过远近各处的所有病房,我告诉你:你的伤口并不是那么糟糕。让斧子斜砍两下砍伤的。许多人主动提供自己身体的一侧并几乎听不见森林里的斧子声,更谈不上斧子会挨近他们了。""情况真是这样吗,还是你趁我发烧来哄骗我?""情况真的是这样,你把一个官方医生的这个诺言一同带到那边去吧。"他就带走了它,他安静了下来。但是现在是考虑自救的时候了。马匹还忠实地待在原处。衣服、皮大衣和手提包已迅速收拾好;我不想在穿衣服上耽误时间;马儿若像来时那样快,那我简直就是从这张床跳到我的床上啦。一匹马驯顺地从窗口退回去;我把那包东西扔进车里;皮大衣飞得太远,只有一只袖子挂在一个钩子上。够好的了。我跃上马。缰绳松弛,这匹马几乎没同另一匹马套在一起,马车跟在后面晃晃荡荡,皮大衣最后行驶在雪地上。"驾!"我说,可是马车没奔驰起来;我们像老人似的慢慢穿越雪地旷野;在我们身后久久地响着那首新的,但有语言错误的儿歌:"高兴吧,你们这些病人,医生已放在你们的床上!"

我这样永远到不了家;我的兴旺的诊所完了;一个后继者在抢我的生意,但没有用,因为他取代不了我;那讨厌的马夫在我的屋子里胡作非为;罗莎是他的牺牲品;我不愿意再想下去了。赤身裸体,冒着这个最不幸的时代的严寒,乘坐着人间的马车,套着非人间的马,我这个老人四处漂泊。我的皮大衣吊在后面马车上,但是我够不着它,那些手脚灵活的无赖没一个出手帮忙的。受骗了!受骗了!一次听信了黉夜急诊的错误铃声——就永远无法补救啦。

情感

白狗秋千架

莫言 作

高密东北乡原产白色温驯的大狗,绵延数代之后,很难再见一匹纯种。现在,那儿家家养的多是一些杂狗,偶有一只白色的,也总是在身体的某一部位生出杂毛,显出混血的痕迹来。但只要这杂毛的面积在整个狗体的面积中占的比例不大,又不是在特别显眼的部位,大家也就习惯地以"白狗"称之,并不去循名求实,过分地挑毛病。有一匹全身皆白、只黑了两只前爪的白狗,垂头丧气地从故乡小河上那座颓败的石桥上走过来时,我正在桥头下的石阶上捧着清清的河水洗脸。农历七月末,低洼的高密东北乡燠热难挨,我从县城通往乡镇的公共汽车里钻出来,汗水已浸透衣服,脖子和脸上落满了黄黄的尘土。洗完脖子和脸,又很想脱得一丝不挂跳进河里去,但看到与石桥连接的褐色田间路上,远远地有人在走动,也就罢了这念头,站起来,用未婚妻赠送的系列手绢中的一条揩着脸和颈。时间已过午,太阳略偏西,一阵阵东南风吹过来。凉爽温和的东南风让人极舒服,让高粱梢头轻轻摇摆,飒飒作响,让一条越走越大的白狗毛儿耸起,尾巴轻摇。它近了,我看到了它的两个黑爪子。

那条黑爪子白狗走到桥头,停住脚,回头望望土路,又抬起下巴望望我,用那两只浑浊的狗眼。狗眼里的神色遥远荒凉,含有一种模糊的暗示,这遥远荒凉的暗示唤起内心深处一种迷蒙的感受。

求学离开家乡后,父母亲也搬迁到外省我哥哥处居住,故乡无亲人,我也就不再回来。一晃就是十年,距离不短也不长。暑假前,父亲到我任教的学院来看我,说起故乡事,不由感慨系之。他希望我能回去看看,我说工作忙,脱不开身,父亲不以为然地摇摇头。父亲走了,我心里总觉不安。终于下了决心,割断丝丝缕缕,回来了。

白狗又回头望褐色的土路,又仰脸看我,狗眼依然浑浊。我看着它那两个黑爪子,惊讶地要回忆点什么时,它却缩进鲜红的舌头,对着我叫了两声。接着,它蹲在桥头的石桩上,跷起一条后腿,习惯性地撒尿。完事后,竟也沿着我下桥头的路,慢慢地挪下来,站在我身边,尾巴耷拉进腿间,伸出舌头,一下一下地舔着水。

它似乎在等人,显出一副喝水并非因为口渴的消闲样子。河水中映出狗脸上那种漠然的表情,水底的游鱼不断从狗脸上穿过。狗和鱼都不怕我,我确凿地嗅到狗腥气和鱼腥气,甚至产生一脚踢它进水中抓鱼的恶劣想法。又想还是"狗道"些吧,而这时,狗卷起尾巴,抬起脸,冷冷地瞅我一眼,一步步走上桥头去。我看到它把颈上的毛耸了耸,激动不安地向来路跑去。土路两边是大片的穗子灰绿的高粱。飘着纯白云朵的小小蓝天,罩着板块相连的原野。我走上桥头,拎起旅行袋,想急急过桥去,这儿离我的村庄还有十二里路吧,来前没给村里的人们打招呼,早早赶进去,也好让人家方便食宿。正想着,就看到白狗小跑步开路,从路边的高粱地里,领出一个背着大捆高粱叶子的人来。

我在农村滚了近二十年,自然晓得这高粱叶子是牛马的上等饲料,也知道褪掉晒米时高粱的老叶子,不大影响高粱的产量。远远地看着一大捆高粱叶子蹒跚地移过来，心里为之沉重。我很清楚暑天里钻进密不透风的高粱地里打叶子的滋味，汗水遍身胸口发闷是不必说了，最苦的还是叶子上的细毛与你汗淋淋的皮肤接触。我为自己轻松地叹了一口气。渐渐地看清了驮着高粱叶子弯曲着走过来的人。蓝褂子，黑裤子，乌脚杆子黄胶鞋，要不是垂着的发，我是不大可能看出她是个女人的，尽管她一出现就离我很近。她的头与地面平行着，脖子探出很长。是为了减轻肩头的痛苦吧？她用一只手按着搭在肩头的背棍的下头，另一只手从颈后绕过去，把着背棍的上头。阳光照着她的颈子上和头皮上亮晶晶的汗水。高粱叶子葱绿、新鲜。她一步步挪着，终于上了桥。桥的宽度跟她背上的草捆差不多，我退到白狗适才停下记号的桥头石旁站定，看着它和她过桥。

我恍然觉得白狗和她之间有一条看不见的线，白狗紧一步慢一步地颠着，这条线也松松紧紧地牵着。走到我面前时，它又瞥着我，用那双遥远的狗眼。狗眼里那种模糊的暗示在一瞬间变得异常清晰，它那两只黑爪子一下子撕破了我心头的迷雾，让我马上想到她。她的低垂的头从我身边滑过去，短促的喘息声和扑鼻的汗酸永留在我的感觉里。猛地把背上沉重的高粱叶子摔掉，她把身体缓缓舒展开。那一大捆叶子在她身后，差不多齐着她的胸乳。我看到叶子捆与她身体接触的地方，明显地凹进去，特别着力的部位，是湿漉漉揉烂了的叶子。我知道，她身体上揉烂了高粱叶子的那些部位，现在一定非常舒服；站在漾着清凉水汽的桥头上，让田野里的风吹拂着，她一定体会到了轻松和满足。轻松、满足，是构成幸福的要素，对此，在逝去的岁月里，我是有体会的。

她挺直腰板后，暂时地像失去了知觉。脸上的灰垢显出了汗水的道道。生动的嘴巴张着，吐出一口口长长的气。鼻梁挺秀如一管葱。脸色黝黑。牙齿洁白。

故乡出漂亮女人,历代都有选进宫廷的。现在也有几个在京城里演电影的,这几个人我见过,也就是那么个样,比她强不了许多。如果她不是破了相,没准儿早成了大演员。十几年前,她婷婷如一枝花,双目皎皎如星。

"暖!"我喊了一声。

她用左眼盯着我看,眼白上布满血丝,看起来很恶。

"暖,小姑!"我注解性地又喊了一声。

我今年二十九,她小我两岁,分别十年,变化很大,要不是秋千架上的失误给她留下的残疾,我不会敢认她。白狗也专注地打量着我,算一算,它竟有十二岁,应该是匹老狗了。我没想到它居然还活着,看起来还蛮健康。那年端午节,它只有篮球般大,父亲从县城里我舅爷家把它抱来。十二年前,纯种白狗已近绝迹,连这种有小缺陷、大致还可以称为白狗的也很难求了。舅爷是以养狗谋利的人,父亲把它抱回来,不会不依仗着老外甥对舅舅放无赖的招数。在杂种花狗充斥乡村的时候,父亲抱回来它,引起众人的称羡,也有出三十块钱高价来买的,当然被婉言回绝了。即便是那时的农村,在我们高密东北乡这种荒僻地方,还是有不少乐趣,养狗当如是解。只要不逢大天灾,一般都能足食,所以狗类得以繁衍。

我十九岁,暖十七岁那一年,白狗四个月的时候,一队队解放军,一辆辆军车,从北边过来,络绎不绝过石桥。我们中学在桥头旁边扎起席棚给解放军烧茶水,学生宣传队在席棚边上敲锣打鼓,唱歌跳舞。桥很窄,第一辆大卡车悬着半边轮子,小心翼翼开过去了。第二辆的后轮轧断了一块桥石,翻到了河里,车上载的锅碗瓢盆砸碎了不少,满河里漂着油花子。一群战士跳下河,把司机从驾驶楼里拖出来,水淋淋地抬到岸上。几个穿白大褂的军人围上去。一个戴白手套的人,手举着耳机子,大声地喊叫。我和暖是宣传队的骨干,忘了歌唱鼓噪,直着眼看热闹。后来,过来几个很大的首长,跟我们学校里的贫下中农代表郭麻子大爷握手,跟我们校革委会刘主任握手,戴好手套,又对着我们挥挥手,然后,一溜儿站在那儿,看着队伍继续过河。郭麻子大爷让我吹笛,刘主任让暖唱歌。暖问:"唱什么?"刘主任说:"唱《看到你们格外亲》。"于是,就吹就唱。战士们一行行踏着桥过河,汽车一辆辆涉水过河。(小河里的水呀清悠悠,庄稼盖满了沟)车头激起雪白的浪花,车后留下黄色的浊流。(解放军进山来,帮助咱们闹秋收)大卡车过完后,两辆小吉普车也呆头呆脑下了河。一辆飞速过河,溅起五六米高的雪浪花;一辆一头钻进水里,嗡嗡怪叫着被淹死了,从河水中冒出一股青烟。(拉起了家常话,多少往事涌上心头)"糟糕!"一个首长说。另一个首长说:"他妈的笨蛋!让王猴子派人把车抬上去。"(吃的是一锅饭,点的是一灯油)很快地就有几十个解放军在河水中推那辆撒了气的吉普车,解放军都是穿着军装下了河,河水仅仅没膝,但他们都湿到胸口,湿后变深了颜色的军衣紧贴在身上,显出了肥的瘦的腿和臀。(你们是俺们的亲骨肉,你们是俺们的贴心人)那几个穿白大褂的人把那个水淋淋的司机抬上一辆涂着红十字的汽车。(党的恩情说不尽,见到你们总觉得格外亲)首长们转过身来,看样子准备过桥去,我提着笛子,暖张着口,怔怔地看着首长。一个戴着黑边眼镜的首长对着我们点点头,说:"唱得不错,吹得也不错。"郭麻子大爷说:"首长们辛苦了。孩子们胡吹瞎咧咧,别见笑。"他摸出一包烟,拆开,很恭敬地敬过去,首长们客气地谢绝了。一辆轱辘很多的车停在河对岸,几个战士跳上去,扔下几盘粗大的钢丝绳和一些白色的木棒。戴黑边眼镜的首长对身边一个年轻英俊的军官说:"蔡队长,你们宣传队送一些乐器呀之类的给他们。"

队伍过了河，分散到各村去。师部住在我们村。那些日子就像过年一样，全村人都激动。从我家厢房里扯出了几十根电话线，伸展到四面八方去。英俊的蔡队长带着一群吹拉弹唱的文艺兵住在暖家。我天天去玩，和蔡队长混得很熟。蔡队长让暖唱歌给他听。他是个高大的青年，头发蓬松着，眉毛高挑着。暖唱歌时，他低着头拼命抽烟，我看到他的耳朵轻轻地抖动着。他说暖条件不错，很不错，可惜缺乏名师指导。他说我也很有发展前途。他很喜欢我家那只黑爪子小白狗，父亲知道后，马上要送给他，他没要。队伍要开拔那天，我爹和暖的爹一块来了，央求蔡队长把我和暖带走。蔡队长说，回去跟首长汇报一下，年底征兵时就把我们征去。临别时，蔡队长送我一本《笛子演奏法》，送暖一本《怎样演唱革命歌曲》。

"小姑，"我发窘地说，"你不认识我了吗？"

我们村是杂姓庄子，张王李杜，四面八方凑起来的，各种辈分的排列，有点乱七八糟，姑姑嫁给侄子，侄子拐跑婶婶的事时有发生，只要年龄相仿，也就没人嗤笑。我称暖为小姑是从小惯成的叫法，并无一点血缘骨肉的情分在内。十几年前，当把"暖"与"小姑"含混着乱叫一通时，是别有一番滋味在心头的。这一别十年，都老大不小，虽还是那样叫着，但已经无滋味了。

"小姑，难道你真的不认识我了吗？"说完这句话，我马上谴责了自己的迟钝。她的脸上，早已是凄凉的景色了。汗水依然浸洇着，将一绺干枯的头发粘到腮边。黝黑的脸上透出灰白来。左眼里有明亮的水光闪烁。右边没有眼，没有泪，深深凹进去的眼眶里，栽着一排乱纷纷的黑睫毛。我的心拳拳着，实在不忍看那凹陷，便故意把目光散了，瞄着她委婉的眉毛和在半天阳光下因汗湿而闪亮的头发。她左腮上的肌肉联动着眼眶的睫毛和眶上的眉毛，微微地抽搐着，造成了一种凄凉古怪的表情。别人看见她不会动心,我看见她无法不动心……

十几年前的那个晚上,我跑到你家对你说:"小姑,打秋千的人都散了,走,我们去打个痛快。"你说:"我打盹呢。"我说:"别拿一把啦!寒食节过了八天啦,队里明天就要拆秋千架用木头。今早晨车把式对队长嘟哝,嫌把大车绳当秋千绳用,都快磨断了。"你打了一个呵欠,说:"那就去吧。"白狗长成一条半大狗了,细筋细骨,比小时候难看。它跟在我们身后,月亮照着它的毛,它的毛闪烁银光,秋千架竖在场院边上,两根立木,一根横木,两个铁吊环,两根粗绳,一个木踏板。秋千架,默立在月光下,阴森森,像个鬼门关。架后不远是场院沟,沟里生着绵亘不断的刺槐树丛,尖尖又坚硬的刺针上,挑着青灰色的月亮。

"我坐着,你荡我。"你说。

"我把你荡到天上去。"

"带上白狗。"

"你别想花花点子了。"

你把白狗叫过来,你说:"白狗,让你也恣悠恣悠。"

你一只手扶住绳子,一只手揽住白狗,它委屈地嘤嘤着。我站在踏板上,用双腿夹住你和狗,一下一下用力,秋千渐渐有了惯性。我们渐渐升高,月光动荡如水,耳边习习生风,我有点儿头晕。你咯咯地笑着,白狗呜呜地叫着,终于悠平了横梁。我眼前交替出现田野和河流,房屋和坟丘,凉风拂面来,凉风拂面去。我低头看着你的眼睛,问:"小姑,好不好?"

你说:"好,上了天啦。"

绳子断了。我落在秋千架下,你和白狗飞到刺槐丛中去,一根槐针扎进了你的右眼。白狗从树丛中钻出来,在秋千架下醉酒般地转着圈,秋千把它晃晕了……

"这些年……过得还不错吧?"我嗫嚅着。

我看到她耸起的双肩塌了下来,脸上紧张的肌肉也一下子松弛了。也许是因为生理补偿或是因为努力劳作而变得极大的左眼里,突然射出了冷冰冰的光线,刺得我浑身不自在。

"怎么会错呢?有饭吃,有衣穿,有男人,有孩子,除了缺一只眼,什么都不缺,这不就是'不错'吗?"她很泼地说着。

我一时语塞了,想了半天,竟说:"我留在母校任教了,据说,就要提我为讲师了……我很想家,不但想家乡的人,还想家乡的小河、石桥、田野、田野里的红高粱、清新的空气、婉转的鸟啼……趁着放暑假,我就回来啦。"

"有什么好想的,这破地方。想这破桥?高粱地里像他妈的蒸笼一样,快把人蒸熟了。"她说着,沿着漫坡走下桥,站着把那件泛着白碱花的男式蓝制服褂子脱下来,扔在身边石头上,弯下腰去洗脸洗脖子。她上身只穿一件肥大的圆领汗衫,衫上已烂出密密麻麻的小洞。它曾经是白色的,现在是灰色的。汗衫扎进裤腰里,一根打着卷的白绷带束着她的裤子,她再也不看我,撩着水洗脸洗脖子洗胳膊。最后,她旁若无人地把汗衫下摆从裤腰里拽出来,撩起来,掬水洗胸膛。汗衫很快就湿了,紧贴在肥大下垂的乳房上。看着那两个物件,我很淡地想,这个那个的,也不过是那么回事。正像乡下孩子们唱的:没结婚是金奶子,结了婚是银奶子,生了孩子是狗奶子。我于是问:"几个孩子了?"

"三个。"她拢拢头发,扯着汗衫抖了抖,又重新塞进裤腰里去。

"不是说只准生一胎吗?"

"我也没生二胎。"见我不解,她又冷冷地解释,"一胎生了三个,吐噜吐噜,像下狗一样。"

我缺乏诚实地笑着。她拎起蓝上衣,在膝盖上抽打几下,穿到身上去,从下往上扣着纽扣。趴在草捆旁边的白狗也站起来,抖擞着毛,伸着懒腰。

我说:"你可真能干。"

"不能干有什么法子?该遭多少罪都是一定的,想躲也躲不开。"

"男孩儿女孩儿都有吧?"

"全是公的。"

"你可真是好福气,多子多福。"

"豆腐!"

"这还是那条狗吧?"

"活不了几天啦。"

"一晃就是十几年。"

"再一晃就该死啦。"

"可不,"我渐渐有些烦恼起来,对坐在草捆旁的白狗说,"这条老狗,还挺能活!"

"噢,兴你们活就不兴我们活?吃米的要活,吃糠的也要活;高级的要活,低级的也要活。"

"你怎么成了这样?"我说,"谁是高级?谁是低级?"

"你不就挺高级的吗?大学讲师!"

我面红耳热,讷讷无言,一时觉得难以忍受这窝囊气,搜寻着刻薄词儿想反讥,又一想,罢了。我提起旅行袋,干瘪地笑着,说:"我可能住到我八叔家,你有空儿就来耍吧。"

"我嫁到了王家丘子,你知道吗?"

"你不说我不知道。"

"知道不知道的,没有大景色了。"她平平地说,"要是不嫌你小姑人模狗样的,就抽空儿来耍吧,进村打听'个眼暖'家,没有不知道的。"

"小姑,真想不到成了这样……"

"这就是命,人的命,天管定,胡思乱想不中用。"她款款地从桥下上来,站在草捆前说,"行行好吧,帮我把草掀到肩上。"

我心里立刻热得不行,勇敢地说:"我帮你背回去吧!"

"不敢用!"说着,她在草捆前跪下,把背棍放在肩头,说,"起吧。"

我转到她背后,抓住捆绳,用力上提,借着这股劲儿,她站了起来。

她的身体又弯曲起来,为了背得舒适一点儿,她用力地颠了几下背上的草捆,高粱叶子沙沙啦啦地响着。从很低的地方传上来她瓮声瓮气的话:"来耍吧。"

白狗对我吠叫几声,跑到前边去了。我久久地立在桥头上,看着这一大捆高粱叶子在缓慢地往北移动,一直到白狗变成了白点,人和草捆变成了比白点大的黑点,我才转身往南走。

从桥头到王家丘子七里路。

从桥头到我们村十二里路。

从我们村到王家丘子十九里路,八叔让我骑车去。我说算了吧,十几里路走着去就行。八叔说:现在富了,自行车家家有,不是前几年啦,全村只有一辆半辆车子,要借也不容易,稀罕物儿谁愿借呢。我说我知道富了,看到了自行车满街筒子乱窜,但我不想骑车,当了几年知识分子,当出几套痔疮,还是走路好。八叔说:念书可见也不是件太好的事,七病八灾不说,人还疯疯癫癫的。你说你去她家干么子,瞎的瞎,哑的哑,也不怕村里人笑话你。鱼找鱼,虾找虾,不要低了自己的身份啊!我说八叔我不和您争执，我扔了二十数三十的人啦，心里有数。八叔悻悻地忙自己的事去了，不来管我。

我很希望能在桥头上再碰到她和白狗，如果再有那么一大捆高粱叶子，我豁出命去也要帮她背回家；白狗和她，都会成为可能的向导，把我引导到她家里去。城里都到了人人关注时装、个个追赶时髦的时代了，故乡的人，却对我的牛仔裤投过鄙夷的目光，弄得我很狼狈。于是解释：处理货，三块六毛钱一条——其实我花了二十五块钱。既然便宜，村里的人们也就原谅了我。王家丘子的村民们是不知道我的裤子便宜的，碰不到她和狗，只好进村再问路，难免招人注意。如此想着，就更加希望碰到她，或者白狗。但毕竟落了空。一过石桥，看到太阳很红地从高粱棵里冒出来，河里躺着一根粗大的红光柱，鲜艳地染遍了河水。太阳红得有些古怪，周围似乎还环绕着一些黑气，大概是要落雨了吧。

我撑着折叠伞，在一阵倾斜的疏雨中进了村。一个仄楞着肩膀的老女人正在横穿街道，风翻动着长大的衣襟，风使她摇摇摆摆。我收起伞，提着，迎上去问路。"大娘，暖家在哪儿住？"她斜斜地站定，困惑地转动着昏暗的眼。风通过花白的头发，翻动的衣襟，柔软的树木，表现出自己来；雨点大如铜钱，疏可跑马，间或有一滴打到她的脸上。"暖家在哪住？"我又问。"哪个暖家？"她问。我只好说："个眼暖家。"老女人阴沉地瞥我一眼，抬起胳膊，指着街道旁边一排蓝瓦房。

站在甬道上我大声喊："暖姑在家吗？"

最先应了我的喊叫的，是那条黑爪子老白狗。它不像那些围着你腾跃咆哮、仗着人势在窝里横咬不死你也要吓死你的恶狗，它安安稳稳地趴在檐下铺了干草的狗窝里，眯缝着狗眼，象征性地叫着，充分显示出良种白狗温良宽厚的品质来。

我又喊，暖在屋里很脆地答应了一声，出来迎接我的却是一个满腮黄胡子两只黄眼珠的剽悍男子。他用土黄色的眼珠子恶狠狠地打量着我，在我那条牛仔裤上停住目光，嘴巴歪歪地撇起，脸上显出疯狂的表情。他向前跨一步——我慌忙退一步——翘起右手的小拇指头，在我眼前急遽地晃动着，口里发出一大串断断续续的音节。我虽然从八叔的口里知道了暖姑的丈夫是个哑巴，但见了真人狂状，心里仍然立刻沉甸甸的。独眼嫁哑巴，弯刀对着瓢切菜，按说也并不委屈着哪一个，可我心是仍然立刻就沉甸甸的。

暖姑，那时我们想得美。蔡队长走了，把很大的希望留给我们。他走那天，你直视着他，流出的泪水都是给他的。蔡队长脸色灰白，从衣袋里摸出一把牛角小梳子递给你。我也哭了，我说："蔡队长，我们等你来招我们。"蔡队长说："等着吧。"等到高粱通红了的深秋，听说县城里有招兵的解放军，咱俩兴奋得觉都睡不稳了。学校里有老师进县城办事，我们托他去人武部打听一下，看看蔡队长来没来。老师去了。老师回来了。老师对我们说：今年来招兵的解放军一律黄褂蓝裤，空军地勤兵，不是蔡队长那部分。我失望了，你充满信心地对我说："蔡队长不会骗我们！"我说："人家早就把这码事忘了。"你爹也说："给你们个棒槌，你们就当了针。他是拿你们当小孩哄怂着玩哩，好人不当兵，好铁不打钉，混混毕了业，回家来拉弯弯铁，别净想俏事儿。"你说："他可没把我当小孩子。他决不把我当小孩子。"说着，你的脸上浮起浓艳的红色。你爹说："能得你。"我惊诧地看着你变色的脸，看着你脸上那种隐隐约约的特异表情，语无伦次地说："也许，他今年不来后年来，后年不来大后年来。"蔡队长可真是个仪表堂堂的美男子啊！他四肢修长，面部线条冷峭，胡楂子总刮得青白。后来，你坦率地对我说，他在临走前一个晚上，抱着你的头，轻轻地亲了一下。你说他亲完后呻吟着说：小妹妹，你真纯洁……为此我心中有过无名的恼怒。你说："当了兵，我就嫁给他。"我说："别做美梦了！倒贴上二百斤猪肉，蔡队长也不会要你。""他不要我，我再嫁给你。""我不要！"我大声叫着。你白我一眼，说："烧得你不轻！"现在回想起来，你那时就很有点儿样子了，你那花蕾般的胸脯，经常让我心跳。

哑巴显然瞧不起我，他用翘起的小拇指表示着对我的轻蔑和憎恶。我堆起满脸笑，想争取他的友谊，他却把双手的指头交叉在一起，弄出很怪的形状，举到我的面前。我从少年时代的恶作剧中积累起来的知识里，找到了这种手势的低级下流的答案，心里顿时产生了手捧癞蛤蟆的感觉。我甚至都想抽身逃走了，却见三个同样相貌、同样装束的光头小男孩从屋里滚出来，站在门口，用同样的土黄色小眼珠瞅着我，头一律往右倾，像三只羽毛未丰、性情暴躁的小公鸡。孩子的脸显得很老相，额上都有抬头纹，下颌骨阔大结实，全都微微地颤抖着。我急忙掏出糖来，对他们说："请吃糖。"哑巴立即对他们挥挥手，嘴里蹦出几个简单的音节。男孩们眼巴巴地瞅着我手中花花绿绿的糖块，不敢动一动。我想走过，哑巴挡在我面前，蛮横地挥舞着胳膊，口里发着令人发怵的怪叫。

暖把双手交叠在腹部，步履略有些踉跄地走出屋来。我很快明白了她迟迟不出屋的原因，干净的阴丹士林蓝布褂子，褶儿很挺的灰的确良裤子，显然都是刚换的。士林蓝布和用士林蓝布缝成的李铁梅式褂子久不见了，乍一见心中便有一种怀旧的情绪快快而生。穿这种褂子的胸部丰硕的少妇别有风韵。暖是脖子挺拔的女人，脸型也很清雅。她右眼眶里装进了假眼，面部恢复了平衡。我的心为她良苦的心感到忧伤，我用低调观察着人生，心弦纤细如丝，明察秋毫，并自然地战栗。不能细看那眼睛，它没有生命，它浑浊地闪着磁光。她发现了我在注视她，便低了头，绕过哑巴走到我面前,摘下我肩上的挎包,说:"进屋去吧。"

哑巴猛地把她拽开,怒气冲冲的样子,眼睛里像要出电。他指指我的裤子,又翘起小拇指,晃动着,嘴里嗷嗷叫着,五官都在动作,忽而挤成一撮,忽而大开大裂,脸上表情生动可怖。最后,他把一口唾沫啐在地上,用骨节很大的脚踩了踩。哑巴对我的憎恶看来是与牛仔裤有直接关系的,我后悔穿这条裤子回故乡,我决心回村就找八叔要一条肥腰裤子换上。

"小姑,你看,大哥不认识我。"我尴尬地说。

她推了哑巴一把,指指我,翘翘大拇指,又指指我们村庄的方向,指指我的手,指指我口袋里的钢笔和我胸前的校徽,比划出写字的动作,又比划出一本方方正正的书,又伸出大拇指,指指天空。她脸上的表情丰富多彩。哑巴稍一愣,马上消失了全身的锋芒,目光温顺得像个大孩子。他犬吠般地笑着,张着大嘴,露出一口黄色的板牙。他用手掌拍拍我的心窝,然后,跺脚,吼叫,脸憋得通红。我完全理解了他的意思,感动得不行。我为自己赢得了哑兄弟的信任感到浑身的轻松。那三个男孩子躲躲闪闪地凑上来,目不转睛地看着我手中的糖。

我说:"来呀!"

男孩们抬起眼看着他们的父亲。哑巴嘿嘿一笑,孩子们就敏捷地蹿上来,把我手中的糖抢走了。为争夺掉在地上的一块糖,三颗光脑袋挤在一起攒动着。哑巴看着他们笑。暖发出一声轻轻的叹息,她说:

"你什么都看到了,笑话死俺吧。"

"小姑……我怎么敢……他们都很可爱……"

哑巴敏感地看着我,笑笑,转过身去,用大脚板几下子就把厮缠在一起的三个男孩儿踢开。男孩儿们咻咻地喘着气,汹汹地对视着。我摸出所有的糖，均匀地分成三份，递给他们，哑巴嗷嗷地叫着，对着男孩儿打手势。男孩儿都把手藏到背后去，一步步往后退。哑巴更响地嗷了一阵，男孩儿便抽搐着脸，每人拿出一块糖，放在父亲关节粗大的手里，然后呼号一声，消逝得无影无踪。哑巴把三块糖托着，笨拙地看了一会，就转眼对着我，嘴里啊啊手比划。我不懂，求援地看着暖。暖说："他说他早就知道你的大名，你从北京带来的高级糖，他要吃块尝尝。"我做了一个往嘴里扔食物的姿势。他笑了，仔细地剥开糖纸，把糖扔进口里去，嚼着，歪着头，仿佛在聆听什么。他又一次伸出大拇指，我这次完全明白他是在夸奖糖的高级了。很快地他又吃了第二块糖。我对暖说，下次回来，一定带些真正的高级糖给大哥吃。暖说："你还能再来吗？"我说一定来。

哑巴吃完第二块糖，略一想，把手中那块糖递到暖的面前。暖闭眼，"嗷——"哑巴吼了一声。我心里抖着，见他又把手往暖眼前伸，暖闭眼，摇了摇头。"嗷——嗷——"哑巴愤怒地吼叫着，左手揪住暖的头发，往后扯着，使她的脸仰起来，右手把那块糖送到自己嘴边，用牙齿撕掉糖纸，两个手指捏着那块沾着他黏黏口涎的糖，硬塞进她的嘴里去。她的嘴不算小，但被他那两根小黄瓜一样的手指比得很小。他乌黑的粗手指使她的双唇显得玲珑娇嫩。在他的大手下，那张脸变得单薄脆弱。

她含着那块糖，不吐也不嚼，脸上表情平淡如死水。哑巴为了自己的胜利，对着我得意地笑。

她含混地说："进屋吧，我们多傻，就这么在风里站着。"我目光巡睃着院子，她说："你看什么？那是头大草驴，又踢又咬，生人不敢近身，在他手里老老实实的。春上他又去买那头牛，才下了犊一个月。"

她家院子里有个大敞棚，敞棚里养着驴和牛。牛极瘦，腿下有一头肥滚滚的牛犊在吃奶，它蹬着后腿，摇着尾巴，不时用头撞击母牛的乳房，母牛痛苦地弓起背,眼睛里闪着幽幽的蓝光。

哑巴是海量,一瓶浓烈的"诸城白干",他喝了十分之九,我喝了十分之一。他面不改色,我头晕乎乎。他又开了一瓶酒,为我斟满杯,双手举杯过头敬我。我生怕伤了这个朋友的心,便抱着电灯泡捣蒜的决心,接过酒来干了。怕他再敬,便装出不能支持的样子,歪在被子上。他兴奋得脸通红,对着暖比划,暖和他对着比划一阵,轻声对我说:"你别和他比,你十个也醉不过他一个。你千万不要喝醉。"她用力盯了我一眼。我翘起大拇指,指指他,翘起小拇指,指指自己。于是撤去酒,端上饺子来。我说:"小姑,一起吃吧。"暖征得哑巴同意,三个男孩儿便爬上炕,挤在一簇,狼吞虎咽。暖站在炕下,端饭倒水伺候我们,让她吃,她说肚子难受,不想吃。

饭后,风停云散,狠毒的日头灼灼地在正南挂着。暖从柜子里拿出一块黄布,指指三个孩子,对哑巴比划着东北方向。哑巴点点头。暖对我说:"你歇一会儿吧,我到乡镇去给孩子们裁几件衣服。不要等我,过了晌你就走。"她狠狠地看我一眼,挟起包袱,一溜风走出院子,白狗伸着舌头跟在她身后。

哑巴与我对面坐着,只要一碰上我的目光,他就咧开嘴笑。三个小男孩闹了一阵,侧歪在炕上睡了,他们几乎是同时入睡。太阳一出来,立刻便感到热,蝉在外面树上聒噪着。哑巴脱掉褂子,裸出上身发达的肌肉,闻着他身上挥发出来的野兽般的气息,我害怕,我无聊。哑巴紧密地眨巴着眼,双手搓着胸膛,搓下一条条鼠屎般的灰泥。他还不时地伸出蜥蜴般灵活的舌头舔着厚厚的嘴唇。我感到恶心、燥热,心里想起桥下粼粼的绿水。阳光透过窗户,晒着我穿牛仔裤的腿。我抬腕看表。"噢噢噢!"哑巴喊着，跳下炕，从抽屉里摸出一块电子手表给我看。我看着他脸上祈望的神情，便不诚实地用小拇指点点我腕上的表，用大拇指点点他的电子表。他果然非常地高兴起来，把电子手表套在右手腕子上，我指指他的左手腕子，他迷惘地摇摇头。我笑了一下。

"好热的天。今年庄稼长得挺好。秋天收晚田。你养的那头驴很有气度。三中全会后，农民生活大大提高了。大哥富起来了，该去买台电视机。'诸城白干'到底是老牌子，劲冲。"

"噢噢，噢噢。"他脸上充满幸福感，用并拢的手摸摸头皮，比比脖子。我惊愕地想，他要砍掉谁的脑袋吗？他见我不解，很着急，手哆嗦着。"噢噢噢，噢噢噢！"他用手指着自己的右眼，又摸头皮，手顺着头皮往下滑，到脖颈处，停住。我明白了。他要说暖什么事给我知道。我点点头。他摸摸自己两个黑乎乎的乳头，指指孩子，又摸摸肚子。我似懂非懂，摇摇头。他焦急地蹲起来，调动起几乎全部的形体向我传达信息，我用力地点着头，我想应该学学哑语。最后，我满脸挂汗向他告辞，这没有什么难理解的，他脸上显出孩子般的真情来，拍拍我的心，又拍拍自己的心。我干脆大声说："大哥，我们是好兄弟！"他三巴掌打起三个男孩来，让他们带着眵目糊给我送行。在门口，我从挎包里摸出那把自动折叠伞送他，并教他使用方法。他如获至宝，举着伞，弹开，收拢，收拢，弹开，翻来覆去地弄。三个男孩儿仰脸看着忽开忽合的伞，腭骨又索索地抖起来。我戳了他一下，指指南去的路。"噢噢。"他叫着，摆摆手，飞步跑回家去。他拿出一把拃多长的刀子，拔开牛角刀鞘，举到我的面前。刀刃上寒光闪闪，看得出来是件利物。他踮起脚，拽下门口杨树上一根拇指粗细的树枝来，用刀去削，树枝一节节落在地上。

他把刀子塞到我的挎包里。

走着路，我想，他虽然哑，但仍不失为一条有性格的男子汉，暖姑嫁给他，想必也不会有太多的苦头吃，不能说话，日久天长习惯之后，凭借手势和眼神，也可以拆除生理缺陷造成的交流障碍。我种种软弱的想法，也许是犯着杞人忧天倾的毛病了。走到桥头间，已不去想她的事，只想跳进河里洗个澡。路上清静无人。上午下那点雨，早就蒸发掉了，地上是一层灰黄的尘土。路两边窸窣着油亮的高粱叶子，蝗虫在蓬草间飞动，闪烁着粉红的内翅，翅膀剪动空气，发出"喀哒喀哒"的响声。桥下水声泼刺，白狗蹲在桥头。

白狗见到我便鸣叫起来，龇着一嘴雪白的狗牙。我预感到事情的微妙。白狗站起来，向高粱地里走，一边走，一边频频回头鸣叫，好像是召唤着我。脑子里浮现出侦探小说里的一些情节，横着心跟狗走，并把手伸进挎包里，紧紧地握着哑巴送我的利刃。分开茂密的高粱钻进去，看到她坐在那儿，小包袱放在身边。她压倒了一边高粱，辟出了一块空间，四周的高粱壁立着，如同屏风。看我进来，她从包袱里抽出黄布，展开在压倒的高粱上。一大片斑驳的暗影在她脸上晃动着。白狗趴到一边去，把头伏在平伸的前爪上，"哈哒哈哒"地喘气。

我浑身发紧发冷，牙齿打战，下腭僵硬，嘴巴笨拙："你……不是去乡镇了吗？怎么跑到这里来……"

"我信了命。"一道明亮的眼泪在她腮上汩汩地流着，她说，"我对白狗说，'狗呀，狗，你要是懂我的心，就去桥头上给我领来他，他要是能来就是我们的缘分未断'，它把你给我领来啦。"

"你快回家去吧。"我从挎包里摸出刀，说，"他把刀都给了我。"

"你一走就是十年，寻思着这辈子见不着你了。你还没结婚？还没结婚。……你也看到他啦，就那样，要亲能把你亲死，要揍能把你揍死……

我随便和哪个男人说句话，就招他怀疑，也恨不得用绳拴起我来。闷得我整天和白狗说话，狗呀，自从我瞎了眼，你就跟着我，你比我老得还要快。嫁给他第二年上，怀了孕，肚子像吹气球一样胀起来，临分娩时，路都走不动了，站着望不到自己的脚尖。一胎生了三个儿子，四斤多重一个，瘦得像一堆猫。要哭一齐哭，要吃一齐吃，只有两个奶子，轮着班吃，吃不到的就哭。那二年，我差点瘫了。孩子落了草，就一直悬着心，老天，别让他们像他爹，让他们一个个开口说话……他们七八个月时，我心就凉了。那情景不对呀，一个个又呆又聋，哭起来像擀饼柱子不会拐弯。我祷告着，天啊，天！别让俺一窝都哑了呀，哪怕有一个响巴，和我做伴说说话……到底还是全哑巴了……"

我深深地垂下头，嗫嚅着："姑……小姑……都怨我，那年，要不是我拉你去打秋千……"

"没有你的事，想来想去还是怨自己。那年，我对你说，蔡队长亲过我的头……要是我胆儿大，硬去队伍上找他，他就会收留我，他是真心实意地喜欢我。后来就在秋千架上出了事。你上学后给我写信，我故意不回信。我想，我已经破了相，配不上你了，只叫一人寒，不叫二人单，想想我真傻。你说实话，要是我当时提出要嫁给你，你会要我吗？"

我看着她狂放的脸，感动地说："一定会要的，一定会。"

"好你……你也该明白……怕你厌恶，我装上了假眼。我正在期上……我要个会说话的孩子……你答应了就是救了我了，你不答应就是害死了我了。有一千条理由，有一万个借口，你都不要对我说。"

……

姊妹行

王安忆 作

分田和水出门的时候，村里人就不看好，觉着这两个姊妹太癫狂，胆大心不细，弄不巧就被人拐跑了。想不到，还真让说中了。

分田的对象在徐州当兵，来信让分田去逛逛徐州，分田又邀上水。乡里边男女对象的交往总是这样的，女方带一个要好姊妹陪着，就像小姐带一个丫环。一来可以避嫌，二来也可解了当事人的尴尬，所以，这个"第三者"是受欢迎的。与惯例一致，水比分田小两岁，还没对象。这两人玩心都大，就敢结伴去徐州。要说，分田那对象，安排得够仔细，他事先寄来一张路线图，让两个姊妹一早到韩集搭中巴，中巴乘到大王集，再换乘长途车，到曹城。此时应当是下午三点光景，而曹城傍晚五点有一班到河南商丘的慢车，正好在车上过一宿，一早到商丘站。到了商丘站，她们就与他通个电话，电话号码他写在路线图上，"商丘"两个字的旁边，底下用小字说明如何使用投币电话，身上要留好几个硬币等等。通上电话，晓得她们平安到商丘，他便可放心。她们呢，也好告诉他买了哪一班到徐州的车票，从商丘到徐州的车次就多了。到时候，他会带他的战友去徐州站接车。他特别强调他的战友这一细节，"战友"这两字使他有了一种走上社会的新形象。这孩子，说起来要比分田小十个月，可行事却沉稳得多，这也是分田应下这门亲事的缘故。他是分田姑那个庄的孩子,当然是姑做的亲了。现在到底比以往开放了,两人见了面,一同逛了韩集,不用说,还有水一起。他回部队时,分田也是同水一起去送的。所以,他们虽不算十分熟,可也不是完全生分。这也是分田愿意接受邀请的一个原因。

分田她们应当说是基本按照路线图走的,只是在每一个细节上都做了点小小的改动,甚至连改动都称不上,仅只是一点变通。这一点变通,虽然是因情因景而易,但也可看出这两个姊妹的性格。这些变通里面,终有一个酿成了事端,所以,要说后来的变故是怪她们自己,并不为过。那天,她们确是一早去了韩集搭中巴,但不是走去的,而是拦截了一架手扶拖拉机。她们出了村不久,就听身后土路上轰隆隆地跟上一架手扶,那车主她们都认得,邻村的萧小,初中里同过学,自己开了砖厂。于是,很自然地,两下里打了招呼,她们爬上车头,摇摇晃晃去了韩集。她们搭的中巴,也是熟人的中巴,中学里的另一个同学,姓林,和他的堂兄合开一辆中巴。她们上了车,坐到前排座与林同学一路聊天,到大王集。林同学邀她们一起吃了午饭,就在汽车站边上的饭铺里,要了一个凉拌粉皮、一个花生米,再各人三两水饺。虽然没喝酒,可因为老同学见面,谈起许多往事,很有感慨,所以三个人都很兴奋,红了脸。然后分手,林同学折回头往韩集,这两个上长途车去曹城。这一段比较寂寥,也就是比较正常,没有遇见熟人,也就没有计划外的事发生。因为起早,亦因为兴奋,两人都乏了,这时静下来,就打起盹。就像是一个盹的工夫,就到曹城。不过,天色已经暗了。曹城是个县城,路要宽许多,车要多许多,人也要厉害几分,她们还没走出汽车站,已经被推搡了几个趔趄。可她们并没有因此而气馁,反而振奋起来,觉着这场面很有气势,并且想,徐州肯定要比曹城更有气势。汽车站和火车站,几乎紧挨着,找到售票处,正掏钱买票,窗口底下蹲着的一个妇女却站起来,说她有两张去商丘的票,本是她男人和儿子晚上要走,忽然吃坏肚子,患了痢疾,走不动了。分田和水想这人是不是报上常说的票贩子,那女人立刻猜出她俩的心思,说她一分钱不多要,只要给她原价就成,倘去窗口退就要扣手续费,她当然也不愿亏。分田和水都是热心肠的姊妹,不愿看见别人为难,将票接过来,正来反去验了几遍。那妇女又说要送她俩进检票口,保证不会是假票。人家都把话说到这一步了,还有什么可怀疑呢?

事后,分田也猜疑过这女人,想她会不会与拐她们的一伙有关系?想来想去,事情还是出在手机上头,联不到她的边。所以,这一个插曲,看起来有点玄,事实上,却没什么,她们不是顺利地上了车?车,正点发,喇叭里广播的终点站,果然就是商丘。到了商丘,正是分田对象说的那时间,天还蒙蒙亮。她们出了站,买了去徐州的票,就打听哪里有投币电话。问了几个人,都说得不准,白奔了几次。分田急了,拉了一个人说:到底哪里才有电话?那人停下脚步,看了分田一眼,然后就从口袋里掏出手机,说:借你打一个。分田后来检讨最多的实际上是这一拉,她想:怎么能在大街上随便拉人呢?这就给人一个轻率的印象。当时,她自然没想这么多,接过手机,却不知怎么用,那人就帮她拨了号,再让她说话。从手机里传来的声音,初听起来不大像,再听听就像了。她告诉他,她们已经到了商丘,车票也买好了,几点几分的。他就说,她们下了火车,从地下道出站,他和战友就在出站口等她们,"不见不散"。他最后说了这么一句,带着一种新颖的潇洒派头,代表着他正身处其中的开放生活,分田觉着既陌生又喜欢。经过一昼夜的周折,此时她俩都不觉疲乏,也不觉着这人地生疏的城市有什么可畏惧的。她们虽然没大见过大世面,可毕竟是读过书的,有着书本上的见识。所以,她们在嘈杂混乱的车站广场穿行来,穿行去,镇定自若的,买包子,买水,买路上看的杂志,还给分田那对象,以及他的战友买了一袋面包。她们看着一些奇怪的人和事,不觉可疑,只觉好笑,并且因为心里高兴,还因为不在村里,身边没有认识她们指责她们的人,就分外放肆地笑。这一会儿,她们俩见什么都要笑。比如,看广场边放了一行课桌,坐了一排人,分明是一个报到处,什么报到处呢?牌子上写着技术学校,学习项目有孵豆芽、养蚯蚓、修理挤面机,可是就没有一个人前来报到。她们当然要笑。一个青年,穿一身师出无名的草绿制服,有肩带,肩带上钉铜纽,像军人,头发却留及耳下,几及衣领,就像外国军人。她们也要笑。再过过,又来一名同样的制服军,然后,第三,第四,才发现许多青年都是这副装扮,原来这地方就兴这样。她们更要笑。发展到后来,她们彼此之间,互相看看,竟也看出许多值得笑的地方。她们本来就是爱笑的姊妹,有时都能把人笑烦,人就说:笑,笑,哭的日子在后头呢!不料,这话也让他们说中了。

她们高高兴兴地度过了商丘火车站的等候时间,正点上了车,汽笛长鸣一声,往徐州去了。她们乘的是慢车,沿途每个小站都停,似乎还没停稳,就又动了,可是,车厢里却进了新人,又有几个方才的旧人,留在站牌下面,从缓缓移动的车窗前退下了。就这样,映在车窗上的太阳渐渐到了窗外很远的地方,停在收了秋的田野上,小小的红黄的一个球。田野变得很辽阔,而火车停靠的站台则变得很小,而且寂寞。但此时,以她们的心情,完全不能体味旅途中,忽然间涌起的孤寂之感。她们只是略略有些嫌车坐得久了,说坐火车比做活还累腰。由于是这样的慢车,旅客的更替便很频繁,刚看一个大叔面熟,大叔却下了车。才与一个小孩说上话,小孩又跟他姥姥下了车。倒有几个长途的,看上去又不怎么面善,她们就不高兴搭理了。车上人时少时多,有一阵子,她们俩就独占一个四人座,两人面对面地，学着那些老乘车的男人，脱了鞋，将脚搭到对面座上。脱鞋时，才发现脚有些肿，而且散发出浓郁的怪味，是皮革和脚汗的合成。她们把腿伸直了，腰也放平，下巴颏抵在胸脯上，很舒坦，也很懒的样子。反正边上的人都不认识，管他们怎么看。两人互相朝着笑，说着大胆放肆的话。她们已经习惯了频繁的停车开车，新上的人也不大引得起她们的注意，她们自觉着已经是老练的出门人了。就在这时，车停靠了一个站，却不由使她们生疑了。

从车窗里向外看，站台上的气氛似乎要杂沓许多。几条铁轨后面，不是敞开着的农田、厂房或公路，而是围墙，就成了个正式的站，水泥站牌上则赫赫写了三个大字：徐州西。她们疑惑着是否这就是徐州，心下又觉着徐州站应当更宏伟一些。那么，徐州西这三个字且是什么意思呢？不过，她们基本还是确定在"徐州西"之外，另有个"徐州"，就像"大王庄"以外，还有个"王庄"。可是，没容她们想定，车窗前却急急地跑来三个人，显得是沿了站台一路寻过来的，一边还用手敲着车窗。一看到正趴在窗前朝外望的她们俩，便大声问：是不是分田！两人一下子探出半个身子去了。接下来便是一阵忙乱，穿鞋，拿行李，收拾茶几上的食物杂志，和正挤进过道的人推搡。两人还没在站台上落脚，身后的车就动了。两人惊得说不出话来，互相瞪着眼，简直不明白到底发生了什么事。等火车一径向东开去，越开越快，转眼间变成一团白雾，白雾散尽，便没了踪影，她们方才定下神来。这时，她们注意到这站台的清静，围墙外是近晚云色有些乱的天空，立了三两杆水泥大烟囱。站台上就站了她们这几个人。那三个人都穿了军服，关于军服，是分田后来反省的第二点，她怎么就这样相信军服呢？只要稍稍回想一下，在商丘车站，看见的那些穿草绿制服的长发青年，就可以知道，如今什么样的衣服，什么样的人穿不得？

可她们就信了他们呢！他们说是那孩子的战友，"战友"两个字也是让分田相信的。还是那个意思，什么样的话，什么样的人说不得？他们说是那孩子的战友，那孩子接到紧急任务，要去执行，就委派他们几人来接站，并且，那孩子还突然想起，没同她们说明是在徐州西下站，所以，特别关照，要他们进站里去接。多险啊！差那么一点，就把她们错过了，回去可怎么向战友交待？三个人将她们的东西一分，她俩就空着手了，跟了出站。车站很浅，出门就临街，街上跑着车，还有人，骑车或者走路。车喇叭声、助动车马达声，甚至还有手扶，突突地冒着烟，天似乎陡地又暗一成，可明明街那头还挂着太阳。不过，太阳也是灰白的一个。噪音、空气中的煤烟，还有突变的形势，一起让她俩发蒙。有一时，分田犹疑地回头望望，身后那青年很礼貌地抬起手，做了个"请走"的姿式，很有"战友"的派头。于是，她又跟着走了。他们引着上了一辆吉普车，原来，其中有一人还是司机。这样，三个人中的两个人上了前座，另一人与分田、水在后座，然后开车了。车，很溜地掉个头，刮起一阵土，就朝了那灰白的、快落到街面上的日头开过去。此时，分田心里闪过一个疑惑：方才是从西向东，这怎么又向西，不是开回去了吗？就是这点疑惑，日后却给分田指了路。

　　分田到最后其实也没弄明白，她在那家做媳妇的，是在哪个地名上。巴掌大一片洼地，挤簇着十几座砖墙瓦盖的平房。可能是窝着的缘故，看上去，砖也砌不直，瓦也铺不匀。分田从没下过地，不知地又是怎样的地，只知道家家院里，屋顶，都铺了塑料布，布上是烟叶。想来是种烟，可却不像会伺弄烟的样子，那烟叶被露水打湿，都有些沤，散发出一股霉烂气味。颜色是一种青黑青紫，遮盖得这小庄子，越发显得疲乏。人，也是疲乏的样子，多是低头垂目的表情，说话是一种侉音，喉头噎着似的，听起来就很耿。穿着又灰暗，尤其是下雨天，七扭八拐的泥路上，挣着腿脚，身子乱歪，真觉着快要烂到一锅里去了。分田倚着门，望着灰蒙蒙的村落，心里郁闷极了。屋里的灶底下，留三，就是买她的那男人，留三他妈在烧锅。满地碎草屑、碎豆稞，人就在上面歪着，就像趴地上一样，对了灶眼吹火，越吹越倒烟。此地用的灶也不对，烟道从灶后面大大地转一个角，上去，只伸出屋顶一小截，大约是为屋里暖和，又为省烧草，可不就容易倒烟了？屋顶本来就矮，至少比分田那地方矮三砖了。于是，顶上椽子便熏得漆黑，屋不像屋，像洞。分田看着留三娘吃力又笨拙地做着这些，并不伸手去帮她，心里只觉着厌烦。留三娘都不敢同她说话，从她面前过，也是低着眼睛，快快地挪着步。留三走路也活脱是他娘的步子，显得腿短。事实上呢，也许并不短。可能是因为，总是生活在逼仄的地方，不仅走路矮着腿，还缩着身子，胳膊肘和腰长在一起似的。留三也不敢看分田。早起和他爸一同去地里，分田还蒙着头大睡，等傍晚爷俩回来，依然是他娘给端上一盆水洗脸洗手脚，再摆桌盛饭。分田呢，或者早已经吃了，或者就盛上到屋里自己一个人吃。她坐在屋里，多少有些占着屋的意思，留三就不敢进。这屋在晚上，电灯底下，显得还比较明亮。此时，分田的心情相对白天，也平静了一些。她四下打量，地上铺了水泥，用旧报纸糊了顶棚，四壁刷了石灰水。有几件家具。一个大立柜，门上镶半截镜子，油黄色。一架床，床上网了帐子，天气是方才入冬，这帐子就显出一点奢侈的意思，显露出娶媳妇的能耐。地上还有张桌子，带抽屉，面上放了镜子、梳子、擦脸的霜什么的。墙角立了脸盆架，窗户上挂了布帘子。床架、桌腿、立柜的几个角，还残留了原先包裹着的旧布、旧报纸。分田想到，这家具备下有日子了，就等着人呢！可是这个念头并不会让她心软，相反，更是火起，她怎么就进了这么个窝囊人的屋！她听见堂屋里他娘在催他进屋，训他，他申辩着。两人说话都嘟嘟哝哝的，不清楚，好像没有字音，只有声气。后来，他娘进那边屋了，只剩留三一个人在堂屋里，摸摸弄弄磨蹭，就是不敢进屋。此时，灶里最后一点余烬也灭了，烟道凉了，实在抵不过夜寒，方才蹑着手脚进屋。再是多么不像男人的一个人，分田不由也会起一层鸡皮疙瘩，紧张起来。

　　分田不敢脱衣服，和衣裹在被子里。留三却也没有碰她的意思。在另一头，也裹紧一床被子，睡下了。这庄子的夜晚静得，连一声狗吠都没有。分田浑身燥热，几乎透不过气来，她甚至希望这人来招惹她，好叫她踹他，撕他，唾他。可是没有，他一动不动，裹得比分田还严实，就像一个大石砣子。在这大石砣子里面，不仅是木呆，还有着一种持之以恒的决心，这决心因为愚顽而变得更加可怕，似乎是，你终于撼动不了它的。有几次，分田非常危险地，用脚去踹他，他竟也不动。分田控制不住了，跳起来，站在床上，对了这大石砣子，又踩又踢，终于将他蹬到床底下去了。这情景看起来，很像一对闹气的却恩爱的小夫妻，床的响动也叫住那头的大人放心，而分田却觉着，自己快要疯了。她颓然坐倒在枕头上，那大石砣子在床底下，纹丝不动，黑乎乎的一堆，不知多少时间过去了。分田从床上下来，穿上鞋，跨过大石砣子，径直往门走去。她竟忘了门是从外面锁上的，一直要到第二天早起，留三喊门，他娘才过来开锁。她砰砰地擂了几下门，没有回应，整个庄子都像死过去了。再又回到床上，已经感到了冷。她打着寒噤，缩回被窝，裹紧了，不知不觉进入睡梦。很多个夜晚在这样的冷热交替、梦醒不辨中过去。入冬了，不知什么时候起，屋顶上，院子里的烟叶收净了。树枝、地头、路边，最后一些绿意也收净了，村落变得干净了些，却更寒素了。留三家依然不让分田出门，也没有人来串门。分田倚门坐在板凳上，看着村道上蠕动的人。在冬日少雨的天气里,村道变成一种硬邦的灰白。分田娘烧尽了草,换成烟煤,用一架破风箱烧火,于是,屋里便充斥了风箱枯干刺耳的开合声,咕兹咕兹。煤烟布在空气里,越是晴天越觉着脏和呛人。没人和分田说话,分田也不和人说话,她快变成哑巴了。原先她是个多么爱说爱笑的人啊!

晴冷几日,天奇怪地暖起来,阴霾却一日重一日,分明在作雪。留三和他爸在做出门的打算。从家人的只言片语中听出来,他们是要去邻乡一家窑厂做活。而且,庄上有不少男人一起结伴去。虽说依然没人来串门,这家人依然少言寡语,可还是有一种骚动,在沉闷的生活底部,微微地震荡了。留三娘架了个鳌子摊煎饼,屋里的煤烟味里加进了浆子味和豆稗味,留三娘又拆洗父子俩的被褥,再絮上新棉花,一针一针绗上,空气里便飞扬着白生生的絮花,还有线头;父子俩则很奢侈地买了几斤酒,餐餐喝几口,他娘就给做葱花蛋和熬骨头,屋里又有了些膏腴的气味。这一些都使这家贫瘠又枯乏的农户,增添一种较为活跃的气氛。动身前一夜,留三似乎流露出想碰分田的意思,在这颟顸的人,亦只不过是表现在一夜的辗转反侧。分田紧张地流了一夜的汗,紧紧地裹住被窝,听见自己的心擂鼓一样跳。这一夜终究安然度过。分田没有像往常那样,等留三起来很久才起床,而是在留三起来之前就起来了,她很难再在床上挨下去,这给大人一种她给留三送行的印象。分田坐在门口板凳上,留三从她身边擦过,到灶门取出温瓶,倒进脸盆,然后双手抄起水扑到脸上,呼啦啦地洗了一气。分田头一回注意到他做事还有着一股泼辣劲,却是被木讷的外表埋住了。她看见他洗红的脖梗,以及耳后的一片地方,散发出腾腾的热气。这是留三留给她最后的也是唯一的印象。

留三父子走了,庄里有不少户男人也走了。男人少了倒不觉得,却觉得女人多了。女人们进出走动似乎比往日频繁了些,有时就立在村道上说话,可说好一会儿。说话的声音挺响亮,女人家的衣服也比男人的鲜亮,这个寒碜的小庄子,由此变得活泼了些。留三娘还是寸步不离分田,但分田坐在门口看见的风景,多少要有些变化。天下了层细雪,村落蒙了削薄的白,显得洁净了。可是很快,又弄污了,化了或者踩了一片黑,一片灰,满是破绽的样子。日头又浅浅地从阴霾里透出。这一日,村道上忽有一些动静,说是动静,其实就是有三两个人往村子南边快步跑去。分田不由得欠起身子,向前探探头,可正在门前晾晒烟籽的留三娘却陡地转过身,向她扑过来。总是悄无声息,矮着身子挪来挪去的女人,此时此刻敏捷得像一头兽。她依然是矮着身子,就像从地上匍匐过来,几乎是"嗖"一下到了分田跟前。她伸出一双青筋暴突的手,紧紧握住分田的两只脚踝,像是要将它们按进地里去似的。分田吃惊地一站,没站稳,伸手把住了门框。留三娘还是按住她脚踝不松手,歪过头去,哑着嗓子喊了声。分田看见了她的眼睛,睁得很大,惊恐而且凶狠,也像一头兽,心中又是一惊。应着她叫喊,门外又过来两个女人,一左一右携住分田的胳膊,三个人齐心协力将她往门里推。分田忽有些觉出,庄上一定出了什么事,是她们害怕她分田露面的。越过门前院子,台子下村道上又有几个大人,往南边去。南边的岔道口有一棵槐树,落了叶,树杈杈后面似乎有着什么骚乱。分田死力把住门框,不退进屋里。那三个人则把住她的胳膊、脚,叫她立不稳。分田便改变战略,她松了手,却把身子向前倾去,几乎是背着手翻了个筋斗,从留三娘头上翻过去,就地打两个滚,滑下台子。她还懵头懵脑地,已经在了村道上。她踩着硬实的土路,一径往南跑去,身后是三个女人的嘶喊。她听不明白她们的话,但声音的绝望叫她害怕。她跑到槐树下,却并没有人,左右两边的砖平房静静矗着,没有动静。方才的骚动已经过去了。或者说根本没发生过,只是分田的错觉。而且,一旦走出屋子，分田才发现她对这庄子一点不了解，完全不知道哪里是哪里。后面那三个女人跟上来了，并且分散开，像张开一面网，从各个方向去断她。正在这紧急关头，分田听见一声汽车喇叭声，在这空旷的小村落里，既隐约又清晰。分田辨出喇叭声是从东面过来，于是又转向东跑。东边有一口井，井旁站了留三娘喊来的女人，正张开胳膊等着逮她。分田直跑过去，伸出胳膊一挡，险些将她挡进井里去。分田此时简直力大无穷，而且，非常快乐，就像要飞起来似的。汽车又鸣了声喇叭，还有发动机声，她已经看见了吉普车绿色的顶篷，停在又一面台子底下的村道上。她攀上台子，终于看见一堆人。她惊愕地看见，这背静的小庄子里竟有着如此多的人。

人们簇拥在一座砖墙瓦顶的平房前，其中有两名城里人打扮的女人，还有一名穿制服的公安，他们挈住一个女子，正从人群里往外挤。那女子，分田见过几回，头一回从村道上过，分田以为是谁家的孩子，但觉着长相与此地人有些不同，长了一个宽额头，额头下是一双极大的眼睛。她从留三家院子底下过的时候，抬起眼睛往分田这边扫了一下，使人觉着挺机灵。后一回见时，分田却看见她衣服前襟撅起来，好像有了身孕，才知道是个小媳妇。这时候，她身子更显了，由那两个干部样的女人架着胳膊往外走。分田心里明白了大半，她抢前一步，奔下台子，几乎是跌到吉普车跟前，拉开车门，坐进去。等那一拨人拥了小媳妇坐上车，分田向他们声明，自己也是被拐卖的妇女，要求与他们一同走。他们本还想细问，但形势已经不容多留，村人们团团围着吉普车，虽只是沉默着，但谁能预料得到下一步会发生什么？他们只得坐挤了，关上车门，车一动，沉默的人群让开了道，油门加大，车在土路上蹦了老高，落下来，再蹦几下，开跑了。人们松下一口气，而分田却筛糠似的抖起来。抖索着，她看见挤得黑压压的车厢里，那小媳妇向她投过来的眼光。在她布满孕斑的小脸上，那双眼睛更显得格外的大和锐利。分田后来一直想起她,看上去,她比自己要年少,却那么有主意。她从更远的四川被拐到这里,就有办法将自己解救出来,还把分田给捎带解救了。

分田收了秋走的,回来正赶上过年,前后不过三个月,可村里人却好像不认识她了。见了面就很生分地笑,还谦让地偏过身,让她先走,嘴里说:回来了?一出口又觉不对,想分田并没有出嫁,回什么回?回门子吗?过年了,那些外出打工做活的回家来,村里人都会很积极地问外面地方的人和事,有少不更事,或者问滑了嘴的,也问分田"徐州的地场如何",不等回答已经知道错,赶紧收住,讪笑着走开去。还有馋嘴的小孩,伸手向分田讨糖块吃。从外面回来的人,都给小孩子发糖块吃,给大人发的是烟卷。小孩子也叫大人拉走了。甚至,连她娘,也像是不认识自己闺女了。有一回,分田走在前头,无意一回头,见她娘正盯着自己的后背影看,来不及撤开眼睛,窘得红了脸。又有一回,她梦里一机灵,睁开眼睛,见娘伏在她脸上,紧张地瞅着什么。分田其实心里隐隐地明白,娘正打量她什么。老年人有许多种说法,是关于姊妹和媳妇的区别。在村里人欲说还休的表情里面,所顾虑的也还是这回事。关于这点,分田心里是坦然的,她自己对自己说:谁说也不算,自会有人说了算!这人是谁?就是她对象。想到此,她不禁有些骄傲起来,她分田是对得起那孩子的,没有叫他丢脸。那些日日夜夜,她是怎么熬过来的呀!分田有时候很想与人说一说,可是怎么说呢?整个事情是那么复杂,连分田自己都理不清,一团乱麻里究竟哪个是头?倘若不是身临其境,无论如何是不能听信的。只有一个人能听信她,就是水,然而,水在什么地方呢?

分田到水家里去了几趟,说明当时的情况,表示自己的歉意。对水,分田感到万分抱歉，倘若不为了陪她去徐州，水是不会遭人拐卖的。所以，她感到水的家里人，是她回来以后最难面对的。她带了几卷粉丝，特别说明是她哥带回来的，她哥同人合伙开着一家粉丝厂。分田不由得也受了村人的影响，觉着像她这样从外面回来的人，是不适合带东西送人的。水的大人，木着脸听分田说，说到徐州西下车这一节，便张口拿些旁的事情问，问她哥的粉丝厂如何？他们家的提留款交齐没有？分明是截分田的话。分田并不觉着他们对她有太大的怪罪，而是，有一种难堪。他们分明流露出羞惭，这使分田联想到自己家人的态度。从水家里告辞出来，分田心想总有一天水落石出，那孩子会还她清白的。她已经给那孩子发出一封信，这封信写得很费周折。本是应该交代一下情况，可一旦交代起来，就好像在作辩解，心里忽涌上无限的委屈。分田是个坚强的姊妹，从遇上事情后，想的多是如何对付，并没有觉过委屈，可现在却不同了。那孩子好像就站在跟前，她刚要开口，就哽住了。她怨艾地想：她又没有做错什么，为什么需要辩解呢？这股怨艾很奇怪地使分田的心情变得温柔起来。最后，她免去了整桩事情的过程，只是说：由于意外的发生，推迟了我们的会面。然后报了平安，再嘘寒问暖一番，最后写道：你什么时候能回来呢？写完这一句，分田不由叹息了一声。现在就靠你了！她在心里说。想到自己还能靠个人，心里又是一阵温存。可是，紧接，又想：水靠谁呢？是啊，水，怎么办呢？于是，下一日，她又去了水家。这一回去，她对水的大人说了那个四川女子的故事。说她如何在那家人的监视下，偷偷地带出一封信，给她四川的家人，她家人就和当地妇联，还有公安联系，将她解救出去了。所以，分田对水的父母说：你们可以向徐州的政府联络，说女儿就在那一带被拐卖了，一定能救出水。水的父母很入神地听分田说这个勇敢的女子的故事，一直没有打断，但等听到分田提出建议的此时，水的父亲则说了一句：嫁哪里不是嫁？分田说水一定等你们救她呢！她娘抹起眼泪，抹了一时，却是说：那四川女子的孩命苦了。分田又一次黯然地退出水的家。她想水比她小两岁，平时就没什么心肺，能抵挡得住吗？可是再想那四川女子，黄瘦的小脸，一双灼灼的大眼睛，似乎又有了信心。

十五那一日，分田的姑来了。看见姑，分田不由红了脸，她恨自己没出息。分明是由姑而想起了那孩子，再想起那孩子有信了。因为生气，分田的手脚便重了些，端板凳，倒茶，煮糖水荷包蛋，噼里啪啦的。姑呢，该生气的，倒没有，而是很不安，看侄女儿脸色的样子。分田撒气似的忙完，就被她娘差去集上买活鱼准备待客菜。分田骑着自行车，从村子中间穿行过去，再上公路。集是个小集，二里地远，因逢元宵，竟也很热闹，有卖兔子灯的，粉黄身子，大红眼睛，底下木架上镶了轮子。分田买了两个，自己侄子一个，再一个让姑带给小表弟。这样，她又恨自己了，恨自己巴结姑。可轮到买鱼时，她还挑大的欢的，于是就再恨自己一回。就这样，车把上挂着活泼乱蹦的鲤鱼，还有卤肉、酱猪蹄、烧鸡、白肝、一包山楂糕，专做一种元宵的馅。后车架上，一边一个搭着两盏兔子灯。心里揣着恨恨的气，分田飞快地踩着车回村去。姑却已经走了。娘红着眼睛，显见得哭过了。爸呢，倒是笑着，却比哭还难看。分田一看这情形，心里明白了大半。她下车，支好，将东西一件件放下，然后卷起袖子，提起鱼尾巴，往机井台上"啪"一摔，说：杀鱼啰！鱼鳞在刀刃下飞溅开来，雪亮雪亮。这一餐饭，全是分田一个人操持，八盆八碗，还有元宵。分几种馅，芝麻的、山楂糕的、猪油白糖的，搓成一般大小，然后在匾里滚。天黑时，分田点上兔子灯，小侄子一个人牵两盏灯在院里走，木轮子拖着地，磕棱磕棱的，挺热闹，却又显出冷清。

分田姑这么一来一走，村里人就都知道，分田的对象吹了。人们看分田的眼光,都带着怜悯。而分田倒比往常更快活,话更多,笑得更响。一边笑一边用眼睛扫着人,眼睛里的意思是:谁吹谁啊!要放了过去,人们就又要说她癫狂,说:笑,笑,哭的日子在后头呢!可现在,谁也不敢拿这话说她了。而且,这话想起来,都是有些诅咒的意思,更叫他们不敢想了。所以,不由自主地,人们都有些躲着分田。要是正走个对面,那么,眼睛就躲着。这很叫分田恼怒,有意迎上去,追着人家眼睛说话和笑,甚至找到人家里去,坐着说和笑。就像要逼人家承认,她分田是没什么的。村里人家还不够她串,她骑着自行车,到邻近庄上,中学同学家去串。分田的事,早已在这一片地方传开了,可都是耳闻,等人到跟前,不由要惊一跳,想:她竟然在这里!这时候,分田又成了个稀罕人物,人们都过来看这个"同学",脸上带着好奇的渴望的表情。在这一团热闹中,分田则感到孤独了。她能说什么?说什么是人们懂的?于是,她又很快离开了这个村子,这个同学,向下一个村子,下一个同学那里去。遭遇都是差不多的。分田这么疯跑,她爸她娘并不说,由她去。她哥去粉丝厂了,这回连她嫂子也一同去了,留下小侄儿。家家都在锄麦子,浇麦子,她爸她娘也不派她这个闲人去,而是自己掮了锄子,下那三亩七分地。这反而叫分田着恼,她夺过她爸手里的家伙,推开院门,一个人去了。

地里的麦子,有一拃高了,青绿青绿的。分田家这块地分得好,在阳面。这里多是岗地,阴面和阳面就很重要,离水近和离水远也很重要。分田家的地呢,正临沟渠,收了麦,即刻可引过水来整水田种稻。联产责任制,得这块地,正是生分田那年,所以才取名叫"分田"的。也所以,爸和娘都特别疼这个闺女,倒把长子,她哥忽略了。也因为此,她嫂嫂不高兴。幸亏她哥罩得住,还不至于发生什么龃龉。照理,这是一个幸福的家庭,可现在,情形全不同了。分田一个人立在麦苗地里,觉着这片地有无限大似的,而且有无限高,顶着天,天地间只她分田。这几日,都是在聒噪中度过,这时静下来了,分田都听得见锄板划拉土时,冬眠的小虫子四面奔跑的响动。太阳迎了脸,上了头顶,又到了背后。锄过的地,虚着眼望去,就像抹了一层油,深黑,衬得上面的苗更显青翠。太阳走过,将地留在余晖里,又改了一层颜色,黑和绿都变黄了。分田锄到地边时,暮色已经起来,降下一层薄灰。分田提起锄子,往家走去。细溜溜的风贴了地,从麦行间走过,麦苗弯曲着,发出轻柔的窸窣声。

第二日一早,分田骑车往韩集去了。天还没大亮,路上已经跑着汽车和手扶了,从她身后超过去,将风声和马达声灌满她耳朵。分田并没有想这是和水一同往徐州去的路,因为人和事都改变太多了。她一路骑到韩集车站,搭上往县城方向开的中巴,车上座位都有人了,她就坐在一麻袋花生上面,分田在县城下了车,顺了人指点,到了县政府,又顺了人指点,到了妇联办公室。妇联办公室里坐了两个女干部,多少是敷衍着接待分田,可分田的故事很快叫她们入迷了。她们放下手里做着的零碎事情,专心听分田讲述。这是分田头一回完整地叙述她的经历,她很惊讶自己能把事情说得那么清楚,就好像讲过许多遍了。事实上呢,她连完整地想一遍都不曾有过。她还惊讶自己能那么冷静,就像是讲别人的事情似的。当然,两位女干部聆听的态度也鼓励了她。她说了事情的全过程,又说了后续发生的退婚,最后,她向二位妇联干部提出请求,能否以妇联的名义,和那孩子写一封信,劝告他收回自己轻率的决定。二位干部对分田表示了莫大的同情,一口答应她的请求,并且进一步允诺,倘说不转那孩子,就同他们部队联系,当然,现在暂且给他留点面子。分田走出县政府院子,还有兴致逛了趟街,再往车站走。回去时,她是坐在一袋化肥上面。这是第一次往返县城,往后,还会有第二,第三,无数次。她很快就会将这条路跑熟，还会将去县政府的路跑熟。然而，随着她一趟一趟地跑，事情则变得越来越没指望，妇联二位同志的热情便也在逐渐降低。她们给那孩子发出的信，不久就有了回音。那孩子信上说，家乡的组织对他个人问题关心，很表感激，但分田与他的关系尚处在互相了解阶段，并未作决定；在他们的关系中，双方都是平等的，不存在谁抛弃谁的说法；现在，他认为他们都还年轻，前途广大，还是暂缓婚嫁之事为妥。妇联的同志几乎要被他说服，但依然坚持着不变，又写去一封信，强调了农村风俗的约定性现实，他们既已通了聘礼，众人就都视为婚约形成，应照顾女方在此环境中的舆论压力；还强调了分田在事件中受害者的地位，希望他本着一个军人的职责，体恤爱护分田。那孩子很快又来了一封信，看起来，他挺热衷这样的笔墨官司，尽情发挥着他的辩才。信中针对妇联同志的说法提出意见，第一是关于移风易俗的必要性，第二则谈到了爱情。他尖锐地指出，同情不等于爱情，这对分田亦是不公正的。妇联又去了第三封信，这封信中多少流露出理尽辞穷的急躁，以与部队组织联系为警示。于是受到那孩子礼貌却严格的批评：当以理服人，而不当以行政命令压人。每一封信，妇联同志都让分田过目，分田每看完信，就都发表一通道理，要比妇联的信雄辩得多，使她们觉着自己软弱无能。说实在，她们是被缠进去了，搅在他们中间，左右不是。她们觉着这两个男女真是一对，可惜天不作美，出来这档子事，拆了姻缘。最后，她们还是向那孩子的部队上发了公函，部队也以公函回复，说经查明，他们这位战士与分田只是恋爱关系，不涉及婚姻，还搬出婚姻法中有关恋爱自由的条款，婉转地驳斥地方妇联的指责。妇联同志将这封公函的复印件交给分田，表示事情到此结束。分田不服，又去了几趟，妇联的同志便开始推，接着是躲。终于有一天，分田吃了闭门羹，悻悻地离去。

现在，分田只剩下最后一个机会了，那就是等那孩子来探家。上一年就定好，今年七八月轮到他探亲。分田至今心里还疑惑，那孩子真会如此无情？她必要那孩子面对面地说这话，她才能认。麦子长高了，抽穗、灌浆，尤其是她家阳面上的，又比各家早熟了一成，麦芒在太阳里闪闪发光。西南风连吹三天，早起露水一收，就下镰了。嘣脆的麦秆一碰刀刃，便齐齐地断下。分田一个人包割，她爸在院子里碾场，她娘负责做饭，侍弄怀了崽子的老母猪。麦子熟了，菜园子里的瓜啊菜啊也熟了，藤蔓爬了一架。村里人合伙请了石匠，给村头村尾几盘大磨开齿，等着推新麦。邻村有人家开了挤面厂，可村里人，尤其是老人，多是喜欢石磨推出来的面，嫌电推的面有机油味。村里地里都是一派喜气的景象。再过过，麦子上场，打下，晒干，霍霍的磨盘声从村头响到村尾。猪下崽子了，总十二口，一出月，挑猪苗的人就上门来了。分田见人来，就把她最喜爱的那口往屋里撵，不叫人挑走。她暗地里给那猪苗取了名，就叫那孩子的名，一边撵，一边在心里骂：某某，往哪里去？挨刀子的某某，往哪里跑？有时一把逮着它，将它那圆滚滚的身子搂起来，再放下地，心里说：狗养的某某，跑不了你的！接近七月的时候，她去了趟姑家，送去她蒸的新馍。七月根下，她又去了一次姑家，送去院里新结的茄子和元葱。八月头上，她再去姑家，带去的是她最疼的小公猪，短嘴，长身子，特别能吃食。她最后地抱它一下，放它在姑家的院子地上，四下嗅着，周周折折一路嗅到猪圈去了。姑为难地看着那喜人的家伙，说了一句：分田，那孩子不来家探亲了。分田扭头就走，自行车哐啷啷推过门槛。有种就不要躲！分田在心里大声地嚷，眼泪流了满脸。她抬着脸，让迎面的风尽情地吹来。自行车有几次，从干硬的车辙上一跳老高，她也不放慢车速。从出事以来，她还没哭过呢！现在，她要狠狠地哭一把了。

几天以后，分田出门了。她对爸妈说，有同学在菏泽开了草编厂，她去那里找工做，又问爸妈要下卖猪苗的钱。二位大人没有反对，虽然前一次出门引了大祸，可是不出门又怎么样呢？他们很清楚，分田在家里过得不舒心，又没着落，他们不知该拿她怎么办。闺女大了，又很有主意，且落在这么个僵局里，就实在不由人了。

八月的天，虽然还早，暑气已经蒸腾上来，但有风，就比较爽利。分田拿来小侄子的遮阳帆布帽戴在头上，头发拢在脑后扎一个发橛子，看上去就像一个俊气的少年。因是迎着太阳，她不得不眯起眼睛，这使她的神情显得很坚定。她往韩集去搭车。身后有手扶过来，开手扶的人喊她几声，要捎她。她没答应，那人以为她没听见，就过去了。分田到韩集上了中巴，这趟中巴就是往大王集去的。到大王集再换长途车去曹城，长途车离开车站，一拐，分田看见了上回与水，还有林同学，一同吃饺子的饭铺。一个简易棚子，顶上铺着油毛毡，檐前伸出条纹尼龙布的凉棚，底下放了几张案板、几条矮凳。吃饭的人总是下车或上车的人。身边放着包裹行李，头脸都蒙了土的样子。而且不问早午晚，总归有吃饭的人。这也是出门人的一个特征，抓住时机，有吃就吃。车往曹城的方向去了。太阳老高的，车厢里烘热，一旦开快，风就鼓进来了。路边有些小厂，吐着烟，一到半空，便化在日光里面，无影无踪。到曹城转上了火车。她还是按上回与水一同出行的路线与时间，但没有出现上回的事：一个妇女退票给她俩。这一回的旅程，要平淡得多，没有一点插曲，但是却有一种确保抵达目的地的决心在里面。分田一路上没有与任何人搭话，也没瞌睡。她眼睛望着车窗外快速移动的景物，心里有一丝狐疑，虽然程程按上回走的一样，怎么情形竟一点不像了？那些树、田地、房屋、岔出去的路、路上的人,都显得清寂,而且疏远。车到商丘,商丘车站的喧嚷,也变得隔一层似的。分田在其中穿行,碰碰撞撞的人和行李,还有吵骂声,就像是在另一个世界,与她分田无关。那教授孵豆芽、养蚯蚓的技术学校招生处还在。但到底季节不同,人换了装束,换成一种前边一片蓝色塑料瓦、后面一圈白色松紧带的遮阳帽,不时从人潮中冒出这么一顶,迎了太阳反一反光。这是又一天的早上了,斜在广场地面上的太阳光已经很酷烈,而且没有风,只有汗气。分田并不急躁,在一个水泥花坛边占了个立足之地,耐心地等着放站上车。她已经是个老练的出门人了,有一些旅行经验,不用思量,自己就涌上来。终于上车,车厢里到底凉快宽敞一些。等到开车,风就越来越激烈,不得不将车窗拉起大半。虽然一夜没合眼,分田却并无倦意,她睁大眼睛,看着窗外。在她平静的外表之下,其实保持着极大的警惕。这个看似安稳的世界,说不定是这里还是那里,就潜伏着想不到的危险呢!太阳从车厢的南边换到北边,再从北边换到南边,在这交替之中,还有停和开的交替中,日头渐渐到了远处的田野上,火红的一盘,由于空气清澈,边缘分明。分田在徐州西下了车。她随着并不多的下车人出了站,立在了马路上,她站住了。她抬起头,茫然地回顾一圈。已是五时许,但因是天长,日头还在较高的小半空。她看见了那一轮红日,比方才车窗外的要小一些,亦昏黄一些,光却依然是炽烈的,有一种稠厚的热量。分田心里一惊,这是整个旅途中,她唯一找到的熟悉的东西。虽然颜色、光度、高低都与前一回所见的有差别,可就是它!记忆陡然鲜明起来。

当时,分田不是就想:方才是从西向东,这怎么又向西,不是开回去了吗?然后,他们在公路边一个饭馆停下来吃晚饭,那饭馆名字是叫"霞姐饭店"。那三个人与她俩说,他们所在部队说是在徐州,其实是在离徐州多少里外,他们战友特别关照他们别让分田二位饿着了。那老板娘,大约就是霞姐了,看起来与他们熟识。其实,这时候,分田就有了第二个疑惑,她想,当兵的都是来自四面八方,平时管束也很严,怎么会与一个路边饭馆的老板娘有交道呢?可她亦没有深想。吃饭时,她面朝门坐,见路对面有块霓虹灯招牌,亮着"丁楼浴城"几个字,在灰暗的渐黑的天空中,挺显眼的。现在,分田站在路边,略一思忖,便回进车站,到售票窗口,看价目表上的路名。她本可以去问人的,可她不是老练了吗?她倒也不是不相信一切人,可是这一切人中,说不定就有一个是骗她的。价目表上的地名没有"丁楼"两个字。她并不着急,站在路边,吃了一个从家里带出来的面包,买了瓶水,喝了。在她吃喝的时候,不时有人来招揽生意。有拉她吃饭的,有拉她住店的,还有拉她乘车的,她一概不回答。那些拉乘车的问她去什么地方,她也不说,生怕说的不对,漏了人生地疏的破绽。谁知道呢?也许"丁楼"并不是个地名。但是,有一个揽客的车主却引起她注意。那车主举了一块牌,喊着"往西去,往西去"地过来,牌上一串地名中,有"干楼"两个字。分田想,说不定是她看走了眼,将"干"看成了"丁"。她又想,反正是往西,沿途看见有那日的情形,随时可下车。于是她便随那人去了。一辆中巴上坐了三两个人,车主自然不甘心开走,继续四处拉人。天黑下来了,空气中含了煤屑,反射着灯光,反而有一种微亮,使那黑变得模糊。车主不舍得开灯,人脸隐在黑影地里,看起来十分的暧昧。分田并不胆怯,她已经不知道"害怕"两个字了。她沉静地坐在车门口的位置上,记得那饭馆是在路南,霓虹灯就是在路北。她望着车外面,一片坑洼不平的地面上,停了无数中巴,车主远远近近地吆喝,暗夜里听起来不喧闹,反是清廓,天地间很空旷。

当分田看见紫黑的天幕前,豁然映着霓虹灯的字形:"丁楼",她感觉到的是一阵软弱。她下车往回走去，迎着半里地外，"丁楼浴城"几个红绿大字，方才明白，那"丁"字本来是"干"，但灭了一根灯管，于是便少了笔划。果然，霓虹灯对面有个饭馆，门开着，灯光漫出来一小片，里面站了个小姐，很年轻，并不是那个霞姐。她向分田迎过来，到了跟前，却又停住了。在这个时间里，来一个单身女客，总是有那么一点奇怪。分田微笑着跨进门，虽然看不清店招牌，可她确定无疑，就是这里。小姐犹豫着问：吃饭吗？分田不回答，兀自走到桌边坐下。就是这张桌子，没错，铺着塑料布，布上印着牡丹花和水草，这两种物件说什么也碰不到一起的。小姐送上一张菜单，她不接，而是问：霞姐呢？小姐的神色变得不安了，反问道：霞姐，哪个霞姐？分田并不驳她，而是很有把握地笑了笑，说：我与霞姐约定好的，我等她吧！小姐退去了，很快又回来，说：真没有霞姐这个人。分田不理她了，只管坐着。店堂里没有客人，听得见公路上载重汽车开过去，车轮与路面摩擦的声响，很剧烈的。没有车停下。店堂里只有分田一个人坐着，后面，大约是厨房还是客房，一片寂静。中间，小姐给送上一壶茶，分田便喝茶。这样僵持着，大约有半个钟点光景，小姐出来说：我们老板说，天这么晚了，我们后面有客房，可以住宿。分田说，你们老板呢？我能不能认识认识。几乎应声而出，一个女人到了跟前，怪小姐冷落了客人，问分田要不要来碗热乎的喝了，再歇下。分田看清了那女人，似乎与"霞姐"是两个人。其实，她原也不记得霞姐长什么样的了。可她心里断定，这女人就是霞姐。她迎着她脸叫了声：霞姐。霞姐怔一怔，立刻返过神来，烁然笑道：想叫就叫吧！她们可不敢这么叫，是我娘家的乳名呢！分田说：你认得我吗？霞姐说：认得，认得，要不你怎么会叫我霞姐呢！分田见她搪塞，干脆把话挑明：去年秋季，有三个军人，说到"军人"，分田又笑一下，三个军人和两个姊妹就在霞姐店里吃饭呢，比现在早两个钟点从这里走出，那两个姊妹就叫拐卖到了两处地方，再过后，其中一个解救了，这一个就是我。分田直看着霞姐的脸，霞姐再油，脸面还是有了变化。分田接着说：那一个是我妹妹，我要把我妹妹也解救出来，我已经在妇联和公安都挂了号，随时可以同他们联系。分田一口气说完这些，霞姐已经镇静下来。她究竟见多识广，一个女人家在这路边开饭店，什么事没经过啊！她关切地问：你妹妹拐到了哪个县？哪个乡？哪个庄？分田说：不知道。霞姐就叹了一口气：那就难了。分田说：你霞姐难道不知道吗？霞姐明知她话里的讽意，却并不对嘴，只是很坦然地说：我不知道。分田倒不知道该往下说什么了，停了停，说：我就住这里了。霞姐热情道：住下，住下，明早再走。可明早，分田并没有流露要走的意思，她又住了一天。接下去的几天，她也住着。说实在，分田是不知道该往哪里去，该做什么。但在霞姐看来，这个年轻的姊妹似乎很有心计，而且有着什么来头，她在这里住下来自有她的道理。所以，霞姐便有些不安。

分田住在霞姐饭店，因她并没什么地方可去，终日只是坐在店堂。她的所谓客房非常逼仄，放一张大床，就几乎没有余地了。房间倒收拾得干净，墙刷得雪白，一扇后窗挂一幅素色窗帘，窗下挤了一张条案，案上放了杯子、镜子、一些杂物。门后藏一个洗脸盆架，有毛巾、肥皂盒。床上铺了草编凉席，枕上也套了凉席，一床薄被是新浆洗的，处处流露出女性开店的仔细体贴。分田在这饭店里住下来，渐渐也看出一些端倪。每到吃饭时间，店里那个小姐就到路边去拦车，真正能拦下的车其实并不多，下车吃饭的多是一些老主顾，回头客。他们将车开下道，开到边上的空地停好，就进店来了。看起来熟门熟路。霞姐和小姐呢，也"张大哥""李大哥"一阵热切的招呼，一个端茶送水说话，另一个就下厨快切快炒，倒真有几分像自己的大哥回家来了。还有的"大哥"其实并不吃饭,而是径直去了后面,某一间客房里,此时,那小姐也跟着不见了,店堂里只剩下分田和霞姐。两个人都不说话,屋里静得可疑。有一两回,"大哥"看见分田,就说:新来的吗?霞姐立即将他话头截断,引到与分田远些的桌子就坐。分田满腹心事,并看不出霞姐怕她。天又下起雨来,汽车从水滑光亮的路面上嗖嗖地过去。司机大约都急着回家,少有人下车打尖。分田看着雨出神,霞姐看着分田出神。到了晚上,霞姐终于忍不住,跟了分田进客房,先用毛巾将床挡、条案,及案上什物抹了一遍,然后问道:你那妹妹是与你什么地方分开?你又听得有什么消息,她是去了哪里?你要告诉我些线索,我才好帮你找人呢!分田望着霞姐,思量她话里的意思。霞姐大约二十八九,近三十的年岁,人很高大,头发烫成粉丝似的,在脑后高高抓起,穿一件带衬肩的大红连衣裙,立在灯下,有几分像庙里的金刚。分田几乎是坐在霞姐的暗影里,可眼睛灼亮着,霞姐倒有些发毛,冷笑一声:我真帮不上你的忙。说罢要走,分田却在背后开口道:我就不信你不知道!霞姐回过身,反问:我知道什么?分田也反问:你说呢?霞姐逼问着:说什么?分田再问:你难道不知道?两人心里其实都在想:她究竟知道什么呢?房间小,两人几乎是脸对着脸,呼气都呼到对方脸上。霞姐说:我凭什么要知道,欠你了?分田就说:不知道就不知道,急什么?霞姐说:谁急了?分田说:你,你急了!霞姐说:我看是你急。分田笑了:我急就我急。霞姐也笑:我看就是你急。分田点头道:我愿意急。霞姐也点头:那就好好地急去吧!两人再对着看一会,最后霞姐拉开门,眼睛看着她退出去,分田便在心里鼓掌:跑了,跑了,逃跑了!

她们这样僵持着,两人的心事都很重。分田一筹莫展,但好在没有顾虑,管他呢,反正是豁出去了。霞姐呢,当然有顾虑。店里住了这么一个客，本是那样的生意，怎么施展得开？所以比较起来，还是分田占优势。再僵持几日，霞姐又跟着分田进了客房，与她并肩坐在床沿，叹一口气，再一次问：你那妹妹究竟与你什么地方分开？有什么消息说她去了哪里？虽然是同样的话，可却有了讨饶的口气。分田都不敢回应，怕露出她其实什么都不知道，对方有什么也不肯说了。霞姐接着说：你看，你在这里，我们怎么做生意？这话多少有些推心置腹，分田回话：我又不是不付账？且像小孩子在犟嘴。霞姐不由笑一笑：你是付账，谁说你不付账呢？两人停了一会，分田冒了一句：反正我要找我妹妹。霞姐说：可你妹妹在哪里呢？分田说：我掘地三尺，也要找我妹妹出来！霞姐喝道：什么话？晦气不晦气！分田自知失言，竟出了一手汗，心怦怦跳着。霞姐放缓口气，说不定，你妹妹过得挺好。说罢起身出门去。之后，又是几天两人不说话，至此，已将近一个月的时间过去了。分田日日坐在店里，既不像客人又不像主人，来人心里疑疑惑惑的，真有几回，过门不入了。又临到国庆日前，派出所加强治安整顿，打黄打非，连了几天，都有警察上门，看看，问问，记录些什么。逢到这时候，霞姐便紧张万分。有一日，警察还让分田出示证件。霞姐手里端了一壶茶，忘了放下，就这么站着，看分田掏出身份证，回了几句话，话里倒一句未提找她妹妹的意思。警察例行完公事，走出门去。霞姐端着茶壶茶碗送到门外，又走回来，方才发现手里的东西。她停了停，轻轻放下在桌上，说：我看你横了心要坏我生意，我也想不明白究竟怎么得罪了你，也好，我生意不做了，这就关门，你走吧！分田说：横心就横心，我不找到我妹妹是决不走的！霞姐就爆了：你找妹妹与我何干？为什么赖上我，你给我走。分田让开她：就不走！两人绕了桌子转几个圈，虽然是认真的，看起来总有点像玩笑。分田说：或者，咱们找警察说话。霞姐道：你当真？趁没走远，去！隔了桌子，一把拽住分田的手，分田挣脱了，把她拉了一个趔趄。两人心里都不想找警察，做霞姐这样生意的人，自然越少与警察沾边越好，分田则是怕到了警察跟前反而露破绽，她并没有在公安挂上号，既没证据也没线索。两人站了一会，分开了，一个依然开店，一个依然不走。

又过了几日，霞姐来找分田说话，说：你到底说说看，当时带你们姊妹来的那三个人的模样、年纪、说话，我要帮你也要好帮。分田说：你还问我？你应该知道。霞姐端量她一会儿，说：你这孩子真难说话。就走开了。分田倒有些动摇，想自己是不是该同霞姐合作，可谁知道霞姐究竟是什么人呢？要还是在试自己深浅，晓得她没什么线索就不拿她分田当真了。在疑惑不安的心情里过了两日，到夜里，分田已经上床了，霞姐却敲门进来，将一张字条放在分田被窝上：这是我打听来的地点，说那里有个外来的小媳妇，你明早就去吧，要不是你妹妹，我也无法了。说罢又加一句：千万别对人说是从我这里打听得的，吃我们这行饭，本不该长眼睛长嘴。她掩门出去，分田一个人坐在被窝里，做梦似的，久久回不过神。

第二日一早，霞姐将分田托交给一个卡车司机，让他捎分田一程，送佛一样送走。这位"大哥"显然是昨晚宿在店里，而且与霞姐似有几分情意，临走前，拉了拉霞姐耳朵上的金坠子，然后跳进驾驶座。一路上，他并未与分田搭话，将车开得飞快，大约开出有三四里路，他停住车，示意分田下去。转眼，分田便站在了路边。路上有汽车往来，等了一时，招手停下一辆中巴，赶紧挤了上去。车下的路渐渐变成土路，颠得很，颠了一个时辰，下到一个站，接下去就是步行了。太阳高到头顶，庄子里炊烟的柴禾气，点火做饭了。分田不觉饿，也不觉渴，她已经想好了，那小媳妇要不是水，她就再回霞姐店里去，再坐着，等，不怕霞姐就供不出水的下落。走过一个庄，再走过一个庄，炊烟起了，又灭了，午后的寂静里，偶有一声鸡犬鸣叫,很满足的哼声。依着纸上写的字样,分田走进一个院子,陡然间,她以为又到了留三家的院子。其实这两个院子并无共通之处,这一家略要富一些,鸡在地上啄食,院里有几棵树,桃树、李树,还有柿子树。树下晾晒的衣衫也比留三家的颜色鲜明些。而且,这家院子是错落在一堆院落中,不像留三家,临了村道,站台子上。但分田就是觉着很像留三家院。她心跳得又轻又快,都有些头晕。院子里坐了个小媳妇,怀里抱个未出月的毛孩,正喂奶,听有人来,小媳妇便抬头。太阳旺旺地照着,遍地是光和影,她就像坐在花影里,脸显得很白,很小。两人对着呆一会儿,分田叫了声:水,水就哭了。分田到她跟前,蹲下身子,问:水,过得好不好?水说:不好。跟不跟姐走?分田问。走!水将奶头从毛孩嘴里拔出来,毛孩力气却很足,将水的奶头拉得老长。水掩好衣服,将小孩往地上一张小棉被上一放,站起来就跟分田走。等孩子的哭声引出屋里的老婆婆,两人已跨出院子。老婆婆不明白怎么回事,愣着,想过来了,便追过去骂,水回过头也骂。两边骂得都很刻毒,分田不让她骂,拉她快走。两人顺了来路走着,走到公路上,招手上了一辆中巴。七转八折,天黑的时候,到了徐州站。

  这是真正的徐州站,而不是徐州西,广场的灯都亮了,映得半个天发光。水这时候才想起问分田:咱们去哪里呢?分田说:去上海。水跟着分田,在人头攒动的广场上走着,等买好票,进候车室,水才又"哇"一声哭了,哭她的小毛孩。分田说了声:莫哭!水应声就止住。二人寻到去上海那一列队,排上去,转眼间后面又续上人,左右亦是长龙阵。两个姊妹淹进人海,看不见了。

相爱的日子

毕飞宇 作

嗨，原来是老乡，还是大学的校友，居然不认识。像模像样地握过手，交换过手机的号码，他们就开始寒暄了。也就是三四分钟，两个人却再也没什么好说的了，那就再分开吧。主要还是她不自在。她今天把自己拾掇得不错，又朴素又得体，可到底不自在。这样的酒会实在是太铺张、太奢靡了，弄得她总是像在做梦。其实她是个灰姑娘，蹭饭来的。朋友说得也没错，蹭饭是假，蹭机会是真，蹭着蹭着，遇上一个伯乐，或逮着一个大款，都是说不定的。这年头缺的可不就是机会么。朋友们早就说了，像"我们这个年纪"的女孩子，最要紧的其实就是两件事：第一，抛头；第二，露面——机会又不是安装了 GPS 的远程导弹，哪能瞄准你的天灵盖，千万别把自己弄成本·拉登。

可饭也不好蹭哪，和做贼也没什么两样。这年头的人其实已经分出等级了，三五个一群，五六个一堆，他们在一起说说笑笑，哪一堆也没有她的份。硬凑是凑不上去的。偶尔也有人和她打个照面，都是统一的、礼貌而有分寸的微笑。她只能仓促地微笑，但她的微笑永远都慢了半拍，刚刚笑起来，人家已擦肩而过了。这一来她的微笑就失去了对象，十分空洞地挂在脸上，一时半会儿还拿不下来。这感觉不好，很不好。她只好端着酒杯,茫然地微笑,心里头说,我日你爸爸的!

手机却响了。只响了两下,她就把手机送到耳边去了。没有找到工作或生活还没有着落的年轻人都有一个共同的特征,接手机特别地快。手机的铃声就是他们的命——这里头有一个不易察觉的幻觉,就好像每一个电话都隐藏着天大的机遇,不容疏忽,一疏忽就耽搁了。"喂——"她说,手机却没有回音。她欠下身,又追问了一遍:"——喂?"

手机慢腾腾地说:"是我。"

"你是谁呀?"

手机里的声音更慢了,说:"——贵人多忘事。连我都不认识了。抬起头,对,向左看,对,卫生间的门口。离你八九米的样子。"她看见了,是他。几分钟之前刚认识的,她的校友兼老乡。这会儿她的校友兼老乡正歪在卫生间的门口,低着头,一手端着酒杯,一手拿着手机,挺幸福的,看上去像是和心上人调情,是情到深处的样子。

"羡慕你呀,"他说,"毕业还不到一年半,你就混到这家公司里来了。有一句话是怎么说的?金领丽人,对,说的就是你了。"

她笑起来,耷拉下眼皮,对着手机说:"你进公司早,还要老兄多关照呢。"

手机笑了,说:"我是来蹭饭的。你要多关照小弟才是。"

她一手握住手机,另一只手抱在了胸前,这是她最喜欢的动作,或者说造型。小臂托在双乳的下面,使她看上去又丰满、又佻佻,是"丽人"的模样。她对手机说:"我也是来蹭饭的。"

两个人都不说话了,差不多在同时抬起了脑袋,对视了,隔着八九米的样子。他们的目光穿过了一大堆高级的或幸运的脑袋,彼此都在打量对方,开心了。他们不再寂寞,似乎也恢复自信。他微笑着低下头,看着自己的脚尖，有闲情了，说："酒挺好的，是吧？"

她把目光放到窗外去，说："我哪里懂酒，挑好看的喝呗。"

"怎么能挑好看的喝呢，"他的口气显然是过来人了，托大了，慢悠悠地关照说，"什么颜色都得尝一尝。尝遍了，再盯着一个牌子喝。放开来，啊，放开来。有大哥呢。"随即他又补充了一句，"手机就别挂了，听见没有？"

"为什么？"

"和大哥聊聊天嘛！"

"为什么不能挂？"

"你傻呀？"他说，"挂了机你和谁说话？谁会理你呀，多伤自尊哪！——就这么打着，这才能挽救我们俩的虚荣心，我们也在日理万机呢。你知道什么叫日理万机？记住了，就是有人陪你说废话。"

她歪着脑袋，在听。换了一杯酒，款款地往远处去。满脸是含蓄的、忙里偷闲的微笑。她现在的微笑有对象了，不在这里，在千里之外。酒会的光线多好，音乐多好，酒当然就更好了，可她就是不能安心地喝，也没法和别人打招呼。忙啊。她不停地点头，偶尔抿一口，脸上的笑容抒情了。她坚信自己的微笑千娇百媚。日你爸爸的。

"谢谢你呀大哥。"

"哪儿的话，我要谢谢你！"

"还是走吧，冒牌货。"她开开心心地说。

"不能走。"他说，"多好的酒，又不花钱。"

三个小时之后，他们醒来了，酒也醒了。他们做了爱，然后小睡了一会儿。他的被窝和身体都有一股气味，混杂在酒精和精液的气息里。说不上好,也说不上不好,是可以接受的那一类。显然,无论是被窝还是身体,他都不常洗。但是,他的体温却动人、热烈、蓬勃,近乎烫,有强烈的散发性。因为有了体温的烘托,这气味又有了好的那一面。她抱紧了他,贴在了他的后背上,做了一个很深的深呼吸。

他就是在这个时候醒来的,一醒来就转过了身,看着她,愣了一下,也就是目光愣了一下,在黑暗当中其实是不容易被察觉的,可还是没能逃出她的眼睛。"认错人了吧?"她笑着说。他笑笑,老老实实地说:"认错人了。"

"有女朋友么?"她问。

"没有。"他说。

"有过?"

"当然有过。你呢?"

她想了想,说:"被人甩过一次,甩了别人两次。另外还有几次小打小闹。你呢?"

他坐起来,披好衣服,叹了一口气,说:"说它干什么。都是无疾而终。"

两个人就这么闲聊着,他已经把灯打开了。日光灯的灯光颠了两下,一下子把他的卧室全照亮了。说卧室其实并不准确——他的衣物、箱子、书籍、碗筷和电脑都在里面。他的电脑真脏啊,比那只烟缸也好不到哪里去。她眯上眼睛,粗粗地估算了一下,她的"家"比这里要多出两三个平方。等她可以睁开眼的时候,她确信了,不是两三个平方,而是四个平方。大学四年她选修过这个,她的眼光早已经和图纸一样精确了。

他突然就觉得有些饿,在酒会上光顾了喝了,还没吃呢。他套上棉毛衫,说:"出去吃点东西吧,我请客。"她没有说"好",也没有说"不好",却把棉被拉紧了,掖在了下巴的底下。"再待一会儿吧。"她说,"再做一次吧。"

夜间十一点多钟,天寒地冻,马路上的行人和车辆都少了,显得格外地寥落。却开阔了,灯火也异样地明亮。两侧的路灯拉出了浩荡的透视,华美而又漫长,一直到天边的样子。出租车的速度奇快,"呼"地一下就从身边窜过去了。

他们在路边的大排档里坐了下来。是她的提议,她说她"喜欢大排档"。他当然是知道的,无非是想替他省一点。他们坐在靠近火炉的地方,要了两碗炒面、两条烤鱼,还有两碗西红柿蛋汤。虽说靠近火炉,可到底还是冷,被窝里的那点热乎气这一刻早就散光了。他把大衣的领口立起来,两只手也抄到了袖管里,对着炉膛里的炉火发愣。汤上来了,在她喝汤的时候,他第一次认真地打量了她,她脸上的红晕早已经褪尽了,一脸的寒意,有些黄,眼窝子的四周也有些青。说不上好看,是那种极为广泛的长相。但是,在她做爱的过程中,她瘦小而强劲的腰肢实在是诱人。她的腰肢哪里有那么大的浮力呢。

一阵冬天的风刮过来了。大排档的"墙"其实就是一张塑料薄膜,这会儿被冬天的风吹弯了,涨起来了,像气球的一个侧面。头顶上的灯泡也跟着晃动,他们的身影就在地面上一左一右地摇摆起来,像在床上,激烈而又纠缠。他望着地上的影子,想起了和她见面之后的细节种种,突然就来了一阵亲昵,想把她搂过来,好好地裹在大衣的里面。这里头还有歉意,再怎么说他也不该在"这样的时候"把她请到这样的地方来的。下次吧,下一次一定要把她请到一个像样的地方去,最起码,四周有真正的墙。

她的双手端着汤碗,很投入,咽下了最后的一大口,上气不接下气了,感叹说:"——好喝啊!"

他从袖管里抽出胳膊,用他的手抚住她的腮。她的腮在他的掌心里蹭了一下,替他完成了这个绵软的抚摸。"今天好开心哪!"她说。

"是啊,"他说,"今天好开心哪。"他的大拇指滑过了她的眼角。"开心"这个东西真鬼,走的时候说走就走,来的时候却也慷慨,说来就来。

大排档的老板兼厨师似乎得到了感染,也很开心,他用通红的火钳点了一根烟,正和他的女帮手耳语什么,很可能是调笑,女帮手的神情在那儿呢。看起来也是一个乡下姑娘,炉膛里的火苗在她开阔的脸庞上直跳。除了他们这"两对"男女,大排档里就再也没有别的人了。天寒地冻。趁着高兴,他和大排档的老板说话了:"这么晚了,又没人,怎么还不下班哪?"

"怎么会没人呢,"老板说,"出租车的二驾就要吃饭了,还有最后一拨生意呢。"

"晚饭"过后他们顶住了寒风,在深夜的马路上又走了一段,也就是四五十米的样子。在一盏路灯的下面,他用大衣把她裹住了,然后,顺势靠在了电线杆子上。他贴紧她,同时也吻了她。这个吻很好,有炒面、烤鱼和西红柿蛋汤的味道。都是免费的。他放开她的两片嘴唇,说:"——好吃啊!"

她笑了,突然就有些不好意思,把她的脑袋埋在他的胸前,埋了好半天。她拽紧了他的衣领,抬起头来,说:"真好。都像恋爱了。"

又是一阵风。他的眼睛只好眯起来。等那阵风过去了,他的眼睛腾出来了,也笑了。"可不是么,"他说,"都像恋爱了。"

她回吻了他。他拍拍她的屁股蛋子，说："回去吧，我就不送了，我也该上班了。"

他的"班"在户部街菜场。在没有找到对口的、正式的工作之前，他一直在户部街菜场做接货。所谓"接货"，说白了也就是搬运。把瓜、果、蔬菜、鱼、肉、禽、蛋从大卡车上搬下来，过了磅，再分门别类，送到不同的摊位上去。这些事以往都是摊主们自己做的，可是——外人往往就不知道了——那些灰头土脸的摊主们其实是有钱人，哪有有钱人还做力气活的。摊主们不做，好，他的机会可就来了。他把他的想法和几个摊主说了，还让他们摸了摸他的肌肉。几个摊主一碰头，行。工钱本来也不高，摊开来一算，十分地划得来，每一家也就是三个瓜两个枣。

接货的劳动量并不大，难就难在时段上。在下半夜。只能是下半夜。第一，大白天卡车进不了城；第二，蔬菜娇气，不能"隔天"，一"隔天"品相就不对了。品相是蔬菜的命根子，价码全在这上头。关于蔬菜的品相，摊主胡大哥有过十分精辟的论述，胡大哥说，蔬菜就是"小姐"，好价钱也就是二十郎当岁，一旦蔫下来，皮塌塌、皱巴巴的，价格就别想上得去！

撇开"小姐"不说，比较下来，他最喜欢"接"的还就是蔬菜。不油，不腻，"接"完了，冲冲手，天一亮就可以上床了。最怕的是该死的禽蛋，不管是鸡蛋、鸭蛋还是鹌鹑蛋，手一滑，哗啦一下，一个都别想捡得起来。只要"哗啦"一次，他一个月的汗水就不再是汗，而是尿。尿就不值钱啦。

刚开始接货的时候他有些别扭，似乎很委屈。现在却又好了，挺喜欢的。体力活他不怕，夜里头耗一耗也好。一身的蛮力气绷在身上做什么呢？每天起床的时候裤裆里的小弟弟没头没脑地架在那里，还做出瞄准的样子，又没有目标。现在好多了，小弟弟是懂道理的，凌晨基本上已经不闹了。

可话又说回来了，他到底还是不喜欢，主要是不安全。为了糊口，在户部街菜场临时过渡一下当然没问题，可总不能"接"一辈子"小姐"吧。也二十四岁的人了，总要讨老婆，总要有家的吧。一想起这个他的心里总有一股说不上来的落寞，也有些自怜的成分。特别怕看货架。晨曦里的货架琳琅满目，排满了韭菜、芹菜、莴苣、大椒、蒜头、牛肉、羊肉、凤翅、鸭爪、猪腰子，还有溜光滚圆的禽蛋。这些都不属于他。并不是他买不起，是"买菜"这样的一种最日常的生活"方式"不属于他。他就渴望能有这样的一天，是一个星期天的早晨，很家常的日子，他一觉醒来了，拉着"她"的手，在"户部街菜场"的货架前走走停停，然后，和"她"一起挑挑拣拣。哪怕是一块豆腐，哪怕是一把菠菜——能过上那样的日子多好啊。会有的吧。总会有的吧。

作为一个"接货"，他在下班的时候从来都不看货架，天一亮，掉头就走，回到"家"，倒头就睡。

户部街菜场离他的住处有一段距离。他打算在附近租房子的，由于地段的关系，价格却贵了将近一倍。城里的生计不容易。他不是没有动过回老家的念头，但是，不能够，回不去的。不是脸面上的问题，当初他要是考不上大学反而好了，该成家成家，该打工打工——现在呢，他在老家连巴掌大的土地都没有，又没有本钱，怎么能立得住脚呢？能做的只能是外出打工。与其回去，再出来，还不如就呆在城里了。唉，他人生的步调乱了，赶不上城里的趟，也赶不上乡下的趟。当年的中学同学都为人父、为人母了,他一个光棍,回家过年的能力都没有,一声"叔叔"一百块,两声"舅舅"两百块,他还值钱了。他怎么就"成龙"了呢?他怎么就考上大学了呢?一个人不能有才到这种地步!

到底年轻,火力旺,和她分手才两三天,他的身体作怪了,闹了。"想"她,"想"她瘦小而强劲的腰,"想"她坚忍不拔的浮力。可是,她还肯不肯呢?那一天可是喝了一肚子的酒的——他一点把握也没有了。试试吧,那就试一试吧。他一手拿起手机,另一只手却插进了裤兜,摁住了自己。她没有接。手机最后说:"对不起,对方的手机无人接听。"

他合上手机,羞愧难当。这样的事原本就不可以一而再、再而三的。他站在街头,望着冬日里的夕阳,生自己的气,有股子说不出口的懊恼,还有那么一点凄惶。他就那么站着,一手捏着手机,一手握住自己。不过他到底没有能够逃脱肉体的蛊惑,又一次把手机拨过去了。这一回却通了,喜出望外。

"谁呀?"她说。

"是我。"他说。

"你是谁呀?"她说。她的气息听上去非常虚,嗓音也格外地沙哑,像在千里之外。

他的心口一沉。问题不在于她的气息虚不虚,问题是,她真的没有听出他的声音。不像是装出来的。

"贵人多忘事啊。"他说,故意把声调拔得高高的。这一高其实就是满不在乎的样子了。"是我——,同学,还有老乡,你大哥嘛!"他自己也听出来了,他的腔调油滑了。这样的时候只有油滑才能保全他弱不禁风的体面。这个电话他说什么也不该打的。

手机里没声音了。很长很长的一段沉默。他尴尬死了,恨不得把手机扔出去,从南京一直扔回到他的老家。这个电话说什么也不该打的。

出人意料的事情就在这时发生了。在一大段的沉默过后,手机里突然传来了她的哭泣,准确地说,是啜泣。她喊了一声"哥",说:"来看看我吧。"

他把手机一直摁在耳边,直到走进地下室,直到推开她的房门。就在他们四目相对的时候,他们的手机依然摁在耳边,已经发烫了。可她的额头比手机还要烫。她正在发高烧,两只瞳孔烧得晶亮晶亮的,烧得又好看、又可怜。

"起来呀,"他大声说,"我带你到医院去。"

她刚才还哭的,他一来似乎又好了,脸上都有笑容了。"不用,"她沙哑着嗓子说,"死不了。"

他望着她枕头上的脑袋,孤零零的,比起那一天来眼窝子已经凹进去一大块了。她一定是熬得太久了,要不然不会是这种样子。他想起了上个月他熬在床上那几天,突然就是一阵酸楚。"——你就一直躺在这儿?"他说,明知故问了。

"是啊,没躺在金陵饭店。"她还说笑呢。

"赶紧去医院哪——"

"不用。"

"去啊!"

"死不了!"她终于还是冲他发脾气了。到底上过一次床,又太孤寂,她无缘无故地就拿他当了亲人,是"一家子"才有的口气,"唠叨死了你!"

"——还是去吧……"

"死不了。"她说,"再挺两天就过去了——去医院干吗?一趟就是四五百。"

他想说"我替你出"的,咽下去了。他们这些人都有一个共同的毛病,在钱这个问题上有病态的自尊,弄不好都能反目。他赔上笑,说:"去吧,我请客。"

"我不要你请我生病。"她闭上眼睛,转过了身去,"我死不了。我再有两天就好了。"

他不再坚持,手脚却麻利了,先烧水,然后,料理她的房间。不知道她平日里是怎样的,这会儿她的房间已经不能算是房间了,满地都是擦鼻子的卫生纸、纸杯、板蓝根的包装袋、香蕉皮、袜子,还有两条皱巴巴的内裤。他一边收拾一边抱怨,哪里还像个女孩子,怎么嫁得出去,谁会要你?谁把你娶回去谁他妈的傻×!

抱怨完了,他也打扫完了。打扫完了,水也就开了。他给她倒了一杯开水,告诉她"烫",到"地面"上去了。他买来了感冒药、体温表、酒精、药棉、面包、快餐面、卷筒纸、水果,还有一盒德芙巧克力。他把买来的东西从塑料口袋里掏出来,齐齐整整地码在桌面上。都妥当了,他坐在了她的床边,把她半搂在怀里,拿起杯子给她喂药,同时也喂了不少的开水。在她喝饱了的时候,她拧起了眉头,脑袋侧过去了。他就开始喂面包。他把面包撕成一片一片的,往她的嘴里塞。吃饱了,她再一次拧起了眉头,脑袋又侧过去了。他就又塞了一只梨。也没有找到水果刀,他就用牙齿围绕着梨的表面乱啃了一通,算是削了。

"昨天为什么不给我打电话?"她说,"前天为什么不给我打电话?"喝饱了,吃足了,她的精神头回来了。

这怎么回答呢，不好回答了。他就不搭理她了，脱了鞋，在床的另外一头钻进了被窝。他们就这样捂在被窝里，看着，也没有话。她突然把身子往里挪了挪，掀起了被窝的一个角，她说："过来吧，躺到我身边来。"他笑笑，说："还是躺在这边好。躺在你那儿容易想歪了——你生病呢。"

"哥，你就不知道你的脚有多臭吗？"她踹了他一脚，"你的脚臭死啦！"

大约到初夏，他和她的关系相对稳定了，所谓的稳定，也就是有了一种不再更改的节奏。他们一个星期见一次，一次做两回爱。通常都是她过来。每一次他的表现都堪称完美，有两次她甚至都给他打过一百分。他们俩都喜欢在事后给对方打分，这也是后戏的一个重要部分。前戏是没有的，也用不着，从打完电话到她赶过来，这里头总需要几十分钟。这几十分钟是迫不及待的，可以说火急火燎。他们的前戏就是他们的等待和想象，等待与想象都火急火燎。

没有前戏，后戏反过来就格外重要，要不然，干什么呢？除非接着再做。从体力上说，双方都没有问题，但每一次都是她控制住了，"下次吧，夜里头你还有夜班呢"。他们的后戏没有别的，就是相互打分，两次加起来，再除以二。他们就把除以二的结果刻在墙面上，墙面写满了阿拉伯数字，没有人知道那是怎样的一笔糊涂账。

打了一些日子，他不打了。在打分这个问题上男人总是吃亏的，男人一定有他的硬指标。其实，正是因为这一点，她坚持要打。她说了，在数字化的时代里，感受是不算数的，一切都要靠数字来说话。

数字的残酷性终于在那一个午后体现出来了，相当残酷。原是他和她约好了,下午一点钟在鼓楼广场见面,说有好消息要告诉她。没想到一见面他就蔫了,怎么问他都不说一句话。回到"家",他还是不说,干什么呢,还是做吧。第一次他就失败了。她只好耐着性子,等他。第二次他失败得更快。她笑死了,对他说:"——零加零除以二还是零哦!"她特地从他的抽屉里找出了一把圆规,一定要替他把这个什么也不是的圆圈给他完完整整地画在墙壁上。她一点也没有留意这一刻他的脸色有多阴沉,他从她的手里抢过圆规,"呼噜"一下就扔出了窗外,他的脸铁青,气氛顿时就不对了。

因为他的动作太猛,她的手被圆规划破了,血口子不算深,但到底有三厘米长,吓人了。这么长的日子以来,撇开性,他们其实是像兄妹一样相处的,她在私下里已经把他看作哥哥了。他这样翻脸不认人,她的脸上怎么挂得住。她捂着伤口,血已经出来了,疼得厉害。这时候要哄的当然是她。可她究竟是知道的,一定是她的玩笑伤了他男人的自尊,反过来哄着他了。没想到他还不领情了,一巴掌就把她推开了,血都溅在了墙上。这一推真的伤了她的心,你是做哥哥的,妹妹都这样让着你、哄着你了,你还想怎么样吧你!

她再也顾不得伤口了,拿起衣服就穿。她要走,再也不想见到你。都零分了,你还发脾气!

她的走终于使他冷静下来了,从她的身后一把抱住了她。他拿起了她的手,他望着她的血,突然就流下了眼泪。他把她的手握在掌心里,用他的舌头一遍又一遍地舔。他的表情无比地沮丧,似乎是出血的样子。她的心软了,反过来还是心疼他,喊了他一声"哥"。他最终是用他的蹩脚的领带帮她裹住伤口的,然后就把她的手捂在了脸上。他在她的掌心里说:"我是不是真的没用?我是不是天生就是一个零分的货?"

"玩笑嘛，你怎么能拿这个当真呢。我们又不是第一次。"

"我是个没用的东西。"他口气坚决地说，"我天生就是一个零分的货。"

"你好的。"她说，"你知道的，我喜欢你在床上的。"

他笑了，眼泪却一下子奔涌起来。"我当然知道。我也就是这点能耐了。"他说，"我一点自信心也没有了，我都快扛不住了。"

她明白了。她其实早就明白了，只是不好问罢了。他一大早就出去面试，"试"是"试"过了，"面"子却没有留得下来。

"你呀，你这就不如我了。"她哄着他，"我面试了多少回了？你瞧，我的脸面越试越光亮。你从来也没说过我越来越漂亮。就我这个长相，一次能值两百块钱吧。"

"不是面试不面试的问题！"他激动起来了，"她怎么能那样看我？那个女老板，她怎么能那样看我？就好像我是一堆屎！一泡尿！一个屁！"

她抱住了他。她知道了。她是知道的。为了留在南京，从大三到现在，她遇见过数不清的眼睛。对他们这些人来说，这个世上什么东西最恐怖？什么东西最无情？眼睛。有些人的眼睛能扒皮，有些人的眼睛会射精。会射精的眼睛实在是太可怕了，一不小心，它就弄得你一身、一脸，擦换都来不及。目光里头的诸种滋味，不是当事人是不能懂得的。

她把他拉到床上去，趴在了他的背脊上，安慰他。她抚摸他的胸，吻他的头发，她把他的脑袋拨过来，突然笑了，笑得格外地邪。她盯住他的眼睛，无比俏丽地说："我就是那个老板，你就是一摊屎！你能拿我怎么样？嗯？你能拿我怎么样？"他满腹的哀伤与绝望就是在这个时候决堤的，成了跋扈的性。他一把就把她反摁在床上，她尖叫一声，无与伦比的快感传遍了每一根头发。她喊了，奋不顾身。她终于知道了，他是如此这般地棒。

"轻松啊。"她躺在了床上,四仰八叉。她用手抚摸着自己的腹部,叹息说,"这会儿我什么压力也没有了,真轻松啊——你呢?"

"是啊,"他望着头上的楼板,喘息说,"我也轻松多了。"

"相信我,哥,"她说,"只要能轻松下来,日子就好打发了——我们怎么都能扛得过去!"

就这样了。除去她"不方便的日子",他们一个星期见一次,一次做两回。他们没有同居,但是,两个人却是越来越亲了,偶尔还说说家乡话什么的。他倒是动过一次念头的,想让她搬过来住,这对她的开销绝对是个不小的补助。不过,话到了嘴边他还是没敢说出来。她的开销是压下来了,他的开销可要往上升,一天有三顿饭呢。他能不能顶得住?万一扛不下来,再让人家搬出去,两个人就再也没法处了。还是不动了吧,还是老样子的好。

可他越来越替她担忧了,她一个人怎么弄呢。还是住在一起好,一起买买菜,做爱也方便。性真是一个十分奇怪的东西,它是什么样的一种药,怎么就叫人那么轻松的呢。还有一点也是十分奇怪的,做得多了,人就变黏乎了,特别亲,就想好好地对待她。可到底怎么一个"对待"才算好,又说不上来了。不过,他的这么一点小小的心思在做爱的时候还是体现出来了。最初的时候,刚开始的时候,他是有私心的,一心只想着解决自己的"问题"。现在不同了,他更像一个哥哥,要体贴得多。他对自己尽可能地控制,好让她更快乐一些。她好了,他也就好了。他就希望她能够早一点好起来。

秋凉下来之后她回了一趟老家。他其实是想和她一起回去的,一想,不成了。离开户部街菜场两个星期,这个岗位是不可能等他的。多少比他壮实的人在盯着他的位置呢。他也就没有客套,只是在临走的时候给她买了几个水果,"路上吃吧。就这么啃,都洗过了。"

都说"小别胜新婚"。新婚的滋味是怎样的,他们不知道,然而,"小别"是怎样的胜境,他和她一起领略了。其实也就隔了两个星期,可这一隔,不一般了。他在呼风,她能唤雨。好死了。这一次她却没有给他打分,她露出了她骄横的、野蛮的和不管不顾的那一面,反反复复地要。后来还是他讨饶了,可怜兮兮说:"不能了。还有夜班呢。"

"不管。你是哥,你就得对我好一点。"

那就再好一点吧。他们是下午上床的,到深夜十点她还没有起床的意思。到后来,他实在也"好"不出什么来了,她就光着身子,躺在他光溜溜的怀里,不停地说啊说,还用胳膊反过来地勾住他的脖子。两个人无限地欣喜、无限地缠绵了。她突然"哦"了一声,想起什么来了,弓着腰拽过上衣,从上衣的口袋里面掏出了她的手机。她握住手机,说:"哥,商量个事好不好?"他的双手托住了她的乳房,下巴搁在她的肩膀上,脑袋一抬,说:"说吧。"她从手机里调出一张相片,是一个男人,说:"这个人姓赵,单身,年收入在十六万左右。"她噼里啪啦摁了几下键钮,又调出了一张相片,却是另外一个男人,说:"这个呢,姓郝,离过一次,有一个七岁的女儿,年收入在三十万左右,有房,有车。"介绍完了,她把手机放在自己的大腿上,握住了他的手,她把她的五只手指全都嵌在了他的指缝里,慢慢地摩挲。"我就想和你商量商量——你说,哪一个好呢?"

他把手机拿过来,反复地比较,反复地看,最终说:"还是姓郝的吧。"她想了想，说："其实我也是这么想的。"他说："还是收入多一些稳当。"她说："其实我也是这么想的。"商量的进程是如此地简单，结论马上就出来了。她就特别定心、特别疲惫地躺在了他的怀里，手牵着手，一遍又一遍地摩挲。后来她说："哥，给我穿衣裳好不好嘛。"撒娇了。他就光着屁股给她穿好了衣裳，还替她把衣裤上的褶皱都拽了一遍。他想送送她，她说，还是别送了吧，还是赶紧吃点东西去吧。她说，还有夜班呢。

他就没送。她走之后他便坐在了床上，点了一根烟，附带把她掉在床上的头发捡起来。这个疯丫头，做爱的时候就喜欢晃脑袋，床单上全是她的头发。他一根一根地拣，也没地方放，只好绕在了左手食指的指尖上。抽完烟，掐了烟头，他就给自己穿。衣服穿好了，他也该下楼吃饭去了。走到过道的时候他突然就觉得左手的食指有点疼，一看，嗨，全是头发。他就把头发撸了下来，用打火机点着了。人去楼空，可空气里全是她。她真香啊！

带小狗的女人

[俄] 契诃夫 作 郑文樾、朱逸森 译

一

大家都在讲，海滨街上出现了一张新面孔：一个带小狗的女人。在雅尔塔已经生活了两个星期，对这个地方已经熟悉的德米特里·德米特里奇·古罗夫也开始对新来的人产生兴趣。他坐在韦尔奈的售货亭里，看见一个年轻女人在海滨街上走过，这是一个身材不高的金发女郎，戴着一顶无檐软帽。一条白色的长毛小狗跟着她在后面跑。

后来他又在本城的公园里和街心小花园里遇见过她，一天遇上好几次。她一个人散步，总戴着那顶无檐软帽，带着那条白色的长毛小狗。没有人知道她是谁，于是就随便称她为"带小狗的女人"。

"如果她没有丈夫和熟人住在这儿，"古罗夫暗自斟酌着，"倒不妨认识她一下。"

他四十岁还不到，可是已经有一个十二岁的女儿和两个上中学的儿子。很早，在他还只是大学二年级的学生时，他就娶了一个妻子。现在他妻子看起来比他的年纪要大上一倍半。这个女人身材高高的，长着两道黑眉毛。她直率、尊严、庄重，而且按她自己的说法，有思想。她读过很多

书，在信上不写硬音符号"ъ"[1]，叫丈夫时不叫德米特里而叫吉米特里；可是他私下里却认为她浅薄、狭隘、不优雅。他怕她，不喜欢呆在家里。他对她早已变心，而且不止一次，也许正是这个缘故他对女人的评论几乎总是不好的，每逢他在场谈及女人时，他总把女人叫做：

"下等人种！"

他觉得，他已经吃足苦头，他可以任意称呼她们，可是话虽如此，如果没有了"下等人种"，他就会连两天也活不下去。同男人在一起他觉得不自在，觉得枯燥无味；同他们在一起他沉默寡言，冷冷淡淡。可是，一到了女人中间，他就觉得自由自在，知道该同她们谈些什么，该有什么样的举止和态度；同她们在一起即使不讲话他也觉得轻松自在。在他的相貌、性格和资质中，有一种迷人的、不可捉摸的东西，它使女人对他产生好感，吸引她们；这一点他是清楚的，同时也有一种力量在引诱着他到她们那儿去。

多次的确实是沉痛的经验早已使他懂得：对一些规矩人来说，尤其是对一些行动缓慢、犹豫不决的莫斯科人来说，同女人相好这种事情起初可以愉快地使生活多样化，显得是一种轻松可爱的猎奇，但到头来它必然会变为一个十分复杂的大问题，而情况会变得令人难以忍受。尽管这样，每逢他遇到了新的漂亮的女人，不知何故他就会忘记这种经验：他想玩一玩，于是一切又都显得十分简单和趣味盎然。

一天傍晚他在公园里吃饭，那个戴无檐软帽的女人不慌不忙地走过来，要在他的邻桌坐下。她的神情、步态、衣着和发型都告诉他：她来自上流社会，已婚，初次来雅尔塔，独自一人，在这儿感到寂寞。……关于

---

[1] 旧俄语中词尾常用的符号。

本地的风气败坏有许多不真实的闲话，古罗夫不理会这些闲话，他知道，大部分闲话是一些人编造的，这些人只要自己有办法也会乐于作孽的。可是当那个戴无檐软帽的女人在离他才三步远的邻桌坐下时，他不由得想起了那些关于轻易得手和登山旅行的传闻，于是一个诱人的念头突然控制了他：来上一次昙花一现的同居，跟一个陌生的连姓名都不知的女人干一次风流韵事。

他亲热地招呼长毛小狗到自己这边来，但在它走近时，他又摇摇手指威吓它。长毛小狗吠叫起来，古罗夫又摇手指威吓它。

女人瞟了他一眼就马上垂下眼帘。

"它不咬人。"说着她脸红了。

"可以给它吃骨头吗？"待她肯定地点了点头后他和颜悦色地问道，"您来雅尔塔有多久了？"

"将近五天了。"

"我已经在这儿呆上第二个星期了。"

他们沉默了一会儿。

"时间过得真快，而这儿又非常无聊沉闷！"她并不看着他说。

"这儿无聊沉闷，这不过是通常说说罢了。一个市侩住在他的什么别廖夫或日兹德拉，他倒不觉得无聊沉闷，可是一到这儿他就说：'唉，无聊！哎，尘土！'你还会以为他是从格林纳达[1]来的呢。"

她笑了。接着他们又继续吃饭，不说话，像两个互不相识的人一样。可是饭后他们却并排走在一起了。开始了一场快活轻松的谈话，这是在一些自由满足的、对于去哪儿和谈什么都无所谓的人之间进行的谈话。他们

---

[1] 西印度群岛国家，位于格林纳达岛和格林纳丁斯群岛南部。

散着步,谈到了海面上的奇怪光照、海水显出紫藤般的颜色,柔和、温暖,由于月光的照射水面上有一条金黄色的长带。他们也谈到,在炎炎的白昼过去后天气非常闷热。古罗夫说他是莫斯科人,在学校里学的是语文学,然而却在一家银行里工作;他一度打算在私人剧团里演唱,但后来没有去;他在莫斯科有两幢房子。……而从她口中他了解到,她在彼得堡长大,但嫁到了斯城,已经在那里生活了两年,在雅尔塔她还将住上个把月,有可能她丈夫会来接她,他也想休养休养。但她怎么也说不清楚她丈夫在哪里工作,是在省政府呢还是在省地方自治局执行处,这使她自己也觉得好笑。古罗夫还了解到,她的名字叫安娜·谢尔盖耶芙娜。

分手后他在旅馆的房间里想她,他想,明天她一定会同他见面,一定。他躺下睡觉时,想到她不久前还是一个寄宿女子中学的学生,还在读书,就同他女儿现在在读书一样;他想到,在她的笑声里和在她同生人的交谈中还有不少胆怯和生硬的东西,大概这还是她生平初次孤身一人处在这种环境里,有些人心怀一种她不会猜不到的秘密目的在跟踪她、在注意她并同她谈话;他还想到她的瘦弱的脖子和美丽的灰色眼睛。

"她身上毕竟有一点儿可怜的样子。"他想了想就昏昏入睡了。

二

他们相识已经有一个星期了。这一天是节日。房间里闷热,街道上飞舞着旋风似的尘土,行人的帽子不时被风吹落。人整天想喝水,古罗夫不时去售货亭,有时请安娜·谢尔盖耶芙娜喝果子露冲的水,有时请她吃冰淇淋。没有什么地方可去。

傍晚风稍稍静息,他们去防水堤观看轮船抵达的情景。码头上有许多人在散步,他们聚集在这里接人,手中拿着花束。在这里穿着讲究的雅尔塔人的两个特点分外惹人注目:一个特点是上了岁数的太太们穿得同年轻妇女一样,另一个特点是有许多将军。

轮船在海上遇到了风浪,到达时太阳已经下山,而在靠拢防水堤前轮船又花了很长时间掉头。安娜·谢尔盖耶芙娜手执长柄眼镜瞧着轮船和乘客,好像是在寻找熟人似的;在她向古罗夫转过身来时,她的眼睛在闪闪发光。她话很多,提出许多不连贯的问题,以致她本人一转眼就忘了她问的是什么。后来她的一把长柄眼镜丢失在人群中了。

装束讲究的人群散了,已经看不见什么人了,风已经完全停息,而古罗夫和安娜·谢尔盖耶芙娜还站在那里,好像在等着还有没有人从轮船上下来。安娜·谢尔盖耶芙娜闻着鲜花,她已经不再说话,也不看着古罗夫。

傍晚天气有所好转。"我们现在上哪儿去?"他问,"要不要坐车去兜兜风?"

她不回答。

他凝视着她,突然间他将她搂住,吻了吻她的嘴唇,一阵鲜花的香味和水汽向他袭来,他立刻胆怯地环顾四周:是不是有人已经看见。

"让我们到您那儿去吧……"他轻声说。

两个人迅速走了。

她住的旅馆房间里既闷又热,弥漫着一股香水味,这香水是她在一家日本商店里买的。瞧着她,古罗夫不禁想道:"在生活里真是什么人你都会碰到!"以往的岁月给他留下了对一些善良的乐天的女人的回忆,爱情使她们高兴,她们感激他带来了幸福,尽管这只是一种十分短暂的幸福;还保留着对另一些女人的回忆,举例说像他妻子一样的女人,她们的爱不真诚，她们说许多不必要的话，不自然，狂热，她们的神情表明，好像她们不是在爱，不是在表露情欲，而是在做着某种更重要的事情似的；另外他还记着两三个女人，她们美丽、冷淡，她们的脸上会突然掠过一种凶狠的神情和固执的愿望，想从生活中获得和夺取比生活所能给予的多得多的东西，她们的年纪都已不轻，任性，不善判断，不明达，好发号施令，因此在古罗夫对她们失却兴趣的时候，她们的美貌就在他心中唤起憎恶，而她们衬衣上的花边他却觉着像鱼鳞。

可是眼前他接触到的是一个涉世不深的年轻妇女的胆怯、生硬和拘束。她还给人一种茫然若失的印象，好像是有人突然敲门似的。安娜·谢尔盖耶芙娜，这个"带小狗的女人"，对待已经发生的事情的态度有些特别，她看得十分严重，好像这是她道德上的堕落——她给人的感觉就是这样，而这却是古怪的、不适时宜的。她沮丧、萎靡，长长的头发忧伤地挂在她脸庞的两侧。她凄凉地沉湎于冥想之中，犹如古画上那个犯了教规的女人[1]。

"这样不好，"她说，"现在第一个会不尊重我的人就是您。"

房间里桌子上放着一个西瓜。古罗夫给自己切了一块，不慌不忙地吃了起来。至少有半个小时就这么在沉默中过去了。

安娜·谢尔盖耶芙娜神态动人，从她身上散发出一个正派、淳朴、处世不深的女人的纯洁气息。桌上一支孤零零的蜡烛微微照着她的脸，但可以看出来她心绪不好。

"为什么我会不再尊重你呢？"古罗夫问，"你自己都不知道你在说些什么。"

---

[1] 指的是《圣经》中的"抹大拉的玛利亚"，一个因受耶稣感化而忏悔了的妓女。

"上帝饶恕我吧！"她泪水盈眶地说，"好可怕。"

"你好像是在替自己开脱。"

"我怎能开脱得了？我是个糟糕下流的女人，我看不起自己，我也不想开脱自己。我不是欺骗了丈夫，而是欺骗了我自己。不光是现在，我早就在欺骗了。也许，我丈夫是个诚实的好人，可他是个奴才！我不知道他在那儿干什么和怎样干，我知道他是个奴才。嫁给他时我才二十岁，一种好奇心使我焦躁不安，我想过得好一点，我对自己说：'不是有着另一种生活吗？'我很想过逍遥快乐的生活！过一过这种生活……好奇心刺激着我……这一点您是不懂的，可是我，我向上帝发誓，我已经控制不住自己，我变了，已经拦阻不住我了，我对丈夫说我病了，我就到这个地方来了……在这里我走来走去，像是着了魔、发了疯……就这样我变成了一个庸俗下贱、被谁都瞧不起的女人。"

古罗夫听着觉得烦闷，这天真的口气、这意外的不合时宜的忏悔惹他生气。如果不是她热泪盈眶，那人家真会认为她是在开玩笑或者是在装腔作势。

"我不明白，"他轻声说，"你到底要什么？"

她把她的脸埋在他的前胸，紧贴着他。

"请您相信我的话，请您相信，我求求您……"她说，"我喜欢正派、纯洁的生活，我厌恶罪孽的生活，我自己都不知道我在干什么。老百姓常说：鬼迷心窍。现在我也可以这么说我自己：鬼迷住了我的心窍。"

"够啦，别说了……"他嘟哝说。

他瞧着她两只呆板、惊恐的眼睛，吻她，亲热地轻声说话。她的心情逐渐平静，重又兴致勃勃起来。两个人都笑了。

后来他们走出旅馆，海滨街上已经没有一个人影，这座城市连同那些柏树都寂静无声，但海水仍在喧闹和拍击着海岸。一条小汽艇在海浪上颠簸，一只小挂灯在船上懒洋洋地闪烁着。

他们登上马车去奥列安达[1]。

"刚才我在楼下前厅里知道了你的姓，在一块牌子上写着：冯·季杰利茨，"古罗夫说，"你丈夫是德国人？"

"不，他祖父好像是德国人，然而他自己是一个正教信徒。"

在奥列安达他们坐在一条长凳上，离教堂不远。他们默默地看着下方的大海。透过晨雾可以隐隐约约地看到雅尔塔，白云一动不动地停留在山顶上。树上的叶子纹风不动，知了在鸣叫，从下方传来的大海的单调低沉的喧哗象征着安谧，象征着那正在等候我们的长眠。想当初在雅尔塔和奥列安达都还不存在的时候，海水就在下方这么喧哗了，如今它也在喧哗，将来在我们去世后它仍将如此冷漠地喧哗。也许，在这种永恒性中，在这种对我们每个人的生与死所持的绝对冷漠的态度中，正包藏着一种保证：我们会永恒超度的保证，大地上的生命会不断运行、不断完善的保证。同一个在晨曦中显得十分美丽的年轻妇女坐在一起的古罗夫，面对着这神话般的环境，面对着海洋、山岳、云彩和辽阔天空而感到心旷神怡的古罗夫想道：实际上，如果想得深一点的话，世上的一切都是十分美好的，除了我们自己在忘却了生活的最高目标和人的尊严时所想和所做的事情之外，一切都是十分美好的。

有一个人，大概是个更夫，走近过来，看了他们一眼走开了。就连这件小事也显得非常神秘和美好。可以看见，一条从费奥多西亚开来的轮船到了，船上的灯火已经熄灭，朝霞照亮着船身。

---

[1] 一个在雅尔塔附近、濒临黑海的城镇，是旅游胜地。

"草上有露水。"安娜·谢尔盖耶芙娜打破沉默说。

"是的,该回去啦。"

他们回到了城里。

后来他们每天晌午在海滨街见面,一起吃早饭、吃午饭,一起散步,一起欣赏海洋。她抱怨睡眠欠佳,心神不宁;她忽而因嫉妒而激动,忽而又怕他不十分尊重她,老是向他提出一些同样的问题。在街心花园里或者在大公园里,每逢附近没有人的时候,他常常突然把她拉向自己,热烈地亲吻。十足闲逸的生活,左顾右盼、生怕有人看见的光天化日之下的接吻,炎热的天气,海水的气息,不时在眼前闪过的闲散、盛装和饱腹的人们——所有这一切都仿佛根本地改造了他,他对安娜·谢尔盖耶芙娜说,她十分美丽,非常迷人;他的情欲强烈难忍,对她可说是寸步不离。她却常常沉湎于冥想之中,总求他承认他对她并不尊重,丝毫也不爱她,不过是把她看成一个下流的女人。几乎每天夜晚他们都要驱车出城,或去奥列安达,或去瀑布所在地。这种闲游总是成功的,每次的印象总是美好和庄重的。

他们在等她的丈夫来到。可是从他那儿来了一封信,他在信中通知她说他害了眼病,他恳求妻子尽快回家。安娜·谢尔盖耶芙娜就着忙起来。

"我走了倒好,"她对古罗夫说,"这是命运的安排。"

她坐马车走,他送她。他们赶了一整天路。当她坐进特别快车的车厢、第二遍铃声响起的时候,她说:

"好,让我再看一看您……再看一眼。好,就这样。"

她并没有哭,但神情忧郁,像是有病,而且她的脸在颤抖。

"我会想念您的……会回忆您的,"她说,"上帝保佑您,祝您幸福。别念我旧恶。我们永别了,应该是这样,因为我们本来就不该相遇。好,上帝保佑您。"

火车快速地开走了，车上的灯火很快消失，再过一会儿已经听不见轰隆轰隆的声音了，好像是一切都故意商妥了似的，要尽快结束这种甜蜜诱人的忘乎所以的愚蠢行为。古罗夫只身一人留在月台上，他瞧着黑洞洞的远方，听着蚤斯的鸣叫和电报线的呜呜声，他觉得自己像是刚醒来似的。他想：在他的一生中又多了一次猎奇或冒险，而且就连这件事情也已经结束，只剩下了回忆。……他感动，忧伤，感到一层淡淡的悔悟心意：可不是么，这个他再也见不到的年轻女人同他在一起并不感到幸福；他对她温和、亲切，但在他对她的态度里、在他的口气和抚爱里，毕竟隐隐露出一种轻微的讥诮，露出一个年龄比她差不多大上一倍的幸福的男子的略略粗野的倨傲。她一直说他善良、非凡、高尚，显然，在她心目中的他不是实际上的他，就是说，他无意中骗了她……

在这里，在车站上，已经有了秋意，傍晚已经令人感到凉丝丝的。

"我也该去北方了，"古罗夫离开站台时想道，"是时候了！"

三

在莫斯科家里的一切已经具有了冬天的样子：生上了炉子，早晨孩子们准备上学和喝早茶的时候天还是黑黑的，保姆还要点上一会儿灯。严冬已经开始。下了头一场雪，第一天坐上雪橇，看到白茫茫的大地和白皑皑的屋顶，觉得舒服，呼吸起来感到轻松和惬意。在这种时候会回忆起青年时代。蒙上了重霜而变白的老椴树和桦树有一种温和的样子，比起柏树和棕榈树来它们更加贴心。有它们在近处，就没有心思去想山峦和海洋了。

古罗夫是莫斯科人，在一个晴朗寒冷的日子他回到了莫斯科。在他穿着皮大衣、戴着暖和的手套沿彼得罗夫卡大街散步的时候，在星期六傍晚他听到教堂钟声的时候，不久前的那次旅行以及他所到过的那些地方对他都失去了全部魅力。他逐渐沉浸于莫斯科的生活之中了，他已经每天贪婪地读三份报纸，可是他还说他原则上不读莫斯科的报纸。他已经倾心于饭馆、俱乐部，倾心于宴会、纪念会，常有著名的律师和演员上他家做客，他常在医师俱乐部同教授一起玩牌，这使他感到挺得意。他已经能够一次就吃完一份——一小煎锅——酸白菜炖肉了……

他以为，再过上个把月，在他的记忆中安娜·谢尔盖耶芙娜就会模模糊糊，她只会偶尔含着动人的笑容出现在他的梦中，就像他梦见其他一些女人一样。可是，一个多月过去了，隆冬已经来临，而在他的记忆里一切都清清楚楚，仿佛他只是在昨天才同安娜·谢尔盖耶芙娜分手似的。这种回忆越来越强烈，无论是他在寂静的傍晚在书房里听到了孩子们准备功课的声音，或是他在饭馆里听着抒情歌曲或大风琴，还是他听到了风雪在壁炉里的哀叫，一切都会顿时在他的记忆中复苏：在防水堤上的情景，清晨山间的迷雾，从费奥多西亚开来的轮船，亲吻……他久久地在房间里来回走动，回忆着，面带微微笑容，而后回忆转化为幻想，并在想象中同将会发生的事混在一起。安娜·谢尔盖耶芙娜并非出现在他的梦境中，而是像影子似的处处跟随着他，观察着他的一举一动。他一闭上眼睛就看见她活生生地站在他面前，而且似乎比过去更加美丽、年轻和温柔，就连他本人似乎也比在雅尔塔时更好一些。每天晚上她从书柜里、从壁炉里和从墙角里瞅他，他听见她的呼吸声，听见她的衣服发出的亲切的沙沙声。走在街上，他常常目送来来往往的女人，寻找着有没有长得同她相像的……

他非常想同一个什么人述说所回忆到的一切，这个强烈愿望折磨着他。然而在家里他是不能谈他的爱情的，而在外面又没有人可以谈心，总不该同房客们谈吧,也不该在银行里谈,再说,又谈什么呢?难道当初他真爱她了吗?难道在他同安娜·谢尔盖耶芙娜的关系中有什么优美的富有诗意的东西?有什么富于教育意义的或者干脆是有趣的东西?他常常只好含含糊糊地谈谈爱情,谈谈女人,因此谁也觉察不出是怎么一回事,只有他的妻子扬扬黑眉毛说:

"你,吉米特里,花花公子这角色同你不相配。"

有一天夜间他同一个朋友——文官一起走出医师俱乐部,他忍不住说:

"您不会知道我在雅尔塔结识了一个多么迷人的女人!"

文官坐上雪橇走了,可是他突然又回头招呼一声:

"德米特里·德米特里奇!"

"什么事?"

"您刚才说得对:那鲟鱼肉啊……是臭烘烘的!"

平平常常、普普通通的两句话,可是不知为什么却激怒了古罗夫,他觉得这话是侮辱性的,是龌龊的。粗野的习气,粗野的人!乱七八糟的夜晚,没有意思的、平平庸庸的白天!狂赌,贪食,酗酒,一套套老生常谈!无用的事和老生常谈占用了一个人最好的时光、最好的精力,到头来只有一种狭隘平庸的生活,一种荒唐无聊的东西,好像是呆在疯人院或劳改队里似的,想走走不开、想逃逃不脱!

古罗夫一夜没有合眼,他气愤,头整整痛了一天。以后几夜他也睡不好,老是坐在床上想心事,要不就在房间里踱步。孩子使他生厌,银行使他厌烦,什么地方都不想去,什么话也不想谈。

在十二月的节日期间,他做好了出门的准备,对妻子说的是要去彼得堡为一个年轻人张罗一件事,实际上他是到斯城去了。去干什么?他本人也不太清楚。他想同安娜·谢尔盖耶芙娜见面,谈谈话,如果可能的话约她相会。

他在早晨到达斯城,在旅馆里租下一个最好的房间。这房间里的地板全都铺上了灰色军用呢,桌上有一只墨水壶,尘土使这壶成了灰灰的,壶上刻有一个骑着马的骑士,他举起的一只手里拿着帽子,但他的头已经被打掉了。看门人向他提供了必要的信息:冯·季杰利茨住在老冈察尔纳亚街上的私人住宅里,离旅馆并不远,他生活优裕阔绰,有私人马车,城里人都认识他。看门人把他的姓念成了"德雷迪利茨"。

古罗夫慢慢地朝老冈察尔纳亚街走去,找到了那幢房子。在房子的对面有一道围墙:灰灰的,长长的,墙顶上竖着钉子。

"看到这种围墙真会逃走的。"古罗夫暗想,他一会儿看看窗子,一会儿看看围墙。

他斟酌着:今天是不上班的日子,她丈夫大概在家里。再说,他就这么去,会使人家难堪,是不懂礼节。如果送一张便条去,它也许会落到她丈夫手中,那就可能败坏全局。最好还是去碰碰巧吧。于是他就一直在街上和在围墙旁走来走去,等待着巧遇。他看见一个乞丐走进了大门,几条狗向乞丐扑去。后来,过了个把小时,他听见了弹钢琴的声音,传来一阵阵微弱含混的琴声。这该是安娜·谢尔盖耶芙娜在弹琴。突然间正门敞开了,走出来一个老太婆,她身后跟着那条熟悉的长毛小白狗。古罗夫想叫住那条狗,可是他的心突然剧烈地跳了,由于兴奋他竟想不起那条长毛小白狗的名字。

他走来走去,越来越恨那堵灰色的围墙,他已经生气地想到:安娜·谢尔盖耶芙娜已经把他忘记,她也许已经在同别的男人相好,这种事在一个年轻妇女的处境里是十分自然的,她从早到晚迫不得已要看到这堵该死的围墙。古罗夫回到了他租住的房间里,在一张沙发上坐了很长时间,不知道该做什么才好。后来他进了午餐,饭后他睡了很长时间。

"这一切真愚蠢!真令人不快!"他醒来后想道,两眼瞧着黑黑的窗子,已经是黄昏时分,"我不知怎的睡够了,现在夜间我该做什么呢?"

他坐在床上,床上铺着一条廉价的像是医院里用的灰色被子。他懊恼地嘲弄自己说:

"瞧你,要找带小狗儿的女人!瞧你,要猎奇!⋯⋯现在你就给我坐在这儿吧!"

还是早晨的事情:他在火车站上看到一张用很大很大的字写的海报,首次公演《盖伊霞》[1]。他想起了这张海报,就坐车上剧院。

"很有可能,她常看看首次公演的戏。"他想。

剧院里满座。同所有的内地剧院一样,在这儿枝形吊灯的上方也是烟雾腾腾,顶层楼座的观众喧喧嚷嚷;开演前,当地的一些花花公子站在第一排,双手抄在背后;在省长包厢里坐在首席的是省长的女儿,她围着一条毛皮围巾,省长本人谦虚地藏在门帘后面,能看见的只是他的双手;幕布在舞台上晃动着,乐队花了很长时间在调音。观众们进入大厅纷纷坐下,古罗夫的两只眼睛在贪婪地搜索着。

安娜·谢尔盖耶芙娜走进来了。她在第三排坐下。古罗夫瞧了她一眼,他的心抽紧了,他清清楚楚地体会到:现在对他来说在世界上她是最亲近、最宝贵、最要紧的人。她,这个娇小的在成群的内地人里不受注意的女人,手里拿着一副俗气的长柄眼镜,她现在竟占据了他的全副身心,成了他的悲哀和欢乐,成了他现在所指望的唯一幸福。听着糟糕的乐队和

---

[1] 一部在当时俄国流行的轻歌剧。

拙劣的小提琴声，古罗夫想道："她多美啊！"他思忖着，幻想着。

同安娜·谢尔盖耶芙娜一起进来，而且并排坐下的是一个年轻人，他留着小小的络腮胡子，身材很高，微微驼背；他每走一步路就摇一下头，好像是一直在向人点头致意似的。这个人想必就是她的丈夫，就是当初在雅尔塔时她在心情痛苦的冲动时骂之为奴才的那个人。果然，他的细长身材、络腮胡子和一小片秃顶都确实反映出一种奴才般谦恭的习气，他笑起来像谄媚，他的纽扣眼上有个令人费解的徽章在发光，像是奴仆的一块号牌。

第一次幕间休息时，她丈夫出去吸烟，她留在位置上。也坐在正厅里的古罗夫走到她跟前强笑着说，他的声音在发颤：

"您好！"

她瞧了他一眼，脸色顿时发白，她不信自己的眼睛，又惊恐地瞧了他一眼，双手紧紧地握住扇子和长柄眼镜，显然，她这是在克制自己，以免昏厥过去。两个人都不说话。她坐着，他站着，她的困惑使他失措，不敢在她旁边坐下。几把小提琴和一管长笛开始调音，他突然感到害怕，似乎所有包厢里的人都在看着他们。这时候，她站起身来，快步朝出口处走去，他跟在她后面。两个人瞎走着：一会儿在走廊里，一会儿在楼梯上，一会儿上楼，一会儿下楼。他们眼前闪过一些穿着法官制服、教师制服、皇室制服的人，这些人全都佩戴着徽章。也闪过一些女人和挂在衣架上的皮大衣，穿堂风迎面吹来，传来一阵烟味。古罗夫心跳得厉害，他想："主啊！干吗要这些人，要这个乐队！……"

就在这时他突然想起，那天晚上他在火车站上送走安娜·谢尔盖耶芙娜后对自己说：一切就此结束，他们永远也不会再见面。可是，实际上离结束还远着呢！

在一条标有"通向梯形楼座"字样的狭窄阴暗的楼梯上她站住了。

"您真把我吓坏了!"她脸色苍白,神态惊愕,气喘吁吁地说,"哎,您真把我吓坏了!我差点儿死过去了。您来干什么?干什么呀?"

"可是,请您谅解,安娜,请您谅解……"他匆忙地低声说,"我求您,请您谅解……"

她看着他,脸上现出恐惧、哀求和热爱的神情,她凝视着他,要把他的相貌更牢固地留在记忆之中。

"我真苦啊!"她不听他的话继续说,"我一直在想您,只想您一个人,我的全部精力都用在对您的思念上。我一心想把您忘记,忘记,可是,您干什么,干什么要到这儿来?"

在他们的上方,在梯台上有两个中学生在吸烟,他们在朝下面看,可是古罗夫全不在意,他把安娜·谢尔盖耶芙娜拉到身边,开始吻她的额间、双颊和双手。

"您干什么呀!干什么呀!"她惊恐地说,把他从身边推开,"我们两个都疯了。您今天就离开,马上离开……我凭一切神圣的东西恳求您,央求您……有人来了!"

有个人正在走上楼来。

"您一定得离开……"安娜·谢尔盖耶芙娜接着小声说,"您听见了吗?德米特里·德米特里奇?我会到莫斯科去找您的。我从来没有幸福过,我现在不幸福,我永远不会幸福,永远不会,永远不会!别让我更加痛苦了!我赌咒,我一定会到莫斯科去的。现在我们就分手吧,我的宝贝,我的好人,我的亲爱的!我们分手吧!"

她握了握他的手,开始快步走下楼去。她不住地回头看他,从她的眼神可以看出,她确实不幸福……古罗夫站了一会儿,留神听了一会儿,后来，在一切都静息下来时，他找到了他那件挂在衣帽架上的大衣，离开了剧院。

四

安娜·谢尔盖耶芙娜开始到莫斯科去看他。她两三个月离开斯城一次，她对丈夫说她这是为妇女病去请教一位教授，她丈夫是既相信又不相信。到了莫斯科，她住在斯拉维扬斯基商场，而且立刻派一个戴红帽子的人去找古罗夫。古罗夫常去看她，在莫斯科任何人都不知道这件事。

有一次，他在一个冬天的早晨去看她，因为隔夜传信人来他家时没有找着他。女儿和他一起走，他想送她上学，正好是顺路。大片大片的湿雪纷纷扬扬。

"现在是零上三摄氏度，却在下雪，"古罗夫对女儿说，"要知道，这只是在地面上暖和，在大气的上层就完全是另一种气温。"

"爸爸，为什么冬天不打雷？"

他对这个问题也作了解释。他边说边想：他现在去赴幽会，这件事没有人知道，大概永远也不会有人知道。他有两种生活：一种生活是公开的，它是所有需要看看并知道这种生活的人都看见和都知道的，它充满了虚假的真实和虚伪的欺瞒，它同他的熟人和朋友们所过的生活一模一样；另一种生活是在暗中进行的。由于许多情况的奇怪和偶然（也许是偶然）的凑合，所有在他心目中是重大的、有意思的、不可或缺的东西，所有他真诚地做了而又不欺骗自己的事情，所有构成他生活的核心的事情——所有这一切都是背着其他人发生的；所有他的不诚实行为，还有他借以隐藏自己来掩蔽真相的外形，比如说，他在银行里工作、他在俱乐部里争论、他说的"下等人种"、他同妻子一起参加庆祝会等等——所有这一切都是公开地进行的。他依据本人的情况判断别人,他不相信他看到的事情,而且他总认为,可能是在秘幕下,就像在夜幕的掩护下一样,每个人都过着他真正的最有意思的生活。每个人的私生活都得靠秘密来维持,所以,也许,多多少少是由于这一点文明人才会十分焦急地谋求对个人隐私的尊重。

把女儿送到学校后古罗夫就去斯拉维扬斯基商场。他在楼下脱去皮大衣,上了楼,轻轻敲门。安娜·谢尔盖耶芙娜从昨天傍晚起就在等候他了,她穿着一件他所喜爱的灰色连衣裙。旅行和期待使她感到疲惫,她脸色苍白,看着他并不笑,他刚进门,她就扑在他的胸脯上。他们的亲吻又久又长,好像是他们两年未见面了。

"哦,你说说,在那儿日子过得怎样?"他问,"有什么新闻?"

"你等一等,我这就说……我说不出来。"

她哭了,所以她说不出话来。她把脸扭向一旁,将手绢紧贴住眼睛。

"好,就让她哭哭吧,我先坐一会儿。"他想了想就在一张圈椅上坐下。

他按了一下铃,吩咐给他送茶。在他喝茶的时候,她一直站着,脸向着窗。……她哭,是由于激动,由于悲痛地意识到他们的生活十分凄惨,只能悄悄见面,背着人家,像窃贼似的。难道他们的生活不是给毁了吗?

"得啦,别哭了!"他说。

在他心目中事情是明显的:他们这场恋爱还不会很快结束,也不知道在什么时候才会结束。安娜·谢尔盖耶芙娜对他的依恋越来越深,她崇拜他,所以要告诉她说这一切迟早都该结束,那会是简直不可能做到的事,更何况说了她也不会相信。

他向她走近，抚爱着她的肩膀，想表示一下对她的关切，说几句笑话，此时他在镜子里看见了自己。

他的头发已经开始变白。他甚至感到奇怪：近几年来他会老得这么厉害，会这么难看。而他两手正抚摸的那双肩暖暖的，它们正在颤动。面对这个生命，这个非常温柔和美好的，但想必也将像他的生命一样开始凋谢和枯萎的生命，他感到怜悯。为什么她如此爱他？在女人的心目中，他一直不是他本来的那个人，在他身上她们爱的并不是他本人，而是一个由她们的想象创造出来的人，是一个她们在生活中所热切寻求的人，所以她们在发现了自己的错误时仍然爱他。同他在一起，她们中没有一个人是幸福的。时光在流逝，他同一些女人认识、相好而后又分手，然而他从来没有爱过一次；什么都曾有过，唯独不是爱情。

只是到了现在，到了他的头发开始变白的时候，他才爱上了：认真地、真正地、有生以来第一次。

安娜·谢尔盖耶芙娜和他相亲相爱，像两个十分贴近的人，像亲戚，像夫妻，像情投意合的朋友。他们觉得是命运本身预先安排了他们相遇，令人费解的倒是为什么他已经娶了妻子，而她已经嫁了丈夫，仿佛这是两只候鸟，一雌一雄，把它们捉住后硬拆散它们，它们分别生活在两只单独的笼子里似的。他们互相原谅了他们过去各自感到惭愧的事情，原谅了目前做着的一切，而且感到他们的相爱使他们两人都变了。

从前古罗夫在忧伤的时候，他总用他所想出的各种各样的推理来安慰自己，现在他已顾不上进行什么推理，他感到的是深切的同情，他一心想使自己不矫饰和有柔情……

"别哭了，亲爱的，"他说，"哭过了也就够了……现在我们还是来谈谈，想想办法。"

他们商量了很久，讲到了怎样使自己摆脱目前的处境，这种不得不躲避、欺骗、分居在不同的城市和久久不能见面的处境；也讲到了怎样才能摆脱这些不堪忍受的桎梏。

　　"怎样？怎样？"他抱住自己的头问，"怎样？"

　　似乎是再过上一会儿就能找到问题的答案，而且一种崭新的美好生活就会开始，不过，他们两人都清楚：离结局还很远很远，而最复杂和最困难的事情才刚刚开始。

暑期工作

[爱尔兰]科尔姆·托宾 作　柏栎 译

老太太从威廉镇来。在孩子出生时，她让邻家姑娘在邮局里照管，自己在医院里和弗朗西丝坐在一起，开心地看着还在睡梦中的孩子，等他醒了，就温柔地抱着他。其他外孙出生时，她没这么做。

"他真可爱，弗朗西丝。"她郑重其事地说。

老太太对政治、宗教和时事新闻感兴趣，喜欢见比她知道更多、教育程度更高的人，爱读自传和神学书。弗朗西丝觉得，母亲对大多数事物都有兴趣，就是对小孩子没兴趣，除非他们病了或者某方面特别突出，而且她肯定不喜欢婴儿。她不知道这次母亲为何待了四天之久。

她知道母亲对待成年的子女总是小心谨慎，连最小的儿子比尔也一样。比尔仍然与她住在一起，经营农场。她很少问他们问题，从不干涉他们的生活。给小孩取名的时候，弗朗西丝看到母亲一言不发，但知道她正竖起耳朵听着，特别是丈夫吉姆在屋里的时候。

弗朗西丝一直等到深夜母亲离开之后，才开始和吉姆讨论孩子的名字。吉姆喜欢普通常用的，比如像他自己的名字，无论现在和将来都不会引起非议。于是她肯定如果她建议给孩子取名约翰，吉姆会同意的。

母亲听说后一脸欢欣鼓舞。弗朗西丝知道，母亲的父亲就叫约翰，但她取名时并没有想到新生儿要承袭他的名字。这与他毫无关系。她让母亲不要与吉姆说孩子的名字,希望老太太不要再说她是多么骄傲,就因为在这流行取新名,包括取电影明星和歌星名字的时代,这名字能在家族中传承下去。

"爱尔兰名字是最差的,弗朗西丝,"母亲说,"你都念不出来。"

约翰有了名字后,她母亲抱他就更热情了。她似乎很乐意一坐几小时不说话,摇着他,哄他。弗朗西丝能回家时很高兴,她更高兴的是,母亲说要回威廉镇小邮局,去看书,读每日的《爱尔兰时报》,看她特定的电视电台节目,以及和志同道合的人讨论时政。

约翰回家后,老太太就对他哥哥姐姐的生日上心了,她不再像以前一样寄张邮政汇票或生日卡片去,而是把邮政汇票带在包里,搭车亲自从威廉镇赶路四十英里,留下来吃饭。不管是谁的生日,所有的孩子都知道他们的外婆是来看约翰的。弗朗西丝注意到,老太太在他忙着玩耍或是坐在电视机前时,并不要去抱他,摇他,或者分散他的注意力。她等到他累了,想要什么东西时,才告诉他她一直守着他,站在他这一边。等到他四五岁,他经常和她通电话,盼着她来,她一来就黏着她,把学校作业、图画拿给她看,让父母允许他晚睡,这样就可以在沙发上睡在她身边,头枕在她腿上。

不久,比尔结婚了,老太太独自居家,开始每月一次星期天邀请弗朗西丝全家来家里吃午饭。她要外孙们在家里不闷着,建议比尔带他们去看当地的曲棍球赛和足球赛,或者知道他们和他们的姐妹可能想在电视上看。约翰七八岁时,他外婆会让比尔去接他来,于是他就能独自在星期六午饭前来,并留宿一夜。过不多久,他在外婆家里有了自己的卧室,还有靴子、呢外套、睡衣、书本和漫画。

弗朗西丝不确定他是从几岁开始，每个夏天到威廉镇过一个月，到了十二岁，他整个夏天都待在外婆家中，帮比尔干农活，还在邮局干活，晚上坐在她身边读书或是和她聊天，要不就是在外婆的鼓励下，和当地同龄的男孩出去玩。

"大家都喜欢约翰，"母亲对弗朗西丝说，"他遇到的每个人，不管老少。他总是有好玩的事说给大家听，他也是个很好的听众。"

弗朗西丝看着约翰与人相处应付裕如，从没人抱怨他，连他姐妹都没有。大多数时间，他很文静，做他该做的家务事，如果要钱或想晚归，他知道如何与父母协商。弗朗西丝知道他虽然性格拘谨，但是不太会犯错和判断失误。大多数事他都严肃对待。有几次，她想拿他与外婆的关系还有他在外婆家的特殊地位来开玩笑，他却没有笑，仿佛没听见。她说起她外婆邮局里几个可笑的顾客，说自从三十年前外婆在那里上班后，他们从来就没变过，约翰也不觉得好笑。

那些年里，春天刚至，她母亲就打电话来说，期待约翰的到来。

那年夏天，弗朗西丝开车送他去威廉镇。他们见了她母亲，她就和他上楼。她看到他的卧室贴着新墙纸，床也是新的。抽屉柜上面放着一沓刚刚熨烫过的衬衫、几条牛仔裤、刮胡膏、一把漂亮的新剃须刀，还有专用香皂。

"怪不得你要来这里，"她说，"我们家里对你不好啊。衬衫熨烫过！你的特别女朋友干的！"

她笑的时候没注意母亲就等在门外。下楼的时候，她发觉约翰和母亲都想她走,都很注意地不对她说的话做出回应。他们几乎流露敌意了,仿佛她没关农场的门,或是给顾客多找了零钱。她离开时,两人都没走到车边。

很快她得知母亲虽然将农场留给了比尔,但另外划出了一块地,让比尔在两头搭起球门柱,让约翰能在那里打曲棍球。约翰组织了一支当地球队,又找到了能打比赛的其他球队,于是几乎每天傍晚都在比赛或训练。观众也来了,弗朗西丝和吉姆有一天傍晚来看,但老太太自己身体衰弱,没法走小路去看约翰打球了。

弗朗西丝意识到,约翰现在有了一大圈朋友,傍晚有事可做,用母亲的话说,他不会厌倦听她唠叨了,这让母亲很欢喜。

一天傍晚,弗朗西丝去探望母亲,看到约翰打完球归来。他只是回来洗个澡,换套衣服,然后又冲出去了,看都不看他外婆。

"约翰,坐下来和我们聊聊。"弗朗西丝说。

"我要走了,妈,其他人在等我。"

他离开房间,随便朝外婆点点头。弗朗西丝瞅了她一眼,发现老太太微笑着。

"他晚些会回来的,"她说,"他进来时我就睡熟了。"

她咕哝着,好像这个想法让她心满意足。

八月下旬,约翰回家,他长高了,也更健壮了。他开始和校队打球,他在暑假锻炼出的中场技能,很快就得到公认。

弗朗西丝总是尽到做母亲的职责,前去观看她其他孩子的体育活动,焦急地等着结束好回家。他们都不怎么在行,也不很喜欢运动,但约翰在冬春的每天傍晚都去训练，打球，想要加入郡里的少年队。

约翰在场上很显眼，因为他一般既不跑动也不擒抱，而是等着，不和其他人待在一起。不穿球号衣的约翰发现球朝他而来，就会用真正的勇敢和技术挡开擒抱，独自奔跑得分，或是准确判断距离，特意高掷出弧线球，击入球门。他父亲本就是个大惊小怪的人，这种时候更是无法自控。弗朗西丝分明看到她周围的观众都和他父母一样注意他。虽然那一季他没有入选小组，但有人告诉他，选拔者对他很有兴趣，正在关注他。

五月学期末，约翰不经意间提到，他和几个朋友填了镇上草莓厂的招聘申请，暑假几个月去工作。弗朗西丝起初没在意，后来一天他要她开车送他去镇上参加面试。

"这份工作要干多久？"她问。

"整个暑假，"他说，"至少干到八月。"

"那你外婆怎么办呢？"弗朗西丝问，"她昨天还在电话上说她非常期待六月你到她那里去。我们两周前去那里时，你自己也听到了的。"

"为什么不等等看我是否能拿到这个工作呢？"

"如果你知道不能去工作，为什么还要去面试？"

"谁说我不能去工作？"

"她老了，约翰，她日子不长了。这个夏天就陪陪她吧，再以后如果不想去，我不会逼你去的。"

"谁说我不想去？"

她叹气。

"上帝保佑你未来的妻子。"

约翰叫他朋友带他去镇上面试，一周后，工厂经理来了通知，说他可以在六月第二周开始工作。约翰把信放在早餐桌上让大家看。弗朗西丝看了看，没说话。她等到他放学回来。

"你以前每年暑假都去的，现在她老了身体不行了，你不能说自己有更好的事要去做了。"

"我还没决定。"

"我决定让你去，就这么办。你假期一开始，就去威廉镇，现在就可以着手准备了。"

"那要我对球队怎么说？"

"说你九月会回来的。"

"如果我留下，就能进少年队了。"

"你整个暑假都可以在你外婆给你留出的地上打球，要知道这也许是她最后一个夏天了，她对你非常好的，你现在就可以整理行包了。"

开始几天，他对她不言不语，她知道他接受了安排，会去威廉镇。前几个月，弗朗西丝和母亲一起计划着给约翰弄一张实习驾照，拿了他的出生证、照片，伪造了他的签名，驾照拿到后还瞒着他。比尔要买新车，约翰的外婆就把他的旧车买下，准备夏天给约翰用，以后让他和哥哥姐姐开。

约翰在车里情绪低落，郁郁寡欢，弗朗西丝差点想把这事告诉他，但又忍住。他和其他人在一起不会这样沉默内向的，但她也不在意。她的任务就是把他扔在威廉镇，然后高高兴兴地开走，让他在那里呆一个夏天。

她到达时看到母亲拄着拐杖。虽然她做过头发，穿了花哨裙子，但弗朗西丝一眼看出她病了。她母亲发现弗朗西丝在看她，就反抗似的瞪了回去，似乎告诫她不要提起她的健康状况。她全部精力都用来给约翰一个惊喜，先是拿出驾照，然后是车钥匙。

"比尔说你开得很好，"她说，"所以你可以开着这车到处转悠。车旧了，但很好开。"

约翰什么都没说，严肃地看了看弗朗西丝，又看了看外婆。

"你知道这回事吗？"他问弗朗西丝。

"就是我伪造签名的。"她说。

"但钱是我出的，"外婆插嘴，"他得知道这个。"

弗朗西丝从她声音和神情看出她正在忍痛。她靠边站，约翰发动汽车，从外婆房子开下小坡，然后调头开回来。

"哦，他开得太棒了。"外婆说。

约翰从母亲车上拿了他的包。弗朗西丝离开时，他俩都还在欣赏约翰的新礼物。让弗朗西丝高兴的是，约翰没有对外婆流露出分毫他不想陪她整个夏天的意思，但当她开走朝他挥手时，他朝她投去的一瞥表明他很长时间都不会原谅她。

接下来的一个月，她听说了很多约翰开车的事，包括他驾驶四十英里回镇上参加球赛，但都没回家看看。她听说，虽然他一直在打球，但还是没有被选进小组。她很高兴他去参加比赛了，这样的话，他没被选中的事就不能怪她了。

这是一个美丽的夏季。每年她和一群高尔夫俱乐部的女人都有一天去罗斯莱尔海滨，打一上午高尔夫球，然后在凯利酒店吃一顿悠长休闲的午餐。如果天气好，她们就在沙滩上消磨一下午。

她们用完第一道菜，她就看到约翰和她母亲在宾馆餐厅角落的桌边。

他们离家六十英里。约翰背对着她,弗朗西丝知道母亲的视力很差,看不见她们。因为她的朋友都不认识她母亲,她决定不提此事,继续吃饭,也不去打搅儿子和他外婆。但是吃饭时她没法不注意到母亲的声音比餐厅里其他人都响,约翰的声音也很响,他得提高嗓门让老太太能听到。

她母亲放声大笑,弗朗西丝那群人中有一两个转头去看她。弗朗西丝看到约翰站起来,手里拿着他白色的亚麻餐巾,调皮地轻擦老太太的头,像在戏弄她一样,她笑到开始大声咳嗽,上气不接下气。约翰回到座位,她的喘气声让整个餐厅的人都看了过去,弗朗西丝那边窃窃私语。

约翰和外婆出去时看到了她,他们走过来时她对朋友们解释说,虽然她一直看着他们,但是想让这边的人安静吃完饭。她发觉好多人因为刚才的评论而面露尴尬。

"你们太吵了,"她对他们说,"我都假装跟你们没关系了。"

"我们出来玩呢,弗朗西丝。"她母亲说,她被介绍给桌上的人,一一与她们打招呼。约翰礼貌地点头,但站在后面没说话。

"离家这么远,"弗朗西丝说,"你们想搭车吗?"

"我们可以啊,"她母亲说,"为什么不呢?他是爱尔兰最好的司机。"

弗朗西丝看着母亲白底玫瑰花图案的夏裙,还有浅粉色的羊毛衫。她看出母亲化了妆,但样子有些紧张,她现在高高兴兴,反而让这紧张感透露出来,她不说话时也张着嘴,眼中有些呆滞。她们沉默了一会儿,母亲似乎发觉弗朗西丝在端详她的脸。

"好吧,看到你真是个惊喜。"弗朗西丝说,飞快地填补了沉默。

"我们到处都兜遍了,"母亲说,"现在要去基尔摩尔码头,上帝帮忙,我们不会再遇到其他认识的人了。对吗,约翰?我们是准备单独出来玩的,但遇到你还是很高兴的,弗朗西丝。"

约翰不自在地瞟了一眼母亲。他显然希望外婆不要说了。老太太吃力地拄着拐杖，转身要走时，对全桌人说："祝你们都和我一样幸运，年纪大了的时候能和我一样有个能帮忙的英俊外孙。"

弗朗西丝看到几个朋友在打量约翰，约翰低着头。

"一定是海边的空气让你状态这么好。"弗朗西丝说。

"是啊，弗朗西丝。"母亲又转向桌子，"是海边空气，还有好司机。不说了，你就会耽误我们。"

她最后说了再见，一手搀住约翰的胳膊，倚着他，另一手拄着拐杖，慢慢地离开了酒店餐厅。

老太太冬天过世了，她撑过圣诞节，苟延残喘到新年。她努力地吃喝，直到垮下，什么都吃不了。在知道她来日不多的两三个星期中，她那些五十多岁的孩子们来来往往，还有一个从英国回家的当地护士，白天大部分时间守在屋里。

弗朗西丝带约翰去探望过她几次，每次旁边还有其他的哥哥姐姐。随着时日过去，她觉得也许他会想要和外婆单独待一会，但她不想说出来，免得他以为她在施加压力。但她确保只要他愿意，就能与外婆单独相处。而她每次去，都分明看到老太太在找约翰，在等他，但她也发觉约翰总是等到其他人一起进病房，外婆的目光转到他身上，他就有些局促不安。

她母亲在那几周里很害怕。虽然多年来她都在祈祷，读神学，虽然她是到了年纪，但她还是奋力想要把生命再延长几天。最后一周，她精神警惕，一直不消停，每时每刻身边都有人。

她是在星期五晚上死的。大口喘息中间隔死一般的沉默，喘息渐止，沉默持续。房间里的人都不敢动，不敢对视彼此的目光，谁都不想率先开口。弗朗西丝静静地看着母亲不动了,所有的生命力都消散了。

在洗身平放之后,他们商量谁的疲劳程度是最轻的,谁最能够在老太太的遗体旁守夜。老太太的遗体要到星期天才会入殓,然后移送教堂。

星期六上午,弗朗西丝和她兄弟姐妹们认为应该由几个已经来参加葬礼的小辈在夜晚的烛光屋里守着遗体,一直守到星期天上午。

约翰穿着西装打着领带来到屋里,弗朗西丝和他一起上楼。她站在门口,他划了个十字,跪在外婆床前,起身时碰了碰她冰冷的双手和前额。弗朗西丝在楼梯平台等他。

"我们都累坏了,约翰,"她说,"准备让孩子们晚上陪她。我想你愿意的,就当和她说再见吧。"

"其他人呢?"约翰问。

"有几个也会陪她的,但他们都不及你和她亲近。"

他沉默了片刻,他们一起下楼。

"陪她?"他问。

"只有一晚上,约翰。"

"我做得还不够吗?"他问,他们已经走到了门厅。

弗朗西丝以为他要哭了。

"你和她非常亲密。"她说。

"我做得还不够吗?"他又问,"你回答我。"

他转身走到马路上。弗朗西丝透过窗子望着他,以为他要流眼泪,不想和她或者其他来吊唁的人呆在一起。但当她看清站在外面的他的脸,发现他身上有种新的冷硬,神情异常坚决。她决定不和他争吵,也不管他,葬礼结束后再说。

她站在窗边,看他与一个邻居握手,他的表情和大人一样严肃正式。

她不知道他在想什么。自从他出生就那么需要他的老太太躺在楼上刚刚辞世，弗朗西丝不知，她这一去对约翰来说是少了一个负担还是多了一桩他无法深思的损失。此刻她越是打量他，就越是不明白这两者有何区别。突然，约翰朝窗口瞥了一眼，看到她正望着他。他耸了耸肩，仿佛说他什么都不会泄露，她爱看他就尽管看吧。

场景

十八岁出门远行

余华 作

柏油马路起伏不止，马路像是贴在海浪上。我走在这条山区公路上，我像一条船。这年我十八岁，我下巴上那几根黄色的胡须迎风飘飘，那是第一批来这里定居的胡须，所以我格外珍重它们。我在这条路上走了整整一天，已经看了很多山和很多云。所有的山所有的云，都让我联想起了熟悉的人。我就朝着它们呼唤他们的绰号。所以尽管走了一天，可我一点也不累。我就这样从早晨里穿过，现在走进了下午的尾声，而且还看到了黄昏的头发。但是我还没走进一家旅店。

我在路上遇到不少人，可他们都不知道前面是何处，前面是否有旅店。他们都这样告诉我："你走过去看吧。"我觉得他们说得太好了，我确实是在走过去看。可是我还没走进一家旅店。我觉得自己应该为旅店操心。

我奇怪自己走了一天竟只遇到一次汽车。那时是中午，那时我刚刚想搭车，但那时仅仅只是想搭车，那时我还没为旅店操心，那时我只是觉得搭一下车非常了不起。我站在路旁朝那辆汽车挥手，我努力挥得很潇洒。可那个司机看也没看我，汽车和司机一样，也是看也没看，在我眼前一闪就他妈的过去了。我就在汽车后面拼命地追了一阵，我这样做只是为了高兴，因为那时我还没有为旅店操心。我一直追到汽车消失之后，然后我对着自己哈哈大笑，但是我马上发现笑得太厉害会影响呼吸，于是我立刻不笑。接着我就兴致勃勃地继续走路，但心里却开始后悔起来，后悔刚才没在潇洒地挥着的手里放一块石子。

现在我真想搭车，因为黄昏就要来了，可旅店还在它妈肚子里。但是整个下午竟没再看到一辆汽车。要是现在再拦车，我想我准能拦住。我会躺到公路中央去，我敢肯定所有的汽车都会在我耳边来个急刹车。然而现在连汽车的马达声都听不到。现在我只能走过去看了。这话不错，走过去看。

公路高低起伏，那高处总在诱惑我，诱惑我没命地奔上去看旅店，可每次都只看到另一个高处，中间是一个叫人沮丧的弧度。尽管这样我还是一次一次地往高处奔，次次都是没命地奔。眼下我又往高处奔去。这一次我看到了，看到的不是旅店而是汽车。汽车是朝我这个方向停着的，停在公路的低处。我看到那个司机高高翘起的屁股，屁股上有晚霞。司机的脑袋我看不见，他的脑袋正塞在车头里。那车头的盖子斜斜翘起，像是翻起的嘴唇。车厢里高高堆着箩筐，我想着箩筐里装的肯定是水果。当然最好是香蕉。我想他的驾驶室里应该也有，那么我一坐进去就可以拿起来吃了。虽然汽车将要朝我走来的方向开去，但我已经不在乎方向。我现在需要旅店，旅店没有就需要汽车，汽车就在眼前。

我兴致勃勃地跑了过去，向司机打招呼："老乡，你好。"

司机好像没有听到，仍在拨弄着什么。

"老乡，抽烟。"

这时他才使了使劲，将头从里面拔出来，并伸过来一只黑乎乎的手，夹住我递过去的烟。我赶紧给他点火，他将烟叼在嘴上吸了几口后，又把头塞了进去。

于是我心安理得了，他只要接过我的烟，他就得让我坐他的车。我就绕着汽车转悠起来，转悠是为了侦察箩筐的内容。可是我看不清，便用鼻子闻，闻到了苹果味。苹果也不错，我这样想。

不一会他修好了车，就盖上车盖跳了下来。我赶紧走上去说："老乡，我想搭车。"不料他用黑乎乎的手推了我一把，粗暴地说："滚开。"

我气得无话可说，他却慢慢悠悠打开车门钻了进去，然后发动机响了起来。我知道要是错过这次机会，将不再有机会。我知道现在应该豁出去了。于是我跑到另一侧，也拉开车门钻了进去。我准备与他在驾驶室里大打一场。我进去时首先是冲着他吼了一声："你嘴里还叼着我的烟。"这时汽车已经活动了。

然而他却笑嘻嘻地十分友好地看起我来，这让我大惑不解。他问："你上哪？"

我说："随便上哪。"

他又亲切地问："想吃苹果吗？"他仍然看着我。

"那还用问。"

"到后面去拿吧。"

他把汽车开得那么快，我敢爬出驾驶室爬到后面去吗？于是我就说："算了吧。"

他说："去拿吧。"他的眼睛还在看着我。

我说："别看了，我脸上没公路。"

他这才扭过头去看公路了。

汽车朝我来时的方向驰着，我舒服地坐在座椅上，看着窗外，和司机聊着天。现在我和他已经成为朋友了。我已经知道他是搞个体贩运的。

这汽车是他自己的,苹果也是他的。我还听到了他口袋里面钱儿叮当响。我问他:"你到什么地方去?"

他说:"开过去看吧。"

这话简直像是我兄弟说的,这话可真亲切。我觉得自己与他更亲近了。车窗外的一切应该是我熟悉的,那些山那些云都让我联想起来了另一帮熟悉的人来了,于是我又叫唤起另一批绰号来了。

现在我根本不在乎什么旅店,这汽车这司机这座椅让我心安而理得。我不知道汽车要到什么地方去,他也不知道。反正前面是什么地方对我们来说无关紧要,我们只要汽车在驰着,那就驰过去看吧。

可是这汽车抛锚了。那个时候我们已经是好得不能再好的朋友了。我把手搭在他肩上,他把手搭在我肩上。他正在把他的恋爱说给我听,正要说第一次拥抱女性的感觉时,这汽车抛锚了。汽车是在上坡时抛锚的,那个时候汽车突然不叫唤了,像死猪那样突然不动了。于是他又爬到车头上去了,又把那上嘴唇翻了起来,脑袋又塞了进去。我坐在驾驶室里,我知道他的屁股此刻肯定又高高翘起,但上嘴唇挡住了我的视线,我看不到他的屁股。可我听得到他修车的声音。

过了一会他把脑袋拔了出来,把车盖盖上。他那时的手更黑了,他的脏手在衣服上擦了又擦,然后跳到地上走了过来。

"修好了?"我问。

"完了,没法修了。"他说。

我想完了,"那怎么办呢?"我问。

"等着瞧吧。"他漫不经心地说。

我仍在汽车里坐着,不知该怎么办。眼下我又想起什么旅店来了。那个时候太阳要落山了,晚霞则像蒸汽似的在升腾。旅店就这样重又来到了我脑中，并且逐渐膨胀，不一会便把我的脑袋塞满了。那时我的脑袋没有了，脑袋的地方长出了一个旅店。

司机这时在公路中央做起了广播操，他从第一节做到最后一节，做得很认真。做完又绕着汽车小跑起来。司机也许是在驾驶室里呆得太久，现在他需要锻炼身体了。看着他在外面活动，我在里面也坐不住，于是打开车门也跳了下去。但我没做广播操也没小跑。我在想着旅店。

这个时候我看到坡上有五个人骑着自行车下来，每辆自行车后座上都用一根扁担绑着两只很大的箩筐，我想他们大概是附近的农民，大概是卖菜回来。看到有人下来，我心里十分高兴，便迎上去喊道："老乡，你们好。"

那五个人骑到我跟前时跳下了车，我很高兴地迎了上去，问："附近有旅店吗？"

他们没有回答，而是问我："车上装的是什么？"

我说："是苹果。"

他们五人推着自行车走到汽车旁，有两个人爬到了汽车上，接着就翻下来十筐苹果，下面三个人把筐盖掀开往他们自己的筐里倒。我一时间还不知道发生了什么，那情景让我目瞪口呆。我明白过来就冲了上去，责问："你们要干什么？"

他们谁也没理睬我，继续倒苹果。我上去抓住其中一个人的手喊道："有人抢苹果啦！"这时有一只拳头朝我鼻子上狠狠地揍来了，我被打出几米远。爬起来用手一摸，鼻子软塌塌的像是挂在脸上，鲜血像是伤心的眼泪一样流。可当我看清打我的那个身强力壮的大汉时，他们五人已经跨上自行车骑走了。

司机此刻正在慢慢地散步，嘴唇翻着大口大口喘气，他刚才大概跑累了。他好像一点也不知道刚才的事。我朝他喊："你的苹果被抢走了！"可他根本没注意我在喊什么，仍在慢慢地散步。我真想上去揍他一拳，也让他的鼻子挂起来。我跑过去对着他的耳朵大喊："你的苹果被抢走了。"他这才转身看起我来，我发现他的表情越来越高兴，我发现他是在看我的鼻子。

这时候，坡上又有很多人骑着自行车下来了，每辆车后面都有两只大筐，骑车的人里面有一些孩子。他们蜂拥而来，又立刻将汽车包围。好些人跳到汽车上面，于是装苹果的箩筐纷纷而下，苹果从一些摔破的筐中像我的鼻血一样流了出来。他们都发疯般往自己筐中装苹果。才一瞬间工夫，车上的苹果全到了地上。那时有几辆手扶拖拉机从坡上隆隆而下，拖拉机也停在汽车旁，跳下一帮大汉开始往拖拉机上装苹果，那些空了的箩筐一只一只被扔了出去。那时的苹果已经满地滚了，所有人都像蛤蟆似的蹲着捡苹果。

我是在这个时候奋不顾身扑上去的，我大声骂着："强盗！"扑了上去。于是有无数拳脚前来迎接，我全身每个地方几乎同时挨了揍。我支撑着从地上爬起来时，几个孩子朝我击来苹果，苹果撞在脑袋上碎了，但脑袋没碎。我正要扑过去揍那些孩子，有一只脚狠狠地踢在我腰部。我想叫唤一声，可嘴巴一张却没有声音。我跌坐在地上，我再也爬不起来了，只能看着他们乱抢苹果。我开始用眼睛去寻找那司机，这家伙此时正站在远处朝我哈哈大笑，我便知道现在自己的模样一定比刚才的鼻子更精彩了。

那个时候我连愤怒的力气都没有了。我只能用眼睛看着这些使我愤怒至极的一切。我最愤怒的是那个司机。

坡上又下来了一些手扶拖拉机和自行车，他们也投入到这场浩劫中去。我看到地上的苹果越来越少，看着一些人离去和一些人到来。来迟的人开始在汽车上动手，我看着他们将车窗玻璃卸了下来，将轮胎卸了下来，又将木板撬了下来。轮胎被卸去后的汽车显得特别垂头丧气，它趴在地上。一些孩子则去捡那些刚才被扔出去的箩筐。我看着地上越来越干净，人也越来越少。可我那时只能看着了，因为我连愤怒的力气都没有了。我坐在地上爬不起来，我只能让目光走来走去。

现在四周空荡荡了，只有一辆手扶拖拉机还停在趴着的汽车旁。有几个人在汽车旁东瞧西望，是在看看还有什么东西可以拿走。看了一阵后才一个一个爬到拖拉机上，于是拖拉机开动了。

这时我看到那个司机也跳到拖拉机上去了，他在车斗里坐下来后还在朝我哈哈大笑。我看到他手里抱着的是我那个红色的背包。他把我的背包抢走了。背包里有我的衣服和我的钱，还有食品和书。可他把我的背包抢走了。

我看着拖拉机爬上了坡，然后就消失了，但仍能听到它的声音，可不一会连声音都没有了。四周一下子寂静下来，天也开始黑下来。我仍在地上坐着，我这时又饥又冷，可我现在什么都没有了。

我在那里坐了很久，然后才慢慢爬起来。我爬起来时很艰难，因为每动一下全身就剧烈地疼痛，但我还是爬了起来。我一拐一拐地走到汽车旁边。那汽车的模样真是惨极了，它遍体鳞伤地趴在那里，我知道自己也是遍体鳞伤了。

天色完全黑了，四周什么都没有，只有遍体鳞伤的汽车和遍体鳞伤的我。我无限悲伤地看着汽车，汽车也无限悲伤地看着我。我伸出手去抚摸了它。它浑身冰凉。那时候开始起风了，风很大，山上树叶摇动时的声音像是海涛的声音，这声音使我恐惧，使我也像汽车一样浑身冰凉。

我打开车门钻了进去，座椅没被他们撬去，这让我心里稍稍有了安慰。我就在驾驶室里躺了下来。我闻到了一股漏出来的汽油味,那气味像是我身内流出的血液的气味。外面风越来越大,但我躺在座椅上开始感到暖和一点了。我感到这汽车虽然遍体鳞伤,可它心窝还是健全的,还是暖和的。我知道自己的心窝也是暖和的。我一直在寻找旅店,没想到旅店你竟在这里。

我躺在汽车的心窝里,想起了那么一个晴朗温和的中午,那时的阳光非常美丽。我记得自己在外面高高兴兴地玩了半天,然后我回家了,在窗外看到父亲正在屋内整理一个红色的背包,我扑在窗口问:"爸爸,你要出门?"

父亲转过身来温和地说:"不,是让你出门。"

"让我出门?"

"是的,你已经十八了,你应该去认识一下外面的世界了。"

后来我就背起了那个漂亮的红背包,父亲在我脑后拍了一下,就像在马屁股上拍了一下。于是我欢快地冲出了家门,像一匹兴高采烈的马一样欢快地奔跑了起来。

西瓜船

苏童 作

西瓜船大多来自松坑一带，河边住惯的人都认得出松坑的船，它们比绍兴人的乌篷船来得大，也要修长一些，木头的船体，下面临近水线的船板上包着白铁皮，船篷尤其特别，不是用油毡篷布做的，是一种用麦秆密密实实编结的席子，随意地架在四根木棍上，看上去像闹地震时候街上的防震棚。

每逢七月大暑，炎热的天气做了西瓜的广告，城北一带的人们会选一个清闲的黄昏，推上自行车，带着麻袋或者尼龙网兜到铁心桥去买西瓜。松坑来的西瓜船总是停在铁心桥桥堍下。七月第一批西瓜船从酒厂码头那里密集的船只中冲出来的时候，就有眼尖嘴馋的孩子从临河的窗子里看见了，跺着脚对大人喊，西瓜船来了，快去买西瓜！更有傻子光春这样的多事者，他们在岸上领着船往铁心桥那里奔，一边奔一边喊，西瓜船来了，西瓜来了！

年年都有西瓜船从松坑一带过来，船多船少而已。连小孩子都能一眼认出西瓜船，顶着那么个麦秆席子，船头上垒了简易的行灶，晨昏时分炊烟照样升起，看上去不像船队，倒像一组违章建筑的棚屋，盖到水上去了。

卖瓜的是老老少少的松坑男人。乡下的男人谁不勤快呢，可是到了铁心桥下他们就显出一种令人疑惑的懒散来，没客人的时候他们不是聚在一起打扑克，就是窝在西瓜堆里打瞌睡，有人跳到船上来，马上就醒了，从船篷里慢慢地钻出来。他们穿着白色的长袖衬衫和灰色蓝色的长裤，不习惯用皮带，裤子用蓝色的布带牢牢地束住，年纪大点的不注重仪表，常常歪敞着裤门，露出里面的花裤头的颜色。他们都带了鞋子，大多是解放鞋、雨鞋、布鞋，也有小青年置了皮鞋，却一律扔在舱里，打着赤脚。总体上来说他们穿得比街上的人多，却显得衣衫不整。他们在铁心桥下卖了好多年西瓜了，有的年年出来，街上的人能热络地喊出他们的名字，上了船和松坑人拍肩膀打屁股的，多半是为省下几个钱笼络人心。有的人还从冷饮店里买了四分钱的赤豆棒冰带上船呢。对于香椿树街人有所图谋的热情，卖瓜人嘴里应着，脸上堆着笑，但眼睛里闪烁着一种精明的防患于未然的光，说，赶紧挑几只回去吧，今年雨水多，瓜地里收成不好，就这么几船瓜，过两天就空船回去啦。

船上没有磅秤，用的是老式的大吊秤，遇到大宗的生意，要两个人用扁担把西瓜筐抬起来过秤，人手不够，别的船上的人就跳过来帮忙了。在船体的摇晃中，讨价还价的声音有时像激烈的口角，有时则像两个国家之间的外交谈判一样各抒己见，最后你让一步，我退一步，达成统一。就这样，一只只松坑西瓜离开西瓜船各奔东西，其中一只投奔到了陈素珍的篮子里去了。

陈素珍买瓜是一只一只买的，差不多隔一天买一只，挑拣讲价都极其认真，松坑人拍了胸脯包熟包甜才肯掏钱。从七月买到八月，到了八月，眼看松坑来的西瓜船渐渐空了舱，陈素珍想想儿子寿来那么喜欢吃西瓜，就有点抢购的想法了，一天买一只，挑得也不仔细了。松坑西瓜外表都是浑圆硕大的,也看不出哪只西瓜隐藏了不安定因素,陈素珍万万没想到那天她歪着肩膀把一只大西瓜提回家,费了那么大的力气,提回去的是一篮子的祸害。

事情过去好多年,谁也不记得陈素珍买瓜的细节了,只记得她买到了一只很大却没有成熟的白瓢瓜。这样的瓜再常见不过,不好吃,但确实是西瓜。类似的事情也经常发生,容易解决,要不你就胸怀大一点,只当是吃萝卜把西瓜吃了,不怕麻烦的话就把西瓜带到铁心桥去,买了白瓢的,松坑来的西瓜船通常是允许换瓜的。

陈素珍选择的是换瓜。她准备去换瓜时还惦记着另外一些家务事,香椿树街有好多忙碌又能干的妇女,恨不得一只手做两件事的,陈素珍就是那样的人。她的篮子里已经装满了酱油瓶黄酒瓶,突然又去拿了一块布料,准备带到裁缝店里去做睡裤。她嫌篮子分量重,就把那半只白瓢瓜拿出来了,空口无凭是常识,陈素珍怎么会不知道?所以她小心地用勺子挖了一块瓜瓢,包在油纸里,作为换瓜的证据。

陈素珍挽着篮子来到铁心桥下,看见三条西瓜船走了两条,只剩下福三的船了。说起来也不巧,她过去都是在福三的船上买瓜的,这次看见另外一条船上人多,就凑热闹上了张老头那条船,没想到相隔一天,张老头和他的船竟然就不见了。陈素珍不相信那堆西瓜能在一天内卖光,她猜测还是剩下的瓜不好,卖不掉了,船上的一老一少便把船摇去别的地方卖。陈素珍站在桥堍下,手里摸到油纸包里的那堆瓜瓢,忽然对松坑人产生了强烈的厌恶感,心里有恨嘴上就骂出来了,什么包熟包甜,乡下人,总是要骗人的!

她看见福三的船上只剩下福三一个人,另外一个小青年不知去哪儿了。陈素珍不知道福三的名字怎么写,叫是叫得出来的。她印象中福三是松坑人中最不爱说话的一个,不爱说话的人要么是最憨厚的人,要么就是最精明的人,陈素珍吃不准福三是哪一种人。她向福三的船走过去,准备对另外那条船上的人谴责一番,让福三听听,他转达不转达就随便了。还有松坑西瓜的品质,陈素珍觉得她也有义务代表香椿树街的人提出警告,如果明年还有那么多白瓤瓜,你们就别运到这儿来卖了,那样的西瓜,你们还不如留在松坑喂猪呢。陈素珍原来没想拿福三怎么样的,只是到了西瓜船边,看见福三那张黑瘦的脸从舱里升起来,福三的手里正抱着一只红瓤的西瓜,她脑子里忽然就闪出一个念头,并且先发制人地喊起来,福三福三,我买了你多少年西瓜了,你怎么给了我一个白瓤瓜呀?

福三当时在吃瓜,他大概是刚刚睡醒过来的,脸膛上压着清晰的草席的纹路。陈素珍跳到他面前说,你自己吃的瓜那么好,怎么给我一个白瓤的呀?

福三看看陈素珍的篮子,里面有酱油瓶黄酒瓶,一堆湿漉漉的腌菜,还有一个油纸包,他揪了一条腌菜塞在嘴里嚼着,向陈素珍笑了笑,不说话。

陈素珍说,福三你不够意思,给我一个白瓤瓜。

福三转过头,把嘴里的腌菜吐到河里去了,说,酸的,不好吃。他向陈素珍看了一眼,还是不说话。

陈素珍说,福三你是哑巴呀?好好,你不表态就不表态吧,我也不要你表态,动手就行,去舱里给我抱个好瓜来。

福三这时吃完了西瓜,他吃剩下的瓜皮一块块的呈三角形状,像是切出来的。陈素珍看着他把瓜皮一块块晾到船篷上去了。

晾干了吃吧?陈素珍问道,你们腌了吃还是炒了吃的?

福三说,腌了吃,炒它还要用油。然后他回头问,那白瓤瓜呢?你不把瓜带来，我怎么换？

陈素珍就把那个油纸包打开来，说，我拿不动瓜，好大一只瓜，八斤三两的，我把瓜瓤拿来了，反正你一看瓜瓤就知道了，让人怎么吃？

福三盯着陈素珍手里的油纸包看，看看瓜瓤又看看她的脸，突然笑了起来，说，没见过你这样精明过头的人，拿一块瓜瓤来换瓜！

陈素珍让他笑得有点慌乱，说，一样的，有个证据就行了嘛。我在你船上买了这么多年西瓜了，这点后门不能开呀？

福三还是笑着，但笑容已经没有了善意，是冷笑了。你要是买了一只鸡不好，就拔根鸡毛来换鸡？他说，你这个女人，把乡下人都当傻子了，你们街上人多，人再多也记得住，你今年在哪条船上买的瓜？以为我不记得？换就换了，你还拿个纸包来换瓜，亏你想得出来，天下的便宜都让你占了！

陈素珍尴尬极了。她万万没想到福三会来欲擒故纵的这一手，让她意外的不仅是福三的清醒，还有自己对人的错误判断，人不可貌相，她看错福三了。我看错你啦，福三！陈素珍讪讪一笑，说，好你个福三，长了一副老实人模样，没想到这么精明的。陈素珍是个自尊心很强的女人，伤了自尊就赌气，她把油纸包朝水里一扔，说，不换就不换，算我倒霉好了，你们乡下人呀，总要骗人的。

陈素珍两手空空下了西瓜船，光是讨到个嘴上的便宜，结果篮子也忘了拿，是福三在船上用撑篙把篮子挑给她的。福三一边挑着篮子，一边批评了陈素珍带有歧视的观点，大姐你不该这么说话，乡下人怎么了，没有乡下人，你们天天吃空气去。陈素珍在岸上接过篮子，说，我没骂乡下人，谁把白瓤瓜拿出来骗人我骂谁。福三在船上说，不是我们要骗人，是今年雨水多，瓜都不怎么好，我们也没办法。陈素珍在气头上，抢白道，瓜不好还把船摇到这儿来卖？留在家里喂猪去。明年再来，看谁还上你们的当？

事情到这里应该划上句号的。以香椿树街人对寿来的母亲陈素珍的了解，西瓜换到了是好事，换不到也就算了，陈素珍是个要脸面的人，体质也不是很好，才不会为了一只西瓜不依不饶地往铁心桥那里奔。但是从另外一个角度来看，陈素珍买瓜主要是为儿子寿来买的，西瓜的主体是寿来用勺子挖着吃的，边缘部分归陈素珍，所以能不能自认倒霉，陈素珍一个人说了不算，还要看陈素珍的儿子寿来的态度。

寿来那年十七岁。大家都还记得十七岁的寿来在街上走路时皱着眉头斜着眼睛的样子。那样的表情是长期受到迫害的表情，但谁敢去迫害寿来呢？是寿来在迫害其他的男孩，还有一些无辜的动物。他当时已经杀过猫杀过狗，还没有杀过人，有人说他迟早要杀一个人的，此为马后炮，暂且不谈。寿来那天回家，照例看见桌上的半只切好的西瓜，浸在水盆里，他注意到瓜瓤是白的，挖了一块塞到嘴里，就吼起来，怎么是白瓤的啊？这是西瓜还是冬瓜？

我去换过的，张老头的船走了，你将就吃吧，就当吃冬瓜！陈素珍在厨房里忙着，她说，那福三不肯换给我，别看他样子老实，人精明得像鬼似的，我就是把一只瓜都带过去，他也不一定换的，松坑的乡下人，都不肯吃亏的。陈素珍在厨房里快快地说着话，声音带着一种明显的受挫后的怨气。陈素珍从不向儿子倾诉心中的冤屈，因为儿子从来不听她的。陈素珍习惯了在厨房里自言自语，一顿饭做好，唠叨结束，心中对一切的不满便也排遣得差不多了。她万万没有料到她教儿子怎么做人，儿子不听，她唠叨勤俭节约的好处，儿子不听，她对松坑来的西瓜船的批评，事关一只西瓜，外面的寿来却都听进去了。寿来抱着半只西瓜冲出去，陈素珍并不知道,她只听见儿子在外面骂了一句脏话。陈素珍后来告诉邻居,她在厨房里用腌菜炒毛豆,一点都不知道寿来抱着半只瓜出去了,就是这么炒一个菜的工夫,她把腌菜炒毛豆盛到碗里的时候,一颗毛豆莫名其妙蹦到地上,然后就有个邻居男孩奔进来说,不好了,寿来在西瓜船上捅了一个松坑人!

陈素珍再次去铁心桥的时候是一路奔去的,由于体质的关系,她奔跑一段要蹲下来歇口气,蹲下来浪费时间,她心有不甘,就用什么东西啪啪地敲打路面来撒气。我们好多人还记得她手里那把小小的铁器,不是什么别的稀罕东西,是一把炒菜铲子。

关于福三的死,最有发言权的是农机厂的王德基,他推着自行车从铁心桥走下来的时候,正好看见寿来像一只惊惶的兔子一样冲上桥,王德基和他的自行车无意中挡了他的道,寿来推了他一下,说,闪开!孩子们怕寿来,王德基他不怕,正要骂人,觉得肩膀那里怎么湿乎乎的,一看,是血。王德基知道不好,他大叫一声,寿来你给我站住!

寿来不理他,只顾向桥下狂奔而去,他穿着一双塑料拖鞋,倒像踩了风火轮一样,跑得飞快。

寿来你捅人啦?王德基在桥顶上喊道,捅了人才这么跑!

寿来不理王德基,一眨眼他就跑到桥下面了,站在那里向上拉了拉田径裤,对着桥顶上的王德基说,他先动手的!说完他在石阶上抹了抹手,抹完手又跑,一眨眼就在香椿树街上消失了。

王德基顺着那摊血迹往桥那面走,嘴里说道,看来是捅了人了,这么多血!他一下桥就看见那个福三手里提着一把西瓜刀,摇摇晃晃地从西瓜船那里走过来,旁边尾随着一群尖叫的妇女和骚动的小孩子。

那个西瓜船上的福三,他拖曳着一条血线走过来,走到公共厕所的墙边走不动了,弯下腰,脑袋顶在墙上,眼睛却愤怒地瞪着王德基。

是你呀?你不是卖瓜的福三吗?王德基胆子大,迎着那个血人走过去。福三浑身是血,倚在厕所的墙上,身体已经抖得很厉害了,一只手努力地举着那把西瓜刀。王德基说,你拿着刀干什么?福三说,给小良。王德基说,给小良干什么?去捅寿来呀?福三先摇头,然后又点头,他瞪大眼睛注视着王德基,手里仍然举着西瓜刀。王德基突然明白他是在向他求救,他要让他拿着那把西瓜刀。王德基就摇头,说,我不能拿刀,我怎么能帮你去捅寿来?现在顾不上那些了,我把你送到医院去。

王德基是热心人,他起初要用自行车驮着福三,但福三对着自行车后架坐上去,坐了几次都掉下来了。王德基扶着车把等了好久,看他坐不上来,干脆把自行车锁了,扔在墙边,说,你失血过多,没力气坐自行车的,不如我背你吧。

是王德基背着福三上了铁心桥。王德基力气大,背着个人,跑得还很快,跑到桥顶的时候他看见陈素珍抓了个锅铲,白着脸向桥上跑。王德基大声说,你现在跑来有什么用?你儿子闯下大祸了!

陈素珍半蹲在桥下喘气,一边努力地要看清王德基背上的人,是福三吧,他要紧不要紧?

王德基说,还要紧不要紧呢,血都流了一路了,你说要紧不要紧?王德基本来指望陈素珍帮他一把的,可是当他们下桥的时候陈素珍看清了福三身上的血,女人毕竟是见不得血的,又是肇事者的母亲,陈素珍呀地叫了一声,人就瘫在桥下了。与此同时,王德基听见后面也当地一响,福三手里的西瓜刀也掉了,刀正好落在陈素珍的脚下。王德基就站住问福三。要不要捡回来?那是物证,别让人捡去了。

福三却听不懂他的提示,他问王德基,你是不是小良?

王德基说,我不是小良,我是农机厂老王,你不认识我了?前两天我们还在杂货店见面的,你不是打了半斤粮食白酒吗?

你不是小良?福三说,小良死哪儿去了?

王德基说,我怎么知道,他去哪儿你不记得了?你失血过多,脑子现在还清楚吗?

我脑子很清楚,就是人不能动。福三说,小良去买肥皂了。你不是小良,我以为是小良在背我。

脑子清楚就好,救命最要紧。王德基说,你就不要小良小良的了,谁背你都一样,背你上医院,救你的命!

街上有男孩子们追着王德基跑,边跑边问,谁呀谁呀?大人都惊讶地站在店铺和自己家门口,随口评价道,又是打群架的吧,打成这样!经过杂货店的时候,王德基喊了一声小良,小良来买肥皂了吗?杂货店里的女店员拥出来看王德基背上的血人,她们不认识什么小良,光是向王德基打听他背上的是谁,还给他提建议,说,王德基你怎么背着他跑,怎么不叫救护车呀?王德基说,我有三头六臂呀?他在我背上,我怎么去叫救护车?

街上那么多人,偏偏小良不在街上。桃花弄弄堂口有一堆人在下棋,王德基冷眼里看见谢胖子坐在小板凳上,谢胖子也是个热心人,可是到了棋盘前他就对什么都无动于衷了,他的脑袋从别人的身体缝里钻出来,向王德基这儿张望了一番,又缩回去了。王德基一赌气就不再去寻帮手了,好事做到底,干脆他一个人送他去医院好了。

福三像一件行李似的静下来了,安心地伏在王德基的背上。王德基说他感觉不到什么,只是觉得福三人越来越重,偶尔地像是打摆子一样颤抖几下，又不动了。背着那么大个人，开始双方都在调整姿势，渐渐地就没有什么不熨帖了，因为血的缘故，福三好像是被胶水黏在他背上了。王德基说他一路上不停地说，挺住挺住，快到了，快到了。鼓励福三，也是鼓励自己，结果王德基挺住了，福三却没挺住。王德基告诉大家，他们走过北大桥的时候看见了一辆运水泥的货厢车，货厢车的司机不肯停车救人，王德基骂他还狡辩，说什么救人要紧抓革命促生产更要紧。

王德基不知道福三为什么没有坚持到最后，他跑得够快的了，他不敢夸口比救护车跑得快，但一定比自行车跑得还要快。他们快到第五人民医院的门口时，那个叫小良的松坑人追来了，是个没什么用的农村小伙，只会哭，对着王德基喊，谁干的谁干的？那架式倒是要让王德基交人出来，王德基一急就向他吼了一声，先救人再破案！铁打的汉子王德基，这时人也站不住了，他帮着把福三移到小良的背上，赶紧去扶墙，扶着墙呕吐，吐了几下，发现那小良背着人还在哭，他就火了，揉了他一把，哭有屁用，快进去呀！这一推搡他发现福三不好了，福三的眼睛还愤怒地瞪着天，目光却凝固了，王德基胆子大，用手指撑开他的眼眶看了看，福三的瞳孔已经放大了。而那个小良，是个没用的小伙，他背着福三撞进了医院传达室，对着一个老门卫哭喊着，医生，快救人呀！

关于福三的死，王德基怎么说这里就怎么写，当年香椿树街的青少年追着王德基，让他一遍遍地回忆送福三去医院的种种细节，坦率地说有人是对血腥感兴趣的，王德基况且能够掌握分寸，主要强调救人的艰辛和救人不得的遗憾，事情过去这么多年，我不得不考虑西瓜船故事对青少年读者可能产生的负面影响，恕我古板，福三之死，福三在第五人民医院的太平间引起的种种风波，我决定放弃更进一步的描述了。

回到西瓜船来，先说说西瓜船上的另一个人小良吧。

小良是个没用的人，而且有点笨，这一点不用王德基介绍，大家也看得出来。派出所的人在西瓜船上立了一块牌子，闲人禁止入内。包括小良，小良也被禁止上船。派出所的人一定向小良解释过保护现场之类的话，小良似懂非懂，他被有关人员从舱里推到船头，从船头推到岸上，脸上始终是一种梦游般迷惘而顺从的表情，直到派出所的人要走了，他突然又哭起来，对着他们的背影喊了一句，人到底抓到没有？

夜里派出所的人都走光了，来了一些街上的闲杂人员，无端地对事发地点进行种种细致的考察。他们看见小良坐在岸上，抱着膝盖睡，有点碍事，便怂恿他上船去睡，有人受过治安处罚，对所有穿白制服的人都怀恨在心，顺嘴便诋毁起刚刚离开的公安干警来，他们懂个屁，你别把他们的话当圣旨，管管野鸡小流氓他们在行，杀了人他们就乱套了，什么指纹证据的，那么多人看见寿来捅的人，还要什么证据，上你自己的船睡去，你又不是闲人，怎么禁止入内了？又有人替他出主意，说街上的工农浴室重新开张了，只要给看门老头一只西瓜，他一定同意你在铺上睡的。这主意马上被其他人轻蔑地否定了，说，你没脑子，没看出这兄弟放心不下船吗，还有西瓜，他在这儿看西瓜呢。

小良只是用狐疑的眼光看着三霸那些人，那些不三不四的人，一旦热心肠了，就显得居心叵测，小良也许有点怕他们，他警惕地注视着三霸他们，身体则不时地移动着，为他们腾出位置。他说，我就在这儿睡，我要看船的。小良缩着身子，把脑袋埋下去，继续睡，耳朵却在仔细地听着三霸他们对寿来的评价，他听出来寿来和这群人不是一伙的，就突然地骂了一句，杀千刀的东西，为了一只瓜呀，乡下人的命就抵一只瓜？

由于满城的人都听说了西瓜船上的事情，从早晨到夜晚都有人跑到铁心桥下来看那条船。杀人者和死者,不可能滞留原地让人参观,但船被封了,还停在那里,血也还一点一滴地留在船头和岸上。白天的时候小良要勇敢得多,闲人看船,小良就瞪着眼睛看他们,他说,我们松坑马上就要来人了,人已经在路上了。别人听出来那是要采取报复行动的意思,就告诉他说,寿来昨天就铐走了,他在火车站等火车,等得不耐烦,到旁边文化馆里看录像片,刚刚坐下就被铐走啦。小良说,铐走就行了?一条命呢,乡下人的命就抵一只瓜?又有人告诉小良,寿来家里放话出来了,寿来才十七岁,未满十八周岁算少年犯,是去劳教,不会枪毙的。小良就厉声叫起来,你们少来骗人了,十七岁就可以随便捅人?那好呀,让我们松坑不满十七岁的都来捅人,捅死人不偿命嘛!别人看小良的眼睛红红的,人很冲动,很聪明的面孔却一点也不懂法,都不知道怎么跟他讲里面的是非,干脆不惹他。你不惹他,小良自己就慢慢平静了,平静下来更消极,说话是打倒一大片的方式,你们都是穿连裆裤的,你们的思想都一样,他说,乡下人的命嘛,就抵一只瓜。

夜里铁心桥两侧的人家有人起夜,隔着临河的窗便可以看见西瓜船,还有岸上一个货包一样的东西,他们都知道那不是货包,是守船的小良。

松坑人大闹香椿树街的事情发生在三天还是四天以后,我现在已经记不清楚了。人们后来知道从松坑来的两台拖拉机停在城北水泥厂门口,从拖拉机上下来了二十几个人,大多是青壮年,手里提着锄头铁锹之类的农具,水泥厂门口的人正在纳闷呢,看见那个小良从铁心桥方向飞奔而来,小良一边跑一边抹眼泪,人们清晰地听见了小良哭叫的声音,怎么到现在才来,到现在才来!

从松坑搭乘拖拉机来的二十几个人,其中一些人我们没见到,他们从水泥厂那里直接上了北大桥，去第五人民医院的太平间了。另外一些人在小良的引领下，浩浩荡荡地穿过香椿树街，到陈素珍家门上去了。

除了多年前城北地带造反派的武斗，香椿树街的居民们，从来没见过像松坑人讨伐陈素珍家这么紊乱而壮烈的景象。冲到陈素珍家门上的大约有二十个松坑人，是拥进去的，人多门窄，门很碍事，松坑人便把门卸下来了，说要把寿来放到门板上去，抬到医院去陪着福三。极少数松坑人衣冠整齐，有一个像是农村的干部，他手里没有农具，衬衣口袋里别着一支钢笔，大多数人一看就是临时从地里上来的，面孔很凶恶，身上则隐隐地散发出田野或泥土的清香，有的挽到膝盖上的裤腿管忘了放下来，小腿上还结着水田里的泥浆。

他们闯进寿来家的时候，寿来的父亲柳师傅刚刚从江西的什么兵工厂赶回来，他在厨房为陈素珍熬药，陈素珍已经在床上躺了好几天了。她是个常年患有头痛病的女人，没什么事也会犯病，何况家里出了这件天大的事。陈素珍在等药的时候听见门外响起惊雷般的脚步声，然后便是药罐子砰然落地的声音。柳师傅大叫起来，你们这么多人，进来要干什么？此后柳师傅的声音便被淹没了，是高高低低的陌生人的声音，是松坑人嘈杂而统一的愤怒的声音，把人交出来把人交出来！其间夹杂着女人尖利的哭声。陈素珍预感到要发生什么事了，她想从床上爬起来，但身体起不来，眼前天旋地转，她拼命向丈夫喊了一声，快跑，快去报案！她的声音却在一种巨大的声浪里沉下去了，然后她听见家里门窗被摇晃砸打的声音，橱柜里的碗碟轰隆隆地泻到地上的声音，她听见丈夫的吼声很快低沉下去，变成一阵阵痛苦的嘶叫，陈素珍就抓过床边的一只闹钟向门上砸去，别和他们打，去报案！

陈素珍不知道她丈夫是否听见了闹钟砸门的声音，她记得是几个松坑男人冲到了房间里，其中一个是小良，她认得的，另一个没见过面，凭着那人黑瘦的长相，几乎可以肯定是福三的兄弟。陈素珍并不畏惧，她躺在床上冷静地望着他们，一字一句地说，我儿子已经抓走了。她觉得他们拒绝听她说话，他们说，把人交出来把人交出来！陈素珍说，你们上我家来没用，杀人偿命，他也得死，有法律的。他们说，把人交出来，把人交出来！陈素珍知道她说什么也没用，就不说什么了，她躺在床上，异常冷静地注视着他们，还有他们手里的锄头。她说，你们要觉得一命抵一命还不够，把我的命也抵上好了，我不怕的。

陈素珍注视着他们手里的锄头，她相信他们不敢那么做，她看见福三的兄弟茫然地瞪着她，她的目光勇敢地迎了上去，结果他先把目光闪开了。福三的兄弟瞪着她的枕头，还有柳师傅早晨放在枕边的一包饼干，说，你还在吃饼干啊。那人一定是福三的兄弟，他撩起陈素珍身体下面的印花床单，看看床单下面的草席，他说，你把床单铺在席子上睡，这么睡才舒服？福三的兄弟用手里的锄头柄敲敲整个漆成咖啡色的床架，你睡这么高级的床，就养了那么个畜生出来？他讥讽的语调忽然激愤起来，眼睛里的怒火熊熊地燃烧起来，是你养的儿子不是？我娘在家里哭了三天三夜了，一滴水都没进嘴，你还在家里睡觉，你还躺在床上吃饼干！

松坑来的人做了一件令陈素珍永远无法忘记的事。他们不能容忍她躺在床上，或者仅仅是不能容忍她枕边的一包饼干，她记得福三的兄弟先是抢过饼干扔在地上，用脚踩得粉碎，然后他对其他几个人吼道，砸了她的床，看她怎么在床上吃饼干！他们挥起锄头砸打床架榫头的时候，陈素珍的身体在上面被迫地颠动起来，她万万没想到她受到的是这么奇怪的屈辱，她没有一点力气去阻止他们，她的身体可笑地颠动着，而她坚强的神经也随着床架的崩溃在崩溃，陈素珍哭了，突然地一下，她感到自己的身体下沉了,床板的一头落在地上,另一头倾斜着搭在架子上,她的身体也像码头运输槽上的一包水泥一样滑落下去了。

那天柳师傅始终没能走出门去,松坑人手里的农具虽然不是冲着人来,主要是摧毁家中的门窗家具,柳师傅知道那是报复,但如此野蛮的报复他接受不了,慌乱中他抓起了一把菜刀,结果这把菜刀恰好激发了松坑人对那把西瓜刀的联想,有人喊起来,儿子学的是老子样,都拿刀呀!松坑人哪里知道柳师傅其实是个有公论的厚道人,跟他儿子是两种人,松坑人不分青红皂白拥上去教训柳师傅,不知道是谁的农具伤到了柳师傅,柳师傅坐在盛米的缸上,怎么也站不起来,后来才知道他的三根肋骨被打断了。

是邻居钱阿姨去报的案。钱阿姨在陈素珍家门口,几次三番地努力,就是进不去。松坑来的人还安排了站岗的,不准邻居进去。钱阿姨说,你们来解决问题是可以的,但是不能这么闹的,左邻右舍多少上夜班的,白天要睡觉,你们闹得天翻地覆的,让人怎么休息?她对松坑人的说服教育起不到一点作用,就气呼呼地走了,临走说,这不是你们乡下,人多就能解决问题,你们不听我劝可以,等会儿看谁来劝你们!

开始是派出所来的人,一老一少两个户籍警,凭借着身上的制服勉强冲进了陈素珍家。老的是香椿树街人人皆知的秦同志,秦同志有经验,一进去就知道局面不好控制,一边察看柳师傅的伤,一边试图说服松坑人离开,年轻的那个就不注意工作方法,拿出手铐就要往人手腕上戴,结果满屋子的农具都举起来对着他,好在秦同志把他拉到一边去了。秦同志知道这群人不容易对付,他对年轻的同事耳语了几句,年轻人马上就从满屋子人堆里挤出去了,出去干什么?请求支援去了。

后来就来了一辆东风化工厂的卡车,卡车上冲下来七八个人,人不多，都束着军用皮带，穿着蓝色工作服，却一律带着步枪。围在陈素珍家门口的人还是第一次这么近距离地看见枪，有个男孩多嘴，尖声说，是工人民兵，枪是假的！这话惹恼了带枪的一个民兵，对着那男孩说，假的？要不要打你一枪试试？

带枪的人一进去，陈素珍家里瞬间便安静下来，先是几个民兵把松坑人的农具一件件地拖出来，扔到卡车上，有人在旁边一二三四地数着，锄头七八把，铁锹五六把，甚至还有两把镰刀。农具后面是人，一个个被推出来，有人也在旁边数了，一二三四，一共十七八个人，其中妇女两名。那个正当哺乳期的妇女不知道是福三的什么人，嗓音异常的尖厉，她一手擦拭着胸襟上满溢的奶汁，一边哭一边嚷着什么，听不清她嚷嚷的内容，但看她的眼神是面向外面围观的人群，大抵是要大家评个理主持个公道什么的。

松坑来的男人都被工人民兵弄到卡车上去了，不管有没有动手伤人，去调查清楚了再说。两个妇女原来可以赦免，她们开始是站在下面的，一个不停地撩起衣襟抹眼泪。另一个哺乳期的妇女则向旁观者说个不停，松坑话说快了不容易懂，反正听得出来她是在争取别人的同情，好好的一个人来卖西瓜的，你们买西瓜那点钱怎么还买人命呢？人都死了，我们来出口气还不行？听者却不宜对她表达自己的立场，有人很关心她们与死者的关系，忍不住问她，你们两个女的，谁是福三的老婆？她摇头，说，我是他妹妹。另一个呢？另一个不肯说话，还是哺乳期妇女替她介绍了，也是妹妹，福三的妹妹。

福三的两个妹妹原本不用上车的，她们听见卡车鸣笛吓了一跳，看见卡车要开走她们一定想到了某些未知的后果，一齐尖叫起来，两个人扑上去，一左一右拉着后挡板，不让卡车走，看看两个人的力气拉不住卡车，喂奶的那个妹妹就跑到卡车前面去，躺在地上了。

福三的那个妹妹，也不知道叫什么名字，反正大家对她印象是最深的。她就那么躺在地上，视死如归的样子我们以前只在电影里见过，但无论从哪方面来说她又不像人们心目中的女英雄，她躺在卡车轮子前面，衣衫零乱，胸口湿了一大片，肚子极不雅观地袒露出来，圆鼓鼓的，悲壮地起伏着。好多人都跑到卡车前面来看福三的妹妹了，街上人越聚越多，狭窄的香椿树街的交通很快堵塞，交通堵塞以后就有孩子在这儿那儿乱吹哨子，哨子的声音更使香椿树街的空气沸腾起来。

城北派出所所长老金也来了，老金亲自出马，足以说明遇到的局面多么棘手了。照理说老金在香椿树街解决任何事情都容易，但这涉及工农关系的风波弄到这么不可收拾的地步，又没有相应的文件说明，他也没办法了，脸色便很难看。老金找到那个干部模样的松坑人，请他去说服福三的妹妹，但那个干部眼睛里闪着狡黠的光，说，她不要命，你们就让车开过去好了。我们松坑人命反正不值钱嘛。看得出松坑的干部也不懂法，他是不会协助执法了，老金也是被激怒了，卷起袖子说，敬酒不吃吃罚酒，来人，把那泼妇一起抬上车！

这样，就干脆地解决了问题。我们看见福三的妹妹被几个人合作着抬上了卡车，她当然是拼命挣扎的，挣扎也没用，人还是被轻盈地抬了起来，她的尖叫声听上去很恐怖，夹杂着松坑一带的脏话。有人刚刚从人堆后面钻到前面来，脑袋从别人的肩膀上努力地探出去，嘴里发出啧啧的声音，哎哟，怎么像杀猪一样？这乡下女人好凶！前面的人都知道事情的原委了，同情心忽然偏东，忽然偏西，现在都偏向松坑人了，三言两语解释不了自己的立场态度，就简短地说，你没有调查就没有发言权。

乱了好久，卡车慢慢地能开了，松坑来的那些人，男男女女的都在化工厂的卡车上，一张张脸带着疲惫之色从人们头上缓缓而过。看得出那是一些受到过惊吓或威慑的脸，有的人脸上还残存着恐惧，有的恐惧而茫然，眼神便显得楚楚可怜。有的人看上去有点羞怯，像小良，街上好多人在他船上买过瓜的，认得他。当然也有向街两边侧目怒视的，像福三的兄弟。最无所畏惧的还数那个干部，他站在上面摆弄了几下口袋里的钢笔，表情显示出一种故意的傲慢来，而且他还学领导人的样子，向什么人挥了挥手，大家左顾右盼地寻找他挥手示意的对象，也没找到谁，猜他的用意，也许就是显示他的无所畏惧吧，但好多人意识到，他这么随意地一挥手，那架式倒有点像毛主席在天安门城楼接见红卫兵呢。

九月初的一天，福三的母亲来了。

起初没人知道那个在铁心桥边来回走动的老女人是谁，她穿一件蓝色对襟褂子，黑裤子，草鞋，头上包着毛巾，是松坑一带老年妇女寻常的装束。她先是站在桥上向河两边眺望着什么，一边眺望一边擦眼睛，她的眼睛里有一层明显的白翳，也许是白翳遮挡了视觉，她没望到什么，又下到桥堍来，手搭在额上向河的这边那边望着，还是没有她寻找的东西，就拉住过路的幼儿园老师沈兰问了，妹妹呀，夏天在这儿的西瓜船怎么不见了？

沈兰是外地人，一直和儿童们说惯普通话的，听不懂她的松坑话，就让她去居委会。她没有反应，明显不知道什么是居委会，沈兰就用手指着河对岸的一个漆成红色的窗户说，居委会就是居委会嘛，你过桥，去那间房子，房子里面就是居委会。

可是福三的母亲眼睛不好，她既看不见对岸的红色窗子，也听不懂居委会的意义，她说，妹妹我找西瓜船，一条船呀。她感觉到别人不耐烦了，脸上绽出了一个巴结的笑容，说，一条西瓜船，就是出人命的那条西瓜船呀。沈兰这才猜到松坑来的老女人的身份，她看见福三的母亲喉咙里咯地响了一下，似乎要哭了，一只手赶紧抬起来，按着脖子，按了一下，又按了一下，居然把哭声压住了。然后沈兰惊讶地看见老女人的脸上重新堆起了笑容，她说，妹妹你帮帮我，我眼睛不好，看不见的。

西瓜船是不见了。沈兰下到石埠上，在河的两头搜寻了很久，她看见卖大蒜头和猫鱼的小船、捞河泥的铁船、运水泥的驳船，甚至还有一只粪船臭烘烘地停在桥堍厕所那里，偏偏看不见西瓜船的影子。沈兰说，怎么不见了呢，我天天从这儿路过，西瓜船原来一直在这儿的，昨天刮风，大概是漂走了，漂得不会太远的。福三的母亲说，漂到哪儿去了，东边还是西边，妹妹你告诉我，我眼睛哭坏了，你指着我看不见。沈兰说，我也看不见，指也指不了，我还是带你去居委会，让他们替你找一找吧。

沈兰就领着福三的母亲过了铁心桥，上桥的时候她问，你那么大岁数了，眼睛又不好，怎么让你出来找船呢？福三的母亲说，不是我家的船呀，是福三向旺林家借的船，福三人不在了，船要摇回去还给旺林的。沈兰说，不是问你这个，我问你，你那么大岁数，怎么让你出来摇船呢，让你把船摇回松坑去呀？福三的母亲说，我摇回去，慢慢地摇，摇个两天就到家了。福三的母亲不知道为什么听不懂沈兰的意思，沈兰干脆就直接问了，家里没人手了？听说福三他弟弟妹妹都让他们扣起来了？还没放回去？福三的母亲这时候犹豫起来，人靠近了沈兰，凑到她耳边悄悄说，妹妹你是个好人，我说给你听不怕，福三的弟弟妹妹昨天刚刚放回去的。沈兰说，那让他们来摇船回去嘛。福三的母亲朝桥上看看，又向桥下望望，轻声道，我不敢让他们再来了，说什么也不敢了。警察说这次饶我们一次，也不用赔那家人东西，医药费也不赔，警察说一事归一事，再来就犯法了，也要吃官司。

　　福三的母亲被领到了居委会的女干部崔主任那里。崔主任当时忙着爱国卫生月的宣传事务，她让福三的母亲喝了一杯水，让她不要急，说那么大一条船，不管漂到哪里，总是在河里，不会长翅膀飞走的。船只要没漂出北大桥去，就算她的居委会的事。崔主任说如果船漂到北大桥外面去，她也会和桃花汀居委会协商解决的。

　　福三的母亲被沈兰领到了基层组织，是她后来找到西瓜船的关键第一步。居委会依靠群众，即使是个风吹草动，自然也有群众会向他们如实反映，何况那么大一条船呢。两天前恰好有人向崔主任反映，有一个叫歪嘴的青年趁西瓜船无人看管，拿了个箩筐把船上剩下的西瓜全部拖回家去了。那两天整个香椿树街的街道干部都在为陈素珍家解决问题，又要准备爱国卫生月的工作，无暇顾及西瓜船上剩下的几只西瓜，就把这事搁下了。

　　崔主任差人把歪嘴叫来了，她也不透露福三母亲的身份，只是让他坦白从西瓜船上拿了几只西瓜。歪嘴斜着眼睛观察崔主任的表情，判断她是证据确凿的，就反问道，你说还剩几只？你说几只就几只。崔主任板起面孔说，我问你还是你问我？歪嘴我告诉你，你偷鸡摸狗的事情别以为我们不知道，都记在本子上了，几天不找你你就翘尾巴！歪嘴果然老实了许多，说，没剩几只瓜了，我不搬了吃也要烂掉的，有几只都烂了嘛。崔主任逼问道，到底是几只？你说，对我说了没事，不说以后就对派出所说去。歪嘴说，十一二只吧，好几只是烂的。崔主任说，好，就减半算，算六只西瓜，一只算三毛钱，你现在赔人一块八毛钱！

　　歪嘴这才注意到凳子上的福三的母亲，看她头上那块毛巾便知道是松坑来的人，他马上就冲她嚷起来，几只烂西瓜，你敲竹杠呀！福三的母亲吓得站了起来，弟弟你说什么，我从来不敲人竹杠，敲竹杠要遭报应的。我找船呀，弟弟你拿我儿子的船了吗？歪嘴说，我只拿瓜，我又不是托塔李天王，怎么拿得动船？你儿子的船去哪儿了，别问我，问王德基的儿子去，我看见他带两个小孩摇船玩的，玩到铁心桥桥洞里去了。

崔主任命令歪嘴立功赎罪，去把王德基的儿子安平叫来。歪嘴靠在门框上思考了一会儿，和崔主任谈了条件，说，那我去把安平拎来，拎来就没我的事了吧？崔主任说，有事没事我说了不算，又不是我的西瓜，要问这位老大娘。歪嘴就把脑袋转向福三的母亲，你到底要不要我赔西瓜钱？要赔我给你五毛钱好了。福三的母亲摆手说，不要赔不要赔，我不是来要瓜钱的，我要把我儿子摇出来的船摇回去，弟弟你行行好，帮我找找船吧。

福三的母亲原来是要跟着歪嘴去的，歪嘴不愿意让她跟着，崔主任也劝她留下来等。福三的母亲就坐下来了，坐在窗边，看着窗外面的河道。崔主任又给她倒了杯水，她客气推托了半天，说喝不进去了。又问崔主任以前在铁心桥下卖葱的老太太还在不在，说她也是好人，也给她喝过开水的。崔主任问，哪个老太太？姓什么？她却说不上来，光说那老太太嘴角上有一颗痣。崔主任其实没有兴趣和福三的母亲交谈，嘴里哼哼着，手上忙自己的工作，听见福三的母亲说，我年轻时候摇船到铁心桥来卖过白菜，认识好多人的。崔主任随口问，都认识谁呀？福三的母亲想了想，说，老虎灶上的人，药铺里的人，烟纸店里的人，我认识几个人的。崔主任说，老虎灶去年刚拆的，药铺就是现在的新风药店嘛。福三的母亲叹了口气，说，我有了五妹以后就没空出来卖白菜了，二十年没来铁心桥了，他们也认不出我来的，我眼睛哭坏了，我也认不出他们的。

正说着话歪嘴在外面把安平推进了门，把安平推进来歪嘴就完成任务，甩手走了。安平镇定自若地站在门口，斜着眼睛看看崔主任，看看福三的母亲，一只手挖着鼻孔。崔主任说，王安平你把人家的船摇到哪儿去了？安平说，不知道，船到哪儿去了？崔主任说，不是你摇的船吗？你不知道谁知道？安平说，我就解了缆绳，谁说我摇了？是达生摇的，我们就把船摇到铁心桥桥洞，船自己横过来，卡在桥洞里了，我们就上去了。崔主任学他的腔调说，你们就上去了？你们把别人的船摇出去，卡在桥洞里你就不管了？安平说，船现在不在桥洞里，它自己漂走了。崔主任火起来，说，自己漂走了，不是你的责任？去把达生叫来，你们负责把船找回来，否则我告诉王德基，看他怎么收拾你！

福三的母亲弯着腰坐在凳子上，过了一会儿坐不住了，起来去拉崔主任的衣服，说，崔同志你跟小孩好好说。又走到安平面前，弯腰替他拍了拍裤子，她的表情看上去忧心忡忡的，但还是努力地向安平挤出了笑脸，她说，弟弟乖啊，我们乡下没有船过不了日子的。安平说，你拍我裤子干什么，又没有灰！他厌恶地瞪了她一眼，在她拍过的裤子上又拍了一下。福三的母亲便去摸安平的脑袋，说，弟弟乖。安平一甩手，身体灵巧地向后一跳，就把福三母亲的手晾在半空了，他继续挖着鼻孔，斜着眼睛看福三的母亲，突然说，是你儿子让寿来捅死的吧？

崔主任这时候冲过来，用报纸在安平头上拍了一下，说，我要不告诉王德基，我就不姓崔！崔主任回头看福三的母亲，福三的母亲弯着腰站在那里，身体抖了一下，并没什么异常。她对崔主任摆摆手，小孩子的话，我不计较的。她撩起衣角在眼睛四周抹了一圈，说，自己命苦，不好跟别人计较。前年我家老头子病殁了，去年春上猪圈里闹猪瘟，死了三头大母猪，今年是福三出事情，一年一灾，我眼泪哭干了，我一哭眼睛痛得厉害，眼睛一痛头疼病会犯，犯了头疼病我就没力气摇船了，我不能再哭的，我要把船摇回家的。

把船摇回去。崔主任听出来这件事情对于福三的母亲来说比天还大。福三的母亲的精神状态让崔主任松了口气，有的妇女以为居委会就是让她们哭闹让她们晕倒的地方，崔主任是很反感的，福三的母亲不哭也不闹，让她感到同情，还有一丝侥幸，唯一棘手的是那条船，不知道漂到哪儿去了，不知道是不是还在北大桥以东香椿树街居委会的管辖范围内。崔主任不能扔下工作帮着去找船，她就严肃地对安平说，王安平同学你听好了，你马上带着这位老大娘去找她的船，从铁心桥找到北大桥，这是我给你的任务，你完不成我有办法，什么办法？你不懂？真不懂还是假不懂，很简单的，让王德基替你来完成这个任务！

那天下午我们看见王德基的儿子带着福三的母亲沿着河边人家走，有人指着老妇人问安平，那是你外婆吗？你外婆是松坑的？安平没好气地说，你外婆！你外婆才是松坑人！福三的母亲也不计较他对松坑人的歧视，对着路遇的人笑脸相迎，说，同志你看见松坑那条西瓜船了吗？安平说，你还要不要我找了？要我找你就别问东问西，话又说不清楚，是船不是酒，别人以为你要找酒喝呢！福三的母亲又试图去摸他的头，手伸出去又缩回来了，说，弟弟乖，奶奶眼睛坏了，看不见，要你帮忙呀。安平就哼了一声，说，你懂不懂学雷锋，崔主任在逼我学雷锋呢，我不学雷锋她就让我爸爸收拾我，这个妖婆！

走到达生家门口，安平对福三的母亲说，你在这儿等，我到这家去看看。安平推开虚掩的门，闯到达生家里，嘴里喊着达生的名字，人径直穿堂入室，直扑临河的窗子而去。达生的母亲李金枝正在缝纫机上缝窗帘，让安平吓了一跳，说，死孩子你干什么，吓死人了！安平说，我找达生！李金枝说，达生不在！达生他爸爸不是警告过你不准找达生吗，你把我家达生都带坏了。安平冷笑一声，还警告呢，谁稀罕找他呀？告诉你吧，我在学雷锋，找一条船！安平嘴里说着话，人已经上了达生的床，跪着，打开临河的那扇窗子，探出身子向外面的河道看。李金枝拿了把量衣尺子来打他，安平叫起来，别打我，我骗你是狗，我在学雷锋，是一条船，你看见有船从这儿漂过去吗？

李金枝一边拼命把安平从床上拉下来，一边恨恨地听他陈述他的目的，什么西瓜船冬瓜船的？她说，没见过没见过，我又不是猫，天天蹲在窗台上看船过。安平突然叫道，就是寿来捅死人的那条船呀！李金枝又被吓了一跳，缓过神来就更气愤了，拿着量衣尺朝安平肩上啪啪地打，骂道，该死的小畜生，你到我家来找那死人船，怎么不上你家找去？触了霉头看我不找王德基去，打死你！安平躲避着她的尺子，从达生的床上逃下来，嘴里还申辩着，我家不沿河，怎么找船？你这个笨女人！

安平跑到外面，李金枝追了出去，差点撞到门外福三的母亲，看见松坑来的那个老女人，她突然明白安平这次不是撒谎了。福三的母亲叫了她一声阿姐，李金枝倒不见怪，她知道无论年轻年长，松坑人都管女人叫阿姐的。李金枝应了一声，放开了安平，打量起福三的母亲来，是你儿子——她这么问了半句，觉得不得体，又咽回去了。她与寿来的母亲陈素珍是一家纺织厂的工人，平时关系不怎么好，这时忍不住说了一句，那个寿来，不是我诳人，从小我就看得出要闯大祸，娘老子宠出来的，养子不教父母过呀！李金枝没有从福三的母亲那里得到任何回应，她醒悟过来，说这个是白说，人家恐怕还不知道是谁要了她儿子的命呢。福三的母亲显得心慌意乱的，跟着安平要走，李金枝拉着她说，进来喝口水再走！福三的母亲说，多谢阿姐了，我喝过水了，喝不下了。阿姐你在河边住，没见过我家那条船吧？李金枝嘴里顺口说没有没有，记忆中却出现了傻子光春扛着一条船橹从她的自行车旁走过的情景,她的眼睛一亮,叫起来,等等,我带你们去光春家看看!

这样一来,福三的母亲又被带到街那边去了,往回走,去傻子光春家了。

李金枝在光春家门口遇到了光春奶奶的阻拦,她说光春傻归傻,从来不偷人东西。还反问李金枝什么时候看见光春拿人东西的。李金枝说,他是不拿人东西,他拿人摇橹呀!李金枝指着外面的福三的母亲,说,你看看人家,看看人家!光春奶奶探出头去,看见一个松坑老妇人弯着腰站在电线杆旁边,她问李金枝,人家怎么啦?李金枝压低声音说,是西瓜船上那福三的娘亲呀,光春他奶奶呀,光春不懂事,你可是烧香念佛的人,怎么能把那船橹放在家里?

光春奶奶镇静的脸上变了色,抬起小脚匆匆往天井而去,边走边叫,光春光春,你还说你不傻,你不傻怎么把那东西扛回家了。李金枝跟进去,一眼看见傻子光春,正在天井里守护着那条船橹。船橹上的桐油都磨没了,露出发乌的木头的颜色。一向与水打交道的摇橹,离开了水,看上去倒像一种老式的笨重的兵器,正适合傻子光春对战争的一些奇思异想。光春的奶奶在橹头上晾了一把腌菜,湿漉漉的拖把则搁在橹梢上,还在滴水。李金枝也不管三七二十一,拖着摇橹到门口,对着福三的母亲喊,这橹是不是你家的?

福三的母亲迎上来,眨着眼睛没看清什么,摸一下就叫起来,说,正是,是我家那条橹!用了二十年的橹了,我认得出来,这橹把上原来绑着红布条的。

李金枝舒了口气,说,橹在船就在,就看那傻子记不记得船在哪儿了。她正要回去追问,傻子光春已经被他奶奶推到门外来了,向福三的母亲敬了一个军礼。光春奶奶跟出来，摇着福三母亲的手，说，我们家光春脑子不好，拆了橹回来做兵器耍的，你千万别跟他计较，他骗我说是酒厂码头的废船呀！

  那天黄昏我们看见一群人抬着一条船橹向酒厂码头方向而去，傻子光春骄傲地走在最前面，尾随他身后的队伍组合得非常牵强，王德基的小儿子安平、李金枝、光春奶奶，还有头上包着一块毛巾的松坑老妇人，后来人们就都知道了，那个被光春奶奶挽着手的松坑老妇人，是福三的母亲。他们一路走着一路有人加入进来，安平就没资格扛橹了，他也不敢胡闹了，因为王德基正好下班回家，看见儿子又在外面野，骑车冲过来吼，滚回家去！安平跳了一下就跳到福三的母亲身后去了，指着福三的母亲说，我在学雷锋，不信你自己问她。

  王德基后来告诉别人，他看见福三的母亲吓了一跳，说从来没见过长得如此相像的母子，面容酷肖倒在其次，他惊讶的是福三的母亲弯着腰站在人堆里，满脸疲惫，一手撑腹，一手向他慢慢地伸过来，要来握他的手，那母亲的姿势，让他一下就想起了福三在铁心桥下是怎么扶着厕所的墙，怎么向他出示那把西瓜刀的。

  从松坑来的那条西瓜船，二十天以后谁也认不出来了。它被酒厂运送黄酒的船群挤在码头一角，散发着弃船特有的凄凉气息。篷顶上的麦秆席子没有了，四根篷柱不见其三，只剩下一根孤零零地耸立在船上，像小学校里的简陋的旗杆，船头的行灶不见踪影，一定有人看上了那几块垒灶的砖头，拆得很干净，半块砖头都没留下。除了傻子光春，不知是哪些人上过船，有人在西瓜船里倒了点煤渣，倒了点水，还扔了些菜叶子，船舱里看起来很脏，有点像夏天沿河收垃圾的船了。

李金枝站在码头上,手指着运酒船大声批评那些船户,怎么这么缺德?好好一条船,给你们弄成这样,你们自己船上倒是干干净净的,怎么把人家船当垃圾船呢。运酒船上有人厉声地回应道,你还张嘴骂人呢,要不是我们把船勾回来,这船早就漂到太平洋去了!

船在就好,阿姐你不要和他们吵。福三的母亲安慰着李金枝,眼睛看着王德基他们装橹,也怪王德基他们没有经验,笨手笨脚的,福三的母亲一着急,身体一点点地往下面挪,李金枝正要扶她,她已经挪到船上去了。

正是九月黄昏时分,酒厂码头的阳光也像陈年的黄酒一样,馥郁地流淌,河面闪闪发亮,西瓜船上的一摊干涸的血迹吸引了所有人的目光,起初人们都在看福三的母亲和王德基他们装船橹,是傻子光春最先透露血迹的位置的,他指着船头一角对安平说,看那摊血,像不像一头牛?大家顺着光春的手看过去,果然是一摊血,不一定像一头牛,但是一摊非常清晰的血迹。李金枝瞪着眼睛,用手指压着嘴唇,示意大家别嚷嚷。她说,她眼睛不好的,最好别让她看见。安平偏不听她的,对傻子光春卖弄他的知识说,血迹很难洗的,水洗不掉,要用酒精擦。又让光春去拿酒精来,说他可以当场试验给他看。傻子光春问,酒精在哪儿?安平给他问住了,翻着眼睛说,算了算了,试给你看也是白试,你就知道看血迹像牛还是像马,傻子!

后来就剩下福三的母亲一个人在船上了,运酒船已经为福三的母亲让出了水道。王德基他们不会弄船,帮不上忙,干脆下来,在岸上看着她把船慢慢地摇出去。李金枝问王德基他们,你们看见船头那摊血了吗?王德基说,那么一摊血,怎么会没看见?不敢吱声罢了。李金枝叹着气说,她眼睛不好,最好看不见,否则看着儿子那摊血,怎么摇得动船呀?王德基说,本来就摇不动的,去松坑好几十里水路呢。她出来摇船,家里人肯定不知道的,知道了怎么能让她出来!

福三的母亲把船摇出了运黄酒的船群,水上就有路了,她摇摆着的身体突然停了下来,慢慢转过来,抬起臂肘擦眼睛,努力地眺望着码头上的李金枝他们这群人。看得出来她是要告别了。福三的母亲要和码头上的人告别,可是离得远了她什么也看不清,看不清楚码头上站立的哪些是香椿树街的好心人,哪些是酒厂堆积如山的黄酒坛子,她就突然跪下去,向着酒厂码头磕了个头。码头上傻子光春先笑起来了,说,她怎么向黄酒坛子磕头?大人不傻,知道是福三的母亲眼睛不好,磕错了方向,都挥起手,叫喊起来,不敢当的,快起来快起来!

福三的母亲很快就起来了,人在远处站起来,小小的一团,被满河夕阳照着,身影还是很黑很模糊。就这样,松坑的最后一条西瓜船,也在九月的一个黄昏离开了酒厂码头。据去过松坑修理拖拉机的王德基估算,此去六十里水路,一定要在水上过夜了。福三的母亲毕竟年纪大了,她摇船的姿势看上去不像其他松坑人那么流畅,也许是累的,她摇得很慢,船也走得很慢,看上去不是她摇着船走,是船领着她向下游而去。船向河下游而去,那是松坑的方向,福三的母亲虽然眼睛不好,松坑的方向应该是永远记得的。

而王德基他们站在酒厂码头上,眺望着夏天来的西瓜船向河下游而去,一来一去,按节气来说居然隔着夏秋两季了。

轻轻的呼吸

[俄]蒲宁 作　冯玉律 译

墓地上有一堆前不久才挖起的黄土，上方竖着一个新制的橡木十字架。它又结实，又沉重，又光滑。

已经四月了，但天色还是灰蒙蒙的；透过光秃秃的树枝，老远就能望见这个县城大墓地上的纪念碑。寒风吹动十字架脚下的瓷质花环，不时发出叮叮的响声。

十字架上嵌着一个高高凸起的相当大的瓷质圆框，里面有张女中学生的照片，一双眼睛异常俏皮，满含着喜悦的神情。

这便是奥丽亚·梅谢尔斯卡雅。

当她还是个小姑娘的时候，在成群身穿褐色连衣裙、活跃在课堂和走廊里的叽叽喳喳的女孩子中间并不显得出众。除了说她是那些脸蛋俊俏、家境富裕的有福气的小姑娘中的一个，说她聪明能干，不过挺调皮，说她对班主任的教导总是满不在乎之外，关于她还能说些什么呢？可是到后来，她出落得漂亮起来，简直是一天一个样。十四岁那年，她便有着细细的腰身、匀称的双腿，胸部和体形勾勒出优美的曲线，其魅力还从来没有一句人类的语言能够形容出来。十五岁时，她成了公认的美人。她的几个女伴梳起头来是多么仔细，对外表的整洁是多么注意，一举一动又是多么谨慎！可是她却什么都不在乎——不在乎手指头上有墨水渍，不在乎把脸涨得通红，不在乎头发弄乱，也不在乎在摔跤后将膝盖裸露出来。她根本没有用心地打扮和修饰，却不知不觉地获得了那些在近两年中引起全校瞩目的长处——绰约的风致、鲜艳的衣衫、灵巧的动作，以及一对清澈透亮的眸子……在舞会上，奥丽亚·梅谢尔斯卡雅的舞姿比谁都优美；在溜冰场上，她的动作比谁都轻盈。没有人在跳舞时能像她那样受男伴们的倾慕，也不知为什么，没有人能像她那样赢得低年级学生的喜欢。她不知不觉地出落成了一个大姑娘，也不知不觉地在中学里出了名。大家已经议论纷纷，说她举止轻佻，说她没有追求者就活不下去，说什么有个叫申欣的中学生"发疯一般"地爱上了她，而且她似乎也爱他，可就是态度反复无常，弄得那小伙子想寻短见……

去年冬季，照学校里人们的说法，奥丽亚·梅谢尔斯卡雅简直是欣喜若狂。这是一个多雪的冬季，天气晴朗而又酷寒。太阳很早便沉落在披着银装的中学校园那几棵高高的云杉树后面，但它总是那么艳丽，那么明亮，预示着翌日依然是一个严寒而又晴好的天气，依然可以在大教堂街上散步，依然可以在市立公园里溜冰，依然有一个玫瑰色的黄昏，有音乐，有着一群在溜冰场上溜来滑去的年轻人，而奥丽亚·梅谢尔斯卡雅则是其中最漂亮、最无忧无虑、最幸福的一个。有一次，在大休息的时候，她正一阵风似的穿过大礼堂，几个一年级女生赶在她后面，一边高兴得尖声大叫。突然，有人叫梅谢尔斯卡雅去见女校长。她猛地停下脚步，只是喘了一口大气，用习惯的动作理了下头发，将衣裙的一角朝肩头拉了一拉，便喜气洋洋地朝楼上跑去。女校长是个小个子女人，样子显得挺年轻，不过头发全白了。她坐在书桌边，手里打着毛线，墙上挂着一幅沙皇的肖像。

"您好，梅谢尔斯卡雅小姐，"她用法语说，一边只管低头打毛线，"很遗憾，这已经不是第一次了。我不能不把您叫来，同您谈谈您的表现。"

"我听着，夫人。[1]"梅谢尔斯卡雅答道。她边朝书桌走近，边用清澈灵动的眼睛瞅着校长，但脸上却毫无表情。然后，她袅袅婷婷地坐到桌边，这种姿势只有她一人做得出来。

"您不会好好听我的。很遗憾，我已经证实这一点了。"女校长说罢扯了扯毛线，使线团在打蜡地板上滚动起来。梅谢尔斯卡雅不禁好奇地朝它瞧了一眼。然后，校长抬起头来。"我不再重复，也不多讲了。"她说。

梅谢尔斯卡雅很喜欢这间窗明几净、宽敞舒适的办公室。火光熊熊的荷兰式炉子使室内温暖如春，而放在案头的铃兰花又是多么清香好闻。她朝那幅画着站在某个豪华大厅里的青年时代沙皇的全身像，朝女校长那梳得整整齐齐、往两边披分的乳白色波浪形头发瞥了一眼，便默默地等对方说下去。

"您已经不是小姑娘啦。"女校长意味深长地说，心里不禁有点恼火。

"是的，夫人。"梅谢尔斯卡雅大大方方，几乎还挺高兴地回答。

"但还不是女人，"女校长更加意味深长地说，她那张苍白的脸上微微地泛起一阵红晕，"先说这个——这算什么发型？这是女人的发型呀！"

"我的头发长得好，夫人。这可不是我的过错。"梅谢尔斯卡雅答道，一边用双手摸了摸自己梳得漂漂亮亮的头发。

"噢，原来您还没有过错！"女校长说，"留这种发型您没有过错，用这些贵重的发卡您没有过错，为了买一双鞋叫您父母破费了二十个卢布也没有过错！不过，我得再说一遍，您完全忘了，您现在只不过是一个中学

---

[1] 原文为法文。

生……"

梅谢尔斯卡雅依然还是那么自在，那么镇定，这时她突然彬彬有礼地打断校长的话：

"请原谅，夫人，您错了：我已经是个女人啦。您知道这是谁的过错吗？是我爸爸的朋友和邻居，是您的弟弟阿列克谢·米哈伊洛维奇·马柳金。事情发生在去年夏天，在乡下……"

这次谈话之后过了一个月，有个貌不惊人、样子粗鲁、看来似乎同奥丽亚·梅谢尔斯卡雅所属的那个阶层毫不相干的哥萨克军官，竟在车站月台上，当着一大群乘火车刚到的旅客的面，把姑娘一枪打死了。而且，奥丽亚·梅谢尔斯卡雅那段曾经使校长大为震惊、认为不可置信的自白也得到了完全的证实：军官在法院侦查员面前声称，梅谢尔斯卡雅诱骗他，同他谈恋爱，还发誓要做他的妻子，可是在案件发生的那天，当她在车站上为他到新切尔卡斯克送行时，却突然对他说，她可从来没有想到过要爱他，所有那些关于婚事的扯淡只不过是对他的挖苦和嘲弄，还给他读了一页日记，里面写到了马柳金。

"我把这些词句匆匆念了一遍，她在月台上散步，等我读完。我便向她开了一枪，"军官说，"这就是日记，请看，去年七月十日她在日记里写了些什么。"

日记里是这样写的：

现在是夜里一点多。我睡得好香，不过很快又醒了……从今天起我成了女人啦！爸爸、妈妈和托利亚都到城里去了，就我一个人留在这里。就我一个人，那可多自在。早晨，我一个人在花园里，在野外散步，还到森林里去了。我觉得世上好像只有我一个人，我想得真美,真是有生以来从没有这样想过。午饭也是一个人吃的,然后弹了一个多小时钢琴,听到音乐我就有一种感觉,似乎我会永生,会得到一种从未享受过的幸福!然后,我在爸爸的办公室里睡着了。四点钟时,卡佳叫醒我,说是阿列克谢·米哈伊洛维奇来了。他的来访真使我高兴,我十分乐意接待他,同他交谈。他是坐马车来的,套着两匹非常漂亮的维亚特卡马,它们一直停在门外台阶边。不过,他本人在屋里留了下来,因为天在下雨,他希望到傍晚时路能干一点。他为没有见到爸爸而感到遗憾,不过兴致很好,同我在一起他的举止就像个年轻人,还老是开玩笑,说他早就爱上了我。喝茶前,我们在花园里散步,这时天气又转晴了,整个湿漉漉的花园都闪耀着阳光,尽管气温变得很低。他挽着我的手,说他是浮士德,正同玛格丽特[1]在一起。他五十六岁了,可还是那样英俊,衣着总是那样讲究——只有一点我不喜欢,那就是他来的时候披着斗篷——全身散发出英国花露水的香气,两眼还是那么年轻,乌黑乌黑的,胡须雅致地分成长长的两绺,全是银色的。喝茶时,我们坐在镶玻璃的凉台上。我感到好像不大舒服,便倚靠在沙发榻上。他在吸烟,然后移坐到我的身边,又讲起种种动听的话来。然后,他仔细地观察着我的手,并频频亲吻。我用绸手帕盖着脸,他隔着手帕吻了我几次……我不明白,这怎么会发生的,我发疯啦,我从来没想到自己是这样的人!现在,我只有一条出路……他使我厌恶透顶,简直无法忍受!……

在四月的这些日子里,城里变得清洁而干燥。路面上的石块泛白了,

---

[1] 歌德著名诗剧《浮士德》中受浮士德引诱的少女。

踏在上面又好走又舒服。每个星期天午祷之后，总是有一个瘦小的女人穿着一身丧服，戴着黑色的细羊皮手套，手拿一把乌木柄雨伞，沿着大教堂街朝城外走去。她绕过消防站，沿公路穿过那个林立着熏黑的铁匠铺，而又刮着从田野来的清风的泥泞地带；再往前一点，在男修道院与监狱之间呈现出浮着白云的天空和灰蒙蒙的春天的田野。然后，跨过修道院墙脚下的一个个水洼，再往左拐弯，便可以望见一大片林木低矮、像是公园一般的地方，四周围着白色栏杆，大门上方画着一幅圣母升天图。瘦小的女人匆匆地划了个十字，习以为常地走在林荫道上，一到橡木十字架对面的那条长凳跟前，她便坐了下来，在风口里，在料峭的春寒中待上一两个钟头，直到穿着皮鞋的双脚和裹着细羊皮手套的双手冻僵才回去。春天的鸟儿不管天寒地冻依然在悦耳地啼鸣，春风吹动瓷质花环发出一阵阵叮叮声。她听到这些声音有时便想：她宁可少活半辈子，只要眼前这个象征死亡的花环消失。让这个花环、这堆黄土，以及橡木十字架消失！埋在黄土下面的竟然就是凸起的瓷质圆框里那个两眼炯炯、活灵活现的人，那怎么可能呢？这样纯洁天真的目光又怎么能同跟奥丽亚·梅谢尔斯卡雅的名字连在一起的那件骇人听闻的事情相容呢？不过，瘦小的女人在内心深处是感到欣慰的，就跟所有处在热恋中或者对某个理想孜孜以求的人们一样。

这个女人便是奥丽亚·梅谢尔斯卡雅的班主任老师。她是一个年纪不轻的老姑娘，早已把幻想当作现实了。起先，这个幻想是她的弟弟，一个贫穷而又毫不出众的陆军准尉；她把自己的整个心灵都同他，同他不知为什么给想象得如此光辉的前程联系在一起，并且奇怪地期待着有朝一日她的命运会由于他而来一个突变。后来，当弟弟在沈阳城下被打死[1]。之

---

[1] 指在1904年日俄战争中阵亡。

后，她又自以为是理想的劳动妇女。现在，奥丽亚·梅谢尔斯卡雅又激起了她新的幻想，成了她朝思暮想的对象，引起她感慨万端。每逢节日，她都要上梅谢尔斯卡雅的坟，一连几个小时盯着橡木十字架，回想着奥丽亚·梅谢尔斯卡雅处在鲜花丛中、躺在棺材里时那个苍白的小脸蛋，也回味着有一次她暗中听到的话：那天，在大休息的时候，奥丽亚·梅谢尔斯卡雅在中学的校园里散步，一边像炒豆子似的对好朋友——长得又高又胖的苏博金娜说：

"我爸爸有许许多多奇怪可笑的书，我在他的一本书里读到这样的东西，说是一个女人怎样才算美……你可明白，那里说了好多，一下子真叫人记不住，比如说，眼睛当然是乌黑的，像松脂一般火辣辣的，——真的，就那样写：像松脂一般火辣辣的！——眼睫毛像夜晚一般漆黑，脸上要有娇羞的红晕，腰要细，手要比一般人长一点，——你可明白，要比一般人长一点！——小巧玲珑的脚，丰满适度的胸脯，匀称滚圆的小腿，白如贝壳一般的膝盖，瘦削的双肩，——许多话我已经逐字逐句背下来了，所以这是千真万确的。不过，你可知道，主要的是什么？——轻轻的呼吸！这个我倒是有的，——你听，我吸口气，——可对，我是有的？"

现在，这轻轻的呼吸又在这世界上，在这多云的天空中，在这寒冷的春风里消散了。

一个干净明亮的地方

[美] 欧内斯特·海明威 作　曹庸 译

时间很晚了,大家都离开了这咖啡馆,只有一个老人还坐在树叶挡住灯光的阴影里。白天里,街上尽是尘埃,到了晚上,露水压住了尘埃,这老人就喜欢坐得很晚,因为他是个聋子,现在是夜里,十分寂静,他感觉得到跟白天有所不同。咖啡馆内的两个侍者知道老人有点儿醉了,虽然他是个好主顾,他们可知道如果他喝得太醉了,会不付账就走,所以他们一直在留神他。

"上星期他想自杀来着。"一个侍者说。

"为什么?"

"他绝望啦。"

"干吗绝望?"

"没来由。"

"你怎么知道没来由?"

"他有很多钱。"

他们一起坐在咖啡馆大门边墙根里的一张桌子旁,眼睛望着露台,那儿的桌子全都空无一人,只有那老人坐在随风轻轻飘拂的树叶的阴影里。有个少女和一个大兵走过大街。街灯照在他领章的铜号码上。那少女没戴帽子，在他身旁匆匆走着。

"警卫队会把他逮走的。"一个侍者说。

"如果他得到了他追求的东西，那又有什么关系？"

"他还是这就从街上溜走为好。警卫队会找上他。他们五分钟前才经过这里。"

老人坐在阴影里，用杯子敲敲茶托。那个年纪较轻的侍者走到他身边。

"你要什么？"

老人朝他看看。"再来杯白兰地。"他说。

"你会喝醉的。"侍者说。老人朝他看了一眼。侍者走开了。

"他会通宵待在这里，"他对他的同事说，"我现在很困。我从没在三点前上床过。他该在上星期就自杀算了。"

侍者从咖啡馆内的柜台上拿了一瓶白兰地和一个茶托，大步走出咖啡馆，来到老人桌边。他放下茶托，把杯子倒满了白兰地。

"你该在上星期就自杀算了。"他对这聋子说。老人抬起一指示意。"加一点儿。"他说。侍者又往杯子里倒白兰地，弄得溢出来，顺着酒杯的高脚淌进下面一叠茶托的第一只。"谢谢你。"老人说。侍者拿着酒瓶回进咖啡馆。他又同他的同事在桌旁坐下。

"他这会儿喝醉了。"他说。

"他每天晚上都喝醉。"

"他干吗要自杀呀？"

"我怎么知道。"

"他上次是怎么自杀的？"

"他用绳子上吊。"

"谁把他放下来的?"

"他侄女。"

"干吗要把他放下来?"

"为他的灵魂安宁担忧。"

"他有多少钱?"

"他有很多钱。"

"他该有八十岁了吧。"

"不管怎样,我算准他有八十岁了。"

"但愿他回家去。我从没在三点钟前上床过。那是个什么样的上床时间呀?"

"他迟迟不回去是因为他喜欢这样。"

"他孤孤单单。我可不孤单。我有个老婆在床上等着我呢。"

"他从前也有过老婆。"

"如今有个老婆可对他没好处喽。"

"你说不准的。有了老婆他也许会好些。"

"他侄女在照料他。"

"我知道。你刚才说是她把他放下来的。"

"我才不要活得这么老。老人可邋遢呢。"

"不一定都这样。这个老人干干净净。他喝起酒来不会往外洒。哪怕这会儿喝醉了。你瞧他。"

"我才不想瞧他呢。但愿他回家去。他对那些非干活不可的人一点不关心。"

老人从酒杯上抬起头来眺望广场,然后望望这两个侍者。

"再来杯白兰地。"他指指杯子说。那个在着急的侍者跑了过去。

"结了。"他不顾什么句法,简短地说,这是蠢汉在对醉汉或外国人说话时会用的说法。"今晚上没啦。打烊啦。"

"再来一杯。"老人说。

"不。结了。"侍者拿块毛巾擦擦桌沿,一边摇摇头。

老人站起来,慢慢地数着茶托,打口袋里摸出一只装硬币的小皮袋,付了酒账,还放下半个比塞塔作小费。

那侍者瞅着他顺着大街走去,只见这老迈年高的人脚步不稳地走着,却是神气十足。

"你干吗不让他待下来喝酒呢?"那个不着急的侍者问。他们这会儿正在上铺板。"还不到两点半呢。"

"我要回家上床了。"

"晚一个钟头算啥?"

"他无所谓,我可很在乎。"

"反正一个钟头嘛。"

"你的口气就像你自己也是个老头了。他可以买瓶酒回家去喝嘛。"

"这可不一样。"

"对,是不一样。"那个有老婆的侍者表示同意说。他不希望做得不公正。他只是心里着急。

"那么你呢?你不怕不到你通常的时间就回家吗?"

"你想侮辱我吗?"

"不,老兄,只是开开玩笑而已。"

"不,"那个着急的侍者说,拉下一块块金属门板,站起身来。"我有信心。我完全有信心。"

"你有青春、信心,还有一份工作,"那个年纪大些的侍者说,"你什么都有。"

"那,你缺少什么呢?"

"除了工作,什么都缺。"

"凡是我有的,你都有嘛。"

"不。我从来就没有信心,而且已不年轻了。"

"得啦。别讲废话了,把门锁上吧。"

"我是属于那种喜欢在咖啡馆待得很晚的人,"那个年纪大些的侍者说,"我同情所有不想上床睡觉的人。同情所有夜里要有亮光的人。"

"我要回家上床睡觉去了。"

"我们是不一样的。"那个年纪大些的侍者说。这会儿,他穿好衣服要回家了。"这不光是个青春和信心的问题,虽然这些都是十分美妙的。我每天晚上很不愿意打烊,因为可能有人需要咖啡馆。"

"老兄,通宵营业的酒店有的是。"

"你不懂。这是家干净愉快的咖啡馆。十分明亮。灯光很美妙,这会儿还有树叶的阴影。"

"再见啦。"那个年轻的侍者说。

"再见。"另一个侍者说。他关了电灯,继续自言自语。灯光固然重要,但这地方必须干净愉快。你不需要音乐。你当然不需要音乐。你也没法怀着尊严站在酒吧台前,尽管时间这么晚了,这里能提供的也只有这份尊严了。他害怕什么?那不是害怕,也不是着慌。那是他深深体会到的一场空[1]的感觉。全都是一场空,一个男人也只落得一场空。只是这一场空,而少不了的只是灯光,还得有一点干净和有序。有些人生活于其中,

---

[1] "一场空"原文为 nothing(乌有)。

却从来感觉不到,但他知道一切都是 nada [1],因而是 nada,nada,因而是 nada。我们在 nada 的 nada,愿人都尊你的名为 nada 愿你的国 nada 愿你的旨意 nada 在 nada 如同行在 nada。我们日用的 nada 今 nada 赐给我们 nada 我们的 nada 如同我们 nada 人的 nadas 不 nada 我们遇见 nada 拯救我们脱离 nada;因而是 nada。欢呼一场空,满是一场空,一场空与你同在。他含笑站在一个吧台前,台上有架亮光光的气压煮咖啡机。

"你要什么?"酒吧招待问。

"Nada。"

"又是个神经病。"酒吧招待说,便转过头去。

"来一小杯。"那个侍者说。

酒吧招待倒了一杯给他。

"灯光十分明亮,也很愉快,可惜这只吧台没有擦得很光洁。"侍者说。

酒吧招待看看他,但是没有搭腔。夜深了,不谈。

"要再来一小杯吗?"酒吧招待问。

"不,谢谢你。"侍者说罢,便走出去。他不喜欢酒吧和酒店。一个干净明亮的咖啡馆可是个天差地远的去处。现在他不再去想什么了,他要回家,到自己屋里去。他要去躺在床上,等天亮了,他终于会入睡的。到头来,他对自己说,也许只是失眠吧。好多人都免不了害这个毛病呢。

---

[1] Nada 是西班牙语中 nothing 的对应词,在这老侍者的内心独白中,海明威插入了一连串的 nada,从下一行"我们在 nada 的 nada"起,他把基督教的《主祷文》(天主教名为《天主经》)中的一些实词都用 nada 来代替。《主祷文》出自《圣经·路加福音》第十一章第二至四节:"我们在天上的父,愿人都尊你的名为圣。愿你的国降临,愿你的旨意行在地上如同行在天上。我们日用的饮食,今日赐给我们。赦免我们的债,如同我们赦免了人的债。不叫我们遇见施探,拯救我们脱离凶恶。……"

母亲的初恋

[日] 川端康成 作　谭晶华 译

一

佐山提醒妻子时枝：举办婚礼时，白粉施不匀会很丢人，就别让雪子再干洗洗涮涮的厨房粗活了。

这种事情，做女人的时枝理应多加留心的。再说，雪子是佐山从前情人的女儿，这种关系也使他不便开口与妻子谈论这方面的事。

"是呀。"时枝并没露出任何的不快，点头回答，"至少得让她去美容院两三次，不熟悉熟悉化妆，一下子涂上厚厚的白粉，会不习惯的。"

随后，她叫来雪子吩咐：

"雪子，你就别再干洗衣做饭的活了，杂志的文章里写着，举办婚礼时，粗糙的手让人看到很不体面……临睡前要涂上雪花膏，戴好手套睡才行。"

"哎。"

雪子擦着手从厨房里走出来，跪在门边听时枝说话。她并没有羞得脸红，然后，低着头起身又去做饭。

这已是前天傍晚的事了，今天白天，雪子依然在厨房忙个不停。

佐山心想，如此看来，婚礼举行那天她兴许还要做好早饭才离开这个家吧。

他瞅着雪子，见她高兴得眯缝着眼睛，不时伸出舌头去品尝舀到小碟子里的汤水。

"可爱的新娘啊。"佐山被她吸引过去，轻轻抚摸着她的肩说，"做饭时你想些啥？"

"做饭时……"雪子吞吞吐吐，站着一动不动。

雪子喜欢烹调，从女中三年级时起就成了时枝的帮手，初中毕业后做饭就全由她包了，如今，时枝连调味也让雪子去干，"雪子呀，来尝尝这味道怎么样？"

就在雪子即将出嫁之时，佐山忽然想到，雪子烹调的味道居然与时枝如出一辙。

要说烹调，即便是母女、姐妹也未必能调得一模一样。佐山想起乡下老家的两个姐姐出嫁前，家里让她们学烹调，可小姐姐怎么也学不好，始终贻笑家人。

佐山偶尔回老家，吃到母亲亲自做的饭菜感到十分亲切，却因不合口味而受不了。如此看来，如今佐山家的口味是时枝从娘家带来的，雪子十六岁那年由佐山收养，她完全习惯了时枝烹调的口味，她会带着这种口味去出嫁。说来真是不可思议，这种情况世间还常能遇上吧。

雪子的这套调味方法能适合她对象若杉的口味吗？

佐山渐渐怜爱起雪子来。

走进饭厅，他一看鸽子钟，便大声喊起来：

"我说，快点开饭吧，我要坐一点零三分的车去大垣！"

"就来。"

雪子赶紧把饭菜端过去，又叫了在灶后断火的女佣。

雪子也一起坐下，在一旁伺候佐山和时枝。

佐山看着雪子的手，好像并没有因入水干活而显得粗糙，或许她本来就皮肤白皙，怎么说她还只是个十九岁的年轻姑娘，佐山觉得她娇嫩丰腴的颈项处散发出一股温柔的馨香。

佐山不禁笑了。

时枝抬头问："你笑什么？"

"嗯，雪子戴上戒指啦。"

"可不是么。不过，那不就是订婚戒指吗。我说那是人家送的，让她戴上，有什么好笑的？"

雪子羞得满面通红，她脱下戒指，慌张失措地将其藏在坐垫下。

"对不起，对不起！确实没什么好笑的，可说不上为什么，我有莫名其妙发笑的毛病……寂寞时也会不由得发笑。"

佐山这番颇有辩解意味的话语令雪子更为拘谨，越发坐立不安了。

佐山自己也闹不明白为何发笑，而雪子的羞涩劲儿也显得异乎寻常。

佐山换上出门穿着的西装，吃完饭立即动身了。

雪子提着皮包先来到门口等候。

"就到这儿吧。"佐山伸手接过包。雪子悲伤地望着佐山的脸，摇摇头说："我送您去汽车站。"

佐山想，她大概有什么话要说。

为了给雪子和若杉预订新婚旅行的饭店，佐山这是要去热海。

佐山故意放慢脚步，可雪子什么也没说。

"订什么样的旅馆好呢？"这话他已经问了好几遍了。

"叔叔觉得好就成。"

雪子默默地站着直到汽车开来。

佐山上车后,她又目送了一阵,然后朝路边的邮筒里投进一封信。投信的动作并不轻松,十分沉静,似乎有点迟疑。

佐山从车窗回头望去,看到站在邮筒前雪子上身的背影,觉得这孩子还是到二十二三岁后结婚才好。

刚才投进邮筒的信上好像贴着两张四分钱的邮票,那信是写给谁的呢?

二

如同时枝所说,预订新婚旅行旅馆住房之类的事打个电话或写张明信片就能搞定,可是佐山还是借口要顺便为创作剧本打腹稿,特地走出家门。

自从懂事起,雪子就受到继父和贫困的折磨,虽说被佐山家收留后生活安定了,但总还算是个吃闲饭的人,再说,若只是给自己亲戚家添点麻烦倒也罢了,而自己的处境确是奇妙事由造成的,或许有种困入牢狱的感觉。

结婚会使雪子首次拥有自己的生活和家庭。

佐山真心诚意地希望雪子于新婚翌日的清晨在一种强烈的解放和独立的感受中醒来,所以最好找一处景观怡人的地方,恰似从洞穴来到广阔的原野、阴沉的天空豁然变成晴空万里一般。

热海饭店等宾馆倒是不错,可以眺望南面的大海和海角。但这种饭店的格局以及会与其他新婚夫妇挤在一起的境况将使羞涩、稚气的新娘雪子胆怯,可旅馆最近所盖的新式独立厢房又显得过分扎眼。

佐山最终选中的是供出租的古色古香别墅风格的房子,这些别墅房稀疏地散落在宽敞院落的树丛和山坡之间,瀑布和水池也颇为自然,显得悠闲宁静,就像自己家的院落一般僻静。屋内还有浴室,地处傍山的郊外。

佐山在庭院里朝一栋别墅房张望,他觉得天色有点暗了,决定立刻回到旅馆主楼自己的房间去。

他想轻轻松松地闲待两天,所以一本书也没带来,可是,枯坐了两小时后,已经感到无所事事的无聊。

他自言自语地说:"原来如此,真是不可救药!"

忽然间,佐山发现自己的思路与想象的源泉都已枯竭,觉得自己煞是可怜。

究竟是什么东西蒙骗自己如此忙忙碌碌地打发日子呢?

佐山在制片厂的工作并不多,虽然才四十出头,但作为剧作家的他却已经退居二线了,无需每天都去上班。将乏味的小说改编任务推给晚辈们去干,自己能与多年来情投意合的导演们随心所欲地编写一点东西,说起来也多亏他长年来劳苦功高,个人的地位比较稳固。

然而反过来一想,这也意味着自己已不是现役的剧作家了,成了电影制片厂的不起作用的多余的人。

虽然他熟知电影界人气变化之剧烈,然而事情一旦落到自己头上,仍然令人狼狈不堪,一如女明星到了被派去演老太婆的年龄。近来,佐山觉得颇不自在。

佐山在犹豫不决,究竟是重新当电影的剧作家呢,还是辞去制片厂的工作,去干老本行,从事戏剧创作?

一家大剧院委托佐山为明年二月的演出写个剧本,他已经多年没写戏剧剧本了,或许这正是个可以改变职业的机会,他很想在温泉旅馆里静静地构思一下这个戏。

可是，让佐山为难的是，脑海中时隐时现浮出的尽是以往自己创作的电影场面，而今早已不知去向的几位女饰演者的形象，就像往日的幽灵一样。

他试着把那些场面连成戏剧，却还是电影剧情的老一套，完全不见自己的特色，因而更加悔恨自己蹉跎了青春的年华。

不过，当佐山摈弃了电影剧作家的思绪之后，又觉得无聊得空虚，简直不堪独自静坐。"还是得把老婆叫来吧。"他笑着，慢慢地刮去胡子。

时枝比佐山小十一岁，安分守己地待在这个小家庭中，把所有的希望都寄托在孩子身上，大概忘记了自己的年轻。佐山认为那倒是天经地义的，而自己呢，因为职业的需要，将来或许在某些方面还必须与下一代拼年龄，兴许迟早会受到老天的惩罚。

佐山想起了雪子的母亲民子，虽然才三十二三岁，浑身上下的关节却像散了架似的疲惫不堪。

佐山是时隔十多年后才遇到自己恋人的，当时，民子诚心实意地对他说："听说您果然功成名就了，我也为您高兴啊！"

她开诚布公地冲佐山这么讲，所以他也无法加以否定。

民子还说："我常去欣赏您的大作，还带着孩子一起去呢。"

佐山很意外，"大作"一词真让他羞得脸红。那些电影是他根据小说家的原作改编，又经导演发挥演绎而成，有多少可属于编剧的"大作"呢？改编时加上许多方方面面的要求，并非他个人的自由。民子把那说成是佐山一人的"大作"，听上去反而有点讥讽的意味。

不过那场合并不适合为电影剧作家鸣不平，佐山便改变话题，向民子打听一些孩子的情况，那孩子其实就是如今要出嫁的雪子。

……那还是六年前的事情，妻子时枝带孩子买东西回来，见一个女人紧贴在房门上,窥视家中的情况。

时枝想绕到厨房门去,可那女人一见时枝,就像偷腥的猫似的逃跑了,还没跑到大马路上,就倒在一家人家的板壁上,并就势蹲在那儿。

时枝相当不悦地告诉佐山。

"你呀,能不能出去瞧瞧?"

佐山觉得或许是电影制片厂的女人,跑出去一看,连个人影都不见。他问时枝那女人的模样。

"穿着并不奇特,像个病人。"

"病人?"

正说着,大门口传来女人的声音。

时枝看了佐山一眼,就出去照应。一会儿,她跑进来,变了颜色。

"嗨,那人是民子呀!"

"民子?"

佐山立刻站起身,时枝猛然出击:

"你,要去见她吗?"

时枝气势汹汹的模样让佐山有所退缩。

"嗯?怎么啦……"

"没出息!"时枝轻蔑地笑笑,佐山正要去门口时,时枝大声招呼两个孩子,从后门出去了。

佐山大惊,虽然觉得对不住时枝,但还是很生气。

一个背弃他的恋人突然上门来访,自己不计前嫌地出去相迎,说来还真是没有志气,这对现在的妻子来说,不啻是难以忍受的侮辱吧。

佐山寻思,她来干什么呢?可能是来要钱的吧,因而对以往恋人的旧情并未立刻燃起。

时枝刚才的吵嚷声民子在大门口大概已经听到,佐山觉得有失体统,遂决定替妻子去撑撑门面。

他做出一副若无其事的样子,把民子领进了书房。

"夫人一定会认为我是个厚脸皮的女人吧。"

民子一再重复这句话。

"要不是夫人在门口看到我,今天我也就回去了。近来,我到府上门前来过两三次,可总觉得太没脸见人,就没好意思进门。"

民子自卑得可怜。她怀念佐山,并非嘴上说说,其态度可以看出她是真心地思念着他。

佐山甚至觉得是自己做了对不起民子的事,而且还那么满不在乎。

他问民子生活得怎样,民子详细地叙说。第一个丈夫患了结核病,他们一起回了丈夫的农村老家,她照料了丈夫四年,直到他撒手人寰。五年前她带着唯一的女儿与现在的丈夫根岸再婚。她说话的语调像是在向十分了解自己的亲人倾诉。

"活得很苦啊,这是老天对我的惩罚……那时,是我自己错失了自己的幸福,我认定这是我命该如此。痛苦的时候,想起佐山先生,更觉得悲伤。我真是太任性了。"

她的意思是说,背弃了佐山才受到了老天的惩罚,若是与佐山结婚,一定会很幸福的。

根岸是从朝鲜流浪回国的矿山工程师,回到日本后,还是改不掉投机的习性,他幸运地在矿山找到了一份工作,由于很快暴露出野心而被解雇。民子常常不知道他住在何处,去各处矿山追寻丈夫,偶尔在东京安定下来,他就让民子去酒馆之类的地方打工挣钱,积攒一些零用钱后,又会离家外出。

长年的打拼劳累使民子的身体垮了，心脏病、肾脏病都很严重，以至于医生看了都感到惊讶，她居然还能起床工作！刚才被时枝发现后一跑，眼前发黑，晕晕乎乎地摔倒了。她经常会这样摔倒，心想，自己或许会就这样死去的。

民子看上去没有血色，手足青黑，瘦骨嶙峋，头发稀疏。

她说，这次下决心要与根岸离婚，并提出要向佐山借款五百日元，开个咖啡馆，用以维系母女俩的生活。

五百日元哪能开个像样的店？在如同流行病似的蔓延的同类店家之中，这点钱能开成一家店吗？再说，身体如此糟糕的民子恐怕也受不了吧。

不过，民子却说："有人在附近开了家不错的咖啡馆，因为要回老家，说如果我愿意经营下去，就可以特别便宜地转让给我。因是整体出让，所以明天就能开张营业。女儿也恨现在的父亲，期待着开成这家店。"

"女儿多大了？"

"十三岁了。学校马上会放假，可以在店里帮帮我。"

接着，民子兴奋地谈起咖啡馆的样子和地点来。

佐山拒绝了，他说手头没有五百现金，设法筹措一下或许可以，但手边没有这笔闲钱。

在民子心目中佐山是位"成功人士"，似乎难以相信他的话。然而，一开口就碰壁，使她领悟到自己不该来向佐山借钱。她说了声"真难为情"，一下子崩溃了，哭了起来，一副精疲力竭的模样。

他们俩没有发生过肉体关系，她更没有硬求佐山借钱的理由。

佐山又问她孩子的情况，心想民子的女儿身上至少会留有自己昔日恋人的面影。

"她像你吗？"

"不怎么像，大眼睛，人们都说她可爱，要是把她带来就好了。"

"是啊。"

"看了佐山先生改编的电影，我也时常向她念叨您的事，所以，雪子也很了解您呢。"

佐山的表情有点苦涩。

时枝还没回家，她把孩子带出去了，佐山不用担心。

民子哭泣着讲述眼下的痛苦和对往日的怀念，冷不防万分感慨地说道：

"佐山先生，您可真厚道啊……"

佐山对她说的真意有些不明所以，他揣摩着：民子或许当真打算与根岸离了，在佐山的照顾下，开个咖啡馆；也有可能她只是怀念佐山的人品才来找他的。

民子约莫待了两个小时。

时枝是在天色擦黑时回家的。看到佐山的模样，也就消除了不安，不再纠缠于民子来访的事。结果还是佐山告诉时枝，民子是来借钱的，还给她说了些民子的经历。

"不过，居然还好意思前来借钱！您打算借给她吗？"

"没法子，没钱哪！……刚才你上哪儿去了？"

"带孩子上公园玩去了。"

三

在要让雪子新婚旅行的栖身处——热海的温泉旅馆，佐山又想起了雪子母亲的话：

"佐山先生，您可真厚道啊……"

这话听上去像是在讥讽他，又像是在诉说自己的男人运不佳。

帮着办理民子的葬礼和送雪子出嫁，无疑全都因为佐山的厚道以及时枝善解人意的慈悲为怀。

民子来访后大约过了两个月，一天傍晚，佐山从制片厂回到家。"今天民子又来过了。"时枝对他说，"还带着孩子……"

"怎么，还带着孩子？……那孩子怎么样？"

"孩子蛮不错，挺可爱的，比她妈妈漂亮，如果是您的孩子那该多有意思呀。"

时枝如此平静地揶揄，使佐山稍感意外。

"那她们进屋了吗？"

"是啊，一直聊到刚才才回去，天南地北地谈了许多，听了才知道她也真够可怜，遭遇怎么也说不完。"

时枝看来十分同情民子，丝毫不反感，而且对佐山同情民子也感到满意。

民子已经不再具备威胁佐山家庭和平的力量，不过，时枝和民子两人能像同事那样敞开心扉地交谈，这才是佐山想象不到的飞跃。

此刻时枝摆出比佐山更了解民子身世的神情说：

"她说已经跟那个叫根岸的矿山工程师离婚了。"

"离了？开了咖啡馆么？"

"好像没有。"

时枝说，她是个有责任心的人，连独生女的将来都打算好了。

打那以后，民子再没来过。半年之后，佐山在银座偶然遇见了民子。

民子仍然亲近地跟着佐山一路走去。

佐山告诉民子时枝夸奖她孩子时，她一下子露出明朗的微笑，说是一定想请佐山见见雪子，说着就自己找起出租汽车来。

佐山不愿马上就去，仿佛自己是被硬拖去她家似的。

民子说："就她一人在家，完全不必介意。"

在麻布十号陋巷的家中，身穿水手服的雪子正在一张蹩脚的桌上学习，她应该是女子学校的学生吧。

民子叫雪子向佐山问好，她站起来，颇具少女风姿地向佐山鞠了一躬，然后低头不语。即便母亲不介绍，雪子也知道他就是佐山。

"行了，你用功吧。"雪子笑嘻嘻地点点头，可依然坐在佐山面前。

民子家没什么家具，收拾得整整齐齐的，反而显得有点寒碜。佐山思忖：不知是否有哪个男人照料，母女俩才搬进这陋巷来居住。民子的身体看来好些了。

"那时我真是年幼无知，什么也不懂。那时的一切仿佛都在梦中，可现在我渐渐明白过来，总在心里表示歉意。没想到您会这样来看望我们。"

民子又谈起了过去的事。

她女儿就在身旁，这令佐山有点尴尬。

民子看了雪子一眼接着说：

"没事儿，这孩子都知道。她还问我，您受到佐山先生夫人热情关照合适吗？"

真不知雪子是怎么听她母亲讲述初恋的经历的。

"雪子是个无依无靠的孩子，万一我有个三长两短，能拜托您照料她吗？所以我尽可能给她介绍您的情况。"

民子的话使人感到纳闷。

佐山接受了民子对他的真诚的信赖，但是他又觉得她或许是打算要自己帮助开咖啡馆，这种猜忌使他感到民子的话里有要他爱雪子的意味。民子二度结婚，可能还另有男人，兴许曾当过小老婆，这种女人，为了给将来生活无着的女儿找一条活路，脑袋里大概会冒出这等生存方法来的。

总而言之，佐山已是人到中年的男子，并不是单纯的耳根子软的小伙子。

佐山与多位女子的交往经历告诉他，没有肌肤之亲的男女关系不过是一种儿戏。

诚然，民子是这些女人中的第一个。

如民子自己所说，她和佐山订婚之时还只是个孩子，对爱情心醉神迷，却又简单草率地嫁给了另一个男人，年轻的佐山怎么也想不明白个中原委，最终，佐山认定那是因为自己没有占有民子的肉体之故。这件事虽然平常，但对当时的佐山而言，确实是猛烈的打击。

佐山视为美玉般珍爱的东西竟被别的男人用泥脚踩碎了，他只能眼睁睁地看着这姑娘的肉体白白地任人掠走。

民子跟那男人走后，佐山还去租住屋找过她，可民子端着架子说：

"我已经这副模样了，什么都完了！"

"你不是好好的吗？什么变化也没有啊。"

佐山确实是这样想的，然而，民子却一下子站起身来，喊里喀嚓地打扫起房间来，就像在赶佐山出门。

之后佐山深感后悔，当时应该用暴力把她带回家才对。这并不是谁更爱民子、谁能使她幸福的问题，而是粗暴者必然会得胜！

民子背叛了佐山，可他并不责怪民子，倒认为那是自己的错误。佐山在学校与同学创办戏剧研究会，举办学生戏剧演出时，民子替代女演员来帮忙演出。就在那段时间里，佐山提出愿意与她结婚，民子轻易地答应了。佐山一毕业就进了电影制片厂，比起戏剧来，他对新兴艺术电影怀着更大的理想和热情，且很想让它在自己的恋人民子身上开花结果。所以他让民子也进了电影制片厂。当时他是这样想的，倘若马上结婚，民子难得的演艺就无法长进，再说，自己年纪轻轻，实在不好意思满不在乎地托人为自己订婚的女人谋利，至少想等她演好了角色再考虑结婚，所以一直维持着快乐的梦幻般的婚约。没想到有个不值一文的电影新闻记者老是跑来制片厂，花言巧语地忽悠民子，说是要为她做宣传，把她拐跑了。

听说之后民子生下了雪子，又回到乡下，在那男人死亡之前一直看护他。

刚失去民子的时候，在电车上像民子那样十七八岁的姑娘身穿的和服触碰到佐山的手时，他就难受得想哭。

不在家的时候，佐山总觉得民子会回到他的住处，外出时也心神不宁。

就这样，十多年后的今天，民子又出现在佐山面前。然而，他已经完全没有兴趣再去玩味这个被过度使用过的沉渣似的女人。

如若民子说的句句都是实话，她的确始终没忘记佐山，由衷感到愧疚，怀念旧情，还向雪子诉说与他交往的往事，那么，背叛了爱情的又是谁呢？

民子落魄潦倒，而佐山却如民子所说是"功成名就"，所以才会发生这一切。每逢民子悲伤、痛苦之时，她肯定就会想到追忆佐山的愿景：如果嫁给佐山，那该有多么幸福啊！她就是这样来慰藉自己的不幸。

尽管如此，民子也不是没有自己打算的。不过，迄今为止，始终保持这份爱意的是民子，而佐山呢，对自己这份尚不成熟的爱始终没有破灭总是感到不可思议。

早已忘却的曾经播撒的爱情种子，迂回曲折地接触了果实。佐山又该如何去收获这干瘪酸涩的果实呢？

佐山想明白了，比这更重要的是：打乱民子生涯，使其备尝不幸的首先是自己。是自己爱过民子，又被她背弃，他悲痛过，又忘记了那一切，且没有受到任何的损害。

……佐山匆匆离开了民子的家。

民子带着雪子出来送行。那是一条坡道，可雪子不跟他俩走在一起，独自走在另一侧的水沟边上。

"雪子！"民子招呼她，可雪子还是靠着水沟边行走。

四

——母民子辞世雪子

次年四月，佐山接到送来的电报。

"雪子……发报人是雪子啊！那孩子孤独一人，会碰到各种困难的，你不去帮帮她吗？"时枝说。

不知什么缘故，佐山总觉得"雪子"这个词的发音，悲戚地沁入自己的心田。

雪子在麻布的家，佐山只去过一次，此后，母女俩就音讯全无。雪子究竟是怀着一种什么样的心情，以自己之名来通报母亲去世的消息的呢？

"不知道哪天举行葬礼，在此之前，总得备些钱带去吧。"

"这种事情……您何必连这类事都要……"时枝刚露出"何必尽这份人情呢"的神情，马上又笑着掩饰，"没法子，就算我们尽最后的义务吧。真是不可思议的灾难。"随后就帮佐山备好了丧服。

民子家里人多混杂，看上去大多是邻居。不过谁也不知道佐山是何人。

"小雪，小雪！"佐山呼唤雪子。

雪子跑出来，她精神饱满，不像刚失去母亲。

她看到佐山时，显得十分吃惊，转而露出极其纯真的快活神情，而且，脸上稍稍泛起了红晕。

佐山心中涌起一股暖流，心想，还是来对了。

佐山默默地来到灵台前，雪子也随后跟来。

佐山点燃了香。

雪子坐在民子遗体的头部一侧，微微伏下身子叫道："妈妈！"

她取下盖在民子脸上的白布。

比起民子的去世，雪子告知母亲佐山的来临，并让佐山观看民子的遗容，这更让佐山动心。

佐山望着民子那沉静蜡白的脸说："多么安详啊！"

雪子点点头。

"我妈妈……"

"妈妈怎么了？"

"妈妈说要向佐山先生问好。"

雪子忽然双手捂着脸饮泣起来。

"所以你才给我发了电报？"

"是的。"

"谢谢你，及时地通知了我。"佐山把手搭在雪子的肩上说，"小雪，别哭了。你一哭，大家都难受啊。"

雪子听话地擦去眼泪,连连点头。

佐山用白布盖住民子的脸。

已经到了掌灯时分。

佐山不能不回家,老这样待下去也显得尴尬,他打算退到角落里,先看看情形再说。雪子却忙活着,把坐垫、茶水、烟灰缸不停地送到他跟前。雪子尽力的照应令人怜爱,但是她只照顾佐山一人,眼里似乎没有其他来客。佐山思忖:雪子虽说只是位少女,可她那对自己过分明显的热情,别人又会怎么看待呢?佐山将雪子叫到外面。

然而,雪子对自己的照应完全是在悲伤心境笼罩下无意识地进行的,所以难以对她说出不要只照料我一个人的话。

"来帮忙料理丧事的是哪些人……"

"我叫他们过来吧?"

"不必。——通宵守夜的夜宵准备好了吗?"

"不清楚。"

"要事先订好才行,这附近有寿司店吗?"

"有的。"

"一起去看看吧。"

顺着黑暗的坡道往下走着走着,佐山不由悲从中来。

雪子还是沿着沟边走。

"走中间吧。"

听佐山这么一说,雪子吃惊地紧靠过来。

"哟,樱花开了。"

"樱花?"

"是的,在那儿呢。"

雪子手指一户大院子的墙头。

佐山掏出钱来，可雪子就像见到什么可怕的东西一样不肯接受。

"雪子身边一点钱也没有可不行，或许有时好派用场。"

佐山往她怀里塞钱时，雪子身子一闪，钞票全散落在地上。

佐山要去捡钱，雪子清晰地说："我来捡。"她刚刚蹲下，就放声大哭起来。

捡起钱后，仍然边走边哭。

"回家后，就不要再哭了。"

两人一回来，邻居们就来找他商量有关丧事的事，似乎他们不在时，邻居们已说定要重视佐山或依靠佐山。

民子的老父亲从乡下出来参加葬礼，他是个贫苦的农民，不谙世事，一味地退缩谦让。

邻居们都劝佐山先去休息，仿佛他在场旁人就会感到不自在似的。

"小雪近来太累了，今天晚上去休息吧。今夜不睡好，明天会顶不住的。快去吧，隔壁二楼已铺好了睡铺，领你叔叔去吧！"

雪子站在佐山身旁等待，于是他就朝隔壁的二楼走去。

六铺席大小的房间里设了三个铺位，一端的铺位上已躺着一个女人，佐山就睡在壁龛边的铺位上。

雪子在中间的铺位上总不睡，不时发出声响。

"睡不着吗？"

佐山问道，谁知雪子又抽泣起来。

佐山从远处伸出手去搂住雪子的脖子，雪子抓住佐山的手，贴在脸上。她的热泪濡湿了佐山的手掌，他怀疑这是民子在传达自己悲伤的爱情。

"你睡不着吗?"

"嗯。"

"太哀伤了吧。"

雪子摇着头说:"这被子有股难闻的气味,不舒服。"

"嗯?"

佐山凑过去一闻,原来是男人强烈的体臭味。

佐山突然感到雪子已经是个女人了。

"我跟你换换吧,可能这是哪个男人用的被子。"

次日早晨,雪子在火葬场用佐山给的钱支付了费用。

五

在自己成婚这天,雪子还是准备好了早饭。

"小雪,别再做了。"

时枝说完,又去呵斥孩子。佐山被时枝的声音搅醒,起身一看,见雪子正在给两个上学的孩子装饭盒。

时枝还在抱怨女佣。

"行了,婶婶,这是最后一次了,您就让我干吧!"说罢,把饭盒交给孩子们,"给!"雪子一手牵着一个孩子走出去。

时枝目送着她们,笑着对佐山说:"还记得吗?'尽最后的义务'。"

"是啊,让雪子出嫁,正是我们尽的最后的义务啊。"

"这可不好说……说不准今后还有许多事呢。"

收养雪子,主要是出于时枝的同情,这点甚至超过了佐山。

民子的葬礼完后不久,佐山给雪子去过一信。可是那封信被退了回来，签条上写着"收信人迁居，地址不明"。

有一天，时枝去百货商店，碰到在餐厅当服务员的雪子，回家后对佐山说："她对我那股亲热劲儿可不同寻常呀。太可怜了，她已经从女子学校辍学了，说是住在百货公司的宿舍里……要是你在场准会说就住到咱家来吧！"

于是，雪子就成了佐山家的人。

虽然夫妻俩让雪子到女子学校复学，不过，雪子却也帮家里实实在在地干了许多活，照料孩子、下厨做饭，什么都干。时枝对雪子极其满意，早就忘记了她是丈夫从前恋人的女儿。

考虑到雪子将来的婚姻，为她的今后着想，时枝让雪子入了佐山家的户籍，将她收为养女。

一个与电影制片厂有关系，并以说媒为副业的西服裁缝见到雪子，就来提亲，时枝听后颇感兴趣。

"小雪这孩子忠厚老实，可有时也会发呆，现在该考虑让她嫁人了。我觉得我们也不能把别人的闺女老圈在家里呀。"

对象叫若杉，三年前大学毕业的银行职员，家累不重，对雪子而言确是一桩相当不错的亲事。

雪子回应说，一切听从佐山夫妇安排。

婚礼举办的那天早晨，在为庆贺雪子出嫁的家宴上，雪子寒暄了几句，时枝接着说：

"小雪，如果心里纠结得难受时，就回家里来。"

雪子忽然呜呜哭泣起来，双手颤抖地跑出房间。

"哪有像你说这等傻话的！"

"可要是自己的亲生女儿，我就不说了。"时枝顶撞佐山，"对雪子而言，不说那句话，她就太可怜了！"

"话是那么说，可……"

"行啦，不管谁家的新娘，出嫁时总会哭上一阵的……我觉得她这一哭，就真正成了咱家的闺女。"

在饭田桥大神宫的婚礼现场，新郎若杉一方并排坐着十四位亲戚，而新娘雪子这边只有佐山夫妇两人就坐，使宽阔稍暗的会场显得冷清。

婚宴上除了佐山的两对朋友夫妇外，还邀请了雪子女校就读期间的十位同学，这些身穿长袖和服盛装的少女给婚礼增添了不少色彩。

佐山在新娘双亲座位上就坐。

"多漂亮的新娘啊！端庄得体……"

"就是，换装时，我还让她垫高了胸脯。"

"垫胸？……用啥垫的？"

"你给我闭嘴吧。"时枝责备道。

不过，佐山苦闷地想起民子的往事，实在难以保持沉默。他扭头望望窗边，心想，民子的幽灵会不会来探看女儿的新娘模样呢？

"真叫人惊讶，婚宴的佳肴雪子全吃了！"

"是啊，我关照她要吃的。如今的新娘大都会吃的，过分挑食不吃反而不好。"

"是吗？……她好像有点不如意啊。"佐山喃喃自语。

他们没有送新人去新婚旅行，时枝说要到车站，佐山制止说："不该由新娘父母送。"

婚宴后回家的车中，佐山夫妇显得异常寂寞。

佐山低头沉默了一阵，心不在焉地说：

"是个颇有气派的正宗婚礼啊！"

"是啊，这样，我们对民子的情分也算尽到了吧……"

"别说傻话！"

"我说，你大概很喜欢小雪吧？"

"喜欢。"佐山平静地回答。

"其实你不必顾忌我，着急把她嫁出去……让她在家再待上三四年就好啦，我们就不会这么寂寞。"时枝也平静作答。

"说什么呀，'把她嫁出去'，太残酷了！"

"真可怜……要是婚前让他们再交往一段时间，对若杉多多熟悉一番，我们也就不会有现在的感觉了吧，可是……"

"也许是吧。"

"我们的孩子，我可不会着急让她出嫁，让她先谈恋爱，肯定先谈恋爱！"

佐山的大孩子也是闺女。

第三天，新婚夫妇旅行回来，要到媒人家去登门道谢。佐山到若杉和雪子的新居去，竟意外地看到根岸坐在那里正对雪子怒吼。

根岸还抱怨佐山，事先不打招呼就让雪子出嫁简直是岂有此理！根岸曾是雪子的养父，可雪子没入他的户籍，再说后来民子离了婚，所以他这是在无理取闹。

根岸也挤进汽车，说是要一起去若杉父母和媒人家。佐山想打发他回家，在一栋大楼前停下车，在地下室交涉时，雪子下了车。原以为她一会儿就会回来，可怎么等都不见她返回。

佐山认为雪子会回娘家躲避，遂让若杉先回去了。可是，那晚雪子并未回到佐山家。

雪子会不会因为害怕新家庭遭到根岸威胁而失踪，抑或自杀？

佐山给雪子最要好的女校同学打了电话。

"是的,结婚前她给我写了封长信,不过有点儿……"

"有点儿……信里写了些什么?"

"有点儿……可以对您说吗?"

"说吧!"

"我不是很清楚,不过,雪子是否另有所爱啊?"

"咦?另有所爱?是情人吗?"

"我……说不清,可她在信中写了诸如此类的话:'妈妈说过,初恋的情感是不会因结婚或其他经历遗忘的。''我是奉命嫁人的。'"

"是吗?"

佐山一下闭上眼睛,手里依然握着电话听筒。

次日,因脱不开身的工作,佐山到电影制片厂上班,看到雪子一大早就来到厂里,无精打采地等着自己。

佐山马上叫了辆车让雪子坐上去。

说自己愚蠢也罢、疏忽也罢,反正眼下也无法谈了。于是佐山说:"根岸这种人也没有好怕的。"

"是的,那种人算不了什么。"

"除此之外你还有什么不好受的委屈吗?时枝说过,不舒心的话,就回家来……"

雪子凝视着车窗前方,"那时,我觉得您夫人是个最幸福的人啊!"

这既是雪子唯一一次对爱的表白,也是唯一一次对佐山的抗议。

这时,佐山自己也闹不清是否该用车把雪子送回若杉家。

佐山心中一个劲地闪现着从民子延续到雪子的始终如一的爱的电光。

季节

春风沉醉的晚上

郁达夫 作

一

在沪上闲居了半年,因为失业的结果,我的寓所迁移了三处。最初我住在静安寺路南的一间同鸟笼似的永也没有太阳晒着的自由的监房里。这些自由的监房的住民,除了几个同强盗小窃一样的凶恶裁缝之外,都是些可怜的无名文士,我当时所以送了那地方一个 Yellow Grub Street 的称号。在这 Grub Street 里住了一个月,房租忽涨了价,我就不得不拖了几本破书,搬上跑马厅附近一家相识的栈房里去。后来在这栈房里又受了种种逼迫,不得不搬了,我便在外白渡桥北岸的邓脱路中间,日新里对面的贫民窟里,寻了一间小小的房间,迁移了过去。

邓脱路的这几排房子,从地上量到屋顶,只有一丈几尺高。我住的楼上的那间房间,更是矮小得不堪。若站在楼板上伸一伸懒腰,两只手就要把灰黑的屋顶穿通的。从前面的街里踱进了那房子的门,便是房主的住房。在破布、洋铁罐、玻璃瓶、旧铁器堆满的中间,侧着身子走进两步,就有一张中间有几根横档跌落的梯子靠墙摆在那里。用了这张梯子往上面的黑黝黝的一个二尺宽的洞里一接,即能走上楼去。黑沉沉的这层楼上，本来只有猫额那样大，房主人却把它隔成了两间小房，外面一间是一个N烟公司的工女住在那里，我所租的是梯子口头的那间小房，因为外间的住者要从我的房里出入，所以我的每月的房租要比外间的便宜几角小洋。

我的房主，是一个五十来岁的弯腰老人。他的脸上的青黄色里，映射着一层暗黑的油光。两只眼睛是一只大一只小，颧骨很高，额上颊上的几条皱纹里满砌着煤灰，好象每天早晨洗也洗不掉的样子。他每日于八九点钟的时候起来，咳嗽一阵，便挑了一只竹篮出去，到午后的三四点钟总仍旧是挑了一只空篮回来的，有时挑了满担回来的时候，他的竹篮里便是那些破布，破铁器，玻璃瓶之类。象这样的晚上，他必要去买些酒来喝喝，一个人坐在床沿上瞎骂出许多不可捉摸的话来。

我与间壁的同寓者的第一次相遇，是在搬来的那天午后。春天的急景已经快晚了的五点钟的时候，我点了一枝蜡烛，在那里安放几本刚从栈房里搬过来的破书。先把它们叠成了两方堆，一堆小些，一堆大些，然后把两个二尺长的装画的画架覆在大一点的那堆书上。因为我的器具都卖完了，这一堆书和画架白天要当写字台，晚上可当床睡的。摆好了画架的板，我就朝着了这张由书叠成的桌子，坐在小一点的那堆书上吸烟，我的背系朝着梯子的接口的。我一边吸烟，一边在那里呆看放在桌子上的蜡烛火，忽而听见梯子口上起了响动。回头一看，我只见了一个自家的扩大的投射影子，此外什么也辨不出来，但我的听觉分明告诉我说："有人上来了。"我向暗中凝视了几秒钟，一个圆形灰白的面貌，半截纤细的女人的身体，方才映到我的眼帘上来。一见了她的容貌，我就知道她是我的间壁的同居者了。因为我来找房子的时候，那房主的老人便告诉我说，这屋里除了他一个人外，楼上只住着一个工女。我一则喜欢房价的便宜，二则喜

欢这屋里没有别的女人小孩,所以立刻就租定了的。等她走上了梯子,我才站起来对她点了点头说:

"对不起,我是今朝才搬来的。以后要请你照应。"

她听了我这话,也并不回答,放了一双漆黑的大眼,对我深深的看了一眼,就走上她的门口去开了锁,进房去了。我与她不过这样的见了一面,不晓是什么原因,我只觉得她是一个可怜的女子。她的高高的鼻梁,灰白长圆的面貌,清瘦不高的身体,好象都是表明她是可怜的特征。但是当时正为了生活问题在那里操心的我,也无暇去怜惜这还未曾失业的工女,过了几分钟我又动也不动的坐在那一小堆书上看蜡烛光了。

在这贫民窟里过了一个多礼拜,她每天早晨七点钟去上工和午后六点多钟下工回来,总只见我呆呆的对着了蜡烛或油灯坐在那堆书上。大约她的好奇心被我那痴不痴呆不呆的态度挑动了罢,有一天她下了工走上楼来的时候,我依旧和第一天一样的站起来让她过去。她走到了我的身边忽而停住了脚,看了我一眼,吞吞吐吐好象怕什么似的问我说:"你天天在这里看的是什么书?"

(她操的是柔和的苏州音,听了这一种声音以后的感觉,是怎么也写不出来的,所以我只能把她的言语译成普通的白话。)

我听了她的话,反而脸上涨红了。因为我天天呆坐在那里,面前虽则有几本外国书摊着,其实我的脑筋昏乱得很,就是一行一句也看不进去。有时候只用了想象在书的上一行与下一行中间的空白里,填些奇异的模型进去。有时候我只把书里边的插画翻开来看看,就了那些插画演绎些不近人情的幻想出来。我那时候的身体因为失眠与营养不良的结果,实际上已经成了病的状态了。况且又因为我的唯一的财产的一件棉袍子已经破得不堪,白天不能走出外面去散步和房里全没有光线进来,不论白天晚上,都要点着油灯或蜡烛的缘故,非但我的全部健康不如常人,就是我的眼睛和脚力,也局部的非常萎缩了。在这样状态下的我,听了她这一问,如何能够不红起脸来呢?所以我只是含含糊糊地回答说:

"我并不在看书,不过什么也不做呆坐在这里,样子一定不好看,所以把这几本书摊放着的。"

她听了这话,又深深的看了我一眼,作了一种不了解的形容,依旧的走到她的房里去了。

那几天里,若说我完全什么事情也不去找,什么事情也不曾干,却是假的。有时候,我的脑筋稍微清新一点下来,也曾译过几首英法的小诗,和几篇不满四千字的德国的短篇小说,于晚上大家睡熟的时候,不声不响的出去投邮,寄投给各新开的书局。因为当时我的各方面就职的希望,早已经完全断绝了,只有这一方面,还能靠了我的枯燥的脑筋,想想法子看。万一中了他们编辑先生的意,把我译的东西登了出来,也不难得着几块钱的酬报。所以我自迁移到邓脱路以后,当她第一次同我讲话的时候,这样的译稿已经发出了三四次了。

二

在乱昏昏的上海租界里住着,四季的变迁和日子的过去是不容易觉得的。我搬到了邓脱路的贫民窟之后,只觉得身上穿在那里的那件破棉袍子一天一天的重了起来,热了起来,所以我心里想:

"大约春光也已经老透了罢!"

但是囊中很羞涩的我,也不能上什么地方去旅行一次,日夜只是在那暗室的灯光下呆坐。有一天,大约是午后了,我也是这样的坐在那里,间

壁的同住者忽而手里拿了两包用纸包好的物件走了上来,我站起来让她走的时候,她把手里的纸包放了一包在我的书桌上说:

"这一包是葡萄浆的面包,请你收藏着,明天好吃的。另外我还有一包香蕉买在这里,请你到我房里来一道吃吧。"

我替她拿住了纸包,她就开了门邀我进她的房里去。共住了这十几天,她好象已经信用我是一个忠厚的人的样子。我见她初见我的时候脸上流露出来的那一种疑惧的形容完全没有了。我进了她的房里,才知道天还未暗,因为她的房里有一扇朝南的窗,太阳反射的光线从这窗里投射进来,照见了小小的一间房,由二条板铺成的一张床,一张黑漆的半桌,一只板箱,和一只圆凳。床上虽则没有帐子,但堆着有二条洁净的青布被褥。半桌上有一只小洋铁箱摆在那里,大约是她的梳头器具,洋铁箱上已经有许多油污的点子了。她一边把堆在圆凳上的几件半旧的洋布棉袄,粗布裤等收在床上,一边就让我坐下。我看了她那殷勤待我的样子,心里倒不好意思起来,所以就对她说:

"我们本来住在一处,何必这样的客气。"

"我并不客气,但是你每天当我回来的时候,总站起来让路,我却觉得对不起得很。"

这样的说着,她就把一包香蕉打开来让我吃。她自家也拿了一只,在床上坐下,一边吃一边问我说:

"你何以只住在家里,不出去找点事情做做?"

"我原是这样的想,但是找来找去总找不着事情。"

"你有朋友么?"

"朋友是有的,但是到了这样的时候,他们都不和我来往了。"

"你进过学堂么?"

"我在外国的学堂里曾经念过几年书。"

"你家在什么地方？何以不回家去？"

她问到了这里，我忽而感觉到我自己的现状了。因为自去年以来，我只是一日一日的萎靡下去，差不多把"我是什么人"，"我现在所处的是怎么一种境遇"，"我的心里还是悲还是喜"这些观念都忘掉了。经她这一问，我重新把半年来困苦的情形一层一层的想了出来。所以听她的问话以后，我只是呆呆的看她，半晌说不出话来。她看了我这个样子，以为我也是一个无家可归的流浪人，脸上就立时起了一种孤寂的表情，微微的叹着说：

"唉！你也是同我一样的么？"

微微的叹了一声之后，她就不说话了。我看她的眼圈上有些潮红起来，所以就想了一个另外的问题问她说：

"你在工厂里做的是什么工作？"

"是包纸烟的。"

"一天作几个钟头工？"

"早晨七点钟起，晚上六点钟止，中午休息一个钟头，每天一共要作十个钟头的工。少作一点钟就要扣钱的。"

"扣多少钱？"

"每月九块钱，所以是三块钱十天，三分大洋一个钟头。"

"饭钱多少？"

"四块钱一月。"

"这样算起来，每月一个钟头也不休息，除了饭钱，可省下五块钱来。够你付房钱买衣服的么？"

"哪里够呢！并且那管理人又……啊啊！……我……我所以非常恨工

厂的。你吸烟的么？"

"吸的。"

"我劝你顶好还是不吸。就吸也不要去吸我们工厂的烟。我真恨死它在这里。"

我看看她那一种切齿怨恨的样子，就不愿意再说下去。把手里捏着的半个吃剩的香蕉咬了几口，向四边一看，觉得她的房里也有些灰黑了，我站起来道了谢，就走回到了我自己的房里。她大约作工倦了的缘故，每天回来大概是马上就入睡的，只有这一晚上，她在房里好象是直到半夜还没有就寝。从这一回之后，她每天回来，总和我说几句话。我从她自家的口里听得，知道她姓陈，名叫二妹，是苏州东乡人，从小系在上海乡下长大的。她父亲也是纸烟工厂的工人，但是去年秋天死了。她本来和她父亲同住在那间房里，每天同上工厂去的，现在却只剩了她一个人了。她父亲死后的一个多月，她早晨上工厂去也一路哭了去，晚上回来也一路哭了回来的。她今年十七岁，也无兄弟姊妹，也无近亲的亲戚。她父亲死后的葬殓等事，是他于未死之前把十五块钱交给楼下的老人，托这老人包办的。她说：

"楼下的老人倒是一个好人，对我从来没有起过坏心，所以我得同父亲在日一样的去作工；不过工厂的一个姓李的管理人却坏得很，知道我父亲死了，就天天想戏弄我。"

她自家和她父亲的身世，我差不多全知道了，但她母亲是如何的一个人，死了呢还是活在哪里，假使还活着，住在什么地方等等，她却从来还没有说及过。

三

  天气好象变了。几日来我那独有的世界，黑暗的小房里的腐浊的空气，同蒸笼里的蒸气一样，蒸得人头昏欲晕。我每年在春夏之交要发的神经衰弱的重症，遇了这样的气候，就要使我变成半狂。所以我这几天来，到了晚上，等马路上人静之后，也常常走出去散步去。一个人在马路上从狭隘的深蓝天空里看看群星，慢慢的向前行走，一边作些漫无涯涘的空想，倒是于我的身体很有利益。当这样的无可奈何，春风沉醉的晚上，我每要在各处乱走，走到天将明的时候才回家里。我这样的走倦了回去就睡，一睡直可睡到第二天的日中，有几次竟要睡到二妹下工回来的前后方才起来。睡眠一足，我的健康状态也渐渐的回复起来了。平时只能消化半磅面包的我的胃部，自从我的深夜游行的练习开始之后，进步得几乎能容纳面包一磅了。这事在经济上虽则是一大打击，但我的脑筋，受了这些滋养，似乎比从前稍能统一。我于游行回来之后，就睡之前，却做成了几篇 Allan Poe 式的短篇小说，自家看看，也不很坏。我改了几次，抄了几次，一一投邮寄出之后，心里虽然起了些微细的希望，但是想想前几回的译稿的绝无消息，过了几天，也便把它们忘了。

  邻住者的二妹，这几天来，当她早晨出去上工的时候，我总在那里酣睡，只有午后下工回来的时候，有几次有见面的机会。但是不晓是什么原因，我觉得她对我的态度，又回到从前初见面的时候的疑惧状态去了。有时候她深深的看我一眼，她的黑晶晶，水汪汪的眼睛里，似乎是满含着责备我规劝我的意思。

  我搬到这贫民窟里住后，约莫已经有二十多天的样子。一天午后我正点上蜡烛，在那里看一本从旧书铺里买来的小说的时候，二妹却急急忙忙的走上楼来对我说：

"楼下有一个送信的在那里，要你拿了印子去拿信。"

她对我讲这话的时候，她的疑惧我的态度更表示得明显，她好象在那里说："呵呵，你的事件是发觉了啊！"我对她这种态度，心里非常痛恨，所以就气急了一点，回答她说：

"我有什么信？不是我的！"

她听了我这气愤愤的回答，更好象是得了胜利似的，脸上忽涌出了一种冷笑说：

"你自家去看罢！你的事情，只有你自家知道的！"

同时我听见楼底下门口果真有一个邮差似的人在催着说：

"挂号信！"

我把信取来一看，心里就突突的跳了几跳，原来我前回寄去的一篇德文短篇的译稿，已经在某杂志上发表了，信中寄来的是五元钱的一张汇票。我囊里正是将空的时候，有了这五元钱，非但月底要预付的来月的房金可以无忧，并且付过房金以后，还可以维持几天食料。当时这五元钱对我的效用的广大，是谁也不能推想得出来的。

第二天午后，我上邮局去取了钱，在太阳晒着的大街上走了一会，忽而觉得身上就淋出了许多汗来。我向我前后左右的行人一看，复向我自家的身上一看，就不知不觉的把头低俯了下去。我颈上头上的汗珠，更同盛雨似的，一颗一颗的钻出来了。因为当我在深夜游行的时候，天上并没有太阳，并且料峭的春寒，于东方微白的残夜，老在静寂的街巷中留着，所以我穿的那件破棉袍子，还觉得不十分与节季违异。如今到了阳和的春日晒着的这日中，我还不能自觉，依旧穿了这件夜游的敝袍，在大街上阔步，与前后左右的和节季同时进行的我的同类一比，我哪得不自惭形秽呢？我一时竟忘了几日后不得不付的房金，忘了囊中本来将尽的些微的积聚，便慢慢的走上了闸路的估衣铺去。好久不在天日之下行走的我，看看街上来往的汽车人力车，车中坐着的华美的少年男女，和马路两边的绸缎铺金银铺窗里的丰丽的陈设，听听四面的同蜂衙似的嘈杂的人声，脚步声，车铃声，一时倒也觉得是身到了大罗天上的样子。我忘记了我自家的存在，也想和我的同胞一样的欢歌欣舞起来，我的嘴里便不知不觉的唱起几句久忘了的京调来了。这一时的涅槃幻境，当我想横越过马路，转入闸路去的时候，忽而被一阵铃声惊破了。我抬起头来一看，我的面前正冲来了一乘无轨电车，车头上站着的那肥胖的机器手，伏出了半身，怒目的大声骂我说：

"猪头三！侬（你）艾（眼）睛勿散（生）咯！跌杀时，叫旺（黄）够（狗）抵侬（你）命噢！"

我呆呆的站住了脚，目送那无轨电车尾后卷起了一道灰尘，向北过去之后，不知是从何处发出来的感情，忽而竟禁不住哈哈哈哈的笑了几声。等得四面的人注视我的时候，我才红了脸慢慢的走向了闸路里去。

我在几家估衣铺里，问了些夹衫的价钱，还了他们一个我所能出的数目。几个估衣铺的店员，好象是一个师父教出的样子，都摆下了脸面，嘲弄着说：

"侬（你）寻萨咯（什么）凯（开）心！马（买）勿起好勿要马（买）咯！"

一直问到五马路边上的一家小铺子里，我看看夹衫是怎么也买不成了，才买定了一件竹布单衫，马上就把它换上。手里拿了一包换下的棉袍子，默默的走回家来。一边我心里却在打算："横竖是不够用了，我索性来痛快的用它一下罢。"同时我又想起了那天二妹送我的面包香蕉等物。不等第二次的回想,我就寻着了一家卖糖食的店,进去买了一块钱巧格力,香蕉糖,鸡蛋糕等杂食。站在那店里,等店员在那里替我包好来的时候,我忽而想起我有一月多不洗澡了,今天不如顺便也去洗一个澡罢。

洗好了澡,拿了一包棉袍子和一包糖食,回到邓脱路的时候,马路两旁的店家,已经上电灯了。街上来往的行人也很稀少,一阵从黄浦江上吹来的日暮的凉风,吹得我打了几个冷痉。我回到了我的房里,把蜡烛点上,向二妹的房门一照,知道她还没有回来。那时候我腹中虽则饥饿得很,但我刚买来的那包糖食怎么也不愿意打开来,因为我想等二妹回来同她一道吃。我一边拿出书来看,一边口里尽在咽唾液下去。等了许多时候,二妹终不回来,我的疲倦不知什么时候出来战胜了我,就靠在书堆上睡着了。

四

二妹回来的响动把我惊醒的时候,我见我面前的一枝十二盎司一包的洋蜡烛已经点去了二寸的样子,我问她是什么时候?她说:

"十点的汽管刚刚放过。"

"你何以今天回来得这样迟?"

"厂里因为销路大了,要我们做夜工。工钱是增加的,不过人太累了。"

"那你可以不去做的。"

"但是工人不够,不做是不行的。"

她讲到这里,忽而滚了两粒眼泪出来,我以为她是做工做得倦了,故而动了伤感,一边心里虽在可怜她,但一边看了她这同小孩似的脾气,却也感着了些儿快乐。把糖食包打开,请她吃了几颗之后,我就劝她说:

"初做夜工的时候不惯,所以觉得困倦,做惯了以后,也没有什么的。"

她默默的坐在我的半高的由书叠成的桌上,吃了几颗巧格力,对我看了几眼,好象是有话说不出来的样子。我就催她说:

"你有什么话说?"

她又沉默了一会,便断断续续的问我说:

"我……我……早想问你了,这几天晚上,你每晚在外边,可在与坏人作伙友么?"

我听了她这话,倒吃了一惊,她好象在疑我天天晚上在外面与小窃恶棍混在一块。她看我呆了不答,便以为我的行为真的被她看破了,所以就柔柔和和的连续着说:

"你何苦要吃这样好的东西,要穿这样好的衣服?你可知道这事情是靠不住的。万一被人家捉了去,你还有什么面目做人。过去的事情不必去说它,以后我请你改过了罢。……"

我尽是张大了眼睛,张大了嘴,呆呆的在看她,因为她的思想太奇突了,使我无从辩解起。她沉默了数秒钟,又接着说:

"就以你吸的烟而论,每天若戒绝了不吸,岂不可省几个铜子。我早就劝你不要吸烟,尤其是不要吸那我所痛恨的 N 工厂的烟,你总是不听。"

她讲到了这里,又忽而落了几滴眼泪。我知道这是她为怨恨 N 工厂而滴的眼泪,但我的心里,怎么也不许我这样的想,我总要把它们当作因规劝我而洒的。我静静儿的想了一会,等她的神经镇静下去之后,就把昨天的那封挂号信的来由说给她听,又把今天的取钱买物的事情说了一遍,最后更将我的神经衰弱症和每晚何以必要出去散步的原因说了。她听了我这一番辩解,就信用了我,等我说完之后,她颊上忽而起了两点红晕,把眼睛低下去看着桌上,好象是怕羞似的说:

"噢,我错怪你了,我错怪你了。请你不要多心,我本来是没有歹意的。因为你的行为太奇怪了,所以我想到了邪路里去。你若能好好儿的用功,岂不是很好?你刚才说的那——叫什么的——东西,能够卖五块钱,要是每天能做一个,多么好呢?"

我看了她这种单纯的态度,心里忽而起了一种不可思议的感情,我想把两只手伸出去拥抱她一回,但是我的理性却命令我说:

"你莫再作孽了!你可知道你现在处的是什么境遇!你想把这纯洁的处女毒杀了么?恶魔,恶魔,你现在是没有爱人的资格的呀!"

我当那种感情起来的时候,曾把眼睛闭上了几秒钟,等听了理性的命令以后,才把眼睛开了开来,我觉得我的周围,忽而比前几秒钟更光明了。对她微微的笑了一笑,我就催她说:

"夜也深了,你该去睡了罢!明天你还要上工去的呢!我从今天起,就答应你把纸烟戒下来罢!"

她听了我这话,就站了起来,很喜欢的回到她的房里去睡了。

她去之后,我又换上一枝洋蜡烛,静静儿的想了许多事情:

"我的劳动的结果,第一次得来的这五块钱已经用去了三块了。连我原有的一块多钱合起来,付房钱之后,只能省下二三角小洋来,如何是好呢!

"就把这破棉袍子去当罢!但是当铺里恐怕不要。

"这女孩子真是可怜,但我现在的境遇,可是还赶她不上,她是不想做工而工作要强迫她做,我是想找一点工作,终于找不到。

"就去做筋肉的劳动罢!啊啊,但是我这一双弱腕,怕吃不下一部黄包车的重力。

"自杀!我有勇气,早就干了。现在还能想到这两个字,足证我的志气还没有完全消磨尽哩!

"哈哈哈哈!今天的那无轨电车的机器手!他骂我什么来?

"黄狗,黄狗倒是一个好名词,……"

我想了许多零乱断续的思想,终究没有一个好法子,可以救我出目下的穷状来。听见工厂的汽笛,好象在报十二点钟了,我就站了起来,换上了白天脱下的那件破棉袍子,仍复吹熄了蜡烛,走出外面去散步。

贫民窟里的人已经睡眠静了。对面日新里的一排临邓脱路的洋楼里,还有几家点着了红绿的电灯,在那里弹罢拉拉衣加[1]。一声二声清脆的歌音,带着哀调,从静寂的深夜的冷空气里传到我的耳膜上来,这大约是俄国的飘泊的少女,在那里卖钱的歌唱。天上罩满了灰白的薄云,同腐烂的尸体似的沉沉的盖在那里。云层破处也能看得出一点两点星来,但星的近处,黝黝看得出来的天色,好象有无限的哀愁蕴藏着的样子。

---

[1] 疑为"巴拉莱卡琴",又名"三角琴",为俄罗斯弦乐器。

小城三月

萧红 作

一

三月的原野已经绿了,像地衣那样绿,透出在这里,那里。郊原上的草,是必须转折了好几个弯儿才能钻出地面的,草儿头上还顶着那胀破了种粒的壳,发出一寸多高的芽子,欣幸的钻出了土皮。放牛的孩子在掀起了墙脚下面的瓦时,找到了一片草芽了,孩子们回到家里告诉妈妈,说:"今天草芽出土了!"妈妈惊喜的说:"那一定是向阳的地方!"抢根菜的白色的圆石似的籽儿在地上滚着,野孩子一升一斗的在拾着。蒲公英发芽了,羊咩咩的叫,乌鸦绕着杨树林子飞。天气一天暖似一天,日子一寸一寸的都有意思。杨花满天照的飞,像棉花似的。人们出门都是用手捉着,杨花挂着他了。

草和牛粪都横在道上,放散着强烈的气味。远远的有用石子打船的声音。"空空……"的大声传来。

河冰发了,冰块顶着冰块,苦闷的又奔放的向下流。乌鸦站在冰块上寻觅小鱼吃,或者是还在冬眠的青蛙。

天气突然的热起来,说是"二八月,小阳春",自然冷天气要来的,但是这几天可热了。春带着强烈的呼唤从这头走到那头……

小城里被杨花给装满了,在榆钱还没变黄之前,大街小巷到处飞着,像纷纷落下的雪块……

春来了。人人像久久等待着一个大暴动,今天夜里就要举行,人人带着犯罪的心情,想参加到解放的尝试……春吹到每个人的心坎,带着呼唤,带着蛊惑……

我有一个姨,和我的堂哥哥大概是恋爱了。

姨母本来是很近的亲属,就是母亲的姊妹。但是我这个姨,她不是我的亲姨,她是我的继母的继母的女儿。那么她可算与我的继母有点血统的关系了,其实也是没有的。因为我这个外祖母是在已经做了寡妇之后才来到我外祖父家,翠姨就是这个外祖母原来在另外一家所生的女儿。

翠姨还有一个妹妹,她的妹妹小她两岁,大概是十七八岁,那么翠姨也就是十八九岁了。

翠姨生得并不是十分漂亮,但是她长得窈窕,走起路来沉静而且漂亮,讲起话来清楚的带着一种平静的感情。她伸手拿樱桃吃的时候,好像她的手指尖对那樱桃十分可怜的样子,她怕把它触坏了似的轻轻的捏着。

假若有人在她的背后唤她一声,她若是正在走路,她就会停下了;若是正在吃饭,就要把饭碗放下,而后把头向着自己的肩膀转过去,而全身并不大转,于是她自觉的闭合着嘴唇,像是有什么要说而一时说不出来似的……

而翠姨的妹妹,忘记了她叫什么名字,反正是一个大说大笑的,不十分修边幅,和她的姐姐全不同。花的绿的,红的紫的,只要是市上流行的,她就不大加以选择,做起一件衣服来赶快就穿在身上。穿上了而后,到亲戚家去串门,人家恭维她的衣料怎样漂亮的时候,她总是说,和这完全一样的，还有一件，她给了她的姐姐了。

我到外祖父家去，外祖父家里没有像我一般大的女孩子陪着我玩，所以每当我去，外祖母总是把翠姨喊来陪我。

翠姨就住在外祖父的后院，隔着一道板墙，一招呼，听见就来了。

外祖父住的院子和翠姨住的院子，虽然只隔一道板墙，但是却没有门可通，所以还得绕到大街上去从正门进来。

因此有时翠姨先来到板墙这里，从板墙缝中和我打了招呼，而后回到屋去装饰了一番，才从大街上绕了个圈来她母亲的家里。

翠姨很喜欢我。因为我在学堂里念书，而她没有，她想什么事我都比她明白。所以，她总是有许多事务同我商量，看看我的意见如何。

到夜里，我住在外祖父家里了，她就陪着我也住下的。

每每睡下就谈，谈过了半夜，不知为什么总是谈不完……

开初谈的是衣服怎么穿，穿什么样的颜色，穿什么样的料子。比如走路应该快或是应该慢。有时，白天里她买了一个别针，到夜里她拿出来看看，问我这别针到底是好看或是不好看。那时候，大概是十五年前的时候，我们不知城外如何装扮一个女子，而在这个城里，几乎个个都有一条宽大的绒绳结的披肩，蓝的紫的，各色的都有，但最多多不过枣红色的。几乎在街上所见的都是枣红色的大披肩了。

哪怕红的绿的那么多，但总没有枣红色的最流行。

翠姨的妹妹有一张，翠姨有一张，我的所有的同学，几乎每人都有一张。就连素不考究的外祖母的肩上也披着一张，只不过披的是蓝色的，没有敢用最流行的枣红色的就是了。因为她总算年纪大了一点，对年青人让了一步。

还有那时候都流行穿绒绳鞋，翠姨的妹妹就赶快的买了穿上，因为她那个人很粗心大意，好坏她不管，只是人家有她也有，别人是人穿衣裳，而翠姨的妹妹就好像被衣服所穿了似的，芜芜杂杂。但永远合乎着应有尽有的原则。

翠姨的妹妹的那绒绳鞋，买来了，穿上了。在地板上跑着，不大一会工夫，那每只鞋脸上系着的一只毛球，竟有一个毛球已经离开了鞋子，向上跳着，只还有一根绳连着，不然就要掉下来了。很好玩的，好像一颗大红枣被系到脚上去了。因为她的鞋子也是枣红色的。大家都在嘲笑她的鞋子一买回来就坏了。

翠姨，她没有买，也许她心里边早已经喜欢了，但是看上去她都像反对似的，好像她都不接受。

她必得等到许多人都开始采办了，这时候，看样子她才稍稍有些动心。

好比买绒绳鞋，夜里她和我谈话问过我的意见，我也说是好看的，我有很多的同学她们也都买了绒绳鞋。

第二天翠姨就要求我陪着她上街，先不告诉我去买什么，进了铺子选了半天别的，才问到我绒绳鞋。

走了几家铺子，都没有，都说是已经卖完了。我晓得店铺的人是这样瞎说的，表示他家这店铺平常总是最丰富的，只恰巧你要的这件东西，他就没有了。我劝翠姨说，咱们慢慢的走，别家一定会有的。

我们是坐马车从街梢上的外祖父家来到街中心的。

见了第一家铺子，我们就下了马车。不用说，马车我们已经是付过了价钱的。等我们买好了东西回来的时候，会另外叫一辆的，因为我们不知道要等多久。

大概看见什么好，虽然不需要也要买点，或是东西已经买全了，不必要再多留连,也要留连一会,或是买东西的目的,本来只在一双鞋,而结果鞋子没有买到,反而啰里啰嗦的买回来许多用不着的东西。

这一天,我们辞退了马车,进了第一家店铺。

在别的大城市里没有这种情形,而在我家乡里往往是这样,坐了马车,虽然是付过了钱,让他自由去兜揽生意,但他常常还仍旧等候在铺子的门外。等一出来,他仍旧请你坐他的车。

我们走进第一个铺子,一问没有。于是就看了些别的东西,从绸缎看到呢绒,从呢绒再看到绸缎,布匹是根本不看的,并不像母亲们进了店铺那样子。这个买去做被单,那个买去做棉袄的,因为我们管不了被单棉袄的事。母亲们一月不进店铺,一进店铺又是这个便宜应该买,那个不贵,也应该买。比方一块在夏天才用得着的花洋布,母亲们冬天里就买起来了,说是趁着便宜多买点,总是用得着的。而我们就不然了,我们是天天进店铺的,天天搜寻些个是好看的,是贵的值钱的,平常时候绝对的用不到想不到的。

那一天我们就买了许多花边回来,钉着光片的,带着琉璃的。说不上要做什么样的衣服才配得着这种花边。也许根本没有想到做衣服,就贸然的把花边买下了。一边买着,一边说好,翠姨说好,我也说好。到了后来,回到家里,当众打开了让大家批判,这个一言,那个一语,让大家说得也有点没有主意了,心里已经五六分空虚了。于是赶快的收拾了起来,或者从别人的手中夺过来,把它包起来,说她们不识货,不让她们看了。

勉强说着:"我们要做一件红金丝绒的袍子,把这个黑琉璃边镶上。"

或是:"这红的我们送人去……"

说虽仍旧如此说,心里已经八九分空虚了,大概是这些所心爱的,从此就不会再出头露面的了。

在这小城里，商店究竟没有多少，到后来又加上看不到绒绳鞋，心里着急，也许跑得更快些。不一会工夫，只剩了三两家了。而那三两家，又偏偏是不常去的，铺子小，货物少。想来它那里也是一定不会有的了。

我们走进一个小铺子里去，果然有三四双，非小即大，而且颜色都不好看。

翠姨有意要买，我就觉得奇怪，原来就不十分喜欢，既然没有好的，又为什么要买呢？让我说着，没有买成，回家去了。

过了两天，我把买鞋子这件事情早就忘了。

翠姨忽然又提议要去买。

从此我知道了她的秘密，她早就爱上了那绒绳鞋了，不过她没有说出来就是了。她的恋爱的秘密就是这样子的。她似乎要把它带到坟墓里去，一直不要说出口，好像天底下没有一个人值得听她的告诉……

在外边飞着满天大雪，我和翠姨坐着马车去买绒绳鞋。

我们身上围着皮褥子，赶车的车夫高高的坐在车夫台上，摇晃着身子，唱着沙哑的山歌："喝咧咧……"耳边风呜呜的啸着，从天上倾下来的大雪迷乱了我们的眼睛，远远的天隐在云雾里，我默默的祝福翠姨快快买到可爱的绒绳鞋，我从心里愿意她得救……

市中心远远的朦朦胧胧的站着，行人很少，全街静悄无声。我们一家挨一家的问着，我比她更急切，我想赶快买到吧，我小心的盘问着那些店员们，我从来不放弃一个细微的机会，我鼓励翠姨，没有忘记一家。使她都有点儿诧异，我为什么忽然这样热心起来。但是我完全不管她的猜疑，我不顾一切的想在这小城里面，找出一双绒绳鞋来。

只有我们的马车，因为载着翠姨的愿望，在街上奔驰得特别的清醒，又特别的快。

雪下的更大了，街上什么人都没有了，只有我们两个人，催着车夫，跑来路去。一直到天都很晚了，鞋子没有买到。翠姨深深的看到我的眼睛说："我的命，不会好的。"我很想装出大人的样子，来安慰她，但是没有等到找出什么适当的话来，泪便流出来了。

二

翠姨以后也常来我家住着，是我的继母把她接来的。

因为她的妹妹订婚了，怕是她的家里并没有多少人，只有她的一个六十多岁的老祖父，再就是一个也是寡妇的伯母，带一个女儿。

堂妹妹本该在一起玩耍解闷的，但是因性格的相差太远，一向是水火不同炉的过着日子。

她的堂妹妹，我见过，永久是穿着深色的衣裳，黑黑的脸。一天到晚陪着母亲坐在屋子里。母亲洗衣裳，她也洗衣裳；母亲哭，她也哭。也许她帮着母亲哭她死去的父亲，也许哭的是她们的家穷。那别人就不晓得了。

本来是一家的女儿，翠姨她们两姊妹却像有钱的人家的小姐，而那个堂妹妹，看上去却像乡下丫头。这一点，使她得到常常到我们家里来住的权利。

她的亲妹妹订婚了，再过一年就出嫁了。在这一年中，妹妹大大的阔气了起来，因为婆家那方面一订了婚就送来了聘礼。这个城里，从前不用大洋票，而用的是广信公司出的帖子，一百吊一千吊的论。她妹妹的聘礼大概是几万吊，所以她忽然不得了起来，今天买这样，明天买那样，花别针一个又一个的，丝头绳一团一团的，带穗的耳坠子，洋手表，样样都有了。每逢上街的时候，她和她姐姐一道，现在总是她付车钱了。她的姐姐要付，她却百般的不肯，有时当着人面，姐姐一定要付，妹妹一定不肯，结果闹得很窘，姐姐无形中觉得一种权利被人剥夺了。

但是关于妹妹的订婚，翠姨一点也没有羡慕的心理。妹妹未来的丈夫，她是看过的，没有什么好看，很高，穿着蓝袍子黑马褂，好像商人，又像一个小土绅士。又加上翠姨太年青了，想不到什么丈夫，什么结婚。

因此，虽然妹妹在她的旁边一天比一天的丰富起来，妹妹是有钱了，但是妹妹为什么有钱的，她没有考查过。

所以当妹妹尚未离开她之前，她绝对的没有重视"订婚"的事。

不过她常常的感到寂寞。她和妹妹出来进去的，因家庭环境孤寂，竟好像一对双生子似的，而今去了一个。不但翠姨自己觉得单调，就是她的祖父也觉得她可怜。

所以自从她的妹妹嫁了人，她就不大回家，总是住在她的母亲的家里。有时我的继母也把她接到我们家里。

翠姨非常聪明，她会弹大正琴[1]，就是前些年所流行在中国的一种日本琴。她还会吹箫或是会吹笛子。不过弹那琴的时候却很多。住在我家里的时候，我家的伯父，每在晚饭之后必同我们玩这些乐器的。笛子，箫，日本琴[2]，风琴，月琴，还有什么打琴[3]。真正的西洋的乐器，可一样也没有。

---

1 大正琴，即中山琴。由日本森田吾郎在大正元年（1912）发明。中国为纪念孙中山和民国的诞辰，定名为中山琴。
2 日本琴，本指"KOTO"，即十三弦古筝，此处指大正琴。
3 打琴，即扬琴。击弦乐器。又称洋琴、铜丝琴、蝴蝶琴。

在这种正玩得热闹的时候,翠姨也来参加了。翠姨弹了一个曲子,和我们大家立刻就配合上了。于是大家都觉得在我们那已经天天闹熟了的老调子之中,又多了一个新的花样。于是立刻我们就加倍的努力,正在吹笛子的把笛子吹得特别响,把笛膜震抖得似乎就要爆炸了似的滋滋的叫着。十岁的弟弟在吹口琴,他摇着头,好像要把那口琴吞下去似的,至于他吹的是什么调子,已经是没有人留意了。在大家忽然来了勇气的时候,似乎只需要这种胡闹。

而那按风琴的人,因为越按越快,到后来也许是已经找不到琴键了,只是那踏脚板越踏越快,踏得呜呜的响,好像有意要毁坏了那风琴,而想把风琴撕裂了一般的。

大概所奏的曲子是《梅花三弄》[1],也不知道接连的弹过了多少圈,看大家的意思都不想要停下来。不过到了后来,实在是气力没有了,找不着拍子的找不着拍子,跟不上调的跟不上调,于是在大笑之中,大家停下来了。

不知为什么,在这么快乐的调子里边,大家都有点伤心,也许是乐极生悲了,把我们都笑得流着眼泪,一边还笑。

正在这时候,我们往门窗处一看,我的最小的小弟弟,刚会走路,他也背着一个很大的破手风琴来参加了。

谁都知道,那手风琴从来也不会响的。把大家笑死了。在这回得到了快乐。

我的哥哥(伯父的儿子,钢琴弹得很好)吹箫吹得最好,这时候他放下了箫,对翠姨说:"你来吹吧!"翠姨却没有言语,站起身来,跑到自己

---

[1] 《梅花三弄》,中国古琴曲,由东晋桓伊所奏的笛曲改编而得,体现梅花洁白、傲雪凌霜的品性,又名《梅花引》《玉妃引》。

的屋子去了，我的哥哥好久好久的看住那帘子。

三

翠姨在我家，和我住一个屋子。月明之夜，屋子照得通亮。翠姨和我谈话，往往谈到鸡叫，觉得也不过刚刚才半夜。

鸡叫了，才说："快睡吧，天亮了。"

有的时候，一转身，她又问我："是不是一个人结婚太早不好，或许是女孩子结婚太早是不好的！"

我们以前谈了很多话，但没有谈到这些。

总是谈什么，衣服怎样穿，鞋子怎样买，颜色怎样配；买了毛线来，这毛线应该打个什么样的花纹；买了帽子来，应该批判这帽子还微微有缺点，这缺点究竟在什么地方，虽然说是不要紧，或者是一点关系也没有，但批评总是要批评的。

有时再谈得远一点，就表姊表妹之类订了婆家，或什么亲戚的女儿出嫁了，或是什么耳闻的，听说的，新娘子和新姑爷闹别扭之类。

那个时候，我们的县里早就有了洋学堂了。小学好几个，大学没有。只有一个男子中学，往往成为谈论的目标。谈论这个，不单是翠姨，外祖母，姑姑，姐姐之类，都愿意讲究这当地中学的学生。因为他们一切洋化，穿着裤子，把裤腿卷起来一寸，一张口，"格得毛宁"[1]外国语，他们彼此一说话就"答答答"，听说这是什么俄国话。而更奇怪的是他们见了女人不怕羞。这一点，大家都批评说是不如从前了。从前的书生，一见了

---

[1] "格得毛宁"，英语 Good morning 音译，意为"早上好"。

女人脸就红。

我家算是最开通的了。叔叔和哥哥他们都到北京和哈尔滨那些大地方去读书了,他们开了不少的眼界。回到家里来,大讲他们那里都是男孩子和女孩子同学。

这一题目,非常的新奇,开初都认为这是造了反。后来因为叔叔也常和女同学通信,因为叔叔在家庭里是有点地位的人。并且父亲从前也加入过国民党,革过命,所以这个家庭都"咸与维新"[1]起来。

因此在我家里,一切都是很随便的,逛公园,正月十五看花灯,都是不分男女,一齐去。

而且我家里设了网球场,一天到晚打网球,亲戚家的男孩子来了,我们也一齐的打。

这都不谈,仍旧来谈翠姨。

翠姨听了很多的故事。关于男学生结婚的事情,就是我们本县里,已经有几件事情不幸的了。有的结婚了,从此就不回家了;有的娶来了太太,把太太放在另一间屋子里住着,而且自己却永久住在书房里。

每逢讲到这些故事时,多半别人都是站在女的一边,说那男子都是念书念坏了,一看了那不识字的又不是女学生之类就生气,觉得处处都不如他。天天总说婚姻不自由。可是自古至今,都是爹许娘配的,偏偏到了今天,都要自由。看吧,这还没有自由呢,就先来了花头故事了,娶了太太的不回家,或是把太太放在另一个屋子里。这些都是念书念坏了的。

翠姨听了许多别人家的评论。大概她心里边也有些不平,她就问我不读书是不是很坏的,我自然说是很坏的。而且她看了我们家里男孩子,女

---

[1] "咸与维新",语出《书·胤征》,本义为"都给(沾染恶习、旧俗的人)重新做人",后表示"都参加更新旧制"。

孩子通通到学堂去念书的。而且我们亲戚家的孩子也都是读书的。

因此她对我很佩服，因为我是读书的。

但是不久，翠姨就订婚了。就是她妹妹出嫁不久的事情。

她的未来的丈夫，我见过，在外祖父的家里。人长得又矮又小，穿一身蓝布棉袍子，黑马褂，头上戴一顶赶大车的人所戴的四耳帽子。

当时翠姨也在的，但她不知道那是她的什么人，她只当是哪里来了这样一位乡下的客人。外祖母偷着把我叫过去，特别告诉了我一番，这就是翠姨将来的丈夫。不久翠姨就很有钱。她的丈夫的家里，比她妹妹丈夫的家里还更有钱得多。婆婆也是个寡妇。守着个独生的儿子。儿子才十七岁，是在乡下的私学馆里读书。

翠姨的母亲常常替翠姨解说，人小点不要紧，岁数还小呢，再长上两三年两个人就一般高了。劝翠姨不要难过，婆家有钱就好的。聘礼的钱十多万都交过来了，而且就由外祖母的手亲自交给了翠姨；而且还有别的条件保障着，那就是说，三年之内绝对不准娶亲，藉着男的一方面年纪太小为辞，翠姨更愿意远远的推着。

翠姨自从订婚之后，是很有钱的了，什么新样子的东西一到，虽说不是一定抢先去买了来，总是过不了多久，箱子里就要有的了。那时候夏天最流行银灰色市布大衫，而翠姨穿起来最好，因为她有好几件，穿过两次不新鲜就不要了，就只在家里穿，而出门就又去做一件新的。

那时候正流行着一种长穗的耳坠子，翠姨就有两对：一对红宝石的，一对绿的。而我的母亲才能有两对，而我才有一对。可见翠姨是顶阔气的了。

还有那时候就已经开始流行高跟鞋了。可是在我们本街上却不大有人穿，只有我的继母早就开始穿，其余就算是翠姨。并不是一定因为我的母亲有钱,也不是因高跟鞋一定贵,只是女人们没有那么摩登的行为,或者说她们不很容易接受新的思想。

翠姨第一天穿起高跟鞋来,走路还很不安定,但到第二天就比较的习惯了。到了第三天,就说以后,她就是跑起来也是很平稳的,而且走路的姿态更加可爱了。

我们有时也去打网球玩玩,球撞到她脸上的时候,她才用球拍遮了一下,否则她半天也打不到一个球。因为她一上了场站在白线上就是白线上,站在格子里就是格子里,她根本不动。有的时候她竟拿着网球拍子站着一边去看风景去了。尤其是大家打完了网球,吃东西的吃东西去了,洗脸的洗脸去了。惟有她一个人站在短篱前面,向着远远的哈尔滨市影痴望着。

有一次我同翠姨一同去做客。我继母的族中娶媳妇。她们是八旗人,也就是满人,满人才讲究场面呢,所有的族中的年青的媳妇都必得到场,而且个个打扮得如花似玉。似乎咱们中国的社会,是没这么繁华的社交的场面的,也许那时候,我是小孩子,把什么都看得特别繁华。就只说女人们的衣服吧,就个个都穿得和现在西洋女人在夜总会里边那么庄严,一律都穿着绣花大袄。而她们是八旗人,大袄的襟下一律的没有开口,而且很长。大袄的颜色枣红的居多,绛色的也有,玫瑰紫色的也有。而那上边绣的花色,有的荷花,有的玫瑰,有的松竹梅,一句话,特别的繁华。

她们的脸上,都擦着白粉,她们的嘴上都染得桃红。

每逢一个客人到了门前,她们是要列着队出来迎接的,她们都是我的舅母,一个一个的上前来问候了我和翠姨。

翠姨早就熟识她们的,有的叫表嫂子,有的叫四嫂子。而在我,她们就都是一样的,好像小孩子的时候,所玩的用花纸剪的纸人,这个和那个都是一样，完全没有分别。都是花缎的袍子，都是白白的脸，都是很红的嘴唇。

就是这一次，翠姨出了风头了，她进到屋里，靠着一张大镜子旁坐下了。女人们就忽然都上前来看她，也许她从来没有这么漂亮过，今天把别人都惊住了。

依我看，翠姨还没有她从前漂亮呢，不过她们说翠姨漂亮得像棵新开的腊梅。翠姨从来不搽胭脂的，而那天又穿了一件为着将来做新娘子而准备的蓝色缎子满是金花的夹袍。

翠姨让她们围起看着，难为情了起来，站起来想要逃掉似的，迈着很勇敢的步子，茫然的往里边的房间里闪开了。

谁知那里边就是新房呢，于是许多的嫂嫂就哗然的叫着，说：

"翠姐姐不要急，明年就是个漂亮的新娘子，现在先试试去。"

当天吃饭饮酒的时候，许多客人从别的屋子来呆呆的望着翠姨。翠姨举着筷子，似乎是在思量着，保持着镇静的态度，用温和的眼光看着她们。仿佛她不晓得人们专门在看着她似的。但是别的女人们羡慕了翠姨半天了，脸上又都突然的冷落起来，觉得有什么话要说，又都没有说，然后彼此对望着，笑了一下，吃菜了。

四

有一年冬天，刚过了年，翠姨就来到了我家。

伯父的儿子——我的哥哥，就正在我家里。

我的哥哥，人很漂亮，很直的鼻子，很黑的眼睛，嘴也好看，头发也梳得好看，人很长，走路很爽快。大概在我们所有的家族中，没有这么漂亮的人物。

冬天，学校放了寒假，所以来我们家里休息。大概不久，学校开学就要上学去了。哥哥是在哈尔滨读书。

我们的音乐会，自然要为这新来的角色而开了。翠姨也参加的。

于是非常的热闹，比方我的母亲，她一点也不懂这行，但是她也列了席，她坐在旁边观看。连家里的厨子，女工，都停下了工作来望着我们，似乎他们不是听什么乐器，而是在看人。我们聚满了一客厅。这些乐器的声音，大概很远的邻居都可以听到。

第二天邻居来串门的，就说："昨天晚上，你们家又是给谁祝寿？"

我们就说，是欢迎我们的刚到的哥哥。因此，我们家是很好玩的，很有趣的。不久，就来到了正月十五看花灯的时节了。

我们家里自从父亲维新革命，总之在我们家里，兄弟姊妹，一律相待，有好玩的就一齐玩，有好看的就一齐去看。

伯父带着我们，哥哥，弟弟，姨……共八九个人，在大月亮地里往大街里跑去了。那路之滑，滑得不能站脚，而且高低不平。他们男孩子们跑在前面，而我们因为跑得慢就落了后。

于是那在前边的他们回头来嘲笑我们，说我们是小姐，说我们是娘娘，说我们走不动。

我们和翠姨早就连成一排向前冲去，但是，不是我倒，就是她倒，到后来还是哥哥他们一个一个的来扶着我们。说是扶着，未免的太示弱了，也不过就是和他们连成一排向前进着。

不一会到了市里，满路花灯，人山人海。又加上狮子，旱船，龙灯，秧歌，闹得眼也花起来，一时也数不清多少玩艺，哪里会来得及看，似乎只是在眼前一晃就过去了。而一会别的又来了，又过去了。其实也不见得繁华得多么不得了，不过觉得世界上是不会比这个再繁华的了。

商店的门前，点着那么大的火把，好像热带的大椰子树似的，一个比一个亮。

我们进了一家商店，那是父亲的朋友开的。他们很好的招待我们，茶，点心，橘子，元宵。我们哪里吃得下去，听到门外一打鼓，就心慌了。而外边鼓和喇叭又那么多，一阵来了，一阵还没有去远，一阵又来了。

因为城本来是不大的，有许多熟人也都是来看灯的，都遇到了。其中我们本城里的在哈尔滨念书的几个男学生，他们也来看灯了。哥哥都认识他们。我也认识他们，因为这时候我到哈尔滨念书去了，所以一遇到了我们，他们就和我们在一起。他们出去看灯，看了一会，又回到我们的地方，和伯父谈话，和哥哥谈话。我晓得他们，因我们家比较有势力，他们是很愿和我们讲话的。

所以回家的一路上，又多了两个男孩子。

无管人讨厌不讨厌，他们穿的衣服总算都市化了。个个都穿着西装，戴着呢帽，外套都是到膝盖的地方，脚下很利落清爽。比起我们城里的那种怪样子的外套，好像大棉袍子似的，好看得多了。而且颈间又都束着一条围巾，那围巾自然也是全丝全棉的花纹，似乎一束起那围巾来，人就更显得庄严，漂亮。

翠姨觉得他们个个都很好看。

哥哥也穿的西装，自然哥哥也很好看。因此在路上她直在看哥哥。

翠姨梳头梳得是很慢的，必定梳得一丝不乱，搽粉也要搽了洗掉，洗掉再搽，一直搽到认为满意为止。花灯节的第二天早晨，她就梳得更慢，一边梳头一边在思量。本来按规矩每天吃早饭必得三请两请才能出席，今天必得请到四次，她才来了。

我的伯父当年也是一位英雄，骑马，打枪绝对的好。后来虽然已经五十岁了，但是风采犹存。我们都爱伯父的，伯父从小也就爱我们。诗，词，文章，都是伯父教我们的。

翠姨住在我们家里，伯父也很喜欢翠姨。今天早饭已经开好了。催了翠姨几次，翠姨总是不出来。

伯父说了一句："林黛玉……"

于是我们全家的人都笑了起来。

翠姨出来了，看见我们这样的笑，就问我们笑什么。我们没有人肯告诉她。翠姨知道一定是笑的她，她就说："你们赶快的告诉我，若不告诉我，今天我就不吃饭了。你们读书识字，我不懂，你们欺侮我……"

闹嚷了很久，是我的哥哥讲给她听了。伯父当着自己的儿子面前到底有些难为情，喝了好些酒，总算是躲过去了。

翠姨从此想到了念书的问题，但是她已经二十岁了，上哪里去念书？上小学，没有她这样大的学生，上中学，她是一字不识。怎么可以？所以仍旧住在我们家里。

弹琴，吹箫，看纸牌，我们一天到晚的玩着。我们玩的时候全体参加，我的伯父，我的哥哥，我的母亲。

翠姨对我的哥哥没有什么特别的好，我的哥哥对翠姨就像对我们，也是完全的一样。

不过哥哥讲故事的时候，翠姨总比我们留心听些，那是因为她的年龄稍稍比我们大些，当然在理解力上，比我们更接近一些哥哥的了。哥哥对翠姨比对我们稍稍的客气一点。他和翠姨说话的时候，总是"是的""是的"的，而和我们说话则"对啦""对啦"。这显然因为翠姨是客人的关系,而且在名分上比他大。

不过有一天晚饭之后,翠姨和哥哥都没有了。每天饭后大概总要开个音乐会的。这一天,也许因为伯父不在家,没有人领导的缘故,大家吃过也就散了,客厅里一个人也没有。我想找弟弟和我下一盘棋,弟弟也不见了。于是我就一个人在客厅里按起风琴来,玩了一下,也觉得没有趣。客厅是静得很的,在我关上了风琴盖子之后,我就听见了在后屋里,或者在我的房子里是有人的。

我想一定是翠姨在屋里。快去看看她,叫她出来张罗着看纸牌。

我跑进去一看,不单是翠姨,还有哥哥陪着她。

看见了我,翠姨就赶快的站起来说:"我们去玩吧。"

哥哥也说:"我们下棋去,下棋去。"

他们出来陪我来玩棋,这次哥哥总是输,从前是他回回赢我。我觉得奇怪,但是心里高兴极了。

不久寒假终了,我就回到哈尔滨的学校念书去了。可是哥哥没有同来,因为他上半年生了点病,曾在医院里休养了一些时候,这次伯父主张他再请两个月的假,留在家里。

以后家里的事情,我就不大知道了。都是由哥哥或母亲讲给我听的。我走了以后,翠姨还住在我家里。

后来母亲告诉过,就是在翠姨还没有订婚之前,有过这样一件事情。我的族中有一个小叔叔,和哥哥一般大的年纪,说话口吃,没有风采,也是和哥哥在一个学校里读书。虽然他也到我们家里来过,但怕翠姨没有见过。那时外祖母就主张给翠姨提婚。那族中的祖母一听就拒绝了,说是寡妇的孩子,命不好,也怕没有家教,何况父亲死了,母亲又出嫁了,好女不嫁二夫郎,这种人家的女儿,祖母不要。但是我母亲说,辈分合,他家还有钱，翠姨过门是一品当朝的日子，不会受气的。

这件事情翠姨是晓得的，而今天又见了我的哥哥，她不能不想哥哥大概是那样看她的。她自觉的觉得自己的命运不会好的。现在翠姨自己已经订了婚，是一个人的未婚妻。二则她是出了嫁的寡妇的女儿，她自己一天把这背了不知有多少遍，她记得清清楚楚。

五

翠姨订婚，转眼三年了，正这时，翠姨的婆家，通了消息来，张罗要娶。她的母亲来接她回去整理嫁妆。

翠姨一听就得病了。

但没有几天，她的母亲就带着她到哈尔滨办嫁妆去了。

偏偏那带着她采办嫁妆的向导，又是哥哥介绍来的他的同学。他们住在哈尔滨的秦家岗上，风景绝佳，是洋人最多的地方。那男学生们的宿舍里边，有暖气，洋床。翠姨带哥哥的介绍信，像一个女同学似的被他们招待着。又加上已经学了俄国人的规矩，处处尊重女子。所以翠姨当然受了他们不少的尊敬，请她吃大菜，请她看电影。坐马车的时候，上车让她先上，下车的时候，人家扶她下来。她每一动别人都为她服务。外套一脱，就接过去了；她刚一表示要穿外套，就给她穿上了。

不用说，买嫁妆她是不痛快的，但那几天，她总算一生中最开心的时候。

她觉得到底是读大学的人好，不野蛮，不会对女人不客气，绝不能像她的妹夫常常打她的妹妹。

经这到哈尔滨去一买嫁妆，翠姨就不愿意出嫁了。她一想那个又丑又小的男人，她就恐怖。

她回来的时候，母亲又接她到我们家来住着，说她的家里又黑，又冷，说她太孤单可怜。我们家是一团和气的。

到了后来，她的母亲发现她对于出嫁太不热心，该剪裁的衣裳，她不去剪裁。有一些零碎还要去买的，她也不去买。做母亲的总是常常要加以督促，后来就要接她回去，接到她的身边，好随时提醒她。她的母亲以为年青的人必定要随时提醒的，不然总是贪玩。而况出嫁的日子又不远了，或者就是二三月。

想不到外祖母来接她的时候，她从心里的不肯回去，她竟很勇敢的提出来她要读书的要求。她说她要念书，她想不到出嫁。

开初外祖母不肯，到后来，她说若是不让她读书，她是不出嫁的。外祖母知道她的心情，而且想起了很多可怕的事情……

外祖母没有办法，依了她。给她在家里请了一位老先生，就在自己家院子的空房子里边摆上了书桌，还有几个邻居家的姑娘，一齐念书。

翠姨白天念书，晚上回到外祖母家。

念了书，不多日子，人就开始咳嗽，而且整天的闷闷不乐。她的母亲问她，有什么不如意？陪嫁的东西买得不顺心吗？或者是想到我们家去玩吗？什么事都问到了。

翠姨摇着头不说什么。

过了一些日子，我的母亲去看翠姨，带着我的哥哥，他们一看见她，第一个印象，就觉得她苍白了不少。而且母亲断言的说，她活不久了。

大家都说是念书累的，外祖母也说是念书累的，没有什么要紧的。要出嫁的女儿们，总是先前瘦的，嫁过去就要胖了。

而翠姨自己则点点头，笑笑，不承认，也不加以否认。还是念书，也不到我们家来了,母亲接了几次,也不来,回说没有工夫。

翠姨越来越瘦了,哥哥去到外祖母家看了她两次,也不过是吃饭,喝酒,应酬了一番,而且说是去看外祖母的。在这里,年青的男子去拜访年青的女子,是不可以的。哥哥回来也并不带回什么欢喜或是什么新奇的忧郁,还是照样和我们打牌下棋。

翠姨后来支持不了啦,躺下了,她的婆婆听说她病了,就要娶她,因为花了钱,死了不是可惜了吗?这一种消息,翠姨听了病就更加严重。婆家一听她病重,立刻要娶她。因为在迷信中有这样一章:病新娘娶过来一冲,就冲好了。翠姨听了,就只盼望赶快死,拼命的糟蹋自己的身体,想死得越快一点儿越好。

母亲记起了翠姨,叫哥哥去看翠姨。是我的母亲派哥哥去的。母亲拿了一些钱让哥哥给翠姨送去,说是母亲送她在病中随便买点什么吃的。母亲晓得他们年青人是很拘泥的,或者不好意思去看翠姨,也或者翠姨是很想看他的,他们好久不能看见了。同时翠姨不愿意出嫁,母亲很久地就在心里猜疑着他们了。

男子是不好去专访一位小姐的,这城里没有这样的风俗。母亲给了哥哥一件礼物,哥哥就可去了。

哥哥去的那天,她家里正没有人,只是她家的堂妹妹迎接着这从未见过的生疏的年青的客人。那堂妹妹还没问清客人的来由,就往外跑,说是去找她们的祖父去,请他等一等。大概她想凡是男客就是来会祖父的。

客人只说了自己的名字,那女孩子连听也没有听就跑出去了。

哥哥正想,翠姨在什么地方?或者在里屋吗?翠姨大概听出什么人来了,她就在里边说:"请进来。"

哥哥进去了,坐在翠姨的枕边,他要去摸一摸翠姨的前额,是否发

热,他说:

"好了点吗?"

他刚一伸出手去,翠姨就突然的拉住他的手,而且大声的哭起来了,好像一颗心也哭出来了似的。哥哥没有准备,就很害怕,不知道说什么,做什么。他不知道现在该是保护翠姨的地位,还是保护自己的地位。同时听得见外边已经有人来了,就要开门进来了。一定是翠姨的祖父。

翠姨平静的向他笑着,说:

"你来得很好,一定是姐姐,你的婶母(我的母亲)告诉你来的,我心里永远纪念着她。她爱我一场,可惜我不能去看她了……我不能报答她了……不过我总会记起在她家里的日子的……她待我也许没有什么,但是我觉得已经太好了……我永远不会忘记的……我现在也不知道为什么,心里只想死得快一点就好,多活一天也是多余的……人家也许以为我是任性……其实是不对的。不知为什么,那家对我也会是很好的,但是我不愿意。我小时候,就不好,我的脾气总是,不从心的事,我不愿意……这个脾气把我折磨到今天了……可是我怎能从心呢……真是笑话……谢谢姐姐她还惦着我……请你告诉她,我并不像她想的那么苦呢,我也很快乐……"翠姨苦笑了一笑,"我的心里安静,而且我求的我都得到了……"

哥哥茫然的不知道说什么。这时祖父进来了。看了翠姨的热度,又感谢了我的母亲,对我哥哥的降临,感到荣幸。他说请我母亲放心吧,翠姨的病马上就会好的,好了就嫁过去。

哥哥看了看翠姨就退出去了,从此再没有看见她。

哥哥后来提起翠姨常常落泪,他不知翠姨为什么死,大家也都心中纳闷。

尾声

等我到春假回来，母亲还当我说："要是翠姨一定不愿意出嫁，那也是可以的，假如他们当我说。"

……

翠姨坟头的草籽已经发芽了，一掀一掀的和土粘成了一片，坟头显出淡淡的青色，常常会有白色的山羊跑过。

这时城里的街巷，又装满了春天。

暖和的太阳，又转回来了。

街上有提着筐子卖蒲公英的了，也有卖小根蒜的了。更有些孩子们，他们按着时节去折了那刚发芽的柳条，正好可以拧成哨子，就含在嘴里满街的吹。声音有高有低，因为哨子有粗有细。

大街小巷到处的呜呜呜，呜呜呜。好像春天是从他们的手里招呼回来了似的。但是这为期甚短。一转眼，吹哨子的不见了。

接着杨花飞起来了，榆钱飘满了一地。

在我的家乡那里，春天是快的。五天不出屋，树发芽了，再过五天不看树，树长叶了，再过五天，这树就像绿得使人不认识它了。使人想，这棵树，就是前天的那棵树吗？自己回答自己，当然是的。春天就像跑着似的那么快。好像人能够看见似的，春天从老远的地方跑来了，跑到这个地方，只向人的耳朵吹一句小小的声音，"我来了呵"，而后很快的就跑过去了。

春，好像它不知道多么忙迫，好像无论什么地方都在招呼它。假若它晚到一刻，太阳会变色的，大地会干成石头，尤其是树木，那真是好像再多一刻工夫也不能忍耐。假若春天稍稍在什么地方留连了一下,就会误了不少的生命。

春天为什么它不早一点来,来到我们这城里多住一些日子,而后再慢慢的到另外的一个城里去,在另外一个城里也多住一些日子。

但那是不能的了,春天的命运就是这么短。

年青的姑娘们,她们三两成双,坐着马车,去选择衣料去了,因为就要换春装了。她们热心的弄着剪刀,打着衣样,想装成自己心中想得出的那么好。她们白天黑夜的忙着,不久春装换起来了,只是不见载着翠姨的马车来。

冷也好热也好活着就好

池莉 作

这天。大约是下午四点钟光景。有个赤膊男子骑辆破自行车,"嗤"地刹在小初开堂门前的马路牙子边,不下车,脚尖蹭在地上,将汗湿透的一张钱揉成一坨,两手指一弹,准确地弹到小初开堂的柜台上。

"喂。猫子。给支体温表。"

猫子愉快地应声"呃",去拿体温表。

收费的汉珍找了零钱,说:"谁呀?"

猫子说:"不晓得谁。"

汉珍说:"不晓得他叫你猫子?"

猫子说:"江汉路一条街人人都晓得我叫猫子。"

江珍说:"哟,像蛮大名气一样。"

猫子说:"我实事求是。"

汉珍张了张嘴,没想出什么恰当的话来,也就闭了口,将摇头的电扇定向自己的脸,眼光从吹得东倒西歪的睫毛丛中模糊地投向大街。

猫子走到马路牙子边递体温表给顾客,顷刻间两人都晒得汗滚油流。突然,他们被吓了一大跳,接着他们哈哈大笑,都说:"这个婊子养的!"

猫子又取出一支体温表给了顾客。汉珍说:"出么事了?"

猫子只顾津津有味地笑，扔过又一支体温表的钱。

汉珍说："出么事了哟？"

猫子说："你猜猜？"

汉珍说："这么热的天让我猜？你这个人！"

猫子说："猜猜有趣些。你死也猜不着。"

汉珍说："我真是要劝燕华别嫁你。个巴妈一点都不男子汉。"

猫子说："么事男子汉？浅薄！告诉你吧，砰——体温表爆了，水银飙出去了！"

汉珍猛地睁大眼睛，说："我不信！"

"不信？这样——砰。"猫子做动作，动作很传神。

汉珍说："世界真奇妙。"

猫子白汉珍一眼，摹仿《正大综艺》节目主持人姜昆的普通话："世界真奇妙。"

他们捂着肚皮笑了。这天余下的钟点过得很快。他们没打瞌睡，谈论了许多奇奇怪怪的话题，很有意思。

下班了。猫子本来是准备回自己家的，现在他改变决定还是去燕华家。今天体温表都爆了，多热的天，他要帮帮燕华。既然他们是在谈朋友，他就要表现得体贴一点儿。

出了小初开堂，顺着大街直走三分钟，燕华家就到了。旧社会过来的老房子，门面小，里头博大精深，地道战一样复杂，不知住了多少家。进门就是陡峭狭窄的木质楼梯，燕华家住二楼，住二楼其中的两间房。燕华一间，她父亲一间，都有十五个平方米，这种住房条件在武汉市的江汉路一带那是好得没说的了。所以燕华就更有俏皮的资本啦。猫子认为：燕华不俏皮谁俏皮？要长相有长相，要房子有房子，要技术有技术，要钱是个独生女。燕华不俏皮谁俏皮？人嘛。不过，话该这么说，燕华只管俏她的，猫子有猫子的把握。

住一楼的王老太在楼梯口坐只小板凳剥毛豆。王老太像钟点，每天下午六点钟准坐这儿择菜。

猫子说："太。热啊。"

王老太说："热啊猫子。"

猫子给王老太一盒仁丹，说："太。热不过了就吃点仁丹。"

王老太说："唉呀吃么仁丹，这大把年纪了活着害人，只唯愿一口气上不来去了才好。"

猫子说："看太说到哪里去了。"

王老太倒出几粒银光闪烁的仁丹丸子含在舌头上，含糊地说："猫子啊，燕华今天轮早班了，你小点心。"

用不着王老太提醒，猫子心中有数。燕华是公共汽车司机，一周一轮班，早班凌晨四点发车，最是睡不好的班次。燕华一轮到上早班就寻着猫子发火。所以猫子今天本来是要回自己家的。

燕华在厨房里洗菜，穿了件相当于男式背心的女背心，下面是花布裤头，整个背部包括裤头的腰全汗湿得贴在身上。厨房几家共用，几家的女人都在忙碌饭菜，自然都汗湿得不比燕华少。猫子想这里好比游泳池了。

猫子说："热啊嫂子们。"

女人们说："猫子好甜的嘴。"

猫子说："燕华。"

燕华哗啦啦洗菜，不理他。

猫子说："燕华我来洗吧。"

燕华继续洗菜不理人。

猫子朝女人们做了个求助的手势,女人们就说:"燕华死丫头,有福不会享。"

猫子说:"就是。"

燕华竖起一根手指,将脸面上的汗珠刮得飞溅。说:"去去。说不来呢做么事又来了?说你妈病了呢你妈这么快就好了?"

猫子说:"你不晓得今天出了什么事呢,我特意来告诉你的。"

燕华横了他一眼。

女人们都问:"么事呀么事呀?"

猫子说:"我卖一支体温表,拿到街上给顾客。只晒了一会太阳,砰——水银飙出来了,体温表爆了。"

女人们说:"啧啧啧啧,你看这武汉婊子养的热!多少度哇!"

燕华说:"吹!"

猫子说:"我吹吗?我是吹的人吗?"

燕华说:"你以为你不吹?十男九吹。"

猫子说:"那让嫂子们说句公道话。"

女人们说:"猫子真不是吹的人。燕华别冤枉他了。"

燕华说:"你们干什么干什么?八国联军打中国呀。"说完忍不住笑,扭身跑了。

猫子脱了T恤衫,赤膊上阵洗菜。接着切菜。接着炒菜。叮叮当当。做得大汗淋漓,热火朝天。

女人们说:"猫子啊,一个怕老婆的毛坯子。"

猫子说:"怕就怕。怕老婆有么事丑的。当代大趋势。其实呢,是心疼她,上早班多辛苦。"

女人们说:"猫子真是个好男将哦,又体贴人又勤快,又不赌不嫖。"

猫子说:"你们又不接客,么样晓得我不嫖啊?"

一个女人跑上来拧了猫子的嘴。其他几个咬牙切齿笑,说:"这个小狗日的!"

猫子大笑。

菜饭刚做好。燕华的父亲回来了。老师傅白发白眉,老寿星模样。老通城餐馆退休的豆皮师傅,没休一天又被高薪返聘回去了。据说他是当年给毛泽东做豆皮的厨师之一。这一带街坊邻居无不因此典故而敬慕他。

一厨房的人都一迭声地打招呼。

"许师傅您家回来了。"

许师傅说:"回了回了。今天好热啊。"

人都应:"热啊热啊。"

许师傅说:"猫子你热死了,快到房里吹吹电扇。"

猫子说:"无所谓,吹也是热风。"

燕华冲了凉水澡出来。黑色背心白色短裤裙,乳房大腿都坦率地鼓着,英姿飒爽。猫子冲她打了个响指。她扭了扭腰要走。

许师傅说:"燕华莫走!帮猫子摆饭菜。"

太阳这时正在一点一点沉进大街西头的楼房后边,余晖依然红亮得灼人眼睛。洒水车响着洒水音乐过来过去,马路上腾起了一片白雾,紧接着干了。黄昏还没来呢,白天的风就息了。这个死武汉的夏天!

燕华拎了两桶水,一遍又一遍洒在自家门口的马路上,终于将马路洒出了湿湿的黑颜色。待她直起腰的时候,许多人家已经搬出竹床了。

燕华叫:"猫子。"

猫子在楼上回答:"来了。"

过了一会儿猫子还没下楼。

燕华不满意了。高叫："猫子——"

猫子搬了张竹床下来了。

燕华说："老不下来老不下来,地方都给人家占了。"

猫子说："哎你小点声好不好?你这人啦,谁家的竹床自有谁家的老地方。大家都要睡,挤紧点就挤紧点呗。"

燕华声音低了下来,却没服气,说："就你懂事,就你会做人,就你讨街坊喜欢,德性!"

猫子说："我实事求是嘛。"

猫子和燕华一边斗嘴一边忙活。他们摆好了一张竹床两只躺椅,鸿运扇搁竹床一头,电视机搁竹床另一头。几个晒得黑鱼一样的半大男孩窜来窜去碰得电线荡来荡去,燕华就说："咄,咄。"赶小动物似的。猫子觉得怪有趣,说："这些儿子们。"

许师傅摇把折扇下楼来了。他已经冲了个澡,腰间穿条老蓝的棉绸大裤衩,坐进躺椅里,望着燕华和猫子,一种十分受用的样子。

竹床中央摆的是四菜一汤。别以为家常小菜上不了谱,这可是最当令的武汉市人最爱的菜了:一是鲜红的辣椒凉拌雪白的藕片,二是细细的瘦肉丝炒翠绿的苦瓜,三是筷子长的鲌鲦鱼煎得两面金黄又烹了葱姜酱醋,四是卤出了花骨朵的猪耳朵薄薄切一小碟子。汤呢,清淡,丝瓜蛋花汤。汤上飘一层小磨麻香油。

燕华给父亲倒了一杯酒,给猫子也倒了一杯酒。"黄鹤楼"的酒香和着菜香就笼罩了一大片马路。隔壁左右的邻居说："许师傅,好菜呀。"

许师傅用筷子直点自家的菜,说："来来喝一口。"

邻居说："您家莫客气。"

许师傅说:"那就有偏了。"

燕华冷笑着自言自语:"恶心。"

猫子说:"咳,老人嘛。"

马路对面也是成片的竹床。有人扯着嗓子叫道:"许师傅,好福气呀。"

许师傅说:"福气好福气好。"

燕华开了电视,正好雄壮的国歌升起。大街两旁的竹床上都开饭了。举目四顾,全是吃东西的嘴脸。许师傅吃喝得很香。猫子也香。一条湿毛巾搭在肩上,吃得勇猛,一会儿就得擦去滚滚的汗。燕华盛了一小碗绿豆稀饭,有一口没一口地喝,筷子在菜盘子里拨来拨去,百无聊赖。

猫子说:"燕华,我的菜是不是做得呱呱叫?"

燕华说:"你自我感觉良好。"

猫子说:"嘁!许伯伯您说?"

许师傅说:"是呱呱叫。猫子不简单呐。"

燕华说:"我吃不香。这么热的天还吃得下东西?"

猫子说:"这是没睡好的原因,上早班太辛苦了。所以我不回家,来给你做菜。"

许师傅听完就嗨嗨地乐。燕华说:"他油嘴滑舌。先头说是因为出了体温表的事。"

猫子猛拍大腿。他怎么居然还没告诉未来老丈人今天的大新闻呢!他说:"许伯伯,今天出了件稀奇事。一支体温表在街上砰地爆了,水银柱飙出玻璃管了。"

许师傅歪着头想象了好半天,惊叹道:"真是世界之大无奇不有哇!猫子,体温表最高多少度?"

猫子说:"摄氏42度。"

许师傅说:"这个婊子养的!好热啊!"

燕华放下碗,说:"热死了。不吃了。"

猫子说:"热是热,吃归吃呀。"

燕华:"像个苕。"

猫子说:"不吃晚上又饿。"

燕华说:"像个苕。人是活的吵,就叫饿死了?满街的宵夜不晓得吃。"

猫子说:"好吧好吧,十二点钟去吃宵夜。"

燕华说:"你美哩,谁要你陪,我早和人家约好了。"

猫子说:"谁?和谁?"

燕华说:"你是太平洋的警察?——管得真宽。"

许师傅说:"猫子别理她!燕华像放多了胡椒粉,口口呛人。还是个姑娘伢吵。"

燕华说:"姑娘伢么样?姑娘伢么样?"

许师傅说:"姑娘伢要文静本分温顺。"

燕华说:"怕又是旧社会了吧?"

猫子说:"许伯伯您家莫和她怄气。"

许师傅说:"都不理她。"

一老一少两个男人去看电视。燕华从鼻子里哼哼两声,转过身望街去坐,眼睛怔怔变幻着各种情绪。一般姑娘家只背了人才有这种神态的。所以贴街行走的外地人冷不丁瞧见了燕华便吓了一跳。

街上行人稀了一些,却也稀不到哪儿去。武汉市城区每平方公里平均将近四千人,江汉路又是城区最繁华的商业区,行人又能稀到哪儿去?照旧是车水马龙。不过日暮黄昏了,竹床全出来了,车马就被挤到马路中间去了。本市人不觉得有什么异常,与公共汽车、自行车等等一块儿走在大街中间。外地人就惊讶得不得了。他们侧身慢慢地走,长长一条街,一条街的胳膊大腿,男女区别不大,明晃晃全是肉。武汉市这风景啊!

电视播放国际新闻了。

猫子大声宣布:"嗨,国际啦国际啦。"

在伊拉克侵占科威特之后,猫子主动负起了提醒街坊看国际新闻的责任。几家男人端着饭碗跑了过来。

伊拉克吞并了科威特又想搞沙特阿拉伯。

猫子说:"个婊子养的伊拉克,吃饱了撑的。"

男人们都感慨:"这个婊子养的!"

有人说:"这婊子破坏我们亚运会。等开完亚运再打不迟嘛。"

许师傅说:"毛主席说过,侵略者绝无好下场。你们信不信?"

猫子说:"我信。有钱的国家都出动了,收拾它是迟早的事。"

男人们说:"那难说。阿盟其实不喜欢美国佬。咱们出兵算了,赚点外汇,减少点人口,又主持了正义,刀切豆腐两面光。不知江书记想到了这点没有?"

许师傅说:"你们怎么这种思想呢?现在的年轻人……"

大家说:"许师傅啊,我们哪有什么思想,比不得您家,毛泽东思想武装的。"

许师傅知道这是玩笑话,和气地笑了。

臭了一顿伊拉克,接着又臭武汉的持续高温。再接下来是广告,又臭广告。臭广告的时候人就渐渐散了。

猫子一放下碗,许师傅就说:"燕华,收碗。"

燕华说："我要等汉珍。"

猫子说："哦，汉珍。你们好紧的口，都不告诉我。"

燕华说："你是个么事大人物，要告诉你？"

许师傅说："收碗，燕华！"

猫子说："我来收碗。"

许师傅说："不行猫子。街坊邻居都看着，我家这点家教还是有的。燕华收碗。"

燕华不情不愿起身收拾碗筷，猫子给她打下手。

王老太和女人们看着燕华猫子上了楼，就对许师傅说："您家做得对，燕华脾气娇躁了一些。猫子是个几好的伢，换个人燕华要吃亏的。"

许师傅说："是的呦，像猫子这忠厚的男伢现在哪里去找？现在的女伢们时兴找洋毛子，洋毛子会给他丈人炒苦瓜吃么，燕华要是不跟猫子，看我不捶断她的腿。"

燕华满以为猫子会主动洗碗的，谁知他在厨房放下饭锅就走人。燕华说："猫子啊。"

猫子说："干什么呀？"

燕华说："好好！我算看透你了！"

猫子说："今儿都没给个好脸色嘛。"

燕华说："么样脸色是好？"说着就露出了笑。

猫子说："这就对了。谈朋友嘛要有具体行动。"

猫子一把拉过燕华拥进怀里。燕华说："太热了。"胳膊却不由自主揽住了猫子的腰。两人扭扭绊绊进了房间。房间完全是个蒸笼，墙壁，地板，家具，摸哪儿都是烫的。等他们出房间时都有点儿中暑了。

汉珍是晚上八点半来的。燕华又换了一件新潮太阳裙和她走了。她们嘻嘻哈哈对猫子说"拜拜"。

这个时候，住人的房子空了。男女老少全睡在马路两旁。竹床密密麻麻连成一片，站在大街上一望无际。各式各样的娱乐班子很快组合起来。

许师傅本来是要摸两把麻将的。新近相识的王厨师来了。王厨师是武汉人，在远洋轮上工作了三十年，最近退休回了老家。着了迷寻着许师傅讲究武汉小吃。他们还有一个忠实的听众王老太。王老太在许师傅谈论的武汉小吃中度过了大半生。

一个嫂子约猫子打麻将。

许师傅说："猫子去玩吧。"

猫子说："我不玩麻将。"

嫂子说："那玩么事呢？总要玩点么事啊。"

猫子说："我和他们去聊天。"

嫂子说："天有么事聊头？二百五！没听人说的么：十一亿人民八亿赌，还有两亿在跳舞，剩下的都是二百五。"

猫子说："二百五就二百五。现在的人不怕戴帽子。"

嫂子膝下的小男孩爬竹床一下子摔跤了，哇地大哭。她丈夫远远叫道："你这个婊子养的聋了！伢跌了！"

嫂子拎起小男孩，说："你这个婊子养的么样搞的哟！"

猫子说："个巴妈苕货，你儿子是婊子养的你是么事？"

嫂子笑着拍了猫子一巴掌，说："哪个骂人了不成？不过说了句口头语。个巴妈装得像不是武汉人一样。"

猫子抱起小男孩，送到他家竹床上。这家男人递了猫子一支烟。

猫子说："王师傅我说个新闻吓你一跳。"

男人说："个巴妈。"

猫子说:"今天,就是今天,下午四点,我们店一支体温表在太阳下待了两分钟,水银就冲破了玻璃管。"

男人扬起眉毛,半天才说:"真的?"

猫子很高兴,吐出一串烟圈。

男人说:"你说吓人不吓人,多热!还要不要人活嘛!"

猫子豪迈地笑,说:"个婊子养的,我们不活了!"

前边有人叫了:"猫子,过来坐。"

猫子前边去了。一大群人在说话看电视。猫子将电视机揿灭了,有声有色讲了今天体温表的事。人们听了十分激动。有人建议给武汉晚报写篇通讯。有人建议给市长专线打电话:多热的天,你还让我们全天上班吗?由此受到启发,有人怀疑是否气象台在搞鬼,没有给广播电视台真实的天气预报,以免人心浮动。立即有人出来反驳,说测气象不是测的大马路,科学有科学的讲究,搞科学的人不会撒谎。猫子参加了争论,与他争论的小伙子说体温表事件很有可能不是气温的问题而是体温表的质量问题。猫子极为气愤,因为体温表是他进的货,全是一等品。

许师傅这时也成了谈话的中心人物。围绕着他的除了王老太全是剃着青皮光头的老头子。

许师傅显然有几分得意忘形,他说毛主席吃完豆皮,到厨房来和厨师一一握手,最后拍着他的肩说:你的豆皮味道好极了!

老人们乐得跟小孩一样。许师傅自嘲说:"啊,是有点像雀巢咖啡的广告。"

王老太说:"再讲讲朝鲜国吃四季美的故事。"

许师傅就又讲朝鲜领袖金日成某年某月某日到武汉访问吃四季美的小笼汤包。吃完就走,去北京了。十多天后金日成启程回国,上车前突然对送行的中央首长说:"我还有一个小问题始终没想通。"中央首长请他讲,金日成说:"那武汉市四季美的汤包,汤是么样进包子的?"

老人们更乐得不知怎么才好,捧着茶杯咕咕喝茶,过那痛快的瘾。

王厨师说:"个杂种,我漂洋过海不晓得跑了多少国家和城市,个杂种,他们的油条都是软皮隆咚的,只有我们武汉的油条是酥酥的。"

许师傅说:"咳,提不得喽。说那上海吧,十里洋场,过早吃泡饭;头天的剩饭用开水一泡,就根咸菜,还是上海!北京首都哩,过早就是火烧面条,面条火烧。广州深圳,开放城市,老鼠蛇虫,什么恶心人他们吃什么。哪个城市比得上武汉?光是过早,来,我们只数有点名堂的——"

王老太扳起指头就数开了:老通城的豆皮,一品香的一品大包,蔡林记的热干面,谈炎记的水饺,田恒启的糊汤米粉,厚生里的什锦豆腐脑,老谦记的牛肉枯炒豆丝,民生食堂的小小汤圆,五芳斋的麻蓉汤圆,同兴里的油香,顺香居的重油烧梅,民众甜食的伏汁酒,福庆和的牛肉米粉。王老太的牙齿不关缝,气一急潲出了一挂口水。她难为情地用手遮住了嘴巴,说:"丢丑了丢丑了,老不死的涎都馋出来了。"

老人们鼓掌。

王厨师说:"不愧老汉口!会吃!我这个人喜欢满街瞎吃。过个早,面窝,糍粑,欢喜坨,酥饺,油核糍,糯米鸡,一样吃一个,好吃啊!"

许师傅说:"那不是吹的,全世界全中国谁也比不过武汉的过早。"

老人们自豪极了,说:"就是就是。"

夜就这样渐渐深了。

公共汽车不再像白天那样呼呼猛开。它嗤嗤喘着气,载着半车乘客,过去了好久才过来。推麻将的声音变得清晰起来。竹床上睡的人因为热得睡不着不住地翻来覆去。女人家耳朵上,颈脖上和手腕手指上的金首饰在路灯的照射下一闪一闪地发亮。竹床的竹子在汗水的浸润下使人不易觉察地慢慢变红着……

燕华正在回家的路上。

燕华和汉珍又约了两个高中女同学。四个姑娘穿得时髦之极。摩丝定型发胶将刘海高高耸在前额,脸上是浓妆艳抹。她们的步态是时装模特儿的猫步,走在大街上十分引人注目,没玩什么她们就开心极了。

她们没去跳舞也没看电影,就是逛大街。从江汉路逛到六渡桥,又从六渡桥逛回江汉路。吃冰淇淋,吃什锦豆腐脑,你出钱请一次,她出钱请一次。

汉珍说了今天体温表的新闻。

燕华说了今天她车上售票员小乜和乘客相骂的事。说是两个北方男人坐过了站,小乜要罚款。北方人不肯掏钱,还诉了一通委屈。小乜就说:"赖儿叽叽的,亏了裆里还长了一坨肉。"

北方人看着小乜是个年轻姑娘,不敢相信自己的耳朵,大声问:嘛?

小乜也大声告诉他们:鸡巴。不懂吗?

北方人面红耳赤,赶快掏出了钱。

四个姑娘笑得一塌糊涂。燕华顶快活。说:"个婊子养的,家里一个老头子,一个男朋友,想讲给人听又讲不出口,憋死我了。"

汉珍说:"那你就结婚当嫂子嘛。我看猫子已经等不得了。"

另外两个女同学说:"燕华只怕都是嫂子喽,猫子能那么老实?"

燕华扑过去撕女同学的嘴,闹得一团锦簇在霓虹灯下乱滚。

她们又议论了影星歌星,议论了黄金首饰的价格与款式,议论了各自的男朋友,议论了被歹徒杀害的"娟兰"和"两兰",为这四个孩子叹息了一番。

汉珍说:"要是你们遇上了歹徒怎么办?"

燕华说:"老子不怕!凭么事让他搞钱?我们公司赚几个钱容易?全是老子们没日没夜开车赚的。邪不压正,你越怕越出鬼。"

姑娘们说:"是这个话,怕他他一样杀你。"

走着说着,实在走不动了,她们才分了手。

燕华买了宵夜拎回家来。

许师傅在躺椅上闭目养神。

燕华说:"爸爸吃点伏汁酒吧。猫子呢?"

许师傅说:"前边玩。"

燕华踮脚往前望,望见一片又一片竹床,没见猫子。

猫子这时其实在燕华的视线内,但他躺在四的竹床上。四的竹床都与众不同,脚矮,所以被遮挡住了。

四是个有点年纪的单身汉。街坊传说他是个作家,他本人则不置可否。四是他的小名。许多人讨厌他酸文假醋,猫子却有点喜欢他。因为和四说话可以胡说八道。

猫子说:"四,我给你提供一点写作素材好不好?"

四说:"好哇。"

猫子说:"我们店一支体温表今天爆炸了。你看邪乎不邪乎?"

四说:"哦。"

猫子说:"怎么样?想抒情吧?"

四说:"他妈的。"

猫子说:"他妈的四,你发表作品用什么笔名?"

四唱起来:"不要问我从哪里来,我的故乡在远方,为什么流浪,流浪远方,流浪。"

猫子说:"你真过瘾,四。"

四将大背头往天一甩,高深莫测仰望星空,说:"你就叫猫子吗?"

猫子说:"我有学名,郑志恒。"

四说:"不,你的名字叫人!"

猫子说:"当然。"

然后,四给猫子聊他的一个构思,四说准把猫子聊得痛哭流涕。四讲到一半的时候,猫子睡着了。四就放低了声音,坚持讲完。

燕华又冲了一个澡,穿着汗衫短裤拖鞋,沿着街低低叫唤:"猫子。猫子。"

四听见了却没回答。他想的是:让男人们自由一些吧。

凌晨一点钟了。燕华回到自家竹床上想睡上一会儿。王老太在她耳朵边说:"呀,猫子是个好男将啊。"

燕华说:"晓得。"

王老太又说:"男怕干错行,女怕找错郎啊!"

燕华说:"晓得晓得。"

王老太深深叹了一口气,不出声了。

燕华迷迷糊糊地睡了一觉,一身汗,热醒了。三点半,该去上班了。

燕华的第一趟车四点钟准时发出。售票员依然是小乜。车过江汉路时,她们发现了猫子。猫子睡在四的竹床上,毫不客气摊成了个大字。燕华最恨四,说:"这个混账东西,哪儿不好睡。"

小乜说:"猫子搭帐篷了。"

燕华说:"呸,流氓。"

小乜说:"个巴妈,他在大街上'搭帐篷',我把眼睛剜瞎它?"

燕华说:"个婊子养的!"

小乜说:"结婚吧。莫丢人了。"

小乜纵情大笑。

燕华说:"小点声伙计,武汉市就现在能睡一会。"

小乜掩住口,吃吃笑个不住。

燕华驾驶着两节车厢的公共汽车,轻轻在竹床的走廊里穿行,她尽量不踩油门,让车像人一样悄悄走路。

初雪

[法]莫泊桑 作　王振孙 译

漫长的克鲁瓦泽特散步大道[1]在蔚蓝色的海水边像一条圆弧般铺展开去。靠右边那儿，埃斯特雷尔山[2]伸向远处的大海；它隔断了人们的视线，一个个奇形怪状的尖峭的山峰，在天际构成了一幅瑰丽的南方幻景。

左边是露出海面，覆盖着丛丛枞树的圣玛格丽特岛和圣奥诺拉岛[3]。

沿着宽阔的海湾，沿着环抱戛纳城的那些巍峨的峰峦，那许许多多白色的别墅仿佛都已经在阳光下进入了梦乡。从远处看去，分布在山坡上下的一座座浅色的房舍，犹如碧毡绿毯上的点点白雪。

离海边最近的那些别墅，它们的栅栏门，朝着被平静的海水日夜冲刷着的宽广的散步大道。天气晴朗，气候温和；这是一个冬天刚过、偶尔才感到有一丝凉意的温煦晴和的日子。从花园的围墙上望进去，可以看到一棵棵结满金色果实的橙子树和柠檬树。有几位太太正在沙石大路上款款而行，有的身后跟着几个在滚铁环的孩子，有的在和先生们闲谈。

一位年轻的太太刚刚走出了她的精致的、大门朝着克鲁瓦泽特散步大道的小别墅。她站定了一会儿，瞧瞧在大道上散步的人们，微微一笑，随后迈着疲惫的步伐走到了面对大海的一张空长椅那儿。这二十来步路已经把她累着了,她气喘吁吁地坐了下去。她脸色苍白得就像个死人一样。她咳嗽频频,这时她把她白皙的手指伸向嘴边,像是要止住这种使她精疲力竭的冲击似的。

她瞧着阳光明媚、燕子飞翔的天空;瞧着那边奇峰突起的埃斯特雷尔群山,还有近在身边的那么湛蓝、那么平静、那么美丽的大海。

她的脸上又一次漾起了笑意,轻轻地说:

"哦,我是多么幸福啊!"

可是她知道她的日子已经不长,她决不会看到春天来临了。她知道,一年以后,就在这条散步大道上,就是眼下在她面前走过去的这些人,又会带着他们的比今年长高一些的孩子,怀着那颗始终充满着希望、柔情和幸福的心灵,再次来到这气候宜人的地方呼吸这暖洋洋的空气;而她呢,将横在一具橡木棺材里,连现在还残存着的这一身可怜的皮肉也将化为污泥,只留下一具枯骨包在她选来做裹尸布的绸连衣裙里。

她将弃绝人世,生活中的一切事物将为别人继续存在下去。而对她来说,一切均将结束,永远结束。她将与世长辞。她微笑了,尽力用她患病的肺叶呼吸着花园里的芳香气息。

她陷入了沉思。

她在回忆。四年以前,她嫁给了一个诺曼底的绅士。那是一个蓄胡子的身强力壮的年轻人,肤色红润,肩背宽阔,天资不高,性格开朗。

---

1 克鲁瓦泽特散步大道在法国东南部临地中海城市戛纳的海边,风景优美,举世闻名。
2 法国阿尔卑斯滨海省和瓦尔省境内的滨海群山,在地中海滨形成许多美丽的岬角。最高点维内格尔峰,高六一六米。
3 地中海莱兰群岛中的两个主要岛屿,在戛纳附近的海上。

家里人是因为财产上的原因把她许配给他的,她却毫不知情。她本来可以很自然地回答一声"不同意";却点点头说了一声"好",为的是别违逆了父母的意愿。她是巴黎人,生性活泼快乐,觉得生活非常美好。

她的丈夫把她带到了他在诺曼底的城堡。那是一座很大的石头建筑,四周都是高插云霄的古树。正面有一大片高大的枞树挡住了视野。右面,通过一个山口可以见到一片光秃秃的、一直绵延到远处一个个农庄的平原。栅栏门外有一条通道,通向三公里外的大路。

啊,她把什么都记起来了:她来到那儿时的情景,在她新居度过的第一天,以及随之而来的孤独生活。

下车后,她看到那座古老的建筑时,笑着说道:

"这副模样可叫人高兴不起来!"

"算了吧,会习惯的,你等着瞧吧。我在这儿可从来没有感到过烦闷。"

这一天,他们是在拥抱中度过的,她没有觉得时间过得太慢。第二天,他们又重新开始,说真的,整整一星期,他们都相亲相爱,难舍难分。

随后她开始安排她的家庭生活。这件事足足花了一个月时间。日子一天天过去,尽是一些耗人精力的,但又是芝麻绿豆大的小事。她懂得了生活中一些微不足道的小事的价值和重要性,她知道了有人对随着季节变化而上下浮动几分钱的鸡蛋价格也很关心。

那时候是夏天,她到地里去看收割。欢乐的阳光使她的心也活跃起来了。

秋天来了。她的丈夫开始打猎。清晨,他带着他两条狗——梅多尔和米尔查——出去了,她便一个人留在家里,可是也没有因为亨利不在家而感到伤心。她的确很爱他，可是也并不是非要他待在身边不可。他回家的时候，得到她更多温存的是那两条狗。她每天晚上以慈母般的心情照料它们，没完没了地爱抚它们，还用各种各样、数不清的可爱的名字去呼唤它们；而她也许从来也没有想到要用这些名字去称呼她的丈夫。

他讲给她听的始终是关于他打猎的事情。他说他在哪儿遇到了山鹬；对没有在约瑟夫·勒当蒂的三叶草地里发现野兔感到意外；或者是对来自勒阿弗尔的勒夏普利埃先生的打猎方式表示愤慨：这位先生老是沿着他的地界开枪猎取由他亨利·德·帕尔维尔轰赶出来的猎物。

听到这些话，她总是回答说：

"是啊，这样做的确不好，"但脑子里却在想着别的事情。

冬天来了，那是寒冷多雨的诺曼底的冬天。下不完的阵雨落在像刀刃般笔挺地直插天空的大屋顶的青石板上。道路就像泥浆滚滚的河流，田野也是一片污泥。除了哗哗雨声以外没有任何其他声音；除了一大片像乌云般的乌鸦在空中盘旋以外没有任何其他动静；它们降落在一块地里，随后又飞走了。

四点钟光景，一大群黑压压的飞禽飞来栖息在宅邸左面的那些高大的山毛榉上，一面发出刺人鼓膜的聒噪声。在将近一个小时以内，它们从这棵树梢飞到那棵树梢。它们好像在打架，呱呱直叫，在灰蒙蒙的树枝间闹成黑糊糊的一片。

她每天傍晚都怅然若失地望着这些乌鸦，心中充满着黑夜降临在这块孤寂的土地上时带来的忧伤和凄凉。

随后她打铃叫人把灯送来；她靠近炉火，烧几块木柴，可是难以使这些潮湿的大房间暖和起来。她整天都感到冷；不论在什么地方，在客厅，在用餐的时候，在她的卧房里，都感到冷；她好像冷到骨髓里面去了。她的丈夫总是要到吃晚饭时才回来,因为他总是不停地打猎,或者就是在播种、耕田以及干其他各种农活。

他回家时总是浑身泥浆,可是又那么喜笑颜开;他经常搓着手嚷道:

"这该死的天气!"

或者说:

"这火真好!"

有时候他会问道:

"今天怎么样?您高兴吗?"

他很幸福,身体很好,没有奢望;除了这种简单、安适、平静的生活以外,他没有任何其他梦想。

十二月将近,开始下雪,她对这座城堡里的彻骨寒气实在难以忍受;这座古老的城堡,犹如人越老越怕冷一样,经过几个世纪时光的流逝,已经冻成了一个冰窟窿了。所以有一天晚上,她对丈夫说:

"嗯,亨利,你是不是叫人在这儿安一个取暖器[1]?可以把墙壁烤烤干。我实话告诉你,我从早到晚没有觉得暖和过。"

听到要在他的宅邸里安一个取暖器的荒谬的想法,他起先一下子愣住了。如果说要在华贵的餐具里喂他的狗,他听起来似乎觉得还更合情理一些呢。随后他一阵狂笑,一面一遍又一遍地说:

"在这儿安一个取暖器!在这儿安一个取暖器!啊!啊!啊!多有趣的玩笑啊!"

她坚持说:

---

[1] 当时的取暖器还是我们今天使用的暖气设备的鼻祖,使用的人很少,不过在一八七五年至一八八五年间,在法国到处都可以看到宣传取暖器如何清洁卫生,可以使用各种燃料的广告。

"我向你保证,我真要冻死了,我的朋友;你是不会感到冷的,因为你一直在活动,可是我要冻死了。"

他还是笑呵呵地回答说:

"算了吧!你会习惯的;再说,这对健康也有好处。你的身体冻冻只会更好。该死的,我们又不是巴黎人,要靠木柴才能活下去。而且春天也近在眼前了嘛。"

正月初前后,突然祸从天降,她的父母在一次车祸中双双死去。她去巴黎参加了葬礼。整整半年时间,她几乎总是闷闷不乐,黯然神伤。

使人舒心快意的晴朗天气终于使她苏醒了,她没精打采地好歹拖到了秋天。

当寒冷的冬天即将来到的时候,她第一次考虑起了她那令人丧气的前途,她将怎么办呢?毫无办法。她今后会遇到什么事呢?一无所知。还有什么期待和希望可以使她那颗心重新活跃起来呢?绝对没有。一位替她看过病的医生已经说过,她是永远不会生孩子的。

这一年的冬天比上一年更冷、更凛冽,使她无时无刻不在忍受这天寒地冻之苦。她把哆哆嗦嗦的双手伸向熊熊烈火,炽烈的火焰烤灼着她的脸庞,可是寒冷的气息仿佛已经透过她的衣服和皮肉,钻进了她的背心。她从头到脚都在哆嗦。一阵阵的寒风似乎常驻在这些房间里,那是些像仇人般凶狠的、活生生的、阴险的气息。她时时刻刻都会遇到这些气息。这些气息不时地把它们冰冷凶险的仇恨向她吹来;有时吹在她的脸上,有时吹在她的手上,有时吹进她的脖子。

她又一次提起了取暖器的事情,可是她丈夫听她讲这些话时的神情就像她是在要天上的月亮似的。要在帕尔维尔这个地方安装,对他来说就像要找到点金石那样不可能。

一天,他有事去鲁昂,回来时给他妻子带来一只铜质小脚炉,他笑着说这是一只"便携式取暖器";他认为有了这只小取暖器,她以后永远也不会感到冷了。

十二月底前后,她懂得她不能永远这样生活下去;因此有一天吃晚饭的时候,她怯生生地问道:

"嗯,我的朋友,我们是不是能在开春之前到巴黎去过上一两个星期?"

他吃了一惊。

"到巴黎去?到巴黎去?可是到巴黎去干什么呢?啊,不行,瞧你说的!我们在自己家里不是很好吗。你有时候的想法真是太滑稽了!"

她结结巴巴地说:

"这样可以使我们稍许散散心。"

他没有听懂她的话。

"你要怎么样才能散心呢?上戏院?参加晚会?到城里吃晚饭?可是你在来到这儿时就很清楚,这样的娱乐你是不会有的!"

她从丈夫这些话和口气中听出了责备她的意思,便不再说下去了。她既胆小又温柔,没有反抗精神,也缺乏坚强的意志。

一月份,强烈的冷空气袭来;接着,白雪又铺盖了大地。

一天傍晚,她看着一大群乌鸦在大树周围盘旋,突然不由自主地哭了起来。

她丈夫正走进房间,他奇怪地问道:

"你究竟怎么啦?"

他是幸福的,而且非常幸福;他从来也未曾梦想过别的生活、别的乐趣。他出生在这个蹩脚的地方,他在这儿长大成人。他觉得在这儿,在他自己的家里,身心愉快,样样都好。

他不懂得人们对平静的生活会不满意,渴望有经常变化的娱乐;他完全不能理解,对某些人来说,一年四季老待在一个地方是多么不近人情;他似乎并不知道,对很多人来说,春夏秋冬在各个地区有各不相同的乐趣。

因此她对他的问题无从回答,急忙擦擦眼睛,最后她不知所措地吞吞吐吐地说:

"我……我……我有点儿忧伤……有点儿无聊……"

可是她刚说出口又感到了害怕,她马上又接着说:

"而且……我……我有点儿冷。"

一听到这句话,他便光火了。

"啊,是啊!……总是想到你的取暖器。可是,喂,该死的!可是自从你来到这儿以后,你一次也没有感冒过啊!"

夜幕降临,她上楼回到自己的房间:因为她曾经坚决要求一个单独的房间。她躺到床上。即使睡在床上,她也感到冷。她心里在想:

"以后永远是这个样子了,一直到死都不会有变化了。"

这时候她想到了她的丈夫,他怎么能对她讲这样的话呢:

"自从你来到这儿以后,你一次也没有感冒过啊!"

那么要他懂得她在遭罪,她就非得生病、咳嗽不可!

她突然一下子怒气冲天,那是一种被激怒了的懦弱和胆怯的人的怒气。

她一定得咳嗽。那么他也许便会同情她,好吧,她会咳嗽的;他会听到她咳嗽的；那就得把医生请来；他——她的丈夫会看到的，他会看到的！

她光着腿脚下了床，一个孩子气的想法使她微笑起来了：

"我要取暖器，我会得到的。我将大咳特咳，咳得他不得不下决心装一个。"

她几乎赤身裸体地坐在一把椅子上。她就这样坐了一个小时，两个小时。她冻得浑身都在打战，可就是没有感冒。于是她下决心采取一个极端措施。

她悄悄地走出了自己的房间，走下楼梯，打开了花园门。

大地覆盖着白雪，就像死了一般。她突然伸出她的光脚，踩进了这疏松而冰冷的雪地里。一种寒冷的空气就像伤口引起的疼痛一下直刺她的心头；于是她又伸出另一条腿，开始慢慢地往台阶下走去。

接着她又穿过草地，心里在想：

"我要一直走到枞树那儿。"

她气喘吁吁地跨着小步走着；每当她把光脚踩进雪里去时，她几乎连气也透不过来了。

她的手摸了摸第一棵遇到的枞树，仿佛是为了向自己证实，她已经彻底完成了她的计划；随后她再走回来。她有两三次觉得自己快要倒下了，她感到已经完全冻僵，再也支持不住了。可是在回屋之前，她还是在雪地里坐了下来，甚至还捞起一把雪擦了擦胸口。

随后她回到屋里躺下。一个小时以后，她好像感到喉咙里有一大群蚂蚁在上下折腾；另外有些蚂蚁在她的胳膊和腿上爬。不过，她还是睡着了。

第二天她咳嗽了，她起不来了。

她得了肺炎。她说胡话,在胡话中她说要安一个取暖器。医生也叮嘱一定得安一个。亨利总算让步了,心里却非常恼火。

她的病难以治愈了。她的肺严重损伤,恐怕性命也难保了。
"如果她仍旧待在这儿,她是过不了冬天的。"医生说道。
她被送到了南方。
她来到了戛纳,见到了阳光,爱上了大海,呼吸到了橙子树的花香。
春天到来以后她又回到了北方。
可是从此以后她对治愈她的病感到非常害怕,她怕诺曼底漫长的寒冬;因此一旦她感到身体有所好转,她便在半夜里打开窗子,思念着那美丽的地中海海滨。

现在,她快要死了;她心里很明白。可是她感到幸福。
她打开一份她还没有看过的报纸,看到一个标题:《巴黎初雪》。
这时候她打了一个寒战,随后露出一丝微笑。她望望对面在落日的辉映下变成了粉红色的埃斯特雷尔山;她又瞧瞧碧青碧青的宽广的天空和蔚蓝蔚蓝的浩瀚大海。她站起身来。
接着她又慢慢地往回走去,只是在咳嗽时才停住步子;因为她在户外待得太晚,她受凉了,稍许受了些凉。
她看到一封她丈夫寄来的信。她始终在微笑,她打开信,念道:

亲爱的朋友:
　　我希望你身体很好,希望你对我们美丽的家乡不要过于厌恶。最近几天这里天气奇寒,不久就要下雪了。我呢,我倒是非常喜欢这种天气，所以你一定知道，我是决不会替你那该死的取暖器生火的……

她不再念下去了，想到她终于得到了她的取暖器，觉得非常幸福。她那拿着信的右手慢慢地垂到膝盖上，而她的左手却举到了嘴边，像是想止住那要撕裂她肺脏的一阵阵袭来的猛咳。

菲雅尔塔的春天

弗拉基米尔·纳博科夫 作　逢珍 译

菲雅尔塔的春天多云且沉闷。各种东西都泛着湿气：悬铃木斑驳的树干、杜松灌木、围栏、铺路的小石子。远处几幢淡蓝色的房屋，错落排成一行，摇摇晃晃爬上斜坡（一棵柏树指示了爬坡的方向）。就在那些高低参差的屋檐之间蒸腾着一片水汽，水汽中影影绰绰的圣乔治山显得越来越不像明信片上画的样子。画着圣乔治山的明信片自一九一〇年以来一直是招徕观光旅游者的法宝。它们（如那些戴草帽的年轻出租马车车夫所言）始终在旋转售卖支撑架上，和带紫晶的岩石以及壁炉上梦幻般的贝壳装饰待在一起。空气中没有风，很温暖，隐隐有一丝烧煳了的气味。雨水冲淡了海水中的盐分，大海这时不是碧蓝而是灰色，海浪懒懒涌动，不愿碎成泡沫。

三十年代初，就在这样的一天，我不知不觉间走在了菲雅尔塔一条陡直的小街上。我所有的感觉都敞开着，各种景色马上尽收眼底：货摊上摆着品种繁多的海产品，商店橱窗里有珊瑚做的基督受难十字架；墙上贴着一家巡游马戏团垂头丧气的演出海报，被浆糊浸湿了，一角已从墙面上脱开。灰蓝色的旧人行道上扔着一小块尚未熟透的柑橘的黄皮，是它留住了即将消逝的记忆，时不时令人想起古老的马赛克图案。我喜欢菲雅尔塔。

我喜欢它,是因为在流淌着紫罗兰色音节的山谷里我感受到了一朵遭受风吹雨打最厉害的小花隐隐散发出的香甜湿气,也是因为这个可爱的克里米亚小镇有一个中提琴般的名字,仿佛有浓浓情思回响在琴音中。我喜欢菲雅尔塔,还因为这里的四旬斋[1]湿气凝重,昏昏的睡意中自有净化心灵的特殊之物。所以我故地重游,非常高兴。我沿着排水沟中的潺潺流水溯流朝山上爬去,没戴帽子,脑袋湿了。虽然衬衣外面只罩了一件轻便雨衣,皮肤上却早已暖洋洋的。

我是乘卡帕拉贝拉快车来的。这种火车具有山区火车独有的风格,跑起来不顾一切危险,一夜间风驰电掣,不知穿过了多少山洞。我预计能在那里逗留的时间只有一两天,相当于出公差途中可以喘口气,稍事休息。我把妻子和孩子们留在家里。家是一个幸福之岛,它总是出现在我生命的晴朗北方,总是漂浮在我的身旁,甚至有可能穿透我的身心。不过在多数时间里,它仍然处于我的身外。

一个没穿裤子的小男孩,紧绷着泥灰色的小肚皮,一摇一晃地下了一个门阶,又弓着腿往前走,想一次捧住三只橘子,却总是把第三只不听话的橘子弄掉,最后他自己也摔倒在地。这时过来一个十二岁左右的女孩,黑黝黝的脖子上挂着一串沉甸甸的珠子,穿着一条像吉卜赛人常穿的长裙,猛地伸出她那双更灵活的手,一把抢走了小男孩手里所有的橘子。不远处是一家咖啡店,湿漉漉的露台上,服务生在擦厚厚的餐桌桌面。一个面容忧郁的当地人在兜售当地出产的棒棒糖,那东西样子很精巧,泛着月色般的微光。他把装得不能再满了的一个篮子搁在有裂缝的栏杆上,和服务生隔着篮子说起话来。要么是毛毛细雨停了,要么是菲雅尔塔已经习惯

---

[1] 在基督教中,复活节前的四十天为四旬斋期,也称大斋期。信徒于此期间进行斋戒,模拟当年耶稣在旷野禁食。

了毛毛细雨，现在呼吸的是潮湿空气还是温暖的雨水，她自己也不清楚。一个英国男子，穿着质地结实、可以出口的那种高尔夫球灯笼裤，从一座拱门下走了过来，进了一家药店，边走边从一个橡胶小袋里掏出烟丝，用拇指压进烟斗里。药店里有一个蓝色的花瓶，里面几大块苍白的海绵眼看就要渴死在玻璃后面。这样一个灰蒙蒙的日子，浸润着春的精髓，它自己似乎感觉迟钝，没有觉察出来，我却全身心地投入其中，感受着它的悸动与气息。想到这一点，我满怀感激，觉得所有的血管里都荡漾着无比甜美的欣喜。我的神经度过一个无眠之夜，接受能力变得非同一般地强，我吸收了一切：小教堂过去有一片杏树林，里面一只画眉在啭鸣；眼看快要倒塌的房屋一片寂静；远处大海的脉搏在薄雾中跳动。与此相伴的是一堵墙，墙头插满了破碎的瓶子玻璃，闪着防贼的莹莹绿光。还有一张马戏广告，用各种牢实不褪的颜色画着一个头插羽毛的印第安人，他骑在一匹后腿直立的马上，正甩出套索套捕一匹当地特有的斑马；还画着一些呆若木鸡的大象，坐在各自金星闪闪的宝座上沉思。

不久，刚才那个英国人从后面赶上了我。我正要把他连同其他东西一并收入眼底时，碰巧注意到他的一只蓝色大眼睛突然斜瞄向一边，扯得深红色的眼角都变了形。看他匆匆舔湿嘴唇的样子，我猜是看过药店里那些干燥海绵的缘故吧。但紧接着，我顺着他的目光，看见了尼娜。

在我们十五年的那种关系——唉，我找不到确切的术语来形容——之中，每一次见她，她似乎都不能一眼认出我来。这一次，她又是在对面的人行道上呆立了片刻，然后朝我半转过身来，神情犹犹豫豫的，同情中混杂着好奇心。只有她的黄色围巾已经开始飘动，就像狗总是先于其主人认出你——接着她叫了一声，双手高举，十个指头全都跳起舞来。就在街道的正中间，她吻了我三下，都是有口无心的吻，就像老朋友见面，一激动先吻几下再说（每次分别时也是这样，她冲我急匆匆地划划十字）。然后她就走在我身边，紧紧依偎在我身上，调整步子，和我保持一致。只是她的棕色裙子太窄，凑合着开了个边缝，步子跨得不那么自如。

"对呀，费迪也在这里。"她回答道，接着马上客气地问候叶连娜。

"他肯定是和塞居尔在哪里闲逛，"她继续说她的丈夫，"我呢，要买些东西。吃过午饭我们就离开了。等一等，亲爱的维克多，你这是带我去哪儿？"

回到从前，回到从前，每次见她都是这样，重复多年积累下来的整个过程，从最开头直到最近一次新添的情节——就像俄国的童话故事，每到故事有了新的转折时，就要把已经讲过的部分再讲一遍。这一次我们见面是在温暖多雾的菲雅尔塔。即使我知道这是最后一次，也不能多施手段来一番隆重庆祝，无法在命运提供的现有菜单上再添点新鲜花样。我口口声声说这是最后一次，因为我想象不出天堂里有哪一家代理公司会答应安排我与她在葬入坟墓后再见一面。

我初识尼娜的那一幕要放在多年前的俄国，从后台传来的左翼剧团吵吵闹闹的声响判断，应该在一九一七年前后。那是一场生日宴会，地点在我姨妈家的乡下庄园，离鲁加镇不远，时间正值隆冬之季（走近那地方的第一个标志我至今记得清清楚楚：一片白色荒野中矗立着一座红色的谷仓）。我刚从皇村学校毕业，尼娜则已经订婚了。她与我同龄，也与那个世纪同龄，但看起来至少有二十岁，也许是她生得纤细匀称的缘故。到三十二岁，这身材反而让她看上去相当年轻。她的未婚夫是个青年近卫军，从前线回来休假。他长相英俊，身材结实，极有教养，为人冷淡，说话时每个词都要在最精确的常识天平上称量过，然后用丝绒般的男中音讲出来，这样的嗓音在对她说话时会变得格外悦耳。他太讲究礼数，对她太忠心，可能让她有点烦。如今他是个成功的工程师，不过在某个极其遥远的热带国家工作，稍微有点寂寞。

窗户上亮起了灯光，亮光拖长，落在了波浪一般起起伏伏的昏暗雪地上，使窗户间反映着前门上方的扇形光亮。大门两边的侧柱各有毛茸茸的白边。本来这侧柱可以作为我俩生命之书的绝妙藏书票，却让这白边破坏了藏书签完美的轮廓。我现在想不起来大家当时为何从喧哗的大厅游荡到宁静的黑暗中，那里只有银装素裹、块头比平时肿胀了一倍的冷杉树。是不是守夜人请我们去看天上阴沉的红光，因为那预示着会有大火烧起来？可能是这样的。要么我们是过去欣赏池塘边上的一座骑士冰雕，那是我姨妈家几个孩子的瑞士家庭教师雕刻的。这也很有可能。我的记忆直到返回灯火通明的庄园大宅途中才苏醒过来。当时我们排成一行，沿着两道雪堤之间的一条窄沟，踩着雪沉重地朝大宅走去，嘎吱嘎吱的踩雪声响是寂静的冬夜对人类所作的唯一评论。我走在最后，前面三步开外，噌噌走着一个弯腰弓背的小身影，冷杉树沉重地伸出积着雪的爪子。我滑了一下，出门时有人强塞给我的那个按不亮的手电筒掉在地上。要把它捡回来可真是千难万难。我咬牙切齿地骂起来，立刻引起尼娜的注意，她回头摸着黑朝我走来，发出一声低沉而又热烈的笑，期待着找点乐子。我现在叫她尼娜，可当时我并不知道她的名字；我们，我和她，也压根没时间讲什么客套。"谁啊？"她饶有兴致地问——这时我已经吻上了她的脖子，那么柔滑，在大衣的狐皮长毛领子下热得滚烫。那领子老是妨碍我的吻，后来她就抓住我的肩膀，带着她特有的坦率个性，将她慷慨而温顺的双唇贴在我的唇上。

一阵欢闹突然爆发，分开了我们。原来是一场雪球大战在黑暗中打响。有人逃跑，跌倒，踩得雪嘎吱嘎吱响，大笑，喘气，爬上风吹而成的雪堆，使劲跑，发出了一声可怕的呻吟：深深的积雪对一只套靴实行了截肢手术。过了没多久，大家都四散回家，我不曾和尼娜交谈，不曾筹划过未来，也不曾想过接下来牵扯不断的十五年。这十五年从那一刻起就已经向着黑暗的地平线启程，一路上满载着我们零零碎碎没有集合起来的会面。我记得那一晚余下的时间里全是手势和姿势的迷宫，手势和姿势的阴影（大概是在客厅里做各种游戏，尼娜总是分在游戏的另一方），我在这些迷迷乱乱的影子里注视着她，她在雪地里和我那样亲热一番后竟然再不理我。令我惊讶的倒不是她不理我，而是她的态度来得那么天真自然。我当时还不知道，只要我一句话，她的漫不经心就会立刻转变为阳光四射般的美妙热情，转变为欢欢喜喜、百依百顺，好像女人的爱是含有盐分的泉水，喝了有益于健康，只要有人稍加注意，她就会心甘情愿地让他饮用。

"让我想想，我们上回是在哪儿见的面。"我开始说道（对着菲雅尔塔版本的尼娜），为的是让她颧骨突出、嘴唇暗红的小脸上生出一种我熟知的表情。果然不出所料，她又是摇头，又是皱眉，那意思倒不像是说她忘了，而是在感叹老说这样的笑话，太没意思了。说得更确切点，那表情就好像在说，命运在所有那些城市安排了我们各种各样的约会，却从未亲自出席；那些站台、楼梯、三面是墙的房间和昏暗的屋后小巷，只不过是很久以前别人的生活结束后存留下来的陈腐的布景，它们和我们自己漫无目的的命运的表演没什么联系，提起来实在倒人胃口。

我陪着她走进拱廊下的一家商店，珠子门帘外天色已暗，她指着几款里面垫着薄绵纸的红色女式钱包，仔细看标价牌，像是要了解博物馆里的展品名称。她说她想要的正是这种式样，不过得是淡黄褐色的。经过十分钟忙忙乱乱的翻腾,那位达尔马提亚[1]老头竟奇迹般地找出来这么一个稀奇古怪的东西,我至今都百思不得其解。尼娜正要从我手里抠出几张钱来,又突然改变了主意,什么也没买就穿过飘动的珠帘走了出来。

外面和先前一样,还是乳白色的沉闷天空,还有一股燃烧的气味,从那些灰白房屋毫无遮挡的窗户里飘出来,搅动了我对鞑靼人往事的回忆。一小群小飞虫正忙着在一株含羞草上方织补空气,含羞草无精打采地开着花,枝叶都拖到了地上。两个戴着阔边帽的工人正就着奶酪和大蒜吃午饭,他们背后靠着一块马戏广告牌,广告牌上画着一位红色的轻骑兵和一头老虎模样的橘色野兽。奇怪的是,画家竭力把这只野兽画得尽可能地凶猛,但他用力过猛,便从别的方面设法弥补,因为老虎的脸看上去分明像张人脸。

"Au fond[2],我刚才想买一把梳子。"尼娜说道,觉得后悔为时已晚。

她办事老是犹犹豫豫,想了再想,想到第三遍又回到头一次的想法上去,连上下火车时都要担心一会儿,这些我都多么熟悉啊。她总是要么刚刚到达,要么马上要离开,对此我一想起来就有受辱之感。约会本来是定好了的,就是游荡成瘾的混混也知道那是非去不可的,她却要把路线搞得复杂多变,叫你疯跑。假如要我在我们俗世评判人面前提供一个她平时的典型姿势,那我也许要把她放在库克旅行社[3],让她斜靠着一个柜台,左小腿交叉在右小腿上,左脚的脚指头轻敲地面,两只尖瘦的胳膊肘和装满硬币的手提袋放在柜台上。旅行社的工作人员则手握铅笔,和她一起谋划

---

[1] 克罗地亚的一个地区,包括亚得里亚海沿岸的达尔马提亚群岛和附近千余小岛。
[2] 法语,其实。
[3] 十九世纪中期英国人托马斯·库克(Thomas Cook, 1808—1892)创办了世界上第一家旅行社——库克旅行社,标志着近代旅游业的诞生。十九世纪下半叶在库克本人的倡导和其成功的旅游业务的鼓舞下,欧洲各地出现了一些类似于旅行社的组织,多数都叫库克旅行社。

着给她订一个一劳永逸的永久卧铺。

大批人离开俄罗斯移居国外后,我在柏林的一些朋友家里见过她——那是第二次见面。我快要结婚了,她刚刚与她的未婚夫分手。我一进那间屋子,一眼就看见了她。我又扫了一眼别的客人,凭直觉判断在场的男人中哪一个比我更了解她。她坐在一张长沙发的一角,双脚收在沙发上,小巧的身体舒适地蜷曲成一个"Z"形,一只鞋跟前面的沙发上歪立着一个烟灰缸。她眯缝着眼睛看了看我,听我报了姓名,然后从嘴唇上取下那个花梗一般的烟嘴,这才缓缓地、乐呵呵地说道:"好吧,见过大家——"她一张嘴,大家立刻明白了,我们的亲密关系由来已久。不用问,当年那场热吻的事她早就全忘了,然而不知为何,倒是因为有过那桩微不足道的事,她好像不由自主地老是隐约想起一段热烈快乐的友情,其实那样的友情在我俩之间根本不存在。我们的关系完全是一个虚架子,建立在想象出来的感情上——这与她待人随便的好心肠无关。从我们说的话来看,这次见面被证明是没有多大意义的,但我们之间已经没有了隔阂。那天晚餐时我的座位碰巧排在她身边,我厚着脸皮试探了一下,看她藏在心里的容忍程度到底如何。

此后她又消失了。一年后,我和妻子到火车站送我弟弟去波兹南。火车开走以后,我们沿着站台的另一边朝出口走去,突然在巴黎快车的一节车厢旁边看见了尼娜,她把头埋在她捧着的一束鲜花里,站在一伙人中间。那些人是她的朋友,我不认识。他们站成一圈,呆呆地望着她,就像无所事事的人望着大街路面,望着一个迷路的孩子,或者望着车祸的受害者一样。她爽朗地挥着花向我打招呼,我把她介绍给了叶连娜。在偌大一个火车站里,每一件事情都在其他事情的边缘上颤抖,颇有生命匆匆的气氛,所以每一件事情都是大事,都要只争朝夕,倍加珍视。在这样的环境中，只言片语的交谈就足以让两个完全不同的女人在下一次见面时互用昵称了。那一天，在巴黎快车投下的幽幽阴影中，她第一次提到了费迪南德。我得知她要嫁给他了，竟然觉得痛苦，想来实在可笑。车厢门开始砰砰地关上，她和朋友们吻别，很急促，但很真诚，然后上车进了车厢，消失了。接下来我透过窗户玻璃看见她在自己的隔间里坐了下来，好像突然间忘了我们，进入了另外一个世界。车厢像个玻璃鱼缸，里头隐隐约约有一个不容置疑的生命在移动，我们大家都手插在衣袋里，定睛观察。后来她明白过来我们在看她，便咚咚地敲窗玻璃，又抬起眼睛，在车窗的窗框上摸索，好像上面挂着一幅画一般，但没有任何结果。有个和她同车的旅客帮着她放下了窗子，她探出头来，是个有声有色的真人了，开心地笑着。火车无声无息地滑动起来，我们中的一个人赶了过去，递给她一本杂志和一本陶赫尼茨[1]出版的书（她只有在旅行途中才会看看英文）。一切都滑走了，走得美好、平稳。我攥着一张站台票，揉得不成样子，一支上个世纪的老歌（据传这首歌与一出巴黎的爱情剧有关）在我的脑海里响个不停。它是从记忆的音乐盒里冒出来的，为什么会冒出来，只有上帝知道。那是一支感伤的歌谣，我的一位终生未嫁的姨妈过去经常唱。这位姨妈长着一张黄脸，黄得像俄国教堂里的石蜡，但天生一副好嗓子。每当她一展歌喉，唱起这两句：

On dit que tu te maries

tu sais que j'en vais mourir [2]

---

1 德国老牌印刷出版商，自十八世纪以来代代都以印制古典文学和廉价本英文书籍出名。
2 法语，人们说你就要结婚了，你知道我会为此死去。

那圆润响亮、如痴如醉的歌声会产生神奇的力量,让她仿佛沉浸在一片火烧云发出的霞光中。旋律如泣如诉,诉说着屈辱和痛苦,节奏激发出婚礼与死亡间的联想。唱它的姨妈早已故去,现在想起来的只有她的歌声,搅得我在尼娜离开之后的几个钟头里心神不宁。甚至到后来就像一艘驶过的大船搅起的余波,小浪平缓,朝岸边扑打,梦幻般渐渐慢下来。要么就像钟楼里传出的钟声,敲钟人早已回家与家人重新欢聚,唯有铜钟仍在颤悠悠地挣扎。又是一两年过去了,我去巴黎办事。一天早晨我到一家旅馆找一位电影演员,在楼梯转弯的平台上又看见了她,穿着一套合身的女装,正在等电梯下楼,手指下方晃荡着一把钥匙。"费迪南德击剑去了。"她兴致勃勃地说道。她的眼睛盯住我的下半张脸,仿佛在读唇语一般。沉思片刻后(她对肉体欢爱的了解之深是无人可及的),她转过身,细细的脚脖子快速扭动起来,领着我走过铺着海蓝色地毯的过道。她的房门口放着一张椅子,上面摆着一只托盘,早餐吃过后还没有收拾——上面放着一把沾着蜂蜜的餐刀,托盘灰色的瓷面上撒着面包屑。不过房间已经打扫过了。因为突然开门通风,一幅绣着白色大丽花的棉布帘波浪一般扑卷进来,在落地窗的两片窗扇之间好一阵抖动撞击。房门锁上了后,窗扇才放开了扑进来的窗帘,发出一声响,好像心满意足地舒了一口气。一会儿后我走出房间,来到外面一个铸铁小阳台上,闻到一股干枫树叶和汽油混合起来的气味——原来是雾蒙蒙、灰蓝色的清晨街道上还未清理的垃圾。那时已有病态的感伤在不断增长,这将使我和尼娜之后的相逢更加痛苦。但我当时毫无察觉,所以也许表现得和她一样泰然自若,无忧无虑。我陪着她从旅馆出来,到一个什么办公室去查查她丢了的一只手提箱找着了没有,然后又去了一家咖啡店,她丈夫正在那里召集他当时的部属开会。

那个男人是个法裔匈牙利作家，我就不说他的名字了（偶然有几处提到他的名字，那也是出于礼貌用了化名）。我宁愿只字不提，但我又不由自主地要说说——他像浪涛一般从我的笔下冒出来。如今人们很少听说他了，这是好事，因为这证明我当初抵制他的邪恶魔力是对的。无论何时，手一沾到他的任何一本新书，我就会感到一股令人毛骨悚然的寒气顺脊梁而下，有这样的感觉也是对的。像他这样的人，名声传得很快，但很快就沉寂了，过时了。就历史而言，他这种人也就是生死两个日期之间的一个破折号而已。胸无实学，又傲慢自大，随时备好恶毒的双关语，毒箭一般朝你射来。他那双沉郁的棕色眼睛里深藏着一种充满期待的奇怪神情，我敢说，这个虚伪的调笑者对于弱小的啮齿动物有不可抗拒的影响力。他出口成章的功夫已练到了炉火纯青之境，尤其以词语编织匠颇为自豪，他把这个头衔看得比作家的头衔还要高。就我个人而言，我绝对不明白胡编乱造些书有什么好处，写些根本没有以任何方式真正发生过的事情有什么好处。我记得有一次，他点头鼓励我发表高见，我不怕受他嘲笑，便对他说假如我是个作家，我就会只允许自己的心灵拥有想象，其余一切都得依赖于记忆，记忆是真实的人生在夕阳下拖长了的影子。

我在认识他之前就知道他的书。那时隐隐的反感早已代替了我看他第一本小说时曾经历过的审美愉悦。他刚刚写小说时，还有可能表现出些人间美景，古老的庄园，透过他那彩色玻璃一般的花哨文风也能看出梦里常见的排排树木……然而随着每一本新书的问世，那块文风玻璃上的色彩越来越浓厚，红色紫色越来越像不祥之兆。到如今，那块玻璃已经色彩斑斓，面目狰狞，透过它再也看不出任何东西了。就算将它打碎，里头也好像空无一物，只有完全彻底的一片黑暗对着我们发抖的灵魂。但想当初他是个多危险的人啊，可谓毒汁四溅，惹急了会挥起鞭子一顿猛抽！他的讽刺如同龙卷风，所过之处皆成荒原，那里橡树被成排击倒，尘土仍在盘旋。谁要是发表了不同的意见，就会惨遭不幸，像陀螺一般被他抽得满地乱转，在飞扬的尘埃中哇哇痛叫。

那一次我们见面时，正值他的小说 *Passage à niveau* [1] 在巴黎走红。就像大家所说的，他"被包围了"。尼娜（她的适应能力奇妙地弥补了她的文化缺失）已经担当了重要角色，如果算不上缪斯，至少也是一位精神伴侣和灵犀相通的顾问，跟得上费迪南德弯弯绕绕的创作思路，忠实地分享着他的艺术趣味。要说她从头至尾参与过他哪一本书的写作，那是根本不可能的，但她有一种神奇的本领：听文学界的朋友们闲聊文学，无意间冒出来的精彩段落她都能给收集回来。

我们走进咖啡店时，一支女子乐队正在演奏。我先注意到一根镜面柱里映出一架鸵鸟腿般的竖琴，然后看见一张拼凑起来的桌子（几张小桌子拉起来拼成一张长桌），费迪南德背靠贴着厚绒布的墙壁，正在主持会议。有一阵子，他神情专注，两手张开，一桌子的人脸全都转向了他，这一切让我想起了某些离奇的、梦魇般的东西，我并不确定那是什么，但后来回想了起来，他那模样和我想起的东西太神似，让我觉得他在亵渎神明，其邪恶程度一点不亚于他的艺术。他穿着一件花呢外衣，里面是一件白色高领毛衣，油光闪亮的头发从两鬓梳向脑后，头顶上悬着香烟散出的烟雾，活像神像头上的光环；清瘦的脸像个法老一般一动不动，只有眼睛四处乱转，眼神里饱含着深藏不露的满足。他放弃了两三个原先常去的显眼地方，要不然对蒙帕纳斯[2]生活不太了解的天真无知之辈会想着去那几

---

1 法语，《平交道口》。
2 位于塞纳河左岸的巴黎街区，一九一〇至一九四〇年间，巴黎的艺术中心逐渐转移至此，其餐馆、咖啡馆内诗人画家云集。

个地方找他。然后他转而光顾这家小资情调十足的咖啡馆。这地方有令人心酸的 spécialité de la maison [1]，他仗着自己特有的幽默感竟然从中获得乐趣，真是残忍至极。所谓 spécialité de la maison 就是这个乐队，由六位面带倦容、羞羞答答的女士组成，正在一个拥挤的平台上合奏柔和的乐曲。照他的说法，这些女子的乳房都是给孩子喂奶的，在音乐世界里显得多余，她们不懂得如何处置。每一曲奏毕，他都会癫痫病发作一般鼓一阵掌，引得全身抽动。几位女子早已不再对他的掌声表示谢意了，我也觉得他这么鼓掌已经在咖啡店老板和该店常客的头脑中引起了疑问，不过费迪南德的朋友们似乎对此高度赞赏。我记得他的朋友中有这样一些人：一位秃头画家，头光得无可挑剔，只是稍微带点疤痕；就是这么个头，还经常被他找出种种借口画在他那满是眼睛和吉他的画布上。一位诗人，他的拿手玩笑是用五根火柴表演"亚当的堕落"，你想看他就演。一位地位低下的商人，只要允许他在书角印上几句暗示的话，捧捧他包养的一位女演员，他就出钱资助超现实主义者的聚会，聚会的开胃酒也由他来买单。一位钢琴家，就脸来说还算过得去，但手指上的弹奏功夫实在糟糕。一位刚刚从莫斯科来的苏联作家，外表潇洒，但语言功底太差，握着一只旧烟斗，戴着一块新手表，全然不知自己在什么样的圈子里混，显得很滑稽。出席会议的还有几位先生，都是些什么人现在记不起来了，其中有两三个无疑与尼娜关系密切。她是桌边唯一的女性，弓着背，像个小孩子一般噙住吸管一阵猛吸，只见她的柠檬汽水水位迅速下降，直到最后一滴汩汩吱吱地响过之后，她才用舌头推开了吸管。我一直在毫不松懈地寻找她的目光，只到此刻，才总算见她望了望我。但我仍然搞不明白这样一个事实：

---

[1] 法语，本店特色。

她哪里有工夫把早上刚刚发生过的事情全忘了呢——忘得如此一干二净，以致她碰上我的目光后大惑不解地笑笑作为回应。直到定睛仔细望了一阵后，她才突然想起我期待着的是什么样的回应。与此同时，费迪南德（那些女子把她们的乐器像放家具一般放到了一边，暂且离开了演奏平台）呃巴着口水招呼他的朋友们注意店里远处角落里的一个人，那是个正在吃午餐的老头。那人和某些法国人一样，出于某种原因，在他外衣的翻领上系了一条小小的红丝带，下巴上的灰白胡须和嘴唇上的八字胡合在一起为他胡乱咀嚼的嘴巴提供了一个淡黄色的安乐窝。不知为何，关于老年的点点滴滴总是让费迪看得很开心。

我没有在巴黎久留，不过待了一个星期，结果证明这点时间足够我和他之间产生出一番虚情假意的亲密友谊来，因为他有装模作样的天赋，假意也能装成真情。到后来，我甚至变得对他些用处了：我的公司从他那些比较好懂的小说中选了一部，买下了电影改编权，从此他便一有时间就发电报骚扰我。多少年过去了，我们在某个地方见了面还经常不由自主地笑脸相对，不过有他在场，我就不自在。那天在菲雅尔塔也是这样，听说他在附近晃悠，我的心情就经历了一场熟悉的郁闷。不过有一件事情让我大为释怀：他新近一个剧本演砸了。

他正朝我们走来，穿着一件带腰带和兜盖的全防水外衣，肩上背着一架照相机，脚下是双层橡胶底的鞋。他边走边舔一根长长的月长石糖棍，那是菲雅尔塔的特产。他一本正经地舔，其实是故意要惹人发笑。走在他身边的是塞居尔，长得短小精悍，面色红润，像个洋娃娃。他爱好艺术，也是个十足的傻瓜，我怎么都看不出费迪南德出于什么目的会有求于他。我至今仍能听见尼娜低沉而多情的赞叹声："啊，塞居尔，多么可爱的人！"这话看似深情，实则无意。他们走近了，费迪南德和我起劲地互致问候，又是握手，又是拍背，尽可能显得热情洋溢。其实两人根据以往经验，心里都明白这一套全是装出来的，只是个假模假式的开头。事情往往是如此这般发生：每一次分别后，我们在弦乐的伴奏下会面，那音乐奏得激动人心，在欢乐友好的忙乱中，在感情纷纷落座的喧闹中；不过引座员将会关上门，门一关，谁也不许再进来了。

塞居尔对我抱怨这里的天气，一开始我还不明白他在说什么。就算菲雅尔塔湿漉漉、灰蒙蒙、温室一般的基本状况可以被称为"天气"，它也和我们用来充当话题的任何事物都搭不上边。比如说，尼娜的瘦胳膊肘就是现成的话题，正好托在我的拇指和食指之间。要不可以说说谁扔下的一点锡箔纸头，正在远处的鹅卵石街道中间闪闪发光。

我们四个人继续往前走，隐隐觉得到前面会买点什么。"上帝啊，好一个印第安人！"费迪南德突然兴致盎然地叫道，猛地用胳膊肘捣捣我，指着一张海报让我看。再往前走走，在一处喷泉附近，他把他的棒棒糖送给了一个当地孩子，是一个皮肤黝黑的小女孩，好看的脖子上戴着一串珠子项链。我们停下来等他，只见他俯身对她说话，冲着她低垂的乌黑睫毛。随后他赶上了我们，咧嘴笑笑，发了一番议论，他平时就喜欢用这样的议论给他的言谈加佐料。后来他的注意力被陈列在纪念品商店里的一件倒霉玩意吸引过去：一件极差的大理石制品，仿的是圣乔治山，底座上露出一道黑沟，其实那是墨水池的出口，还有一个搁笔架，造得像铁轨的样子。他大张着嘴，嘴唇抖抖索索想来几句讥讽话摆摆谱，两手捧起那个笨重的、落满灰尘的、极不牢靠的东西，翻转一下，也没讨价还价就买了下来。然后他拿着那个怪物走了出来，仍然大张着嘴。他就像某个被围在驼背和矮子中间的独裁者，喜欢的也是这样那样的丑东西。这股迷恋劲少则持续五分钟，多则长达好几天；如果那东西是个活物，那就要迷得更久一些。

尼娜想吃午饭，拐弯抹角地提了一下。费迪南德和塞居尔在一家邮局前停了下来，我便抓住这个机会匆匆带她走了。我至今仍不明白她对我到底意味着什么，这个长着窄肩膀和"抒情诗一般的四肢"（这是一位装模作样的流亡诗人的话，他是追随她、对她发出柏拉图式赞叹的几个男人之一）的又小又黑的女人。如今我更不明白的是命运当时老把我们凑到一起，究竟是何目的。那次在巴黎逗留以后，我又有很长时间没见过她。后来有一天，我下班回到家里，发现她正和我的妻子一起喝茶，端详着她那只戴着丝绸手套的手。那手套的质地就像在陶恩沁恩大街[1]上廉价买来的袜子，透出一枚闪闪发亮的结婚戒指。有一次有人给我看一本时装杂志，里面登有她的一幅照片，背景是秋风萧瑟的高尔夫球场，到处是落叶和手套。在某一年的圣诞节，她寄来明信片，上面画着雪和星星。在里维埃拉的一处海滨，她戴着一副墨镜，皮肤晒得像赤陶土的颜色，我险些没注意到是她。又有一次，我出差时间没有安排好，中途落脚在一些陌生人的家里，他们正在开派对，我看见衣帽架上挂着许多外国式样的吓人衣服，其中有她的围巾和皮外衣。还有一次是在一家书店，她正在读一本她丈夫写的小说，读到某一页时抬眼朝我点头。那一页正好讲到一个女仆，是个插曲人物，不过作者无意之间偷用了尼娜的形象："她的脸，"作者写道，"与其说是工笔严谨的画像，不如说是造物者随意拍下的快照，因此每当……他试图想象这张脸时，能够在脑海中成形的只是些互不相关的特征，一一闪现，转瞬而逝：阳光下她的颧骨柔和的轮廓，机灵的眼睛里琥珀一般的褐色暗影，嘴唇扬起一个友好的微笑，随时准备变成热烈的

---

[1] 柏林著名的购物、餐饮一条街。

亲吻。"

一次又一次，她匆匆出现在我生活的边缘，一点没有影响我生活的基本内容。一个夏天早晨（是星期五——因为家里的女仆们正把地毯拿到阳光下灰尘飞扬的院子里拍打），家里人都去了乡下，我懒洋洋地躺在床上抽烟，突然听见门铃震天响——原来是她站在门厅里，急急忙忙地冲进来，要寄放一只发夹（这是顺带留下的）和一个贴着旅馆标签的箱子（这是主要留下的）。两个星期后，一个可爱的奥地利男孩替她取走了箱子。那个男孩（根据他身上不太明显却又确实存在的一些特征来看）也是我所在的那个世界性组织的成员。有时候，谈话间会提到她的名字，而她顺着某个偶然说出的句子跑下层层台阶，头也不回。在比利牛斯山旅游时，我在一个城堡别墅住了一个星期，当时她和费迪南德碰巧跟别墅的主人一家一起在这里小住。我永远不会忘记我到那里的第一个夜晚：我等了不知多久；本来确有把握，不用告诉她，她就会偷偷来我房间的，可她并没有来。成千上万的蟋蟀在石头花园参差不齐的石缝深处喧闹，那声音和月光一起洒满花园，小溪疯狂地奔涌流淌。我一整天在山脚下的碎石堆里打猎，回来困得要命，真想像南方人一样无忧无虑地倒头就睡，却又狂热地渴望她偷偷过来，渴望低低的笑声，渴望看见天鹅绒装饰的高跟拖鞋上露出的粉红色脚踝，就这样在困意和渴望间挣扎。然而一夜折腾过去，她还是没有来。第二天，大家一起到山里闲逛，路上我告诉她我等了一夜，她惊慌地紧握两手——还马上快速地瞥了一眼，看看正在打着手势交谈的费迪和他的朋友是否已经走远，留下模糊的背影。我记得有一次我横跨半个欧洲给她打电话（为她丈夫生意上的事情），刚开始没听出她狂呼乱叫的声音。还记得有一次我梦见了她：梦里我的大女儿跑进来告诉我，说看门人遇上了大麻烦——我下楼去看，只见尼娜躺在一个箱子上呼呼大睡，头枕着一卷细麻布，嘴唇苍白，身上裹着一块羊毛方巾，就像凄凄惨惨的难民睡在被上帝遗弃了的火车站一样。不论我发生了什么，她发生了什么，或者我俩都发生什么，我们从来没有讨论过任何事情，好像我们在命运有转机之时根本没有想过对方一般。所以当我们相遇时，生活的步伐马上发生了变化，所有的原子重新进行了组合，我们活在了另一种更轻的时空中，这种时空不用漫长的分离来计算，而是用几次短短的相聚来计算：有了几次这样的短聚，一场短暂的、可能无足轻重的人生就人为地形成了。我们见面每多一次，我的忧虑就添一分：不——我没有经历后院起火的感情灾难，悲剧的影子没有笼罩我们的狂欢，我的婚姻生活没有受到任何损害。另一方面，她那不拘一格的丈夫对她的风流韵事也不闻不问，其实他会从中捞到好处，拉些好交往又有用的关系。我之所以添了忧虑，是因为某种可爱的、精致的、不可重复的东西即将消耗殆尽：我没有珍惜这么好的东西，在过于匆忙中只可怜巴巴地扯下了几块闪光的外皮，却将不太闪亮但堪称精华的核心弃之一旁。也许这种真正的精华一直在伤心低语，提醒我注意，我却不予理睬。我之所以添了忧虑，还因为到头来我不知为何正在接受尼娜的生活，接受其中的谎言、空虚和无聊。即使没有任何感情上的冲突，我也不由自主地觉得一定要为自己的存在寻找一个合理的解释，且不说合乎道德的解释了。这就意味着我要在两个世界之间做出选择：一个是我的现实世界，我像画肖像一般端坐着，身旁是我的妻子、我的两个小女儿、那条短毛德国猎犬（还有田园诗一般的花冠、一枚私章戒指、一支细长的藤杖），一个幸福、智慧、美好的世界……另一个是什么样的世界呢？真能有实实在在的机会与尼娜一起生活吗？我简直无法想象，因为我知道，这种生活会被无法忍受的强烈痛苦击穿，它的每时每刻都会意识到那段过去，处处是众多行踪不定的伴侣。不行，这样的事情太荒唐。再说了，难道没有比爱情更强大的东西把她牢牢捆在她丈夫身边，让两个囚犯之间结下牢不可破的友谊？荒唐！可是话说回来，尼娜，我拿你怎么办呢？你我那些看似无忧无虑、其实终无结果的会面，逐渐积累，形成了一个装满悲伤的仓库，我又该如何安置这个仓库呢？

菲雅尔塔由旧城和新城两部分组成，随处可见过去和现在纠缠交错，相互撕扯，不是想摆脱对方，就是想把对方排挤出局。它们各有招式：新来的出招光明正大——引进棕榈树，组建漂亮的旅行社，在平坦的红色网球场上画些奶油色的线条。老手们则暗中使劲，从某个角落背后悄悄伸出一条岔路小径，或几级不知通向何处的台阶。在去旅馆的路上，我们经过一座建了一半的白色别墅，里面杂乱无章，一面墙上又画着和先前一样的大象，它们巨大的肉鼓鼓的膝盖分得很开，都坐在花里胡哨的大鼓上。马戏女骑师（已经用铅笔画上了八字胡）一身飘逸装束，端坐在一匹阔背骏马上；小丑鼻头像个西红柿，正在走钢索，打着一把伞保持平衡，伞上面装饰着反复闪现的星星——隐约象征着杂技演员对天堂般故乡的追忆。这里就是菲雅尔塔的里维埃拉，湿漉漉的卵石路被轧辗得更厉害，海水懒洋洋的叹息声也听得更清楚。在旅馆的后院，一个厨房伙计提着一把刀，正在追逐一只母鸡，母鸡咯咯乱叫，狂奔逃命。一位擦鞋匠咧着没牙的嘴冲我笑笑，把他的古老宝座让给我。悬铃木树下停着一辆德国制造的摩托车，一辆溅满了泥点的大轿车，还有一辆黄色的加长伊卡鲁斯小轿车，看上去就像一只巨大的圣甲虫（"那是我们的车——我是说那是塞居尔的车，"尼娜说，又补充道，"维克多，何不跟我们一起走？"不过她很清楚我不会和他们一起去的）。蓝天和树枝投影在小轿车鞘翅的亮漆里，如一幅水粉画；车灯形如炸弹，我们自己的影子一晃一晃地映在一个车灯的金属盖上；车身凸出的表面中走动着一些细瘦的行人身影，像电影放映一般。又走了几步，我回头一瞥，几乎直觉就预见到了一个钟头或更久以后真实发生的事情：他们三个人戴上乘车安全帽，坐进车里，微笑着朝我挥手。在我看来他们像鬼一样透明，尘世的颜色穿透他们，闪闪而过。然后车子就启动了，远去了，消失了（最后消失的是尼娜挥着十个指头的告别）。不过当时的实际情况是那辆车仍然停在那里，一动不动，像个鸡蛋那样又光又圆。我伸出胳膊，护着尼娜走进一个一侧长着月桂树的门道，就在我们坐下时，能从窗户里看见费迪南德和塞居尔。他俩走的是另一条路，现在缓缓过来了。

在我们吃午饭的露台上，除了我刚刚看见过的那个英国人外再没有别人。在他正前方，一只高脚杯盛着亮闪闪的绯红色饮料，在桌布上投下一个椭圆形的影子。从他的眼睛里，我注意到了和饮料颜色一样的血色欲望，不过这欲望与尼娜毫不相干。他贪婪的目光根本没有投向她，而是盯住了他座位附近那扇宽窗子的右上角。

尼娜从她瘦小的手上摘下手套，开始吃她特别爱吃的海贝，这是她一生最后一次吃她爱吃的东西了。费迪南德也在忙着吃饭，我就占了他饿得只顾吃饭的便宜，开始谈话，这样颇有点像我占了他的上风：具体来说，我提到了他最近的失败。原来他赶时髦，曾有过一次改变宗教信仰的短暂经历。改宗期间，神灵降临到他身上，他也有过一番颇具雄心壮志的朝圣之举，不过到头来实实在在是丢人现眼的一场闹剧，于是他呆滞的目光又转向了野蛮的莫斯科。有一种自以为是的说法：意识的流水中荡起涟漪，讲几句无伤大雅的下流话，随便找只脏水桶往里头倒点某种主义，就会点石成金一般自动产生出超现代的文学来。我如今对这样的说法，老实讲，一听就烦。我认为艺术一旦人为地和政治挂上钩，就会不可避免地降至意识形态垃圾的水平，这个信念我死守到底。就费迪南德这而言，的确，这一切都无关痛痒:他的艺术灵感格外强大,更何况他对弱势群体的艰难困苦毫不关心。但就是有那种说不明道不清的污浊潜流,致使他的艺术越来越令人反感。除了个别给他抬轿子的势利鬼外,没人看得懂他的剧作。我自己没有看过他这部剧的上演情形,但我能想象出他是如何精心编排那个克里姆林宫之夜的:拿来子虚乌有的螺线,摇动各种各样的纺车,纺出许多支离破碎的象征。想到这里,我不无乐趣地问他,最近是否读过一点对他的评论。

"评论!"他叫道,"好一个评论!不懂事的毛孩子,仗着伶牙俐齿,就配给我上课。别理睬我的作品,算他们有福。碰我的作品得小心翼翼,像碰什么不小心会爆炸的东西一样。评论!我的作品受到各种观点的审查,唯独缺了最根本的评论。这就像一位博物学家,描述马这类动物,一开始却唠唠叨叨尽讲马鞍或者德维夫人。"(他提到的是一位爱好文学的知名女主人,她倒是真像一匹龇牙咧嘴的马。)"我也想来点那种深红色的。"他继续像刚才那样扯着嗓子大声说道,招呼服务生过来。服务生顺着他留着长指甲的指头方向看过去,这才明白了他的意思,原来他很不礼貌地指着那位英国人的酒杯。出于某种原因,塞居尔提到了鲁比·罗丝,就是那个在胸上绘画鲜花的女士,谈话这才少了点侮辱性质。这时那个高大的英国人突然心血来潮,起身站到一把椅子上,从椅子上一步跨上窗台,往上伸出胳膊,直到够着了窗框上他心心念念的那一角,那里歇着一只毛茸茸又结实的飞蛾,他老练地抓住它,塞进一只药盒里。

"……很像沃弗尔曼[1]的白马。"费迪南德说道,关于他正和塞居尔讨论的什么事情。

---

1 Philips Wouwerman(1619—1668),荷兰画家。

"Tu es très hippique ce matin."[1]后者说。

不一会儿他俩都打电话去了。费迪南德特别喜欢打长途电话,也特别善于给它们捐钱。任何时候只要有必要,比如现在要落实免费的住宿,那么不论相隔多么遥远,他的电话都会打得热情友好。

远处传来音乐的声音——一把小号,一把齐特琴。尼娜和我又出去散步了。很显然,马戏团已在来菲雅尔塔的路上,早早派出人来作宣传:一支广告彩车队正在走过。但我们没有看到领头队列,它拐上小山包,进了一条侧街:一辆镀金马车的车尾正在渐渐消失。一个穿着连帽斗篷的男子牵着一匹骆驼,四个平凡无奇的印第安人排成一队,举着挂在高竿上的海报。在他们后面,一位游客的小儿子,身穿水手服,得到特别许可,恭恭敬敬地坐在一匹小小的矮马上。

我们走过一家咖啡店,那里的桌子现在差不多都干了,却仍然空着。服务生正在查看一个模样可怕的弃婴(我希望他以后能收留了它),就是那个墨水池之类的荒唐东西,费迪南德路过时顺手扔在栏杆上不要了。在下一个拐弯处,一段旧石阶引起了我们的注意,我们便爬了上去。尼娜上台阶时提起了裙子,裙子太窄,每一步迈开的角度很尖锐,她得保持与先前长度同样的姿势把全部台阶上完,我一直看着她这样走了上去。她的身上散发出一种熟悉的热气,我和她并排往上走,想起了我们前一次的相聚。那是在巴黎的一所宅子里,到处都是人,我的好朋友朱尔斯·达布想帮我来一次审美升华,便碰了碰我的衣袖,说:"我想让你见见……"说着领我去见尼娜。她坐在一张长沙发的一角上,身体蜷成一个"Z"形,脚跟处放着一只烟灰缸。她从嘴唇上拿下一只长长的绿松石烟嘴,缓缓

---

[1] 法语,你今天早上怎么对马如此着迷。

地、乐呵呵地叫道："好吧，见过大家——"接下来的整个晚上，我都觉得心要碎了一般。我手里紧攥着一个黏糊糊的酒杯，走过一堆一伙的人群，时不时远远地看她一眼（她却没有看我……），听听只言片语的谈话，无意中听见一位男士对另一个人说道："真有意思，那些黑头发的瘦姑娘，她们身上的气味怎么都一样，不管用了哪种香水，还是遮不住一股烧树叶的味道。"一句无足轻重的话，说的又是不熟悉的事情，却会缠绕在人心最私密的记忆深处，久久挥之不去，像一条令人难过的寄生虫——这是常见的现象。

到了台阶的顶端，我们发现顶上原来是一个粗糙的平台。从这里可以看见鸽灰色的圣乔治山精巧的轮廓，一面山坡上有一些骨白色的斑点连成一片（是个小村庄）。一列看不见的火车冒出的烟沿着圆形的山底起起伏伏地飘荡——突然间又消失了。再往低处，在凌乱的屋顶上方，可以看见一棵孤零零的柏树，样子很像一支水彩画笔蘸湿了的黑笔尖。在右边，可以看见海水一闪一闪，灰白的海面荡着银色的波纹。我们脚下躺着一把生锈的旧钥匙，一座半塌的房屋连着平台，院墙上仍然悬挂着几根电线头……我心想从前这里是有过生命的，一家人曾在夜幕降临时享受过这里的凉爽，笨手笨脚的孩子们曾借着灯光在这里作画……我们恋恋不舍地在那里徘徊，像是在聆听什么。尼娜站在高一点的地方，把一只手放在我的肩上，微笑着吻了我一下，吻得非常小心，为的是不让自己的微笑走了样。我带着一股难以承受的力量，再次体验了（或者此刻在我看来是如此）我们之间以一个相似的吻开始的所有一切。我说："听着——我要是爱你怎么办？"（我没有用我们之间廉价而正儿八经的称呼"您"，而是不可思议地用了那个感情丰富、意味深长的"你"。仿佛天涯游子，四海游历后，最终返回这个称呼。）尼娜瞥我一眼，我把那几个字重复了一遍，还想再说几句……可是某些东西像只蝙蝠一般飞快掠过她的脸庞，是一种迅速、怪异、接近丑陋的神情，而她这个素来能带着完美的天真口吐粗言的人，竟然变得局促不安起来。我也觉得颇为尴尬……"别在意，开个玩笑罢了。"我赶紧说道，轻轻地揽住她的腰。一束捆得结结实实的紫罗兰不知从哪里突然出现在她的手中，朵朵深色的小花无私地发出芳香。在她回到她丈夫和小轿车那儿之前，我们在低矮的石墙边又站了一会儿，我们的浪漫故事比以往任何时候都渺茫无望。不过墙上的石头像肌肤一样温暖，突然间我明白了某些我一直在看却未能理解的事情——为什么一张锡纸会在人行道上闪闪发光，为什么一只酒杯的光影会在桌布上抖动，为什么海水会一闪一闪：不知为何，菲雅尔塔上方的天空已在不知不觉间一点一点地浸透了阳光，现在天空已是艳阳高照，充盈的白光越来越宽阔，一切都融入其中，一切都消失了，一切都过去了。我站在姆莱希火车站的站台上，拿着一份刚买的报纸，它告诉我，我曾在悬铃木树下看见的那辆黄色轿车在菲雅尔塔城外惨遭车祸：一辆巡回马戏团的大卡车正往城里开来，小轿车全速撞了上去。在那场车祸中，费迪南德和他的朋友，那两个刀枪不入的无赖，那两个命运的火蜥蜴，那两个洪福齐天的蛇怪，竟死里逃生，只受了一点局部的、暂时的皮肉之伤；而尼娜，尽管曾长期忠实地效仿他俩，却最终不治而亡。

"Spring in Fialta" by Vladimir Nabokov.
Copyright © 1995，2002，2006，2007，Dmitri Nabokov，used by permission of The Wylie Agency (UK) Limited.
"A Summer Job" except from MOTHERS AND SONS by Colm Tóibín.
Copyright © 2006 Colm Tóibín.
This edition arranged with ROGERS，COLERIDGE & WHITE LTD (RCW) through Big Apple Agency, Inc., Labuan, Malaysia.
Simplified Chinese edition copyright：2025 Shanghai Translation Publishing House(STPH)
All rights reserved.

图书在版编目（CIP）数据

短篇小说的光晕 / 张莉主编. -- 上海：上海译文出版社, 2025.6. -- (创意写作阅读书系). -- ISBN 978-7-5327-9871-1

Ⅰ. I14

中国国家版本馆 CIP 数据核字第 2025P0R945 号

短篇小说的光晕
张莉　主编
责任编辑/赵　婧　　装帧设计/胡　枫

上海译文出版社有限公司出版、发行
网址:www.yiwen.com.cn
201101　上海市闵行区号景路159弄B座
常熟市文化印刷有限公司印刷

开本 890×1240　1/32　印张 10.5　插页 2　字数 195,000
2025年6月第1版　2025年6月第1次印刷
印数:0,001—5,000册

ISBN 978-7-5327-9871-1
定价:68.00元

本书中文简体字专有出版权归本社独家所有，非经本社同意不得转载、摘编或复制
如有质量问题，请与承印厂质量科联系. T:0512-52219025